Astrid Frank

GEFÄHRTEN DES WINDES

2 Romane in einem Band

THIENEMANN

Astrid Frank wurde 1966 in Düsseldorf als Tochter des Schriftstellers Karlhans Frank geboren, wodurch sie sich schon in frühester Kindheit mit dem Verlagswesen konfrontiert sah. Trotzdem führte sie ihr Weg bereits während ihres Studiums der Germanistik, Biologie und Pädagogik in die gleiche Richtung: Sie war als Lektorin und Rezensentin in mehreren und für mehrere deutsche Verlage tätig und machte außerdem eine Ausbildung zur »Zoobegleiterin des Kölner Zoos«. Nach dem Studium arbeitete sie für ein halbes Jahr in einer Buchhandlung und beleuchtete das Medium Buch damit von einer weiteren Seite. Seit 1996 ist sie freie Lektorin und Übersetzerin, seit 1998 schreibt sie Geschichten (für Kinder). Astrid Frank lebt mit Mann, zwei Söhnen und Hund Aimee in Köln.

Weitere Titel von Astrid Frank:
Archer – Legende des roten Landes (E-Book)
Der dunkle Geist des Palio (E-Book)

Mehr über unsere Bücher, Autoren und Illustratoren auf:
www.thienemann.de

ASTRID FRANK

Fliegen wie Pegasus

THIENEMANN

Für D. & F.

Prolog

Wenn ich ihn nach Italien verkaufe, krieg ich das Doppelte!«

Fina konnte ihr Entsetzen nicht verbergen. Pegasus zwölf Stunden und mehr mit Dutzenden anderer Pferde in einem Schlachtviehtransporter? Und das in seinem Zustand? Um am Ende ausgemergelt und halb verdurstet, mit blutigen Bisswunden und Tritten, die sich die panischen Tiere in der Enge des Transporters gegenseitig zufügten, geschlagen und mit Elektroschocks voran zur Schlachtbank getrieben zu werden? Wenn er dann überhaupt noch lebte!

»Also gut. Ich gebe Ihnen tausend Euro. Mehr bekommen Sie nirgends für ihn.« Sie widerstand dem Drang, aus Angst vor seiner Antwort die Augen zu schließen. Wenn er jetzt nicht nachgab, dann konnte sie nichts mehr für Pegasus tun. Dann war er verloren. Dann hatte sie den Weg hierher umsonst gemacht.

»Ich glaub, da schick ich ihn lieber nach Italien.«

»Zwölfhundert. Mein letztes Wort.« Ihre Stimme war nur noch ein Krächzen. Hatte sie das wirklich getan?

Hatte sie ihm tatsächlich zwölfhundert Euro geboten? Wo sollte sie bloß auf die Schnelle so viel Geld auftreiben? Bauer Preuß würde ihr das Tier wohl kaum überlassen, wenn er nicht jeden Schein, den sie ihm zugesagt hatte, sofort in Händen hielt! Und selbst wenn sie es schaffte! Was kam dann? Was sollte sie überhaupt mit Pegasus anfangen, wenn Preuß sich auf den Handel einließ? Es war schließlich nicht damit getan, Pegasus freizukaufen. Er war krank, brauchte dringend tierärztliche Behandlung, eine Unterkunft und Futter. Finas Gedanken überschlugen sich, während sie auf die Antwort des Bauern wartete.

Preuß ließ sich viel Zeit. Er schien die Vorteile und Nachteile des Geschäfts sorgfältig gegeneinander abzuwägen. Es war nicht zu übersehen, dass diese Frau an dem Tier hing. Und er wollte so viel wie möglich herausholen. Bei einem solchen Familiennamen musste die Frau ja Geld haben – mit *von Essen* hatte sie sich vorgestellt. Und sie konnte einem armen, einfachen Bauern wie ihm, der hart für seinen Lohn schuften musste, ruhig etwas davon abgeben. Außerdem gefiel ihm die Rolle des Stärkeren. Und das Tier hatte ausgedient. Es war nicht mehr wert als den Fleischpreis. So, wie's aussah, kam Pegasus sowieso nie wieder auf die Beine.

Auf der anderen Seite wäre er ganz schön dumm, wenn er sich das Geld entgehen ließe. Und ihm konnte es schließlich egal sein, ob sich das Leiden des kranken Tieres weiterzog. Wenn diese Verrückte das wertlose Pferd unbedingt wollte – bitte, warum sollte er es ihr nicht geben?

Aber was würde Franz sagen? Der Schlachter war

schon auf dem Weg hierher. Er würde Zeter und Mordio schreien, wenn der Wallach nicht mehr da und er umsonst zu ihm herausgekommen wäre. Und wenn er ihm eine Gewinnbeteiligung anbot? Vielleicht hundert Euro?

»Dreizehnhundert«, feilschte Preuß. Denn die zwölfhundert, die Fina ihm geboten hatte, betrachtete er bereits als sein Eigentum. Er war nicht bereit, davon auch nur einen Cent wieder abzugeben. Dann sollte der lahme Gaul lieber verrecken.

Fina hielt die Luft an. Sie wusste schon nicht, woher sie zwölfhundert Euro nehmen sollte. Und jetzt noch einmal hundert mehr? Unwillkürlich krampfte sich ihre Hand um das Bündel Geldscheine in ihrer Hosentasche zusammen. Sie hatte nur fünfhundert dabei. Das war die Summe, mit der sie gerechnet hatte. Wo sollte sie die restlichen achthundert Euro auftreiben? So schwer hatte sie sich das alles nicht vorgestellt. Sie spürte Wut in sich aufsteigen. Was bildete sich dieser Kerl eigentlich ein! Glaubte er wirklich, sie wäre so dumm sich von ihm derart über den Tisch ziehen zu lassen? Einen Augenblick lang überlegte sie zu pokern und Desinteresse zu heucheln. Vielleicht sollte sie sich einfach umdrehen und gehen? Sie hatte schließlich alles getan, was in ihrer Macht stand, um Pegasus zu retten. Ihre Möglichkeiten waren erschöpft. Mehr als erschöpft sogar.

Preuß spürte ihre Unsicherheit. Er sah ihren funkelnden blauen Augen an, dass die Frau ihm am liebsten den Hals abgedrückt hätte. War er zu weit gegangen? Vielleicht hätte er sich mit den zwölfhundert zufrieden geben sollen? Wäre das okay, wenn sie sich jetzt einfach umdrehte und ginge? Oder würde er sich dann ärgern? War es ihm die Genugtuung, das Pferd sterben zu sehen und der Frau ihren Willen zu verweigern, wirklich wert, auf so viel Geld zu verzichten? Siebenhundert Euro waren schließlich kein Pappenstiel! Er konnte davon den alten Traktor noch einmal reparieren lassen.

Das schmerzerfüllte Wiehern eines Pferdes unterbrach ihr Kräftemessen. Die wässrig blauen Augen des Bauern lösten sich von den türkisfarbenen der jungen Frau und beide blickten gleichzeitig in die Richtung, aus der das Geräusch gekommen war.

Fina spürte, wie sich die feinen Haare an ihren Unterarmen bei dem Laut aufstellten. Erst das Brummen eines Motors half ihr, sich aus ihrer Erstarrung zu lösen und wie auf ein geheimes Kommando wandten sich die beiden Kontrahenten in seltsamer Einigkeit wieder um und sahen dem Wagen des Schlachters entgegen, der in diesem Augenblick auf den Hof einbog.

Teil I

Niemals sollen die Menschen so weit sich vergessen
und die lebende Kreatur behandeln wie alte Schuhe
und abgenützte tote Geräte, die sie fortwerfen mögen,
wenn sie nicht mehr zu gebrauchen sind.

Wir sollen es nicht tun
und uns niemals bei alten lebendigen Wesen
nach dem Nutzen fragen,
den sie nur schwach oder gar nicht mehr haben.

Wir sollen sie behalten, und sei es auch nur,
um daraus Barmherzigkeit gegen Menschen zu lernen.
Ich würde kein altes Pferd und keinen alten Ochsen,
der sich einmal für mich geplagt hat, verkaufen können.

Plutarch (griechischer Schriftsteller und Philosoph, 45–125)

1

Ein klassischer Fehlalarm.« Der Tierarzt Dr. Strauch sammelte seine Untersuchungsinstrumente ein. Er lächelte Fina mit seinem typischen schiefen Grinsen wohlwollend und tröstend an.

Augenblicklich hatte die junge Frau das Bild eines kleinen, schelmischen Jungen vor Augen, der jemandem erfolgreich einen Streich gespielt hat und sich darüber freut. Dabei war Dr. Strauch achtundzwanzig!

Herr Lothrop, der Besitzer des Gestüts, schnaubte. Sein Schnauben klang alles andere als wohlwollend oder tröstend.

Fina senkte den Blick und starrte auf den sorgfältig mit Stroh ausgepolsterten Stallboden. Von Hunden und ihren Besitzern sagt man, dass sie sich im Lauf der Zeit immer ähnlicher werden. Galt das auch für Menschen, die mit Pferden zu tun hatten?

»Machen Sie sich keine Sorgen«, sagte Dr. Strauch und legte Fina eine Hand auf die Schulter, während er sich an ihr vorbei zur Boxentür drängte. »Der Stute geht es gut. Es ist alles in Ordnung.« Seine Berührung hatte nicht die beruhigende Wirkung, die sie vielleicht haben sollte.

Fina nickte stumm. Sie war sich hundertprozentig sicher gewesen, dass Fleurie kurz vor der Niederkunft stand. Bewegungslos wartete sie, bis der schlaksige, junge Arzt und ihr korpulenter Chef, dem alles Schlaksige im Verlauf seiner sechsundfünfzig Lebensjahre abhanden gekommen war, den Abfohlstall verlassen hatten. Herr Lothrop warf ihr im Vorübergehen einen missbilligenden Blick aus seinen kleinen Schweinsaugen zu. Auch ohne diesen Blick war Fina bewusst, dass sie, die beste Bereiterin des international erfolgreichen Züchters, ihn enttäuscht hatte.

Die Kirchturmuhr schlug gedämpft. Mitternacht. Fina überprüfte noch einmal Einstreu und Tränke. Natürlich war alles in Ordnung. Mit einem letzten skeptischen Blick auf Fleurie, die unbeteiligt dastand und ihr gelangweilt hinterherschaute, schloss sie die Boxenklappe hinter sich.

Kaum hatte sich die Stalltür zugezogen, stöhnte die Stute leise. Ihre Flanken vibrierten. Fleurie wandte den Kopf und hob den Schweif. Sie drehte sich einige Male im Kreis wie ein Hund, der eine bequeme Schlafposition sucht, dann sank sie zu Boden.

Fina wälzte sich in ihrem Bett hin und her. Es lag nicht nur an der ungewohnt weichen Matratze im Gästezimmer des Gestüts oberhalb des neuen Stalls, dass sie keinen Schlaf fand. Immer wieder kontrollierte sie den Wecker, der sie in einer Stunde daran erinnern sollte, nach Fleurie zu sehen. Obwohl Dr. Strauch behauptet hatte, die Geburt würde mindestens noch vierundzwanzig Stunden auf sich warten lassen, wollte Fina sichergehen, dass mit der Stute wirklich alles stimmte. Warum musste auch ausgerechnet heute der Geburtsmelder spinnen?

Fina knipste das Licht an und starrte auf den Wecker. Sie verfolgte, wie die einzelnen Sekunden verstrichen. Einundzwanzig, zweiundzwanzig, dreiundzwanzig. Eine Minute schien ewig zu dauern.

Cäsar, Finas Mischlingshund, der vor dem Bett lag, grunzte missmutig und drehte ihr demonstrativ den Rücken zu.

Vielleicht hat er recht, dachte Fina, und ich sollte versuchen, etwas zu schlafen.

Fleurie zitterte vor Anstrengung. Sie war schweißüberströmt. Ihre Augen traten hervor, während ihr Körper von der Austreibungswehe erfasst wurde. Als die Wehe abklang, hob sie den Kopf und versuchte neugierig einen Blick auf die Vorderbeine des Fohlens zu erhaschen, die bereits zwischen ihrem Schweif zu sehen waren, bevor der Schmerz der nächsten Wehe sie zwang, sich wieder zurückzulehnen.

Der Atem des Pferdes ging schwer. Seine Nüstern weiteten sich und zogen sich wieder zusammen, als der Wehenschmerz erneut von ihm Besitz ergriff. Aber dies war nicht das erste Fohlen, das die Stute zur Welt brachte. Sobald der Schmerz für einen Augenblick nachließ, wandte sich Fleurie zum wiederholten Mal um und betrachtete zufrieden den Kopf des Fohlens, der mittlerweile, auf den Vorderbeinen ruhend, auf dem Stroh lag. Ein letztes Aufbäumen und der Körper des neugeborenen Pferdes glitt auf den Stallboden. Die Eihülle war bereits zerrissen und gab den Blick auf das vom Fruchtwasser glänzende fuchsfarbene Fell frei. Der kleine Hengst war kräftig und agil. Obwohl seine Hinterbeine noch von der Fruchthülle umschlossen wurden, versuchte er schon, den Oberkörper aufzurichten.

Auch Fleuries Kräfte kehrten nach der anstrengenden Geburt erstaunlich schnell zurück. Sie streckte ihrem Sohn den Kopf entgegen und beschnupperte ihn zärtlich. Mit ihrer Zunge fuhr sie über sein Fell und stupste ihn aufmunternd mit der Nase an.

Entschlossen schlug Fina die Decke zurück. Sie hielt es nicht länger aus, hier herumzuliegen und gegen den Impuls anzukämpfen, nach Fleurie zu sehen. Der Wecker würde erst in vier Minuten klingeln, aber warum sollte sie die ganze Zeit auf die Uhr starren, während sie spürte, wie ihre Nervosität und ihre Unruhe von Sekunde zu Sekunde wuchsen!

»Komm, Cäsar«, forderte sie den Hund auf, der mit einem Schlag hellwach war und seiner Herrin zur Tür folgte. Die junge Frau schlüpfte in ihre Gummistiefel und band mit beiden Händen ihr langes, dunkles Haar zu einem Knoten zusammen.

Cäsar stand schwanzwedelnd vor der Tür und wartete darauf, dass Fina sie für ihn öffnete. Er liebte es, mit ihr in den Stall zu gehen. Er mochte den Geruch der Pferde und genoss ihre Gesellschaft. In dieser Hinsicht ähnelte er sehr seiner Herrin, die sich nur in der Nähe dieser majestätischen Tiere richtig wohlfühlte. Bei Menschen – vor allem bei jungen Männern wie Dr. Strauch – verspürte Fina nie diese Ausgeglichenheit und allumfassende Zufriedenheit. Menschen machten sie meistens nervös und unsicher. Im Gegensatz zu Pferden wusste sie bei ihnen nie so recht, wie sie mit ihnen umgehen sollte.

Die Luft war klar und frisch. Über den Ställen lag eine ungewöhnlich friedliche Stille, als die junge Frau die wenigen Meter zum Abfohlstall über das Gelände schritt. Auf der leeren Weide zirpten einige Grillen und irgendwo am Dorfrand heulte ein Hofhund. Der plötzliche Schrei einer Eule kam Fina vor wie der Auftakt zum Finale eines Horrorfilms. Es fehlte nur noch ein Schwarm Fledermäuse. Fröstelnd kreuzte sie die Arme vor ihrer Brust und versuchte, in der Dunkelheit Cäsar im Auge zu behalten, der mit der Nase über dem Boden aufgeregt den Wegesrand beschnupperte. Nicht dass er die Witterung eines Kaninchens aufnahm und sie die restliche Nacht damit zubringen musste, ihren Hund zu suchen! Das hätte gerade noch gefehlt!

Im Abfohlstall war es angenehm warm. Sobald Fina der vertraute Geruch von frischem Stroh und Pferd in die Nase stieg, fiel ein Teil der Unruhe von ihr ab. Doch vor Fleuries Box blieb sie wie angewurzelt stehen.

Von Fleurie war nichts zu sehen. Die Stute musste sich hingelegt haben. Das war der Moment, in dem Fina wusste, welcher Anblick sie erwartete, wenn sie in dem schummrigen Licht der Notbeleuchtung in die etwa zwanzig Quadratmeter große Box blicken würde.

Das Fohlen wollte soeben aufstehen. Es stemmte die

Vorderbeine auf, aber sie rutschten immer wieder zur Seite weg. Fleurie unterstützte die Versuche ihres Kindes mit antreibenden Nasenstübern. Jetzt wandte sie sich zu Fina um und als sie die Bereiterin erkannte, mühte sie sich schwerfällig auf die Beine. Sie sah die junge Frau an, als wollte sie sagen: *Na, wie habe ich das gemacht? Ist er nicht ein Prachtkerl?*

Fina lächelte zustimmend zu dieser unausgesprochenen Frage und betrachtete ehrfürchtig das Wunder des Lebens. Vor nicht einmal zwei Stunden hatte diese Stute den Tierarzt und den Besitzer des Gestüts glauben gemacht, die Geburt würde sich verzögern, und nun stand hier ein kerngesundes und offenbar äußerst lebhaftes, kleines Pferd vor ihr, das in diesem Augenblick entdeckte, wie es seine Beine sortieren musste, um darauf zu stehen. Mit unsicheren Schritten, mehrmals noch das Gleichgewicht verlierend, stolperte der kleine Hengst auf seine Mutter zu und suchte instinktiv nach der Milchquelle.

Fina empfand keine Genugtuung, dass sie recht behalten hatte. Sie war einfach unendlich erleichtert, weil die erfahrene Zuchtstute ihr Fohlen auch ohne menschliche Hilfe gesund zur Welt gebracht hatte. Sie mochte sich gar nicht ausmalen, was alles hätte passieren können! Jetzt war es Dr. Strauch, der sich von Herrn Lothrop eine Standpauke anhören konnte. Der arme Kerl tat ihr jetzt schon leid.

Herr Lothrop hatte den Deckhengst für seine beste Stute sorgfältig ausgewählt und weder Kosten noch Mühen gescheut. Poseidon, der Vater des kleinen Hengstes, galt als *das* Springtalent der vergangenen

Jahre. Der Hannoveraner war schon zu Lebzeiten so etwas wie eine Legende und Herr Lothrop setzte dementsprechend große Erwartungen in seinen Nachkommen. Der Gestütsbesitzer würde glücklich sein zu erfahren, dass sein Wunsch nach einem männlichen Tier in Erfüllung gegangen war.

Apropos! Fina sah auf ihre Armbanduhr. Sollte sie Herrn Lothrop jetzt anrufen und informieren? Dr. Strauch musste ebenfalls noch einmal einen Blick auf den kleinen Kerl werfen, der inzwischen äußerst geschickt das Euter seiner Mutter gefunden hatte. Doch das Saugen der wertvollen Kolostralmilch strengte das Fohlen noch sehr an. Bereits nach wenigen Minuten hatte es genug und legte sich hin.

Behutsam betrat Fina die Abfohlbox, stets darauf bedacht, sich nicht zwischen Fleurie und ihr Neugeborenes zu stellen. Mit der bereitgelegten Schnur band sie Eihaut und Nabelschnur hoch, damit Fleurie nicht darauf treten konnte, bis die Nachgeburt abgegangen war.

Fleurie begrüßte sie freundlich und Fina pustete ihr sacht in die Nüstern und krabbelte ihren Hals. »Das hast du prima gemacht, altes Mädchen«, lobte sie die Stute.

Das Fohlen beäugte die junge Frau zugleich misstrauisch und neugierig und Fina achtete darauf, ihm nicht zu nahe zu kommen, um es nicht zu erschrecken. Sie würden noch genug Zeit haben, sich miteinander vertraut zu machen.

2

Fina genoss während ihrer Mittagspause den Ausblick vom Hügel am Rand der Koppeln. Am Horizont erstreckte sich eine Bergkette unter den watteweichen weißen Wolken, die wie gemalt am strahlend blauen Himmel hingen. Das Gras wirkte beinahe unecht, so grün und saftig war es, und das Wasser des nahe gelegenen Sees leuchtete blau wie selten. Manchmal kam es Fina vor, als spiegelte dieser See ihre eigene Stimmung wider. Es gab Tage, da erschien ihr das Wasser bräunlich grau und schmutzig – trübsinnig wie seine Betrachterin. An anderen Tagen, so wie diesem, flimmerte es in intensivem Blau, bei dessen Anblick man einfach gute Laune bekommen musste.

Auf der großen Koppel inmitten dieser Idylle tummelte sich ein Dutzend Pferde. An ihren Positionen zueinander konnte Fina die Tiere identifizieren. Arktis, die Leitstute, stand etwas abseits von den anderen. Sie wedelte unwillig mit dem Schweif, als ihr eins der übrigen Pferde zu nahe kam. Donja und Angelina steckten wie immer ihre Köpfe zusammen. Aus der

Entfernung sah es fast so aus, als tuschelten die beiden miteinander. Gina wälzte sich an ihrem Lieblingsplatz und Dominik versuchte seinen Mädels zu imponieren, indem er im kraftvollen Trab am Weidezaun auf- und abpreschte und zwischendurch übermütige Luftsprünge vollführte.

Finas Blick glitt weiter zur kleineren Nachbarkoppel, auf der Fleurie und eine weitere Stute gemeinsam mit ihren Fohlen die Mittagssonne genossen. Fleurie graste friedlich und zeigte sich vom Treiben der anderen Pferde ebenso unberührt wie die zweite Stute, Deborah, mit ihrer Tochter. Der kleine Hengst jedoch stand steifbeinig in der Nähe des Zauns und beobachtete Dominik interessiert. Er schien von dem siebenjährigen Wallach fasziniert zu sein. Jedes Mal, wenn Dominik an ihm vorbeitrabte, legte das Fohlen den Kopf schief und verfolgte den Wallach mit Blicken.

Während Dominik zum wiederholten Male am Ende der Koppel abrupt wendete und zurückstürmte, ging ein Zucken durch den kleinen Pferdekörper. Als der Wallach mit dem Fohlen auf gleicher Höhe war, konnte es sich nicht länger beherrschen: Es rannte mit Dominik mit, an seiner Seite des Zauns, und vollführte fast im gleichen Moment wie das ältere Tier einen übermütigen Luftsprung.

Fina blieb vor Verwunderung der Mund offen stehen. Das Fohlen strotzte vor Energie und Lebensfreude. Sein Absprung war so kraftvoll und dynamisch, wie die junge Frau es bislang nur bei weitaus älteren Fohlen gesehen hatte. Fast schien es zu fliegen, so lange blieb es in der Luft. Es streckte den Hals weit vor und zog die Vorderhand dicht an den Körper, als gelte es, ein Hindernis zu überwinden. Fina schüttelte unwillkürlich den Kopf. Der Kleine sprang, als hätte er bereits heimlich trainiert. Sie konnte sich nicht erinnern bei einem rohen Pferd jemals eine so akkurat ausgeführte und kaum verbesserungswürdige Springtechnik gesehen zu haben.

»Ich wusste es doch. Pegasus ist ein Naturtalent!«

Die raue Stimme ließ die Bereiterin zusammenfahren. Immer wieder wunderte sie sich, wie ein schwergewichtiger Mensch wie Herr Lothrop sich so behände bewegen konnte, dass man ihn nicht kommen hörte. Aber vermutlich prägte eine so außergewöhnliche Reiterkarriere wie seine ein Leben lang. Auch wenn im Lauf der Zeit etliche Kilos das einstige Körpergefühl regelrecht zu erdrücken drohten.

Sie wandte sich ihrem Chef zu und betrachtete sein Profil, während er mit einem gewissen Vaterstolz auf den kleinen Hengst hinunterblickte. Es gab einiges, was sie an diesem Mann auszusetzen hatte. Er konnte arrogant, engstirnig und verbohrt sein. Aber eins konnte ihm gewiss niemand absprechen: Er kannte sich mit Pferden aus wie kein Zweiter. Und er würde für seine Schützlinge alles tun. Andererseits hatte sie in den letzten Jahren zunehmend das Gefühl bekommen, dass er immer profitorientierter wurde und die Anerkennung in der Branche mittlerweile für ihn mehr zählte als das Wohlbefinden seiner Tiere. Das war einmal anders gewesen. Aus diesem Grund hatte sie sich vor zehn Jahren, mit siebzehn, dafür entschieden, ihre Ausbildung auf dem Gestüt Lothrop zu machen und nirgendwo sonst. Aber nicht nur Herr Lothrop hatte sich in dieser Zeit verändert, sondern auch sie selbst.

Werner Lothrop schien sich nicht daran zu stören, dass Fina ihm nicht antwortete. Er hörte sich sowieso am liebsten selbst reden. Ohne Fina anzusehen, fuhr er fort: »Es wird Zeit, ihn abzusetzen.«

Fina runzelte die Stirn. Sie war es gewohnt, dass ihr Chef und sie selten einer Meinung waren. Doch sie wusste von seiner Bereitschaft, sich von ihrer Sicht überzeugen zu lassen, wenn die Argumente stimmten. »Ich glaube, er braucht noch ein paar Wochen«, widersprach sie.

Wortlos schüttelte Herr Lothrop den Kopf. »Setz ihn ab«, befahl er, drehte sich um, ohne ihr die Gelegenheit zu einer Antwort zu geben, und ging mit wiegenden Schritten den kleinen Abhang hinunter zurück zu den Stallungen.

Fina sah ihm hinterher und atmete schwer. Sie hasste diesen Ton, den Lothrop anschlug, und sie dabei duzte. Damit wollte er ihr bedeuten, dass in diesem Punkt nicht mit ihm zu reden war. Dann ließ Fina ihren Blick wieder zurück zu den Koppeln gleiten und betrachtete Pegasus, der anscheinend bereit war, seinem Namen alle Ehre zu machen. Wenn der kleine Fuchs später wie sein Vater ein Schimmel werden würde, hatte er auf jeden Fall schon einmal äußerlich alle Voraussetzungen, seinem Namenspatron, das geflügelte Pferd der griechischen Sage, nachzueifern. Und die wenigen weißen Stichelhaare rund um die Augen waren ein eindeutiges Indiz. Wenn sie, Fina, es dann noch schaffte, ihn seinen inneren Werten entsprechend zu fördern, waren die Schlagzeilen in der Fachpresse der kommenden Jahre schon jetzt so gut wie geschrieben.

Aber davor war noch ein weiter Weg zu gehen. Und Herr Lothrop hatte soeben beschlossen, dass der Zeitpunkt gekommen war, ihn zu beschreiten. Dem kleinen Pegasus stand die erste schwere Prüfung seines Lebens bevor: der Abschied von seiner Mutter.

Werner Lothrop spürte Finas bohrende Blicke in seinem Rücken. Er wusste, dass er die junge Frau, die für ihn beinahe so etwas wie eine Tochter war, verärgert hatte. Aber auch wenn er Verständnis für ihre Gefühle hatte, musste sie einfach lernen, dass eine erfolgreiche Pferdezucht und internationaler Ruhm nicht mit Gefühlsduselei aufzubauen waren. Jeder Monat zählte und kostete bares Geld. Wenn es nach ihm ginge und Fina eines Tages seine Nachfolge im Gestüt anträte, musste sie hartherziger werden. Natürlich ahnte sie nichts von seinen Plänen, und das war auch gut so. Sie war einfach noch nicht so weit und würde von einem derartigen Vorschlag nur verschreckt werden. Aber in zehn Jahren ... Herr Lothrop schmunzelte. Oft erinnerte Fina ihn an seine eigene Jugend. Pferde bedeuteten für sie wie für ihn alles und wie Fina fühlte er sich ihnen näher als irgendeinem Menschen. Das war auch der Grund, warum seine Frau ihn bereits nach kurzer Zeit verlassen hatte. Sie hatte keine Lust gehabt, so etwas wie das unwichtigste Pferd im Stall zu sein.

Manchmal bereute er das, denn er hatte sich immer ein eigenes Kind gewünscht. Aber dafür war in seinem Leben kein Platz gewesen und nun war es zu spät –

er war zu alt. Umso mehr hoffte er für Fina, dass sie nicht den gleichen Fehler beging. Zwischen der Bereiterin und diesem jungen Tierarzt Dr. Strauch schien eine gewisse Anziehungskraft zu bestehen, das war ihm nicht entgangen. Und Fina war ja auch ein außergewöhnlich hübsches Mädchen mit ihrem glänzenden, fast schwarzen Haar und den strahlenden türkisblauen Augen. Aber wie er stellte sie die Arbeit mit den Pferden über alles andere und machte es jedem jungen Mann schwer, an sie heranzukommen. Das hatte er schon mehrfach beobachtet.

Als er den Fuß des Hügels erreichte, drehte sich Herr Lothrop um und sah zu Fina hoch. Sie saß immer noch in der gleichen Position da und betrachtete nun wieder die Pferde. Sie würde tun, was er ihr aufgetragen hatte. Und sie würde einsehen, dass er recht hatte. Pegasus war so weit. Ihn länger bei seiner Mutter zu lassen, würde nur seine Eigenwilligkeit stärken und ihn für die Zukunft unbrauchbar machen. Und Herr Lothrop setzte große Hoffnungen in dieses Pferd. Sehr große sogar.

Mit gemischten Gefühlen betrat Fina in Begleitung eines Stalljungen am nächsten Tag die Koppel, auf der Fleurie und Deborah mit ihren Fohlen grasten. Fleurie kam ihr freudig entgegen und begrüßte sie mit einem Wiehern. Pegasus ließ nicht lange auf sich warten. Er folgte seiner Mutter in geringem Abstand. Deborah und ihre Tochter, die wenige Wochen jünger war als Pegasus, sahen aus einiger Entfernung zu, als Fina Fleurie das Führhalfter überzog. Die Bereiterin konnte nicht verhindern, dass ihr das Herz klopfte. Denn sie wusste, dass Fleurie sich beschweren würde, sobald sie merkte, was Fina vorhatte. Sven, der Stalljunge, übernahm das Halfter und forderte Fleurie auf mit ihm zu kommen. Die ersten Schritte folgte Fleurie gehorsam, doch als sie sah, dass Fina Pegasus mit dem Fohlenhalfter von ihr weg auf den hinteren Teil der Weide führte, begann sie zu buckeln. Sven musste all seine Autorität aufbringen, um Fleurie zum Weitergehen zu bewegen. Die Rufe der Stute nach ihrem Kind trafen Fina mitten ins Herz. Sie versuchte Pegasus abzulenken, doch der kleine Hengst reckte den Hals und blickte seiner Mutter mit schief gelegtem Kopf hinterher.

Obwohl Fina bei ihm blieb, stand Pegasus auch zwei Stunden später noch am Gatter und wartete auf die Rückkehr seiner Mutter.

Schon von Weitem hörte Fina Fleuries aufgeregtes Wiehern, als Sven die Stute wie vereinbart nach Ablauf der Zeit zur Weide zurückbrachte. In Pegasus kam Bewegung: Mit seinen viel zu langen Beinen lief er am Weidezaun hin und her und antwortete seiner Mutter. Fina konnte ein Lachen nicht ganz unterdrücken, als sie in diesem Augenblick Fleurie um die Ecke preschen sah, mit wehender Mähne und Sven im Schlepptau, der vergeblich versuchte, die Stute zurückzuhalten. Die wutroten Flecken in seinem Gesicht zeigten deutlich, wie sehr er sich darüber ärgerte, dass die Stute seine Autorität untergrub.

»Wer führt denn hier wen auf die Weide?«, rief Fina dem jungen Mann lachend entgegen und stand auf. Sie stellte sich Fleurie entschlossen in den Weg und gebot ihr mit erhobener Hand und energischem Zuruf Einhalt. Die Stute stoppte. Fina konnte ihr das Führhalfter abnehmen und das Gatter öffnen.

Anschließend lehnte sie mit Sven am Zaun und genoss die Wiedersehensfreude von Mutter und Sohn. Eine leise Wehmut schlich sich in ihr Herz bei dem Gedanken, dass sie Fleurie und Pegasus morgen erneut für einige Zeit voneinander trennen musste. Und ihre Erfahrung lehrte sie, dass es dann noch schlimmer werden würde. Denn morgen würden Fleurie und Pegasus wissen, was sie vorhatte, und sich nicht so leicht auseinander reißen lassen. Aber es half nichts. Herr Lothrop hatte sie angewiesen das Fohlen abzusetzen und sie war schon froh, dass sie ihm das Zugeständnis abringen konnte, sich dafür Zeit zu nehmen und die Trennung im Interesse von Stute und Fohlen nicht abrupt durchzuziehen.

Vielleicht lag es an ihrer eigenen Vergangenheit, dass für sie das Absetzen eines Fohlens auch nach so langer Zeit immer wieder schmerzhaft war. Schließlich war sie selbst erst zehn gewesen, als ihre Mutter an einer unheilbaren Krankheit gestorben war. Der Vater hatte sich zwar bemüht für Fina da zu sein, aber seine eigene Trauer lähmte ihn und Fina fand mehr Trost bei den Pferden als bei ihm.

Eine Freundin hatte Fina einmal gesagt, ihre Bindungsangst rühre von diesem frühen Verlust her. Und vielleicht hatte sie damit gar nicht so unrecht.

Auf jeden Fall verschaffte ihr das unnatürliche Trennen von Mutter und Kind jedes Mal wochenlang Albträume. Wenn es nach ihr gegangen wäre, dann hätte sie der Natur ihren Lauf gelassen und gewartet, bis

Fleurie Pegasus mit einem Dreivierteljahr oder Jahr selbst absetzen würde. Aber sie wusste natürlich, dass das nicht ging, wenn man Pferde für den Profireitsport züchtete und ausbildete. Jeder Monat kostete Geld und die zu starke Bindung innerhalb der Herde wirkte sich negativ auf die Bereitschaft der Jungtiere aus, mit Menschen zu arbeiten.

Pegasus war jetzt sechs Monate alt, bereit für die intensive Prägung auf Menschen. Und er sollte sich vor allem Fina anschließen, die von ihrem Chef den Auftrag bekommen hatte, Pegasus zu einem Champion zu machen. Fina wollte ihm die Mutter ersetzen, so gut sie es vermochte.

Mit glänzenden Augen wandte sich Fina ab. Der Junge neben ihr am Zaun sollte nicht sehen, dass sie mit den Tränen kämpfte. Sie kam sich ja selbst schon lächerlich vor und Sven gehörte nicht unbedingt zu den zarter besaiteten Menschen im Stall, die für derartige Gefühlsregungen Verständnis aufbrachten.

Fleurie drehte sich in ihrer Box im Kreis. Sie rebellierte gegen die Trennung von ihrem Kind, indem sie wieder und wieder mit dem Huf gegen die Stalltür schlug. Der Druck der Milch in ihrem Euter war ihr unangenehm und verstärkte ihre Unruhe.

»Ist ja gut! Ist gut!« Das Mädchen war unsicher, was es tun sollte. Irgendetwas stimmte mit dieser Stute nicht. Warum war sie so nervös? Sarah war erst wenige Wochen auf dem Gestüt und noch nicht mit allen Pferden und ihren Besonderheiten vertraut. Warum war das Vollblut so nervös? Sie blickte sich um. Und warum fand sie hier niemanden, den sie um Rat fragen konnte?

Fleurie wieherte und schlug mit dem Kopf.

Sarah überlegte. Vielleicht sollte sie das Pferd in den Paddock lassen? Würde es sich dort beruhigen? Sie öffnete die Verbindungstür zur Außenbox und Fleurie stürmte laut wiehernd ins Freie. Sie reckte den Kopf über das Geländer und rief nach Pegasus. Es dauerte nicht lange, bis die Antwort von der Fohlenweide herüberdrang.

Doch statt ruhiger zu werden, bäumte sich Fleurie jetzt erst recht auf. Sie stieg hoch, als wollte sie aus dem Stand über die Absperrung springen.

Sarah riss entsetzt die Hände vor den Mund. Aber es war zu spät. Fleurie landete mit einem Vorderhuf zwischen den Eisenstäben und schrie auf. Aus dem Riss an der Fessel tropfte Blut.

3

Sofort war Sarah klar, dass sie einen Fehler gemacht hatte. Wie erstarrt beobachtete sie Fleurie, die verzweifelt versuchte, sich zu befreien und dabei immer lauter schrie. Wie sollte sie dem tobenden Pferd bloß helfen, ohne sich selbst in Gefahr zu bringen?

Fleurie schien nicht willens irgendjemanden an sich heranzulassen. Sie bemühte sich auf drei Beinen das Gleichgewicht zu halten und das vierte aus der schmalen Ritze zwischen den Eisenstäben zu ziehen. Dabei warf sie immer wieder den Kopf zurück und bleckte die Zähne, sobald ein neuer Ruf von Pegasus ertönte.

Als Fina aufgeschreckt durch den Lärm um die Ecke bog, begriff sie auf Anhieb: Fleurie war so außer sich, dass sie sich vermutlich weiter verletzt hätte, wenn sich ihr jemand näherte. »Schnell! Hol Pegasus von der Weide!«, forderte sie Sarah auf, die immer noch unbeweglich dastand und anscheinend nicht fassen konnte, was sie angerichtet hatte.

»Ich … ich … « Sarah schüttelte verstört den Kopf. »Das habe ich nicht gewollt«, stammelte sie.

»Dafür haben wir jetzt keine Zeit«, drängte Fina. »Hol das Fohlen und beeil dich!«

Froh etwas tun zu können, machte sich Sarah auf den Weg.

Mit betont langsamen Schritten ging Fina auf das nervöse Pferd zu. »Ruhig, Fleurie, bleib ruhig«, versuchte sie die Stute zu besänftigen, die tatsächlich zumindest aufhörte, mit dem Kopf zu schlagen und die Zähne zu blecken.

Dann kehrte Sarah mit Pegasus am Führstrick zurück. Fleurie wieherte laut, als sie ihr Fohlen sah.

Pegasus lief auf seine Mutter zu und begrüßte sie mit einem Nasenstüber. Kaum konnte Fleurie ihr Fohlen riechen, wurde sie ruhiger und Fina bückte sich, um die Vorderhand zwischen den Eisenstäben herauszuziehen. Fleurie war offensichtlich alles egal, solange sie zärtlich mit ihren Lippen über den Hals ihres Kindes streichen konnte.

Fina musterte die Verletzung an der Fessel. Soweit sie das beurteilen konnte, waren Sehnen und Bänder unversehrt. Aber natürlich musste sie Dr. Strauch informieren, damit er die Stute gründlich untersuchte. Und obwohl sie es sich nur ungern eingestand – immerhin hatte sich soeben die wertvollste Zuchtstute des Gestüts verletzt, und das war schließlich kein Grund zur Freude –, gefiel ihr die Aussicht, den jungen Tierarzt zu sehen.

»Achten Sie darauf, dass das Bein nicht anschwillt. Vielleicht müssen Sie es etwas kühlen, aber der Schnitt ist nicht tief. Ich rechne nicht mit Komplikationen.«

Fina nickte zu allem, was Dr. Strauch sagte, und strich Fleurie über den Hals. Jetzt, da Pegasus neben ihr stand, war die Stute ruhig und ausgeglichen wie immer. Allerdings schien der Verband sie etwas zu stören, denn sie stampfte einige Male mit dem Huf auf.

Dr. Strauch räusperte sich. »Hätten Sie Lust, heute Abend mit mir essen zu gehen?«

Der Themenwechsel kam so plötzlich, dass Fina einen Augenblick glaubte, sie hätte sich verhört. Doch ein Blick in Dr. Strauchs braune Augen belehrte sie eines Besseren.

Er sah sie erwartungsvoll an.

»Ich …« Fina spürte, wie ihr Gesicht zu glühen begann. »… Heute Abend kann ich leider nicht. Ich habe meinem Vater versprochen, ihn an meinem freien Wochenende zu besuchen.«

Dr. Strauch war sichtlich bemüht sich seine Enttäuschung nicht anmerken zu lassen. »Und morgen?«

Fina schluckte. »Ich komme erst Sonntag wieder.«

Dr. Strauch nickte und sammelte schweigend seine Utensilien ein. Er schaute Fina nicht an.

Fina gab sich einen Ruck. »Wie wäre es mit nächster Woche? Montag zum Beispiel?« Merkte Dr. Strauch, wie ihr Herz raste?

Der Tierarzt lächelte erleichtert. »Ich hole Sie nach der Arbeit ab. Sagen wir, um halb sieben?«

Fina erwiderte das Lächeln. »Halb sieben ist prima«, bestätigte sie, obwohl das bedeutete, dass sie etwa eine Stunde früher Feierabend machen musste. Aber sie traute sich nicht, den Tierarzt noch einmal vor den Kopf zu stoßen.

Werner Lothrop, der gerade nach seinem Pferd hatte sehen wollen, drehte sich um und lächelte zufrieden, während er möglichst leise durch die Boxengasse zurückschlich. Er würde sich später nach Fleuries Zustand erkundigen. Jetzt war er erst einmal froh, dass sein Wunsch, Fina möge sich im privaten Leben geschickter anstellen, als er es zeit seines Lebens getan hatte, vielleicht in Erfüllung ging.

Während Fina ihren Wagen vor dem alten Herrschaftshaus parkte und die Reisetasche von der Rücksitzbank nahm, glitt ihr Blick die imposante Fassade des Jugendstilhauses hoch. Jeder ihrer Freunde hatte sie bislang darum beneidet, in diesem schönen Haus aufgewachsen zu sein, und tatsächlich gab es einige Erinnerungen, die Fina nicht missen mochte. Zum Beispiel, wie sie mit ihrer besten Freundin aus Kindergartenzeiten die schwere Matratze aus dem Bett gehievt hatte, um auf ihr die breite, sanft geschwungene Treppe vom ersten Stock ins Erdgeschoss hinunterzurutschen. Die Fahrt hatte mit etlichen Beulen und blauen Flecken ein jähes Ende an der Wand der Eingangshalle gefunden, aber bis dahin war sie ein atemberaubendes Erlebnis gewesen.

Beinahe ebenso abrupt endeten leider alle schönen Erinnerungen an einem Tag im Herbst, kurz vor Finas zehntem Geburtstag, an dem ihre Mutter gestorben war. Danach war es still geworden im Haus und Fina hatte sich mehr und mehr den Pferden gewidmet, um der beklemmenden Atmosphäre, die ihr schwermütiger Vater verbreitete, zu entkommen.

Als sie mit siebzehn den Ausbildungsplatz im Gestüt

Lothrop angeboten bekam, das fast dreihundert Kilometer von ihrem Elternhaus entfernt lag, hätte sie am liebsten noch am gleichen Tag ihre Koffer gepackt. Kein Ort auf der Welt konnte weit genug von diesem Haus weg sein.

Wie sich im Lauf der Zeit herausstellte, reichten die dreihundert Kilometer dennoch. Fina sah ihren Vater fortan nur noch ein- oder zweimal im Jahr. Zu Weihnachten und manchmal, so wie jetzt, an seinem Geburtstag. Und was sie am Anfang nicht für möglich gehalten hatte: Auch er erholte sich einigermaßen von dem Verlust und begann ein neues Leben. Mit siebzehn war Fina vom schlechten Gewissen geplagt worden, als sie fast schon fluchtartig das Haus verlassen hatte. Doch die Befürchtung, ihr Auszug könnte ihren Vater restlos in den Abgrund stürzen, hatte sich als unbegründet erwiesen. Im Gegenteil. Ganz auf sich gestellt und seinerseits von dem schlechten Gewissen befreit, Fina in ihrer Trauer nicht genügend Stütze zu sein, hatte er seinen Alltag neu organisiert und wieder Freude am Leben gefunden. Mit seinen mittlerweile siebzig Jahren – er war sechzehn Jahre älter als seine verstorbene Frau – kam er allein ganz gut zurecht, auch wenn er für die Einkäufe und die Hausarbeit eine Hilfe brauchte.

Mama war siebenundzwanzig, als sie mich zur Welt brachte. So alt wie ich jetzt, dachte Fina verwundert, während sie ihre Tasche die wenigen Stufen zur zweiflügeligen Holztür hochschleppte und auf die Klingel unter dem Namensschild *von Essen* drückte.

Ihr Vater öffnete so schnell, als hätte er hinter der Tür

gestanden und auf seine Tochter gewartet. Er streckte ihr freundlich, aber förmlich die Hand zur Begrüßung entgegen, während er wie immer, wenn er sie hereinließ, die Auffahrt hinunterblickte, als hoffte er, dort noch jemanden zu sehen.

Doch Finas Begleitung war nur Cäsar, der an dem alten Mann vorbei ins Haus stürmte, als ginge er hier tagtäglich ein und aus.

Fina ignorierte die dargebotene Hand und umarmte ihren Vater stattdessen. Sie wusste, er würde sich darüber freuen und die Förmlichkeit war lediglich ein Angebot von ihm, damit sie sich nicht zu einer Umarmung genötigt fühlte. »Erwartest du noch jemanden?«, neckte sie ihn wie jedes Mal und war froh, dass ihr Vater ihr Lächeln nicht sehen konnte, während er sie an sich drückte.

Obwohl er es nicht aussprach, war Fina bewusst, dass er hoffte, sie möge ihm endlich einen Mann an ihrer Seite präsentieren, der für eine reiche Schar Enkelkinder sorgte und ihr karges Pferdepflegerinnengehalt aufbesserte. Der pensionierte Chefarzt einer bedeutenden chirurgischen Klinik ließ keine Gelegenheit aus, seiner Tochter finanzielle Unterstützung anzubieten. Er konnte sich einfach nicht vorstellen, wie sie von *den paar Kröten* ihren Lebensunterhalt bestritt. Fina lehnte allerdings immer dankend ab.

»Natürlich nicht«, beeilte er sich wie üblich zu beteuern, wenn er sich bei seinen heimlichen Wünschen ertappt fühlte, und zog sie in die imposante Eingangshalle.

Nach dem gemeinsamen Abendessen hatten sie sich

eigentlich alles erzählt, was es zu erzählen gab oder was sie zu erzählen bereit waren.

Die Frage ihres Vaters nach einem Freund beantwortete Fina wahrheitsgemäß, aber ausweichend. »Ach, weißt du, ich habe so viel Arbeit mit den Pferden im Augenblick, da bleibt mir für etwas anderes keine Zeit.« Sie stand von dem festlich gedeckten Tisch auf und schlenderte in Erinnerungen an ihre Kindheit versunken durch das Wohnzimmer. Viel hatte sich hier nicht verändert. Vor dem Kamin blieb sie stehen und nahm eine Fotografie vom Sims. »Sie war eine schöne Frau«, sagte sie.

»So schön wie du«, antwortete ihr Vater. »Du hast ihre Augen. Sie haben die Farbe des karibischen Meeres. Und sie funkeln wie Edelsteine.«

»Ach, Papa.«

»Vor allem wenn sie wütend war.« Sehnsuchtsvoll blickte der alte Mann ins Nichts.

Fina unterdrückte die Ermahnung, die ihr auf der Zunge lag, nicht immer an die Vergangenheit zu denken. Das hätte doch nur wieder zum Streit geführt.

Ihr Vater schüttelte sich, als könne er seine traurigen Gedanken dadurch vertreiben, und richtete den Blick auf seine Tochter. »Wie heißt das Pferd noch mal, das du zurzeit ausbildest?«

»Pegasus. Und er hat wirklich alle Voraussetzungen, ein außergewöhnliches Springpferd zu werden.« Jetzt war es Fina, die von Sehnsucht erfasst wurde. Sehnsucht nach ihren Pferden, ihren eigenen vier Wänden und nach einem gewissen jungen Mann, mit dem sie bald ein Rendezvous hatte.

»Ich bin natürlich selbst schuld.«

Martin Strauch runzelte die Stirn. »Wieso sollten Sie schuld sein?«

Fina legte die Gabel neben ihren Teller. »Na ja, ich hätte Fleurie nicht allein lassen dürfen.«

Der Tierarzt lächelte. »Wie viele Pferde besitzt Herr Lothrop? Dreißig? Vierzig?«

Fina nickte. »Im Augenblick zweiunddreißig.«

»Und wie wollen Sie es anstellen, auf jedes einzelne persönlich aufzupassen?«

»Ich meine ja nicht persönlich. Aber ich hätte Sven sagen müssen, dass er die ganze Zeit bei ihr bleiben soll.«

»Wissen Sie, Fina, Ihr Pflichtgefühl in allen Ehren, doch Sie müssen auch mal lernen, Verantwortung abzugeben.«

Jetzt war es Fina, die lächelte. Das Gleiche hatte ihr Vater am vergangenen Wochenende während des Abendessens zu ihr gesagt, als sie ihm von Fleuries Unfall erzählte. Er würde sich vermutlich blendend mit dem jungen Tierarzt verstehen, der Fina nun tief in die Augen sah, während er sein Besteck zur Seite legte.

»Vielleicht haben Sie recht«, antwortete Fina, als sie dem Blick aus den braunen Augen nicht mehr länger standhalten konnte.

Einen Moment lang hing Stille zwischen ihnen. Es war keine unangenehme Stille. Sie erinnerte Fina vielmehr an die Ruhe am Ufer eines einsamen Sees bei Sonnenuntergang, wenn die Natur mit sich im Einklang ist und von nichts und niemandem gestört werden kann.

Auch Dr. Strauch genoss dieses Schweigen, während er meinte, in Finas funkelnden Augen zu versinken. Er nahm jede feinste Kontur in dem Gesicht der jungen Frau in sich auf. Ebenso wie ihre zierliche Gestalt auf erstaunliche Weise sowohl Eleganz als auch Burschikosität ausstrahlte, verriet ihr Gesicht mit den hohen Wangenknochen, der geraden, schmalen Nase mit den winzigen Sommersprossen darauf, den geschwungenen Lippen und dem ausgeprägten Kinn zugleich Durchsetzungsvermögen und Sensibilität. Das hervorstechendste Merkmal aber waren Finas Augen. Umrahmt vom leicht gelockten, schulterlangen schokoladenbraunen Haar nahmen sie den jungen Tierarzt gefangen. Er wusste, warum Fina eine so ausgezeichnete Pferdeausbilderin war. Sie vereinte in sich alle Merkmale, die für den erfolgreichen Umgang mit diesen Tieren nötig waren: Intelligenz, Empfindsamkeit, Selbstdisziplin, Geduld und vor allem eine bedingungslose Liebe zu Pferden. Während er noch nach den richtigen Worten für das suchte, was er ihr an diesem Abend sagen wollte, griff er bereits nach ihrer Hand.

4

Zur gleichen Zeit, aber etliche Kilometer entfernt, wälzte sich ein sechsjähriges Mädchen schlaflos hin und her. Immer wieder versank es in einem kurzen Traum, aus dem es nach wenigen Minuten durch das herzerweichende Schreien eines Säuglings geweckt wurde. Es lag mit offenen Augen im Bett und lauschte seiner Mutter, die – sämtliche deutsche Schlaflieder singend – im Zimmer nebenan über den knarrenden Dielenboden schritt und das sechs Monate alte Baby auf ihrem Arm vergeblich zu beruhigen versuchte.

Die kleine Kathrin wusste von den Sorgen ihrer Mutter um ihren Bruder Leon. Morgen würde er erneut untersucht werden. Nicht nur dass er mehr schrie als andere Kinder in seinem Alter – er konnte sich weder drehen noch robben, geschweige denn dass er nach irgendwelchen Gegenständen griff oder auf andere Weise zu erkennen gab, dass er an seiner Umwelt interessiert war. Er lachte nicht, wenn man ihn anlachte, meistens sah er sogar weg, und er gab – abgesehen vom Schreien – nicht den geringsten Ton von sich. Kein *Da-da-da*, kein *Mem-*

mem-mem, nichts. Es schien, als lebte er nur für sich, abgeschirmt von allen Eindrücken, die von außen auf ihn eindringen wollten. Dazu kam, dass er sich kaum beruhigen ließ. Wenn Mama ihn auf den Arm nahm, weil er weinte, wurde sein Schreien meistens nur noch schlimmer. Er machte sich steif, überdehnte den Rücken und bog seinen Kopf so weit nach hinten, wie es nur ging. Berührungen schienen ihm unangenehm zu sein, als bereiteten sie ihm körperliche Schmerzen.

Oft ließ er sich erst durch das Geräusch von fließendem Wasser beruhigen. Wenn Mama den Hahn über dem Waschbecken aufdrehte, wandte er den Kopf und sah zu, wie das Wasser ins Becken und in den Abfluss lief. Manchmal kreiste er dabei mit seinem Kopf, als würde der Strudel ihn mit sich nehmen. Dies waren die kurzen Momente, in denen Leon etwas von seiner Umgebung mitzubekommen schien. Ansonsten lebte er in seiner eigenen Welt, zu der weder Kathrin noch ihre Mutter oder ihr Vater Zugang hatten.

Die endgültige Diagnose des Kinderarztes stand noch aus. Kathrin hatte das Wort *Autismus* aufgeschnappt und ihre Mutter gefragt, was das bedeutete. Die Antwort hatte sie allerdings nicht verstanden.

Das Schlimmste aber war, dass Mama und Papa nur noch miteinander stritten. Dann weinte Mama und Kathrin lag in ihrem Bett und weinte ebenfalls. Sie hörte das Knallen der Tür, wenn ihr Vater mitten in der Nacht das Haus verließ, und wachte jeden Morgen mit der quälenden Frage auf, ob Papa wieder nach Hause zurückgekommen war oder nicht. Manchmal war er da und Kathrin fiel ihm um den Hals. Und manchmal behauptete Mama, dass er schon früh zur Arbeit gegangen wäre. Kathrin wusste, dass das eine Lüge war, aber sie schwieg.

»Du bist jetzt meine Große«, sagte ihre Mutter hin und wieder zu ihr, wenn sie wollte, dass Kathrin etwas für sie erledigte. Und Kathrin bemühte sich nach Leibeskräften ihrer Mutter behilflich zu sein. Aber oft hasste sie es, *die Große* zu sein. Dann wünschte sie sich wieder klein zu sein und Leon dahin zurückzuschicken, wo er hergekommen war. Sicher, sie liebte ihn, doch seit er da war, war alles anders und nicht unbedingt schöner.

Ihre Freundin aus dem Kindergarten, Patrizia, hatte auch einen kleinen Bruder. Doch mit dem war das irgendwie anders. Mit ihm konnte man richtig spielen – auch wenn er dabei oft etwas kaputtmachte. Leon machte ja noch nicht einmal etwas kaputt! Er machte einfach gar nichts.

Kathrin freute sich auf den Schulanfang. Bald würde sie kein Kindergartenkind mehr sein! In wenigen Wochen begann die Schule. Vielleicht würde dann endlich alles wieder anders. Und endlich wieder schön!

Als ihre Mutter kurz darauf nach Kathrin schaute, träumte das Mädchen von einer riesigen Schultüte mit vielen Pferdebildern darauf. Sie sah im Schlaf so zufrieden aus, dass ihre Mutter beim Anblick ihrer Tochter unwillkürlich lächelte. Sie strich Kathrin sanft eine Haarsträhne aus dem Gesicht und wischte sich anschließend mit dem Handrücken eine Träne von der Wange. Sie wusste nicht, wie es weitergehen sollte. Diese ewigen Streitereien kosteten sie viel Kraft. Kraft, die sie für Leon und Kathrin brauchte. Warum nur fiel es dem Vater der Kinder so schwer, sich mit Leons Besonderheit auseinanderzusetzen? Auch jetzt war er nach einer heftigen Diskussion wieder auf und davon. Wann würde er wiederkommen? Heute Nacht? Morgen? Oder überhaupt nicht mehr?

Das anschwellende Weinen des Säuglings, das durch den Spalt der angelehnten Tür drang, riss Kathrins Mutter aus ihren Gedanken. Einen Augenblick lang wollte sie so tun, als hätte sie nichts gehört. Aber das Weinen wurde lauter, eindringlicher, und Kathrin wälzte sich bereits unruhig hin und her. Mit einem Seufzen erhob sich die Frau vom Bettrand ihrer Tochter. Sie beeilte sich durch den Flur ins angrenzende Wohnzimmer des alten Bauernhauses zu gelangen, wo sie Leon erst vor wenigen Minuten schlafend auf einer Decke zurückgelassen hatte, um nach ihrem zweiten Kind zu sehen.

»Kommt überhaupt nicht infrage.«

»Gut, dann fahre ich mit ihm aber auch nicht auf die Jährlingsschau.«

Herr Lothrop sah Fina erstaunt an. So energisch reagierte sie nur äußerst selten. »Fina«, seine Stimme klang besänftigend. »Überlegen Sie doch mal, was die Kastration für seine Entwicklung bedeutet.«

»Ich weiß, was sie für seine Entwicklung bedeutet. Das nehme ich in Kauf. Er hat genug Energie und Intelligenz und sein Exterieur ist schon jetzt ausgezeichnet. Er wird auch als Wallach erstklassige Leistungen erbringen. Als Hengst dagegen würde er sich zusehends zu einem unzufriedenen, störrischen und unglücklichen Einzelkämpfer entwickeln. Pegasus braucht die Gesellschaft anderer Pferde mehr als die meisten hier im Stall. Und in seiner jetzigen Verfassung kann ich ihn nicht einmal mit den anderen zusammen auf die Weide lassen! Er will zu den Stuten, koste es, was es wolle.«

Herr Lothrop wog Finas Einwände sorgfältig ab.

Fina musterte ihren Chef. Warum antwortete er nicht? Manchmal machte es sie rasend, wenn er sie derart zappeln ließ. So viel Geduld sie auch bei der Ausbildung von Pferden hatte, so ungeduldig konnte sie im Umgang mit Menschen sein. »Ich habe selten ein Pferd gesehen«, sagte sie, »das so sozial veranlagt ist wie Pegasus. Die Einzelhaltung als Hengst wäre für ihn eine Katastrophe. Er *braucht* den Kontakt zu anderen!«

Werner Lothrop schwieg immer noch. Es fiel ihm schwer, von seinem Vorhaben, Pegasus erst als ausgewachsenen Dreijährigen kastrieren zu lassen, Abschied zu nehmen. Aber er musste zugeben, dass Finas Einwände nicht ganz unberechtigt waren. Und schließlich wollte er mit Pegasus nicht züchten, sondern Medaillen gewinnen! Er sollte dem Gestüt Ruhm und Ehre bringen und es international berühmt machen.

»Also gut«, gab er schweren Herzens nach. »Vereinbaren Sie einen Termin mit dem Tierarzt.« Als er Finas zufriedenes Lächeln sah, fügte er schnell hinzu: »Aber erst nach der Schau! Und nun verschwinden Sie schnell von hier, bevor ich es mir wieder anders überlege.«

Fina sah Herrn Lothrop verdutzt an. Nach seiner anfänglichen Gegenwehr hatte sie nicht damit gerechnet, dass er so schnell nachgeben würde. Aber sie beherzigte seinen Rat und machte auf dem Absatz kehrt, bevor er einen weiteren Einwand erheben konnte.

»Fina!«, rief er ihr hinterher.

Fina stockte der Atem, als sie sich zu ihrem Chef umdrehte. Was kam jetzt? Bereute er es doch, klein beigegeben zu haben?

»Und wehe, Sie kommen nicht mit dem ersten Platz nach Hause!« Er grinste.

Fina grinste zurück. »Mal sehen. Wenn er nicht alles kurz und klein tritt …«, antwortete sie und beeilte sich, nun wirklich den Raum zu verlassen.

Werner Lothrop sah Fina hinterher und hoffte, dass er die richtige Entscheidung getroffen hatte. Finas Gespür für Pferde war unschlagbar und so würde er sich auch diesmal auf ihr Urteil verlassen.

»Im Prinzip ist es egal, ob du ein Pferd, einen Hund oder ein Kind erziehen willst.« Fina stutzte einen Augenblick. Vom Letztgenannten hatte sie eigentlich ja keine Ahnung, aber sie stellte sich das zumindest so vor. »In allen drei Fällen braucht man vor allem Liebe, Geduld, Konsequenz und Einfühlungsvermögen. Natürlich sind Hunde und Pferde grundverschieden. Während Pferde vor Gefahren fliehen, stellen sich Hunde als Raubtiere der Bedrohung. Aber bei jedem Lebewesen kommt es erst einmal darauf an, dass du sein Vertrauen gewinnst.«

Sven nickte und seufzte.

»Das Pferd wird sich dir nur dann anschließen, wenn es weiß, dass es bei dir sicher ist. Und wann weiß es das?«

Sven sah Fina schweigend an.

»Wenn es sich auf dein Handeln jederzeit verlassen

kann. Dein Verhalten muss eindeutig sein und dem Pferdeverstand entsprechen. Du kannst nicht erwarten, dass ein Tier deine Absicht erkennt, wenn du dich nicht dementsprechend verhältst. Ein Pferd, dem du dich von hinten mit erhobenen Armen näherst, reagiert instinktiv mit Flucht. Denn aus diesem Winkel greifen Raubtiere an.«

Sven nickte wieder. »Ich weiß«, sagte er etwas genervt. »Ich war halt in Eile, weil Herr Lothrop mich gebeten hatte, Saskia von der Weide zu holen, und da habe ich nicht darüber nachgedacht.«

»Im Umgang mit Pferden solltest du nie in Eile sein«, antwortete Fina. »Und du solltest immer darüber nachdenken, was du tust.«

Sven verzog das Gesicht. Es kam selten vor, dass Fina den Angestellten solche Strafpredigten hielt.

»Weißt du, was das Schlimmste an deiner Eile ist?« Sie erwartete nicht ernsthaft eine Antwort. »Sie kostet dich verdammt viel Zeit.«

Allerdings, dachte Sven, der nun bereits seit einer geschlagenen halben Stunde hier stand und sich Finas Belehrungen anhören durfte.

»Denn nicht nur, dass du Saskia heute nicht einfangen konntest, du kannst dir auch für die nächste Zeit abschminken, es zu schaffen. Pferde haben ein ausgesprochen gutes Gedächtnis und Saskia wird dieses Erlebnis mit dir nicht so schnell vergessen. Ihr Vertrauen in dich und deine Führungskompetenz hat gelitten und du musst es erst wiederherstellen.«

»Und wie soll das gehen?«

Fina lächelte den jungen Mann an. »Mit sehr viel

Geduld und Zeit.« Sie blickte auf ihre Armbanduhr. »Wir treffen uns morgen früh um neun auf der kleinen Weide. Sorge dafür, dass du ausreichend gefrühstückt hast, zieh dir bequeme Schuhe an und nimm dir vor ein Uhr nichts vor.« Ohne ein weiteres Wort der Erklärung drehte sie sich um, ließ Sven stehen und ging davon.

Als Sven am nächsten Morgen pünktlich um neun Uhr auf der sogenannten kleinen Weide des Gestüts erschien, erwartete Fina ihn bereits. Sie hatte es sich auf einem kleinen Anglerstühlchen bequem gemacht, neben sich eine Thermoskanne mit heißem Tee, und grinste, als er auf sie zukam.

Sven verzog das Gesicht, als er die beiden Pferde auf der Weide erkannte. Es waren Saskia, die er gestern vergeblich einfangen wollte, und Pegasus, der Jährling, dem Finas besondere Aufmerksamkeit zuteilwurde. Saskia wieherte, als sie ihn sah, und Sven hatte fast das Gefühl, als lache die Stute ihn aus.

Pegasus beobachtete das Geschehen um sich herum mit größter Neugierde und versuchte ab und zu, Saskias Wohlgefallen zu erregen, indem er vor ihr auf und ab stolzierte und die ersten Hengstallüren zeigte. Das wurde von der trächtigen Stute jedoch nur mit Missbilligung quittiert. Trotzdem hatte der Fuchs ganz offensichtlich den meisten Spaß.

»Und jetzt?« Sven ging neben Fina in die Hocke.

»Ich habe mir gedacht, ich zeige dir, wie man ein Pferd einfängt, und Saskia, dass du der Stärkere von euch beiden bist. Pegasus kann dabei auch direkt seine Lektion lernen.«

Sven hob die Augenbrauen und wartete auf weitere Erklärungen.

Fina hielt zwei Halfter hoch, die auf der anderen Seite des Stuhls außerhalb von Svens Blickfeld gelegen hatten. Eins war ein Fohlenhalfter, das andere eindeutig für Saskia bestimmt. Fina betrachtete kurz Svens Schuhe. »Ich hoffe, du hast dir die bequemsten Schuhe ausgesucht, die du hast, denn du wirst einige Zeit auf den Beinen sein.« Sie deutete mit dem Kopf auf die zwei friedlich grasenden Pferde. »Du gehst jetzt da rein und fängst Saskia und Pegasus ein.«

»Aber ...« Sven hätte Fina am liebsten widersprochen. Wie sollte er das schaffen? Das hatte er doch gestern schon vergebens versucht. Und jeder im Stall wusste, dass Pegasus sich ausschließlich von Fina von der Weide holen ließ, solange kein anderes Pferd, vorzugsweise eine Stute, mit in den Stall sollte.

»Du darfst nicht laufen, nicht schreien, am besten überhaupt nicht sprechen. Du gehst nur immer mit ruhigen, festen Schritten auf Saskia zu.«

»Aber sie wird doch davonlaufen!«

Fina nickte. »Ja. Und du gehst hinterher.«

»Und was soll das bringen?«

»Es geht darum, dass Saskia nicht eher zur Ruhe – und damit zum Fressen – kommt, bis sie bereit ist, sich von dir aufhalftern zu lassen.«

»Du meinst, ich soll ihr hinterherrennen, bis sie von sich aus stehen bleibt und auf mich wartet?«

»Ganz genau. Nur dass du keinesfalls rennen darfst. Das Pferd ist ohnehin schneller als du. Gehe stets im gleichmäßig langsamen Tempo auf sie zu.«

»Aber das kann den ganzen Tag dauern!« Sven ahnte, warum er gutes Schuhwerk brauchte.

Fina zuckte mit den Schultern. »Unter Umständen«, sagte sie, »aber ich glaube es nicht. Ich schätze, heute Mittag sind wir fertig.«

»Heute Mittag?«

Fina hielt Sven wortlos das Halfter entgegen. »Wenn du sie hast, bindest du sie einen Augenblick an den Pfosten, gibst ihr eine Belohnung«, sie reichte ihm einen Beutel mit Haferplätzchen, »und dann kannst du sie wieder laufen lassen und von vorne anfangen.«

Sven starrte mit offenem Mund auf das Halfter in der einen Hand und die Tüte mit Plätzchen in der anderen.

»Und nasche ja nicht von den Plätzchen, wenn der große Hunger kommt«, fügte Fina hinzu und blinzelte ihn unschuldig an. »Sie sind bereits ein wenig trocken.«

Sven schluckte den Kloß in seinem Hals hinunter und stand auf. Saskia und Pegasus sahen ihm entgegen, als er nun über den Weidezaun auf die Koppel kletterte. Wie Fina es ihm aufgetragen hatte, ging er mit festen, langsamen Schritten auf Saskia zu. Das Pferd graste und ließ ihn auf etwa zehn Meter herankommen. Dann blickte es einmal zu ihm auf und trabte gemächlich ans hintere Ende der Weide. Pegasus machte der Stute alles nach und lief ihr hinterher. Sven seufzte und folgte den beiden Pferden. Doch kaum war er bis auf die gleiche Entfernung wie zuvor herangekommen, sah Saskia erneut zu ihm herüber, schnaubte einmal gelangweilt und trabte mit wehender Mähne in einem Sicherheitsabstand von etwa drei Metern an ihm vorbei wieder zur Weidenmitte. Sven ließ die Schultern hängen, verzog die Mundwinkel, drehte sich um – und folgte Saskia.

Unter Finas belustigten und Pegasus' verdutzten Blicken setzten Saskia und Sven ihre Prozession fort: Saskia ließ Sven bis auf wenige Meter herankommen, dann preschte sie davon. Pegasus beobachtete die beiden neugierig. Nach einer Weile beschloss er sich die Sache aus der Nähe anzusehen. Mit lang gestrecktem Hals ging er Sven hinterher und versuchte, an ihm zu schnuppern.

Sven warf Fina einen fragenden Blick zu.

Fina schüttelte den Kopf. »Bleib stehen, wende ihm den Rücken zu und lass ihn alles in Ruhe untersuchen.«

Sven spürte die Pferdenase in seinem Rücken. Pegasus machte sich mit dem Halfter vertraut, das in Svens linker Hand baumelte, dann versuchte er an Svens Jacke zu knabbern.

»Schick ihn weg«, ertönte Finas Stimme ruhig vom Rand der Weide.

Der junge Mann drehte sich zu Pegasus um und hob langsam beide Arme.

Pegasus reagierte schnell. Er riss den Kopf hoch, machte einen Satz zur Seite und stob schließlich davon.

Saskia hatte sich derweil eine besonders saftige Stelle zum Grasen ausgesucht. Als Sven nun wieder auf sie zukam, zeigte sie wenig Lust, das Fang-mich-Spiel fortzusetzen. Erst als Sven nur noch einen Meter von ihr entfernt war und sie mit ausgestrecktem Arm hätte berühren können, gab sie ihre Position auf.

Sven, der gerade schon kurz davor gewesen war, seinen Job an den Nagel zu hängen, schöpfte Hoffnung.

Er begann zu begreifen, was Fina mit dieser Übung bezweckte. Und er merkte, dass sie recht hatte. Es dauerte allerdings immer noch über eine Stunde, bis Saskia sich zum ersten Mal von ihm aufhalftern ließ. Sven fluchte im Stillen vor sich hin. Ihm wären noch andere Methoden eingefallen, um das Pferd zum Gehorchen zu bringen.

Nach mehrfachem Aufhalftern beider Pferde trat Fina an den Zaun. Es ging bereits auf Mittag zu. »Ich glaube, für heute reicht es«, erlöste sie Sven, dem allmählich der Magen knurrte.

»Für heute?« Bei der Vorstellung, diese Prozedur noch einmal durchstehen zu müssen, zweifelte Sven erneut, ob dieser Beruf wirklich das Richtige für ihn war.

»Wir werden das noch zwei-, dreimal wiederholen«, bestätigte Fina Svens Ängste. »Aber keine Sorge, du wirst erstaunt sein, wie schnell Pferde lernen. Das nächste Mal dauert es nicht mehr so lange und bald wird Saskia zu dir kommen, sobald du sie dazu aufforderst.«

Sven unterdrückte mühsam seinen Widerspruchsgeist. Es hatte ja doch keinen Sinn.

5

Heute Nachmittag brauche ich deine Hilfe noch einmal«, fuhr Fina fort, während sie mit Sven zurück zu den Stallungen ging. »In sechs Wochen findet die Jährlingsschau statt. Bis dahin muss Pegasus fit sein.«

»Und was habe ich damit zu tun?«

»Du hilfst mir, ihn ans Verladen zu gewöhnen.«

Sven stöhnte. Pferde in einen Hänger zu verfrachten, gehörte nicht gerade zu seinen Lieblingsaufgaben, seitdem er dabei einmal den Huf eines Shire Horse mit einem Stockmaß von eins dreiundachtzig zu spüren bekommen hatte. Dieses Kaltblut, das die Kutsche bei einer Kinderfreizeit gezogen hatte, hörte auf den klangvollen Namen Napoleon. Damals war ihm das sehr passend erschienen, bis ihn jemand darüber aufklärte, dass der »große« französische Feldherr aus den Geschichtsbüchern in Wahrheit ein Zwerg mit einer Körpergröße von nur eins neunundvierzig gewesen war – selbst zu Napoleon Bonapartes Zeiten nicht gerade viel. Der Hufabdruck auf seinem Oberschenkel jedenfalls war noch Wochen danach deutlich zu sehen gewesen, aber das Pferd Napoleon hatte die Schläge mit Svens Reitgerte sicherlich auch nicht so schnell vergessen.

Fina warf dem jungen Mann einen skeptischen Blick zu. Auch wenn er sich meistens recht geschickt anstellte, fragte sie sich doch, warum Sven ausgerechnet den Beruf des Pferdepflegers gewählt hatte. Ihm fehlte das Gespür für die Tiere und obwohl er kein schlechter Reiter war, glaubte sie, dass er sich zu sehr auf seine Körperkraft verließ und vieles mit Gewalt und Strafe durchzusetzen versuchte statt mit Verständnis und Belohnung. Von *Natural Horsemanship* schien er nicht viel zu halten. Er war wohl eher ein Vertreter der alten Schule und hatte die Auffassung, man müsse dem Pferd nur zeigen, wer der Boss ist.

Sie versuchte Sven beizubringen, dass es bessere Wege gab, mit einem Pferd zu arbeiten. Manchmal hatte sie das Gefühl, er würde allmählich begreifen, und dann wieder überraschte der junge Mann sie mit einem Verhalten, dass jede ihrer Hoffnungen zunichte machte. Einmal hatte sie ihn sogar beobachtet, wie er ein Pferd mit der Gerte schlug. Empört hatte sie ihn zur Rechenschaft gezogen und verwundert festgestellt, dass er sich keiner Schuld bewusst war. Für ihn war es normal, ein widerspenstiges Tier durch Prügel fügsam zu machen. Aber er hatte wenigstens begriffen, dass sie so etwas nicht duldete und seitdem – soweit sie das beurteilen konnte – auch kein Pferd mehr geschlagen.

»Wir haben jetzt«, Fina blickte auf ihre Armbanduhr, »halb eins. Du kannst eine Stunde Pause machen und um zwei treffen wir uns wieder an der kleinen Weide.

Hol bitte vorher den Transporter. Den mit dem vorderen Ausstieg.«

Sven nickte. Er wollte jetzt nur noch eins: für eine Stunde seine Schuhe ausziehen und etwas essen. Über alles andere würde er sich nach der Mittagspause den Kopf zerbrechen.

Pegasus spitzte die Ohren und reckte den Hals, während Sven und Fina den Hänger so auf der Weide platzierten, dass möglichst viel Licht sein Innenleben erhellte. Fina verteilte ein wenig Stroh auf der Rampe – nicht zu viel, damit Pegasus nicht ins Rutschen kam –, öffnete den vorderen Ausstieg und band die Plane sorgfältig fest.

Es war nicht das erste Mal, dass Pegasus einen Transporter betreten sollte. Er war schon als Fohlen gereist. Damals war er ins Stammbuch eingetragen worden und hatte eigene Papiere erhalten, bevor er gebrannt wurde und einen Chip zur Identifizierung bekam. Aber nun sollte er allein in den Hänger gehen – ohne seine Mutter! Und außerdem war er inzwischen ein kräftiger Jährling mit starkem Willen, kein viermonatiges Fohlen mehr!

Obwohl es dort eigentlich nichts zu erledigen gab, stieg Fina betont ruhig in den Transporter und machte sich darin zu schaffen. Cäsar, ihr Mischlingshund, begleitete sie und Fina animierte ihn dazu, zu ihr auf den Hänger zu kommen. Der flinke schwarze Hund brauchte keine zweite Einladung. Schwanzwedelnd preschte er die Rampe hinauf und sprang auf der anderen Seite wieder herunter.

Pegasus beobachtete das eigens für ihn arrangierte

Schauspiel neugierig – ebenso wie Sven, der Finas Verhalten mehr als merkwürdig fand. Wollte sie nun Pegasus verladen oder nicht? Was um alles in der Welt machte sie in dem Hänger? Jetzt begann sie auch noch zu summen! Hatte sie den Verstand verloren?

Der Jährling machte sich seine eigenen Gedanken, was es mit dieser merkwürdigen Höhle auf sich haben könnte. Eine Gefahr schien von ihr nicht auszugehen, wenn der Hund und die Frau sie betraten. Und der Hund, den er schon lange kannte und als Freund betrachtete, hatte ganz offensichtlich sogar einen Heidenspaß daran, die Rampe hinauf- und hinunterzujagen.

Endlich erschien Fina wieder auf der Verladerampe.

»Was machen wir jetzt?«, fragte Sven ungeduldig und klopfte nervös mit dem Handgriff der Peitsche auf seinen Oberschenkel.

»Die wirst du nicht brauchen«, antwortete Fina mit einem Kopfnicken in Richtung Peitsche. »Leg sie bitte zur Seite.«

Während Sven die Peitsche zum Koppelzaun brachte, holte Fina Pegasus' Futtereimer. Obenauf lagen einige Möhren. Sie ging mit dem Futtereimer auf Pegasus zu und reichte ihm ein Möhrenstück.

Während Pegasus noch kaute, ging sie zum Hänger und stellte den Futtereimer weit oben auf der Rampe ab. Dann drehte sie sich um, lehnte sich neben Sven gegen einen Pfosten am Zaun und beobachtete Pegasus.

Das Pferd sah verdutzt zwischen Fina und dem Futtereimer hin und her. Cäsar schnupperte neugierig an dem Eimer, war aber mit dem Angebot sichtlich unzufrieden und wandte sich bald wieder ab.

Fina erweckte den Eindruck, als wäre es ihr völlig gleichgültig, was als Nächstes passierte. Sie überließ Pegasus sich selbst und gab ihm Zeit, sich in Ruhe zu überlegen, wie er mit der Situation umgehen wollte.

Der Jährling brauchte nur einige Minuten. Dann näherte er sich vorsichtig dem Hänger, beschnoberte ihn von allen Seiten und setzte schließlich vorsichtig beide Vorderhufe auf die Rampe, um an seinen Futtereimer zu gelangen. Zunächst wirkte er noch etwas zögerlich, doch nach einer Weile begann er zu fressen.

Sven sah Fina fragend an. »Ich dachte, du wolltest ihn verladen.«

Fina schüttelte den Kopf. »Nein«, antwortete sie, »ich wollte ihn ans Verladen *gewöhnen*.«

Sven nickte, als hätte er verstanden. In Wahrheit war er genauso schlau wie vorher.

Fina lächelte. »In ein paar Tagen werden wir die erste Runde ums Gestüt mit ihm drehen. Und in sechs Wochen ist er so weit, dass ich mit ihm auf die Schau fahren kann, ohne dass es Probleme beim Transport gibt.«

Herr Lothrop nickte zufrieden. »Als hätte er noch nie was anderes gemacht«, stellte er fest, während Fina die Klappe des Hängers schloss und sich zu ihrem Chef umdrehte. Seit Fina für ihn arbeitete, gab es auf dem Gestüt kein einziges verladescheues Pferd mehr. Selbst die Tiere, die früher regelmäßig ein Heidenspektakel veranstaltet hatten, ließen sich von ihr in einen Transporter führen, als wäre die Rampe nichts weiter als die Verlängerung einer x-beliebigen Straße. »Dann viel Glück und denken Sie dran …« Er grinste. »Ohne den ersten Platz brauchen Sie hier gar nicht mehr aufzutauchen.«

Fina quittierte diese Drohung mit einem Schulterzucken. Erstens machte sie sich keine Sorgen um die Platzierung und zweitens wusste sie, dass Herr Lothrop seine Worte nicht ernst meinte. »Fein«, sagte sie. »Ich werde alles dafür tun, dass wir nur Zweiter werden. Dann kann ich Pegasus behalten und mach mich mit ihm aus dem Staub – wenn Sie mich nicht mehr hier sehen wollen.«

Herr Lothrop tat so, als wäre er wütend, und stieß die Faust in die Luft. Die Geste verwandelte sich in ein freundliches Winken, als Fina ins Auto stieg und in langsamer Fahrt den Hof verließ, um Pegasus zum ersten Mal in seinem Leben einer Konkurrenz zu stellen.

Je näher sie der Pferdeschau kamen, desto nervöser wurde Fina. Sie hatte die letzten Wochen intensiv mit Pegasus trainiert. Die Gewöhnung an den Hänger war das geringste Problem gewesen. Viel mehr Zeit hatte sie darauf verwenden müssen, ihm das Vorführen schmackhaft zu machen. Das kleine Energiebündel war nur schwer davon zu überzeugen, sich von ihr führen zu lassen und auf Kommando stehen zu bleiben, weil für ihn der Sinn dieser Übung nicht erkennbar wurde. Wieso sollte er immer in einem Dreieck laufen? Mal im Schritt, mal trabend, dann im offenen Stand stehen bleiben. Wenn es in den Stall ging oder zur Weide, ließ er sich gern von Fina am Halfter führen, denn am Ende hatte er ja etwas davon. Aber so?

Finas Zuversicht schwand, als sie beim Ausladen die anderen Pferde in Pegasus' Klasse sah. Sie war früh da, um ihren Schützling in Ruhe an den Ort und die Atmosphäre zu gewöhnen. Aus Erfahrung wusste sie, dass fast immer nur die härtesten Konkurrenten aus den professionellen Zuchtställen so früh eintrafen. Als Erstes erkannte sie den größten Widersacher ihres Arbeitgebers, der soeben einen bemerkenswerten Jährling aus seinem Transporter lud. Offenbar hatte der Züchter diese Schau sogar zur Chefsache erklärt und war persönlich erschienen.

Aus den Augenwinkeln versuchte Fina die Siegeschancen des hübschen Rappen abzuschätzen und musste schmerzhaft erkennen, dass das Exterieur und der Esprit des Tieres dem von Pegasus in nichts nachstanden. Das würde schwerer werden, als sie gedacht hatte. Pegasus durfte sich keinen Schnitzer erlauben. Sie wagte kaum sich auszudenken, was geschehen würde, wenn Herr Lothrop erfahren müsste, dass ihm sein größter Feind, Edmund Brunnen, der ihm vor gut zwanzig Jahren die Frau ausgespannt hatte, jetzt auch noch den wichtigen Sieg weggeschnappt habe – und das eigenhändig! Auf das Verhör, was falsch gelaufen war, konnte Fina gut und gerne verzichten! Nein, sie musste alles geben und das Beste aus Pegasus herausholen, wenn sie ihrem Boss unabhängig vom Ausgang dieser Veranstaltung ruhigen Gewissens unter die Augen treten wollte.

Sie stupste den jungen Mann an ihrer Seite, der sie hierher gefahren hatte und ihr beim Vorführen behilflich sein sollte, an und machte ihn mit einer Kopfbewegung auf den Konkurrenten aufmerksam.

Fachmännisch wog Finas Begleiter die Chancen des

jungen Tiers ab. »Das wird schwer«, wandte er sich schließlich an sie und strich ihr dabei liebevoll eine Haarsträhne aus der Stirn. Dass Dr. Martin Strauch sie begleitete, hatte weniger mit seinem Job als vielmehr mit seiner persönlichen Beziehung zu Fina zu tun. Seit ihrem ersten gemeinsamen Abendessen hatten die beiden viel Zeit miteinander verbracht. Doch immer noch war Fina vorsichtig und ließ die Beziehung langsam wachsen. *Zu* langsam fand der Tierarzt manchmal, aber er übte sich in Geduld. Was blieb ihm auch anderes übrig? Jedes Mal, wenn er Fina bat, ihn zu seinen Eltern zu begleiten, fand sie einen anderen Vorwand, um diese Einladung zu umgehen. Geschweige denn dass sie ihn schon einmal gebeten hatte, mit ihr zu ihrem Vater zu fahren!

Martins bester Freund hatte bereits versucht, ihm den Floh ins Ohr zu setzen, Fina meine es gar nicht ernst. Einen Augenblick lang hatte der junge Mann über diese Möglichkeit nachgedacht und sie dann verworfen. Er spürte, dass zwischen ihm und der jungen Frau etwas ganz Großes entstehen konnte, wenn er ihr nur Zeit ließ.

»Das wird schwer«, sagte er noch einmal und wusste in diesem Augenblick selbst nicht, wovon er eigentlich sprach: von Pegasus' Sieg oder von seiner Beziehung mit Fina.

Pegasus war sichtlich aufgeregt und Fina hatte nicht mehr genügend Zeit, ihn zu beruhigen, denn er sollte als Erster in seiner Klasse vorgeführt werden.

Der geschlossene Stand zur Begrüßung ging gründlich daneben und Fina versuchte vergebens, an der Mimik der Richter abzulesen, was das für die Wertung bedeutete. Die Arbeit am Vorführ-Dreieck dagegen gelang besser, als Fina gehofft hatte. Pegasus zeigte saubere Gänge und schien zusehends ruhiger zu werden, als er nun endlich das tun konnte, was für ihn während der letzten Wochen zur Routine geworden war. Er trat willig an und zeigte sowohl im Schritt als auch im Trab raumgreifende, taktklare Schritte. Schließlich hatte er sich so weit beruhigt, dass er sich problemlos im offenen Stand ausrichten und die Begutachtung durch die Richter ohne Wimpernzucken über sich ergehen ließ.

Aber auch Baltimore, aus dem Gestüt Brunnen, zeigte eine überwältigende Leistung und Fina war sich bis zum Schluss unsicher, ob Pegasus der Fauxpas am Anfang den Sieg gekostet hatte oder nicht.

»Exterieur: neun Punkte. Gänge …«, der Richter raschelte mit den Papieren, »… neun Punkte.«

Fina hielt die Luft an, während sie auf die Wertung in der letzten und entscheidenden Disziplin an diesem Tag wartete.

»Manier: acht Komma fünf Punkte.«

Fina verzog das Gesicht. Die Richter hatten Pegasus' Patzer zu Beginn der Vorführung mit einem halben Punkt Abzug geahndet. Jetzt kam es darauf an, ob Baltimore in besserer Verfassung gewesen war.

»Exterieur«, begann der Richter mit der Punktwertung, nachdem er zuvor minutenlang Baltimores Pedigree verlesen hatte, »neun Punkte. Gänge: acht Komma fünf Punkte.«

Fina wagte vor Aufregung nicht zu atmen.

»Manier: acht Komma fünf Punkte.«

Fina strahlte Martin an. Das Ergebnis war denkbar knapp, aber Pegasus hatte gewonnen! Mit einem halben Punkt Vorsprung.

Glücklich nahm sie die Gratulationen der anderen Pferdebesitzer entgegen.

Teil II

Die Welt ist kein Machwerk
und die Tiere sind kein Fabrikat
zu unserem Gebrauch.
Nicht Erbarmen,
sondern Gerechtigkeit
ist man den Tieren schuldig.

Arthur Schopenhauer (deutscher Philosoph, 1788–1860)

1

Kathrin! Beeil dich, wir müssen in fünf Minuten los!«

»Ja, Mama!« Hektisch warf Kathrin ihren Schlafanzug und das Buch mit den Pferdegeschichten, das sie gerade las, in den kleinen Reisekoffer.

Das Gesicht ihrer Mutter, das jetzt im Türrahmen auftauchte, war vor Anstrengung leicht gerötet. Auf ihrer linken Hüfte trug sie Leon, der hingebungsvoll auf einem kleinen Stoffhund herumkaute und dabei gedankenverloren geradeaus starrte. Dem einst weißen Plüschtier sah man an, dass es regelmäßig dieser Behandlung unterzogen wurde. »Hast du alles?«

Kathrin nickte und deutete mit dem Kopf auf den kleinen Koffer.

»Gut. Dein Vater holt dich am Bahnhof ab. Bitte denk dran, dass du auf dem Bahnsteig bleibst, an dem der Zug hält, damit Papa dich findet.« Kathrins Mutter sprach eindringlich.

»Ja, Mama«, wiederholte Kathrin leicht genervt. Sie war mit ihren acht Jahren doch kein kleines Kind mehr! Und inzwischen sicher fünfzigmal oder noch öfter übers

Wochenende mit dem Zug zu ihrem Vater und dessen neuer Freundin gefahren. Dass sie dabei einmal verloren gegangen war, das war mindestens ein Jahr her. Und damals war sie schließlich noch viel kleiner gewesen!

Ihre Mutter setzte Leon auf dem Boden in Kathrins Zimmer ab, wo er wie eine Stoffpuppe sitzen blieb, und kniete vor ihrer Tochter nieder. Sie nahm Kathrin in den Arm und sagte: »Ich hab dich lieb. Pass auf dich auf, mein Schatz.«

Kathrin erwiderte die Umarmung. »Ich hab dich auch lieb.«

Obwohl sie sich wie immer auf das Wochenende bei ihrem Vater freute, war Kathrin auch ein bisschen traurig, ihre Mutter und Leon zurücklassen zu müssen. Nach dem ersten Schreck, als ihre Mutter ihr gesagt hatte, dass Papa endgültig ausgezogen war, hatte sie tagelang nur geheult. Sobald sie die Haustür gehört hatte, war sie in den Flur gelaufen in der Hoffnung, Papa sei doch zurückgekommen und alles wäre nur ein böser Traum gewesen. Aber sie war jedes Mal enttäuscht worden.

Mit der Zeit war die Trauer dann in Selbstzweifel umgeschlagen. Warum war Papa ausgezogen? War er böse auf sie? Hatte sie, Kathrin, etwas falsch gemacht? War es ihre Schuld, dass er Mama, Leon und sie verlassen hatte?

Ihre Mutter redete wochenlang mit Engelszungen auf sie ein. Eines Tages kam der erste Brief von Papa, in dem er sie einlud, ihn zu besuchen. Das war der Moment, wo sie zum ersten Mal wütend auf ihn wurde. Wieso lud er sie ein und Leon nicht? Sie war hin und her gerissen zwischen der Liebe zu ihrem Vater und der zu ihrem kleinen Bruder.

An anderen Tagen wieder gab sie Leon die Schuld, dass Papa nicht mehr da war. Dann konnte sie seinen starren Blick nicht ertragen und tat alles, um ihn zu ärgern. Sie nahm ihm seinen kleinen Stoffhund weg oder verstellte absichtlich Gegenstände. Dabei bekam Leon immer einen Tobsuchtsanfall. Wenn die Leselampe, die er hingebungsvoll stundenlang an- und ausknipsen konnte, nicht links, sondern rechts vom Sessel stand, schrie er manchmal so laut, dass die Gläser im Schrank klirrten. Wenigstens behauptete Mama das.

Mit der Zeit aber – als sie von ihren ersten Besuchen im neuen Heim ihres Vaters nach Hause zurückkehrte – stellte Kathrin fest, dass vieles besser war als früher. Ihre Mutter war nicht mehr so nervös und kümmerte sich wieder verstärkt um sie. Kathrin hatte keine Angst mehr, von der Schule nach Hause zu kommen und ihre Mutter weinend vorzufinden. Und wenn sie abends im Bett lag, musste sie nicht den keifenden Stimmen ihrer Eltern lauschen, die im Wohnzimmer miteinander stritten. Ihre Mutter lachte wieder oft, so wie früher, als Kathrin noch klein und Leon noch nicht auf der Welt gewesen war.

Leon war natürlich immer noch ein Sorgenkind und Mama verbrachte viel Zeit mit ihm. »Um ihn so gut wie möglich zu fördern«, erklärte sie Kathrin. Tatsächlich brachte er inzwischen Laute hervor, die sich zwar gründlich von dem Sprachvermögen anderer Zweieinhalbjähriger unterschieden, aber dennoch einen Fortschritt bedeuteten. Und er konnte inzwischen laufen, was er in diesem Augenblick unter Beweis stellte. Er stürzte förmlich aus Kathrins Zimmer, als sei ihm bereits das Zuschauen bei der Umarmung zu viel.

Zwei Minuten später schellte es an der Tür des alten Bauernhauses und Kathrins Oma ließ es sich nicht nehmen, Kathrin ebenfalls zu umarmen und ihr viel Spaß zu wünschen, bevor sie sich mit Leon ins Wohnzimmer setzte. Dort sollte sie auf ihn aufpassen, bis seine Mutter vom Bahnhof zurückkehrte.

Zweimal hatten sie versucht, Leon zum Bahnhof mitzunehmen. Doch jedes Mal war er vor Schreck wie erstarrt. Die vielen Menschen, das Gedränge und die lauten Geräusche irritierten ihn so sehr, dass er bleich wie ein Gespenst wurde und sich weigerte auch nur einen einzigen Schritt zu gehen. Beinahe hätte Kathrin deshalb ihren Zug verpasst.

Wenig später drückte Kathrin ihre Nase an die Scheibe und winkte ihrer Mutter zum Abschied, während sich der Zug langsam in Bewegung setzte. In zwei Stunden würde ihr Vater sie in Empfang nehmen und vielleicht konnte sie schon heute ihre nächste Reitstunde nehmen, die Papa ihr beim letzten Mal versprochen hatte. Das Pferd, das sie ritt, hieß Dux und hatte die Angewohnheit, sich bei jeder zweiten Runde, die es mit den anderen Pferden durch die Halle gehen sollte, zu verweigern. Stattdessen drehte es sich dann nur einmal um sich selbst. »So ein Schelm«, flüsterte Kathrin und schmunzelte, während sie aus dem Fenster sah und die Landschaft an sich vorbeiziehen ließ.

»Wenn er eine Katze wäre, würde er schnurren.«

Fina lächelte und blickte kurz zu Sarah auf, die neben ihr stand und ihr zusah, wie sie mit etwas Druck Pegasus' Rückgrat massierte. Inzwischen gehörte Sarah zum festen Inventar des Gestüts. Ihre Prüfung zur Pferdewirtin stand kurz bevor und niemand zweifelte daran, dass sie bestehen würde. Fina mochte das Mädchen und hielt viel von ihm. Ein so schwerwiegender Fehler wie damals, als Sarah Fleurie, die außer sich vor Angst um ihr Fohlen gewesen war, in den Paddock gelassen und die Stute sich verletzt hatte, war ihr nie wieder passiert.

»Du musst immer mit gleichmäßigem Druck arbeiten«, erklärte Fina. »Es ist beachtlich, wie die Ausbildung der Muskeln durch regelmäßige Massagen gesteigert werden kann.«

»Und ganz offensichtlich hat es eine sehr entspannende Wirkung«, sagte Sarah mit einem Blick auf Pegasus.

Der Wallach, dessen fuchsfarbenes Fell hier und da von feinen weißen Härchen durchbrochen wurde, ließ den Kopf hängen. Seine Augen waren geschlossen. Er sah so aus, als würde er jeden Augenblick einschlafen und umfallen.

»Er war heute lange an der Longe«, bestätigte Fina.

»Wie macht er sich denn?«

»Könnte nicht besser sein.« Fina ächzte ein wenig. Allmählich schmerzten ihre Finger, mit denen sie seit einer knappen Stunde die Beine, den Hals und die Rückenpartie des Dreijährigen bearbeitete.

Sie dachte an die heutige Lektion zurück. Pegasus hatte eifrig mitgearbeitet und nahezu perfekte Zirkel gezogen. Doch plötzlich hatte er wohl keine Lust mehr gehabt und war auf sie zugekommen, wobei er aussah, als wollte er sie in Grund und Boden stampfen. Fina drehte sich mit einer für das Pferd völlig unerwarteten Bewegung zu seiner Flanke und überraschte Pegasus damit so, dass er sofort stehen blieb und sie verdutzt anschaute.

Fina wusste aus Erfahrung, dass Pferde, die sich so willensstark und eigensinnig zeigten wie Pegasus an diesem Nachmittag, zum Schluss oft die besten waren, solange sie eine solide Ausbildung erhielten. Der Versuch, sich gegenüber dem Menschen durchzusetzen, zeugte von Intelligenz und Siegeswillen. Zwei Grundvoraussetzungen für ein wirklich erfolgreiches Turnierpferd. Gleichzeitig war Pegasus sehr gern mit Menschen zusammen und konnte sich unglaublich generös verhalten. Diese Mischung, gepaart mit Pegasus' körperlichen Vorzügen, war es, die Fina davon überzeugte, dass der Wallach etwas Besonderes war und Geschichte im Springsport schreiben würde – wenn alles nach Plan lief und keine Verletzungen dazwischenkamen. Umso wichtiger waren die täglichen Massagen während des Muskelaufbaus.

»Jetzt probier du es mal«, forderte sie Sarah auf und trat einen Schritt zur Seite, damit das Mädchen mehr Bewegungsspielraum hatte.

Pegasus öffnete einmal kurz die Augen und drehte sich zu Sarah um. Er schien mit dem Personenwechsel einverstanden, solange nur die Massage nicht unterbrochen wurde. Als Sarah ihre Hände auf seinen Rücken legte, schnaubte er zufrieden. Seine Augenlider blieben einige Sekunden halb geöffnet, dann fielen sie zu, als könne er sich nicht länger gegen die Entspannung wehren.

»Das ist schon sehr gut«, lobte Fina. »Aber du kannst den Druck noch etwas erhöhen, vor allem hier an der Lendengegend. Schließlich wollen wir Pegasus nicht kitzeln, sondern seine Muskeln lockern. Achte auf seine Kopfhaltung, dann weißt du, ob es richtig ist.«

Sarah nickte und versuchte Finas Ratschläge umzusetzen.

Schließlich lächelte Fina zufrieden. »Perfekt«, sagte sie.

»Das ist doch nicht Ihr Ernst!«

»Wieso? Was spricht dagegen?«

Fina sah Herrn Lothrop entgeistert an. »Was dagegen spricht?«

Werner Lothrops Gesichtsausdruck reizte Fina. Wie immer, wenn er etwas durchzusetzen versuchte, hatte er dieses überhebliche, selbstgefällige Grinsen im Gesicht. Es sollte seinem Gegenüber deutlich machen, dass er es war, der die Entscheidungen traf, und er sich höchstens aus Freundlichkeit dazu herabließ, den anderen überhaupt anzuhören.

»Was dagegen spricht?«, wiederholte Fina noch einmal. »Alles spricht dagegen. Ich fange gerade an mit Cavaletti zu arbeiten – da können Sie doch noch nicht von Turnieren sprechen!«

»*Turnier.*« Herr Lothrop zog das Wort in die Länge. »Es ist ja kein richtiges Turnier – mehr ein ... ein Freizeitspektakel.«

Fina schüttelte sprachlos den Kopf. »Ende des Sommers werde ich mit Pegasus gerade mal unterm Sattel arbeiten. Übers Springen brauchen wir frühestens Ende des *nächsten* Sommers zu reden. Und von Turnieren, an denen Pegasus teilnimmt, in zwei Jahren.«

Jetzt war es ihr Chef, der den Kopf schüttelte. »Das Pferd ist groß und kräftig. Nahezu ausgewachsen. Es wird von der Erfahrung profitieren. Fina«, er beugte sich vor, als würde dieses körperliche Entgegenkommen auch ein geistiges bedeuten, »es geht nicht darum, dass er gewinnt ... «

»Natürlich nicht«, unterbrach Fina ihren Arbeitgeber. »Das würde er auch nicht. Er würde höchstens den Spaß am Springen verlieren. Das ist alles.«

Herr Lothrop seufzte. »Ich werde nicht noch zwei Jahre warten«, sagte er bestimmt. »Dieser Gedanke ist nahezu lächerlich!« Und er lachte, als wollte er seine Aussage damit beweisen. »Ein Fünfjähriger, der zum ersten Mal auf den Parcours geht!« Er sah aus, als hätte Fina ihm soeben von grünen Marsmännchen berichtet, die auf der Erde gelandet seien.

»Und ich werde Pegasus nicht im Oktober zu einem Turnier melden. Auch nicht zu einem *Freizeitspektakel.*« Sie sprach das letzte Wort aus, als handle es sich dabei um etwas Unanständiges.

Herr Lothrop seufzte. »Also schön«, sagte er und gab sich dabei betont großzügig. »Ich lasse Ihnen bis zum nächsten Sommer Zeit. Aber dann muss er so weit sein. Und sehen Sie mich nicht an, als wäre ich ein Unmensch, weil ich einen Vierjährigen bei einem Turnier melden will! Nach vier Jahren Investition – und Sie wissen, dass wir hier nicht von Peanuts reden – habe ich ein Recht darauf, zu sehen, ob sich die Ausgaben gelohnt haben.«

Fina hielt die Luft an. Dann drehte sie sich ohne ein weiteres Wort um und verließ das Büro.

Herr Lothrop lehnte sich zufrieden zurück. Er hatte erreicht, was er erreichen wollte. Natürlich konnte Pegasus dieses Jahr noch nicht an Turnieren teilnehmen. Aber er kannte Finas Meinung, alle Turnierpferde im Profisport würden zu früh geritten. Und obwohl er ihr zum Teil zustimmte – es gab wirklich einige Kollegen, die bereits Zweijährige, die noch nicht einmal ausgewachsen waren, auf die Rennbahn schickten –, dachte er nicht im Traum daran, ihr und Pegasus fünf oder womöglich noch mehr Jahre Zeit einzuräumen! Nun hatte er ihr das Gefühl gegeben, einen Kompromiss errungen zu haben, und sie würde Pegasus auf den Punkt genau so trainieren, dass er im nächsten Jahr seine ersten Wettkampferfahrungen sammeln konnte. Es mussten ja nicht gleich die nationalen und internationalen Turniere wie Aachen oder Hickstead sein. Das hatte tatsächlich noch zwei Jahre Zeit.

Fina schnaubte. Sie wunderte sich, dass keine Dampfwolken aus ihrem Mund kamen, so kochte sie vor Wut. Jetzt meinte dieser Kerl doch glatt, er hätte sie überlistet mit seinem Gequatsche vom Freizeitspektakel. »Pfff«, machte Fina und schüttelte den Kopf. Natürlich wollte Lothrop Pegasus nicht dieses Jahr zu einem Derby anmelden. Er war ja nicht verrückt! Alles, was er mit seinem Gefasel hatte erreichen wollen, war, dass Fina meinte, sie hätte mit ihm verhandelt und einen Teilerfolg erzielt. Dabei hatte Lothrop von Anfang an nur darauf spekuliert, durchzusetzen, dass sie Pegasus für die kommende Saison fit machte. Und das war immer noch mindestens ein Jahr zu früh!

Ohne darüber nachzudenken, lenkte Fina ihre Schritte zum Stall.

Als sie die Boxentür öffnete und Pegasus ihr entgegenblickte, konnte Fina nicht länger an sich halten. Die ersten Tränen bahnten sich einen Weg und benässten ihre Wangen. Sie drückte ihr Gesicht in Pegasus' Mähne und sog seinen Geruch in sich ein, während sie still vor sich hin weinte. Genau hätte sie nicht zu sagen gewusst, was sie eigentlich zum Weinen brachte: Ihre Wut über Werner Lothrops Arroganz oder ihr Gefühl der Ohnmacht, das sie ihrem Chef gegenüber empfand? Oder war es ihre Angst um Pegasus? Dass er zu früh auf ein Derby geschickt und damit für den Rest seines Arbeitslebens ruiniert würde? Sie hatte zu viele verheißungsvolle Springpferde gesehen, deren Karriere wegen der Ungeduld ihrer Besitzer ein jähes Ende gefunden hatte.

Oder war es etwas ganz anderes, das ihr zu schaffen machte?

Bei dem Gedanken an den vergangen Abend flossen die Tränen noch schneller, und das war eigentlich der eindeutigste Beweis dafür, dass ihre Unzufriedenheit einen ganz anderen Ursprung hatte. Oder wenigstens, dass ihre Sorge um Pegasus und die Wut auf ihren Chef nicht ihre einzigen Probleme waren. »Ach, Martin«, flüsterte sie in Pegasus' Fell.

Der verwirrte Gesichtsausdruck des Pferdes hätte

bei jedem, der zufällig Zeuge dieser Szene war, sicher den Eindruck erweckt, das Tier würde die menschliche Sprache verstehen. Natürlich konnte Pegasus Finas Worten nicht folgen, aber er spürte ihre Trauer und ihre Verzweiflung. Verstört und besorgt wandte er den Kopf zu der jungen Frau und stupste sie zärtlich an, als wollte er fragen: *Was ist los mit dir?*

Die aufrichtige Anteilnahme ließ bei Fina sämtliche Dämme brechen. Sie schluchzte rückhaltlos in Pegasus' Mähne, während sie ihre Arme um seinen Hals schlang, als könne sie sich an ihm festhalten, als müsse er ihr die nötige Kraft geben, nicht umzufallen.

Am vergangenen Abend hatte Martin Strauch ihr erzählt, dass er für ein Jahr, vielleicht auch für länger, an einem Forschungsprojekt in Namibia teilnehmen würde. Es ging um die Erkundung der Fauna und Flora. Ein Team aus Spezialisten – Zoologen, Botaniker und Tierärzte – war daran beteiligt. Lange hatte der junge Arzt zuvor versucht, eine eigene Tierklinik zu eröffnen, denn an seinem jetzigen Arbeitsplatz, einer Gemeinschaftspraxis, in der er als Spezialist für Großtiere angestellt war, fühlte er sich zunehmend unwohl. Sein Chef drängte sich immer mehr in seinen Arbeitsbereich und für ihn blieben nur noch die Kunden, die sonst keiner in der Praxis haben wollte. Doch die Marktlage war denkbar schlecht. Abgesehen von dem riesigen Startkapital, das für ein solches Unternehmen nötig war, musste die enorme Konkurrenz bedacht werden.

Fina verstand Martin. Sie verstand ihn nur zu gut. Auch für sie war ihre Arbeit das Wichtigste und sie wusste, dass diese Auszeit für Martin eine Chance bedeutete. Trotzdem fühlte sie sich von ihm hintergangen, da er sie vor vollendete Tatsachen gestellt und ihr keine Zeit gelassen hatte, sich mit der neuen Situation auseinander zu setzen. Plötzlich flammte ein Bild ihrer Mutter in ihrem Kopf auf. Es war ein Schnappschuss und Fina erinnerte sich an die Fotografie, die lange Zeit eingerahmt in ihrem Zimmer gestanden hatte. Noch nicht einmal an ihre Mutter in Person konnte sie sich erinnern, sondern lediglich an eine Fotografie von ihr!

Bei diesem Gedanken schwoll ihr Schluchzen weiter an und Pegasus trat nervös von einem Huf auf den anderen. Er drückte sich gegen Fina und versuchte, an ihr Gesicht heranzukommen. Als es ihm schließlich gelang, schnoberte er hingebungsvoll an ihren von Tränen überfluteten Wangen – bevor er ihr zärtlich in die Nase biss.

»Autsch!« Fina griff nach ihrer Nase. Selbst der zärtlichste Biss eines beinahe ausgewachsenen dreijährigen Wallachs war durchaus schmerzhaft. Aber auch sehr wirkungsvoll. Während Fina ihre pochende Nase rieb und in Pegasus' treuherzige Augen blickte, verzogen sich die Regenwolken in ihrem Gemüt und die Sonne blickte vorsichtig, aber keck hinter den letzten Wolken hervor.

»Du Ganove«, schalt Fina das Pferd und klopfte ihm beruhigend den Hals.

Pegasus schien erleichtert, dass Fina wieder normal war, und genoss hingebungsvoll ihre Streicheleinheiten. Fina krabbelte mit den Fingerspitzen durch sein Fell und verstärkte hier und da den Druck an den Stellen, von denen sie wusste, dass Pegasus es dort besonders gern mochte. Die ersten Fellwechsel hatten sich bereits bemerkbar gemacht und jedes fuchsfarbene Haar, das der Wallach verlor, wurde von einem weißen ersetzt. Er hatte tatsächlich die »Krankheit« seines Vaters geerbt, bei der die ursprünglichen Farbpigmente zerstört wurden. Zurzeit sah Pegasus aus wie eine Melange. Aber in einigen Jahren würde er wie sein Vater komplett weiß sein: ein Edelschimmel, dessen dunkle Haut nur an wenigen Stellen, dem Maul und der Nase etwa, durchschimmert. Ein weißer Schimmel eben, dachte Fina. Kein Apfelschimmel, Grauschimmel, Fliegenschimmel … Wie oft hatte sie sich schon mit anderen über diese Formulierung gestritten, weil sie behaupteten, Schimmel seien sowieso immer weiß.

»Pegasus«, flüsterte Fina, »Sohn des Poseidon. Ob du auch eines Tages fliegen wirst?«

2

Das kannst du dir gar nicht vorstellen!« Kathrin war so aufgeregt, als sie ihrer Mutter von ihrem Tag erzählte, dass sie nicht merkte, wie der Honig von ihrem Brot auf den Tellerrand tropfte.

Leon dagegen war wie gebannt von den gelbgoldenen Fäden, die sich von Kathrins in der Luft schwebender Hand hinabzogen.

»Zwei bildschöne Pferde! Und die entscheidet sich für ein Auto!«, fuhr Kathrin fort und schüttelte empört den Kopf.

»Aber so, wie ich dich verstanden habe, braucht sie das Auto für ihr Studium.«

Mit einem Seitenblick registrierte Kathrin den Honig, der über ihre Hand lief, und legte das Brot auf ihrem Teller ab. Sie griff nach der Serviette, um sich die klebrigen Finger abzuwischen.

Leon wandte sich ab.

»Warum? Kann sie nicht mit dem Fahrrad zur Uni fahren oder mit öffentlichen Verkehrsmitteln?«

Ihre Mutter zuckte mit den Schultern.

»Solche Eltern müsste man haben«, träumte Kathrin. »Die einem zwei Pferde schenken …«

»Und einen dann vor die Wahl stellen, ob man die Pferde behalten will oder lieber ein Auto möchte?« Frau Müller zog fragend die Augenbrauen hoch.

Kathrin schwieg. Ihre Mutter hatte recht. Ein bisschen merkwürdig war das schon. Irgendwie kaltblütig. Gefühllos.

»Auf jeden Fall wollte sie jedes Wochenende nach den Pferden sehen, hat sie damals gesagt«, erzählte die Zehnjährige weiter. »Aber sie war nur ein einziges Mal auf dem Pferdeschutzhof. Und zwar, als sie die Tiere abgegeben hat. Vor über einem Jahr.«

Die Mutter schüttelte den Kopf und drückte damit ihre Missbilligung aus. Innerlich aber nickte sie zustimmend und fühlte sich in ihrer Haltung ihrer Tochter gegenüber mehr als bestätigt. Seit Kathrin auf dem Pferdeschutzhof arbeitete, gab es für das zierliche Mädchen kein anderes Thema mehr. Und täglich lag sie ihrer Mutter damit in den Ohren, dass ein eigenes Pferd ihr sehnlichster Wunsch sei. Aber Frau Müller war auf diesem Ohr taub. Erstens hatte sie mit der Betreuung des bald vierjährigen Leon mehr als genug zu tun, zweitens sollte Kathrin begreifen, dass man für die Erfüllung eigener Wünsche etwas leisten musste, und drittens sollte Kathrin erst mal lernen, was es hieß, Verantwortung zu übernehmen. So gesehen war Frau Müller ganz glücklich darüber, dass Kathrin nun seit einigen Monaten jede freie Minute den armen Pferden widmete, die aus Interessen- und Gedankenlosigkeit von ihren Besitzern im Schutzhof abgegeben worden waren. Und sosehr sie sich am Anfang darüber geärgert hatte, dass ihr Exmann der gemeinsamen Tochter mit den Reitstunden diesen Pferdefloh ins Ohr gesetzt hatte, so glücklich war sie jetzt, als sie merkte, wie Kathrin in ihrer neuen Aufgabe aufging.

In Gedanken versunken betrachtete sie ihren Sohn, der sein Abendbrot nicht einmal angerührt hatte, aber stattdessen mittlerweile zum vermutlich hundertsten Mal das fünfzehnteilige Puzzle zusammensetzte, das neben seinem Teller lag und das er von seiner Oma zum vergangenen Osterfest geschenkt bekommen hatte. Das Motiv darauf – ein farbenfroher Osterhase auf einer mit bunten Blumen gesprenkelten Wiese – war allerdings nicht zu sehen. Denn Leon hatte die Puzzleteile auf die Rückseite gedreht und setzte sie lediglich ihrer Form nach zusammen.

Kathrin bemerkte den Blick ihrer Mutter. »Du musst ihm wohl mal ein neues besorgen«, sagte sie. »Vielleicht eins mit fünfzig Teilen, das er nicht so schnell auswendig kann.«

Frau Müller nickte zustimmend. »Und wie geht es diesem Hund, diesem Leo?«, fragte sie an ihre Tochter gewandt. Sie wusste, dass Kathrin oft weniger Aufmerksamkeit zuteil wurde als Leon. Dabei wollte sie doch ihre Anteilnahme signalisieren und Kathrin in ihrem Engagement moralisch unterstützen. Der dreibeinige Straßenköter aus Rumänien war der Einzige von all den Tieren, über die Kathrin ihr jeden Tag berichtete, dessen Name ihr im Augenblick einfiel. Sicher, weil er so ähnlich klang wie Leon.

»Den solltest du sehen!« Kathrins Augen blitzten,

während sie von ihren Schützlingen erzählte. »Der ist genauso schnell wie die zwei anderen Hunde auf dem Hof. Unglaublich, wie Tiere so was wegstecken. Die drei bilden eine echte Gang. Aber am besten ist immer noch Heinz, der alte Ziegenbock. An den traut sich keiner ran. Wenn der mit seinem verkrüppelten Horn auf dich zukommt, dann bist du froh, wenn du dich zu Leo, Ronny und Maxe retten kannst.«

Frau Müller lachte schallend. Leo, der dreibeinige Hund aus Rumänien, war ein Riesenschnauzermischling, der mehr Ähnlichkeit mit einem Riesenschaf als mit einem Hund hatte. Ronny dagegen war ein wuchtiger Rottweiler – lammfromm, aber das wusste ja keiner. Auf jeden Fall sah er beeindruckend aus. Und Maxe war ein alter Schäferhund, der gerne auch mal zwackte, wenn man ihm zu nahe kam.

Leon stutzte. Er sah seine Mutter einen Moment lang mit weit aufgerissenen Augen an, dann begann er plötzlich zu schreien und fegte in einer wilden Bewegung sämtliche Puzzleteile sowie seinen Teller vom Tisch, der in zwei Dutzend Scherben zerbrach. Als wäre Heinz, der Ziegenbock, hinter ihm her, sprang Leon vom Tisch auf und rannte mit ungelenken Bewegungen in den Flur hinaus.

Frau Müller und Kathrin sahen sich an. Die gelöste Stimmung war wie verflogen.

»Also wirklich, Fina, Sie übertreiben!« Von Werner Lothrops sonst üblicher Gelassenheit war nicht viel zu sehen. Er marschierte im Stechschritt vor dem bodentiefen Fenster seines Büros hin und her.

Wie das Gestüt selbst zeugte auch dieser Raum vom Erfolg und Geschmack seines Besitzers. Von dem alten Gemäuer war nur noch die Außenfassade komplett erhalten. Einzelne noch intakte Holzstützen sowie die originalen Bodenfliesen waren vor dem Umbau entfernt und nachträglich wieder eingesetzt worden. Das Zimmer strahlte eine vornehme Eleganz aus. Die Mischung aus Alt und Neu – so hatte Herr Lothrop es einmal umschrieben – sollte die Philosophie des Lothrop'schen Betriebs widerspiegeln: eine gelungene Verbindung aus Tradition und Fortschritt. So unterstrich der moderne Schreibtisch aus Glas und Edelstahl nur den Wert der antiken Bücherregale. Nahezu perfekt harmonierte der Beistelltisch aus dem 19. Jahrhundert mit der sündhaft teuren honigfarbenen Couchgarnitur. Die durchweg originalen Gemälde alter und moderner Künstler hingen so selbstverständlich nebeneinander, als wären sie eigens für diesen Raum und diese Komposition erschaffen worden – was sie zum Teil auch tatsächlich waren.

»Es geht gar nicht darum, ob es für Pegasus von Vorteil oder Nachteil ist. Es geht darum, dass Sie mich hintergehen!«

»Hintergehen?« Herr Lothrop schien wirklich nicht zu verstehen.

»Wir hatten vereinbart bis zum nächsten Jahr zu warten und jetzt zitieren Sie mich hierher, um mir mitzuteilen, dass Sie Pegasus zu einem Lokalturnier gemeldet haben! Hinter meinem Rücken!«

»Es ist ein A-Springen, Fina! Das macht Pegasus mit links!«

»Sehen Sie und genau das meine ich: Ihnen geht es

nicht darum, Pegasus eine Turniererfahrung zu ermöglichen, die ihn in seiner Entwicklung fördert. Sie sind nicht eher zufrieden, bis ich Ihnen die gelbe Schleife mitbringe.«

»Es darf auch die weiße sein. Andere Farben passen einfach nicht zu meinem gelben Sofa«, witzelte Herr Lothrop mit einem Kopfnicken zu seiner Besucherecke, in der er Verkaufsverhandlungen mit potenziellen Kunden zu führen pflegte.

»Och«, machte Fina, »ich fand grün und gelb schon immer eine gelungene Mischung.« Und bevor ihr Chef noch etwas erwidern konnte, drehte sie sich auf dem Absatz um und verließ das Zimmer. Der sollte sich wundern! Sie würde alles tun, um mit Pegasus einen der hinteren Ränge zu belegen und nichts weiter als eine Trostschleife nach Hause zu bringen. Wenn dieser Mann glaubte, sie würde auf der Jagd nach dem ersten Platz auch nur das geringste Risiko eingehen, hatte er sich gewaltig in seiner Bereiterin getäuscht.

3

Auf dem Abreitplatz herrschte wildes Gedränge. Pferde galoppierten links und rechts an Pegasus vorbei und übten wieder und wieder den Probesprung.

Ein Rappe fiel Fina dabei besonders auf. Sie glaubte das Tier zu kennen, wusste aber nicht, woher. Es war in einer ausgezeichneten Verfassung und machte einen hervorragenden Eindruck, der lediglich durch das nicht ganz so harmonische Gesamtbild etwas getrübt wurde. Die junge Reiterin saß steif im Sattel und erschwerte dem Pferd den Sprung, indem sie sich zu weit zur Seite lehnte, um hinunterzusehen. Der Hengst hatte dadurch sichtbare Mühe, die Balance zu halten. Dabei waren Takt, Schwung und Raumgriff vorbildlich.

Pegasus reckte neugierig den Kopf. Das Treiben um ihn herum weckte sein Interesse. Er machte einen wachen und aufmerksamen Eindruck, ohne allzu nervös zu sein.

Fina lockerte mit einer Massage seine Muskeln. Die Anreise hatte nicht lange gedauert. Sie waren keine hundert Kilometer weit gefahren. Dennoch wollte sie auf Nummer sicher gehen.

Schließlich saß sie auf und begann im Schritt. Immer wieder parierte sie zum Halten durch, wechselte endlich in einen leichten Trab und anschließend in einen leichten Galopp. Wieder und wieder übte sie die Übergänge, um Pegasus' Anspannungen zu lösen und ihn dazu zu bringen, sich ausschließlich auf sie und ihre Hilfestellungen zu konzentrieren.

Der Wallach hatte einen enormen Vorwärtsdrang. Fina brachte ihn in einen langsamen Trab und ritt in einer Acht auf das Probehindernis, einen Oxer, zu. Durch die Wendung war Pegasus gezwungen, etwas vom Tempo zu gehen und Fina wiederholte die Übung einige Male, bis sie spürte, dass Pegasus ruhiger wurde. Er beobachtete seine Artgenossen zwar immer noch, schien sich aber von der allgemein herrschenden Nervosität nicht weiter anstecken zu lassen.

Fina lobte ihn ausgiebig und ritt anschließend im Schritt umher, damit Pegasus nicht auskühlte, bis die Startglocke für ihn ertönte.

Die junge Reiterin auf dem Rappen sprang wieder und wieder über den Oxer und Fina musste sich beherrschen, um sie nicht darauf aufmerksam zu machen, dass sie ihr Pferd auf diese Weise bereits vor dem eigentlichen Start ermüdete.

Als Fina an der Reihe war, stellte sie Pegasus zum Grüßen vor den zwei Richtern auf. Er reagierte jetzt auf den leichtesten Schenkeldruck. Sie ließ ihn auf der rechten Hand antraben, wechselte in den Linksgalopp und ritt mit den für das Springen vorgeschriebenen dreihundert Metern pro Minute auf das Hindernis zu. Sie spürte, dass Pegasus jetzt unter Strom stand. Er *woll-*

te springen, wollte sich beweisen, und sie musste ihn bremsen, damit er nicht zu schnell wurde und die Mindestzeit von einer Minute und dreißig Sekunden unterschritt, was ihnen Strafpunkte eingehandelt hätte.

Traumwandlerisch sicher sprang Pegasus über die erste einfache Kombination. Fina bemerkte das Zucken, das durch den Pferdekörper ging, nachdem sie auch das zweite Hindernis souverän hinter sich gebracht hatten. Jetzt war Pegasus entspannt und hatte das nötige Selbstvertrauen, um den nächsten, etwas schwierigeren Sprung anzugehen, einen Steilsprung. Er hatte seinen Rhythmus gefunden und Fina schwebte mit ihm über die Hindernisse. Lediglich beim Triplebarre hielt sie noch für einen Augenblick die Luft an, da sie um Pegasus' korrekten Absprung fürchtete. Im Training war er manchmal zu früh losgesprungen und hatte deshalb gerissen. Ein typischer Fehler bei Pferden mit raumgreifenden Gängen. Doch diesmal ging alles glatt.

Obwohl sie es nur ungern zugab, Herr Lothrop hatte recht gehabt. Während sie auf Pegasus' Rücken über die Hindernisse flog, spürte sie die Freude des Wallachs an der Bewegung und seinen Stolz auf die Leistung, die er erbrachte.

Fina lächelte glücklich, als ihr nach dem letzten Hindernis der begeisterte Beifall des Publikums ins Bewusstsein drang. Während sie aus dem Parcours ritt, ging ein Strahlen über ihr Gesicht. Pegasus hatte eine glänzende Vorstellung gegeben und war – vielleicht weil sie selbst völlig ohne Ehrgeiz und dementsprechend ruhig an die Sache herangegangen war – vollkommen entspannt und souverän aufgetreten.

Die Wertung der Richter ließ nicht lange auf sich warten: null Strafpunkte für Pegasus aus dem Gestüt Lothrop.

Vermutlich war das der Augenblick, in dem ein Turnierpferd aus Pegasus geworden war. Ein Champion, dem in Zukunft alles zugetraut werden musste, weil er Gefallen am Siegen gefunden hatte.

Nur zu gerne hätte Fina die folgende Reiterin in Ruhe beobachtet. Denn jetzt wusste sie auch, wieso ihr der Rappe der jungen Frau so bekannt vorgekommen war: Es war Baltimore aus dem Gestüt Brunnen, der schon einmal Pegasus' härteste Konkurrenz in einem Wettbewerb gewesen war.

Bereits beim Begrüßen der Richter stellte Fina fest, dass sie mit ihrer Befürchtung, Baltimore könnte die Lust verlieren, recht gehabt hatte. Der Hengst stand brav still, doch die Schenkelhilfen seiner Reiterin mussten recht deutlich ausfallen, damit er sich anschließend wieder in Bewegung setzte.

Mit der entsprechenden Entschlossenheit hätte die junge Frau das Pferd motivieren können, noch einmal alles zu geben. Aber die Reiterin war anscheinend nur darauf bedacht, rasch über die Hindernisse zu kommen. Und damit lag sie offenbar mit Baltimore auf einer Wellenlänge. Er schien es so schnell wie möglich hinter sich bringen zu wollen. Ebenso wie für Pegasus stellten die maximal neunzig Zentimeter hohen Hindernisse in diesem Anfängerspringen keine wirkliche Schwierigkeit für ihn da. Baltimore wurde schneller und schneller und seine Reiterin konnte ihn nicht bremsen. Beim letzten Hindernis touchierte er mit der Hinterhand die oberste Stange. Fina hielt die Luft an – doch die Stange blieb liegen.

Dennoch bescherte die Unerfahrenheit von Baltimores Reiterin Fina und Pegasus den denkbar knappen Sieg: Ein halber Strafpunkt für das Unterschreiten der Mindestzeit um zwei Sekunden entschied über den ersten und den zweiten Platz.

Beinahe taten Fina Ross und Reiter leid, als sie neben der hübschen jungen Frau, die ziemlich niedergeschlagen aussah, zur Siegerehrung ritt. Baltimore hätte bestimmt eine hervorragende Vorstellung gegeben, wenn er mit einem etwas sichereren Reiter gesegnet gewesen wäre. Fina wunderte sich. War Edmund Brunnen so überzeugt, dass dieses A-Springen für Baltimore ein Klacks war, oder warum war er ein solches Risiko eingegangen? Der Konkurrent ihres Chefs war doch sonst nicht so unvorsichtig, wenn es um den Erfolg seiner Pferde ging.

Während sie Pegasus für die Heimreise fertig machte, beobachtete sie, wie Brunnen die junge Reiterin tröstete, die sich schluchzend in seine Arme sinken ließ. Da war eindeutig mehr im Spiel als eine harmonische Beziehung zwischen Arbeitgeber und Angestellter! Gerade noch rechtzeitig, bevor Brunnen auf sie aufmerksam wurde, wandte sich Fina von dem Liebespaar ab.

Das Einzige, was Finas gute Laune während der Rückfahrt etwas trübte, war die Tatsache, dass sie Herrn Lothrop jetzt doch die gelbe Schleife des Siegers überreichen musste. Aber sie freute sich, ihm von ihrer Entdeckung zu berichten. Obwohl sie nicht genau wusste, wie er darauf reagieren würde, wenn er erfuhr, dass Edmund Brunnen, der Mann, der ihm vor zwanzig Jahren die Frau ausgespannt hatte, seine Geliebte auf seinem aussichtsreichsten Pferd reiten ließ – und dadurch die Chance auf den Sieg verspielte.

4

Noch immer glühten Kathrins Wangen, während sie die gerahmte Urkunde an den Nagel über ihrem Bett hängte.

»Ich bin wirklich sehr stolz auf dich, mein Schatz.« Frau Müller legte ihrer Tochter den Arm um die Schultern.

»Ich habe schon gedacht, der lässt mich durchfallen, als mir die Antwort auf seine Frage nicht einfiel, was für die Pferdepflege benötigt wird.«

Frau Müller runzelte die Stirn. Ihr war noch nicht einmal klar, worauf sich die Frage bezog. Auf die Fellpflege? Das Futter? Oder die Anforderungen an die Unterbringung?

»Ich wusste zuerst gar nicht, was er meinte«, sagte Kathrin in diesem Augenblick, als hätte sie die Gedanken ihrer Mutter erraten. »Aber dann erinnerte ich mich wieder daran, was ich in der Prüfungsvorbereitung gelesen hatte.«

Kathrins Mutter unterdrückte ein Schmunzeln, das ihre Tochter möglicherweise missverstanden hätte. »Ich hab was für dich«, verkündete sie stattdessen und reichte dem Mädchen ein in Geschenkpapier gewickeltes Paket.

»Für mich?« Kathrin wartete die Antwort nicht ab. Sie riss das Papier auf, ließ es auf den Boden fallen und hielt die neue weiße Turnierhose in die Höhe. »Oh, danke, Mama«, rief sie und ihre Wangen leuchteten. »Genau so eine habe ich mir gewünscht!«

»Das weiß ich doch, Schätzchen.« Ihre Mutter beugte sich ein wenig zu Kathrin hinunter, um sich einen Kuss abzuholen. Wie hätte sie das tagelange Gejammer vergessen können, das Kathrin veranstaltet hatte, weil sie ihre Prüfung für das kleine Hufeisen in einer weißen Jeans ablegen musste. Als hinge ihr Erfolg von der richtigen Hose ab!

»Weißt du«, erklärte Kathrin, »wenn ich das bronzene Reitabzeichen mache, sind Hose und Jackett Vorschrift.« Plötzlich wirkte sie traurig. »Aber so weit werde ich ohne ein eigenes Pferd wohl nie kommen. Nichts gegen Sunnyboy, aber ein Turnierpferd ist er nicht gerade.«

Frau Müller sagte nicht, dass bis dahin die Reithose, die Kathrin soeben geschenkt bekommen hatte, vermutlich ohnehin wieder zu klein sein würde.

»M-A-M-A!«

Der Schrei war so durchdringend, dass Sonja und Kathrin Müller unwillkürlich zusammenzuckten.

Als sie ins Wohnzimmer stürzten, stand Leon wie erstarrt vor dem Regal, in dem sich seine Puzzles und Bilderbücher türmten. Seine Augen waren weit aufgerissen, er zitterte am ganzen Körper und seine Atmung ging stoßweise.

Seine Mutter versuchte, so schnell es ihr möglich war, zu erkennen, was Leon in diesen Zustand versetzt hatte. Irgendetwas an seiner gewohnten Ordnung musste durcheinander geraten sein. Entweder lagen die Puzzles nicht in der richtigen Reihenfolge übereinander oder eins der Bücher war an einer falschen Stelle einsortiert. Auf einen ahnungslosen Betrachter hätte das Regal einen vollkommen aufgeräumten Eindruck gemacht. Die Puzzles waren ordentlich gestapelt und keines der Bücher nach hinten oder vorne verrutscht. Doch trotzdem stimmte etwas nicht und versetzte Leon in Panik. Kurz bevor der vierjährige Junge anfing zu schreien, hatte seine Mutter den Fehler entdeckt: Das Buch über Fahrzeuge stand nicht links neben dem Buch über Bauernhoftiere, sondern rechts davon. Schnell brachte Frau Müller alles in die richtige Ordnung.

Leons Gesichtszüge entspannten sich wieder. »Hellblau«, sagte er leise, als spräche er nur zu sich selbst, und fügte etwas lauter hinzu: »Du will das dritte Puzzle.«

Frau Müller zog das dritte Puzzle von oben aus dem Stapel und reichte es Leon, der ihren Blick nicht erwiderte, aber das Spiel in Empfang nahm und sich auf seinen Platz am Tisch setzte, wo er die Puzzleteile ganz vorsichtig, damit sie möglichst keinen Lärm machten, aus dem Karton auf die Tischplatte gleiten ließ.

Pegasus schnaubte, als er den jungen Mann beobachtete, der eine Schubkarre voll Mist durch die Boxengasse schob. Der kleine Hund, Cäsar, lief schwanzwedelnd hinterher und versuchte etwas von den gut abgelagerten Pferdeäpfeln zu erwischen, die hin und wieder der Schwerkraft gehorchten und von dem aufgehäuften Mist herunterkullerten. Eine wahre Delikatesse – aus Hundesicht.

Der Mann kümmerte sich nicht um das Tier, das ihn wieder und wieder umrundete, und schritt kräftig aus. Einen Augenblick passte Cäsar nicht auf. Der Fußtritt, der ihn am Bauch traf, ließ ihn aufheulen. Er klemmte den Schwanz ein und rettete sich zur Seite.

»Pass doch auf«, zischte der Mann und fügte leiser hinzu: »Blöder Köter.«

Pegasus legte die Ohren an. Der Ton des Mannes machte ihm Angst. Er konnte ihn ohnehin nicht besonders gut leiden. Die Frau, die zu dem kleinen Hund gehörte, mochte er viel lieber. Sie war ruhiger, bewegte sich langsamer, sodass er ihre Position stets einschätzen konnte. Sie redete mit ihm und er liebte es, ihre Stimme zu hören. Der Mann dagegen war laut und wenn er sprach, fühlte sich Pegasus unwohl. Außerdem tauchte der Mann immer unvermittelt hinter ihm auf und erschreckte ihn auf diese Weise. Wenn er seinen Stall ausmistete, schob er Pegasus ruppig zur Seite oder er fasste ihn so fest am Führhalfter, dass es manchmal schmerzte.

Jetzt kam der junge Mann wieder. Er führte Dominik am Halfter und band ihn vor Pegasus' Box an. Dann machte er kehrt und verschwand in der Sattelkammer.

Er kam mit Decke, Sattel, Sattelgurt, Steigbügeln und Zaumzeug beladen zurück und knallte alles dicht neben Dominik auf den Boden. Der zwölfjährige und sonst so ruhige Wallach wieherte erschrocken, doch der Mann kümmerte sich nicht darum. Er warf die Decke über seinen Rücken, ohne vorher zu überprüfen, ob das Fell glatt gestrichen war. Dann hievte er den Sattel hoch und ließ ihn auf den Pferderücken fallen. Dominik legte die Ohren an. Der Mann griff nach dem Sattelgurt und beugte sich unter den Wallach, um den Gurt festzuziehen. Das Leder knirschte. Dominik riss die Augen auf. Reflexartig zog er die rechte Hinterhand an, als der Gurt ihm die Luft abschnürte und sich gleichzeitig die kurzen Haare an seinem Rücken in sein Fleisch bohrten.

Die Fesselbeuge des kräftigen Tiers traf den Mann mit voller Wucht an der Schulter. Er stöhnte. Mit wutverzerrtem Gesicht tauchte er unter dem Pferd auf und schlug es, bevor es begreifen konnte, was geschah, mehrfach kräftig mit der Faust auf die Nase.

Dominik schrie und warf den Kopf zurück.

Pegasus drängte sich an die hintere Wand seiner Box.

»Sven!«

Der Ruf kam so überraschend, dass der Mann die hoch erhobene Faust, mit der er Dominik gerade zum wiederholten Male schlagen wollte, in der Luft verharren ließ, während er sich umdrehte.

Einen Augenblick lang sah es so aus, als würde er nun auf Fina losgehen, die bereits schützend ihre Arme über den Kopf hielt. Doch dann ließ er die Faust sinken und atmete hörbar aus.

Werner Lothrop nickte ernst, als Fina ihren Bericht beendet hatte. »Ich werde mit Sven reden«, versprach er.

»Reden?« Fina sah ihren Chef an, als hätte er ihr soeben einen Mord gestanden. »Was gibt es denn da noch zu reden? Sie können doch nicht zulassen, dass der Kerl die Pferde schlägt!«

»Ich verstehe Ihre Aufregung, Fina«, antwortete Herr Lothrop. »Aber im Allgemeinen macht Sven seine Arbeit gut. Zugegeben, er ist jung und muss noch eine Menge lernen.« Er hob die Stimme, als er merkte, dass Fina ihn unterbrechen wollte. »Und er ist manchmal etwas hitzköpfig. Nicht nur im Umgang mit Pferden. Doch er hat eine Chance verdient, sich zu bessern.«

Fina schüttelte ungläubig den Kopf. Die hatte der junge Mann bereits verspielt, fand sie. Schließlich war es nicht das erste Mal, dass sie ihn erwischte, wie er die Pferde malträtierte. Wie oft hat er seinem Zorn wohl schon Luft gemacht, ohne von jemandem dabei gesehen worden zu sein?, dachte sie und spürte, wie sich ihr Herzschlag beschleunigte.

»Wenn es Sie beruhigt«, fuhr Herr Lothrop fort, »ich wollte sowieso mit Ihnen reden. Die Leistungen, die Pegasus in den letzten Monaten beim M-Springen gezeigt hat, geben Anlass zu den größten Hoffnungen. Ich möchte, dass Sie sich fortan ausschließlich um ihn kümmern. Sie verbringen ja sowieso die meiste Zeit mit ihm.« Seit Dr. Strauch in Namibia ist, fügte er in Gedanken hinzu, hütete sich aber davor, es auszusprechen. »Sobald er sechs ist – und das dauert ja nicht mehr lange –, können wir ausprobieren, wie er sich im internationalen Vergleich schlägt.«

Fina meinte ihren Ohren nicht zu trauen. »Sie wollen ihn als Sechsjährigen bei einem CHIO starten lassen?«

Werner Lothrop zuckte die Schultern. »Warum nicht? Bis jetzt hat er sich bei allen Turnieren in Höchstform gezeigt – nicht zuletzt dank Ihrer hervorragenden Vorbereitung.«

Natürlich war es riskant, Pegasus jetzt schon in einen derart anspruchsvollen Parcours zu schicken. Es war etwas anderes, ein junges Pferd über ein Hindernis zu führen, das gerade mal einen Meter hoch war, als dass es eins sechzig hoch und bis zu vier Meter weit springen musste! Aber Werner Lothrop hatte keine Zeit, länger zu warten, denn er wusste, dass Brunnen, sein Erzfeind, Baltimore in Aachen bei einem so genannten Concours Hippique International Officiel, kurz CHIO, melden wollte. Und er konnte es nicht zulassen, dass der Mann, der im Beruf wie im Privatleben sein größter Konkurrent war, über ihn triumphierte.

Die Fachpresse überschlug sich bereits mit Lobhudeleien über die neuen Stars der beiden bedeutenden Gestüte und feuerte das Kräftemessen damit weiter an. Es stand zwei zu zwei. Zweimal hatte Pegasus ein Springen gewonnen, bei dem Baltimore ebenfalls am Start gewesen war, und zweimal war Baltimore als Sieger aus dem Ring gegangen und hatte Pegasus auf den zweiten Platz verwiesen. Der Schimmel gegen den Rappen. Weiß gegen Schwarz. Gut gegen Böse …

»Und wer soll ihn reiten?« Obwohl Herr Lothrop recht hatte – Pegasus hatte wirklich bei allen Springprüfungen hervorragende Leistungen gezeigt –, war Fina bei dem Gedanken, jetzt schon in die Meisterklasse zu gehen, nicht wohl. Warum hatte ihr Arbeitgeber es damit so eilig?

»Dafür kommt eigentlich nur einer infrage«, sagte ihr Chef. »Robert Degranges.«

Fina nickte zustimmend. Robert war der beste Reiter, den sie kannte. Aber würde Pegasus unter ihm die gleiche Leistung erbringen wie bei ihr?

Als Pegasus Fina sah, trabte er gemütlich vom anderen Ende der Koppel auf sie zu und begrüßte sie mit einem Schnauben. Er legte seinen Kopf auf ihre Schulter und sein warmer Atem dicht an ihrem Ohr hörte sich an wie ein mittelschwerer Orkan.

Fina strich über sein nahezu weißes Fell, das nur noch wenige dunkle Schattierungen aufwies. Bald würde Pegasus so weiß sein wie Poseidon, sein Vater.

Pegasus war das erste Pferd, das sie wirklich eigenverantwortlich und vom ersten Tag an allein ausgebildet hatte. Und wenn Herr Lothrop sie jetzt für die Förderung und Planung von Pegasus' weiterer Laufbahn von allen anderen Aufgaben freistellte, konnte das ihre Verbundenheit zu dem Wallach kaum noch verstärken. Denn sie fühlte sich bereits seit seiner Geburt vor fünf Jahren für ihn verantwortlich und noch nie hatte sie zu einem anderen Pferd – außer vielleicht zu ihrem ersten eigenen Islandpony vor zwanzig Jahren – eine derart enge Beziehung gehabt.

Natürlich wusste sie, dass Pegasus nicht *ihr* Pferd war und es letztlich allein in der Entscheidung ihres Chefs lag, ob der Schimmel bei internationalen Turnieren um große Preise antrat oder nicht. Sie ahnte, dass Werner Lothrops Eile etwas mit Baltimores Erfolg und seiner krankhaften Konkurrenz zu Edmund Brunnen zu tun hatte.

Nur zu gut erinnerte sie sich an sein Gesicht, als sie ihm nach Pegasus' erstem Turniererfolg im A-Springen von ihren Beobachtungen erzählt hatte. Das Gesicht ihres Arbeitgebers war weiß vor Zorn geworden. Als wäre nicht seine Exfrau, sondern er selbst der Betrogene.

Bei diesem Gedanken verharrte ihre Hand, mit der sie Pegasus unablässig am Hals gekrault hatte. Pegasus lehnte sich mit seinem Gewicht gegen Fina, um sie daran zu erinnern, dass er weitergestreichelt werden wollte. Die junge Frau musste einen Ausfallschritt machen, damit sie nicht das Gleichgewicht verlor.

Am liebsten hätte sie Pegasus bei seinem ersten internationalen Turnier selbst geritten. Sie waren ein eingespieltes Team. Unter ihr war Pegasus extrem springfreudig und leistungsbereit. Er vertraute ihr blind und sie ihm. Aber diese Entscheidung war natürlich nicht nur eine Frage der Qualifikation, sondern ebenso der Erfahrung. Pegasus würde in seinem ersten schweren Parcours einen souveränen Reiter brauchen, der ihm Mut, Zuversicht und Sicherheit vermittelte. Ihr fehlten diese Eigenschaften ganz bestimmt. Robert jedoch war ein solcher Reiter.

Pegasus hatte gute Chancen, auf sich aufmerksam zu machen, indem er sich unter den ersten zehn platzierte. Bei einem so bedeutenden Wettkampf wie etwa dem Großen Preis von Aachen wäre das für einen Sechsjährigen ein wirklich phänomenales Debüt. Und sie könnte es sich nie verzeihen, wenn sie ihm diese Gelegenheit verwehrte. Sie würde Pegasus trainieren, damit er rechtzeitig zur Springprüfung in Bestform war. Und dann durfte er allen zeigen, was in ihm steckte!

5

Pegasus galoppierte übermütig am Weidezaun entlang. Die Luft war klar und frisch. Kein einziges Wölkchen trübte den blauen Himmel. Lediglich der Atem, der stoßweise aus den Nüstern des großrahmigen Pferdes kam, war als weißer Dunstschleier zu sehen.

Fina stand am Gatter und beobachtete Pegasus, der ganz offensichtlich bester Laune war. Warum auch nicht?, dachte sie. Für ihn konnte es gar nicht besser laufen. Er bekam bestes, abwechslungsreiches Futter, hatte eine geräumige, helle Box und in ihr eine feste Bezugsperson, die alles dafür tat, dass das Verhältnis zwischen Herausforderung und Entspannung beim täglichen Training optimal war.

Die Mühe, die sie sich während seines Muskelaufbaus mit Massagen gemacht hatte, hatte sich sichtlich gelohnt. Die Bemuskelung des Widerrists war kräftig und klar, ebenso wie die Muskulatur der Nierengegend gut entwickelt war. Sein Hals war gut angesetzt, die Schulter lang, die Brust tief und breit, der Rücken weder zu kurz noch zu lang und die Beine, der wichtigste Körperteil eines Springpferds, gesund und kräftig. Sein Fell war glänzend und glatt, die Bewegungen geschmeidig. Er hatte einen raumgreifenden Schritt, einen schwungvollen, leicht federnden Trab und hielt im Galopp, der ausschlaggebenden Gangart, perfekt das Gleichgewicht.

Der einzige Wermutstropfen für Pegasus bestand darin, dass der Kontakt zu seinen Artgenossen zwangsläufig etwas eingeschränkt wurde, um das Verletzungsrisiko des wertvollen Springpferdes so gering wie möglich zu halten. Mit Dominik verstand er sich gut. Die beiden Wallache konnte man getrost gemeinsam auf die Weide stellen. Mit den anderen männlichen Tieren im Gestüt Lothrop sah die Sache nicht immer so rosig aus, denn Pegasus war der geborene Anführer. Im Parcours war diese Charaktereigenschaft natürlich wünschenswert. Er ging mutig und selbstbewusst auf die Hindernisse zu. Doch mit anderen Wallachen oder gar Hengsten führte dies gelegentlich zu Streit. Nur den älteren Dominik schien er bedingungslos zu akzeptieren.

Überhaupt war er ein sehr aufmerksames, intelligentes Pferd. Es heißt, große, offene Augen und eine breite Stirn lassen bei Pferden auf Klugheit und Intelligenz schließen. Ob das stimmte, darüber erlaubte Fina sich kein Urteil – ebenso wenig wie sie bei Menschen wegen großer Ohren oder zusammengewachsener Augenbrauen Rückschlüsse auf deren Charakter ziehen wollte. Aber Pegasus hatte tatsächlich wunderschöne, offene und große braune Augen mit langen Wimpern und eine ausgeprägte Stirn. Wenn es überhaupt etwas an ihm zu bemängeln gab, dann höchstens seine Eigenart, stets und ständig Aufmerksamkeit zu fordern. In diesem Punkt war er wie seine Mutter Fleurie, das englische Vollblut, um das sich Fina bis zu ihrem Verkauf ebenfalls gekümmert hatte. Doch von Fleuries Nervosität war bei Pegasus nichts zu spüren. In ihm schienen sich alle guten Eigenschaften seiner Eltern, dem englischen Vollblut und dem Hannoveraner, zu einem perfekten Bild zusammenzufügen.

Fleurie und Poseidon, Mutter und Vater, hatten ihm Mut, Intelligenz, Leistungsbereitschaft, Durchhaltewillen, Kraft, Springvermögen und ein extrem ausgeglichenes, freundliches Wesen vererbt.

Besonders auffallend war Pegasus' Zuneigung zu Cäsar, Finas Hund. Überhaupt schien er erst so richtig aufzublühen, wenn er sich um jemanden »kümmern« konnte. Pegasus adoptierte mit Vorliebe kleinere Wesen. Als Finas neunjährige Kusine, das Nesthäkchen ihrer Tante, zu Besuch gewesen war, hatte sich Pegasus nicht mehr bremsen können. Er war mit Emilia Runde um Runde durch die Halle getrabt, als wäre er ein altes, an Hufrehe erkranktes Schulpferd und kein Springtalent der Spitzenklasse.

Zuerst war es Fina nicht recht gewesen, Emilia auf dem temperamentvollen, jungen Wallach reiten zu lassen. Aber das Mädchen hatte so lange gebettelt, bis sie es schließlich zuließ. Zunächst hatte sie Pegasus dabei geführt, doch als sie merkte, dass er es anscheinend in vollen Zügen genoss, von diesem kleinen Menschen sehnlichst begehrt zu werden, fasste sie sich ein Herz und ließ die beiden allein ihre Runden drehen.

Emilia war wie alle in der Familie von Pferden begeistert und hatte bereits einige Reitstunden hinter sich. Großzügig tat Pegasus so, als hätte sie die Zügel in der Hand, und Fina und ihrer Tante, der jüngeren Schwester ihrer verstorbenen Mutter, schossen bei dem Anblick des zierlichen Mädchens auf dem eins einundsiebzig großen Pferd Tränen der Rührung in die Augen.

Im Nachhinein wunderte sich Fina nicht mehr darüber, dass Pegasus in dieser Situation so viel Gelassenheit demonstriert hatte. Inzwischen wusste sie, dass er genau diese Rolle genoss. Dann war er endlich der uneingeschränkte Mittelpunkt. Er hatte feinste Antennen, die für das Glück des kleinen Menschen auf seinem Rücken besonders empfänglich waren. Das war das Gefühl, das er liebte und brauchte, das er in sich aufsog wie die Luft zum Atmen.

Und der gleiche Wunsch, bewundert und geliebt zu werden, war es, der ihn zu Höchstleistungen im Turnier motivierte. Doch dafür brauchte er die persönliche Bindung zum Reiter. Würde er eine solche Bindung auch zu Robert aufbauen können, der ihn auf dem CHIO in Aachen reiten sollte?

Bei diesem Gedanken seufzte Fina unwillkürlich. Seit Tagen kam sie immer wieder auf diesen Punkt zurück. Aber Robert war ein guter und sensibler Reiter und es blieb noch etwas Zeit, damit sich Pegasus an ihn gewöhnte.

»Ich bin beeindruckt.«

Fina sah Robert an und seine Mimik bestätigte die Aufrichtigkeit seiner Worte.

Auf seinen Wunsch hin hatte Fina für Pegasus einen

Test aufgebaut, bei dem er zunächst frei über einen Steilsprung von einem Meter Höhe springen musste. Nach und nach hatte sie das Hindernis erhöht und dadurch erweitert, dass sie dahinter in einem Meter Abstand eine um fünf Zentimeter höhere Stange aufgebaut hatte. Nach einigen weiteren Übungssprüngen ließ sie ihn frei über diesen Oxer springen, der am Ende eine Höhe von einem Meter siebzig erreicht hatte.

»Er hat das Zeug zum Mächtigkeitsspringen«, stellte Robert fest.

Fina zuckte mit den Schultern. Ihr war es zu früh für solche Prognosen. Sie hatte schon genügend Pferde gesehen, die in der ersten Saison so hervorragend liefen wie Pegasus, die dann aber durch Überforderung das Interesse verloren und nicht mehr zu gebrauchen waren. Das Pferd musste natürlich gehorchen, doch es musste auch Spaß am Arbeiten haben und seinem Reiter gefallen wollen.

»Wie trainierst du mit ihm?«, wollte Robert wissen.

»Wir springen so wenig wie möglich«, antwortete Fina. »Höchstens die Hindernisse, mit denen er bei einem Turnier Schwierigkeiten hatte, üben wir hin und wieder mal im Freispringen. Stattdessen machen wir Dressur und viele gymnastische Übungen. Jetzt wollte ich vermehrt fürs Zeitspringen trainieren.«

Robert nickte. Offenbar war er mit Finas Programm einverstanden. Er betrachtete Pegasus, der von Fina am Führhalfter gehalten wurde. Und Pegasus begutachtete Robert. Beide schienen mit dem, was sie sahen, einverstanden zu sein.

Pegasus' Kieferpartie war entspannt, die Ohren nach

vorn gerichtet und als Robert ihm jetzt die Hand entgegenstreckte, machte er den Hals lang, schnupperte an Roberts Handflächen und ließ sich anschließend von ihm streicheln.

»Sollen wir's mal miteinander versuchen?«, fragte Robert und Pegasus' Schnauben klang wie eine Zustimmung.

Fina lehnte am Geländer des Außenreitplatzes. Sie hatte ein Bein auf die unterste Stange gestellt und ihren Kopf auf die Arme gestützt, die sie auf der obersten Stange überkreuzte. Gemeinsam mit Robert hatte sie einen kleinen Parcours auf dem Platz aufgebaut.

Dass Robert und Pegasus perfekt miteinander harmonierten, konnte man auf den ersten Blick sehen. Fina selbst war eigentlich zu klein für das Pferd und Roberts zehn Zentimeter mehr an Körpergröße machten sich positiv bemerkbar. Bewundernd beobachtete Fina Roberts Reitstil, seinen leichten Sitz, den er in jeder Lage beherrschte und mit dem er Pegasus' Rücken während des Sprungs vollständig entlastete. Er gewährte dem Tier Freiheit und gab ihm gleichzeitig Sicherheit: mit der Weichheit seiner Hände, die sein absolutes Vertrauen in Pegasus' Sprunggewalt demonstrierten und dem Pferd über dem Hindernis völlige Kopf- und Halsfreiheit ließen, und mit seiner energischen Schenkeleinwirkung, mit der er Pegasus korrigierte, wenn es nötig war.

So wunderte es Fina gar nicht, dass Pegasus einen völlig entspannten und dennoch hochkonzentrierten Eindruck machte. Er fühlte sich unter diesem Reiter sichtlich wohl und wollte ihm zeigen, was er konnte. Wie sonst bei Fina entwickelte der Wallach einen enormen Vorwärtsdrang und Roberts Hauptaufgabe bestand darin, Pegasus in einem angemessenen Tempo zu halten. Natürlich war es im Hinblick auf bevorstehende Zeitstechen gut, dass Pegasus so viel Schwung hatte, dennoch musste er lernen, auch etwas vom Tempo zu gehen, um den jeweiligen Absprung nicht zu vermasseln.

Robert strahlte, als er mit Pegasus vor Fina hielt. »Das ist wirklich ein außergewöhnliches Pferd!«, rief er und klopfte Pegasus bei diesen Worten lobend auf den Hals.

Fina nickte, sagte aber nichts. Ja, Pegasus hatte eine herausragende Karriere vor sich – wenn alles glatt ging.

6

Die Konkurrenz war so übermächtig, dass Fina allein beim Lesen der Starterliste kalte Füße bekam. Der absolute Favorit war Goldfieber, der bereits im letzten Jahr alle anderen Teilnehmer durch seine Leistung in den Schatten gestellt hatte. Aber auch Pferde wie Butterfly aus den USA oder Mon Chérie aus Frankreich konnten durchaus auf dem ersten, zweiten oder dritten Platz landen.

Dass sie auch Baltimores Namen unter den vierzig gemeldeten Pferden entdeckte, stellte für Fina keine Überraschung dar. Ebenso wie die Tatsache, dass Baltimore diesmal von Brunnens bestem Mann geritten wurde.

Ihre Ungeduld wuchs, während sie darauf wartete, dass die Parcoursskizze freigegeben wurde. Wie viele Sprünge würden es sein?

Würde der Parcours Pegasus liegen?

Und käme er seinen persönlichen Stärken entgegen?

»Oh, Verzeihung.«

Fina drehte sich um und lächelte dem Mann mit der

Kamera auf der Schulter zu. »Nichts passiert«, sagte sie, obwohl ihr linker Fuß von dem Tritt schmerzte.

Überall wimmelte es von Fotografen, Zeitungsreportern und Kameraleuten, die auf der Pirsch nach dem besten Schnappschuss waren.

Sie wandte sich suchend nach Robert und Pegasus um. Ein imposanter Apfelschimmel schritt mit seiner Reiterin an ihr vorbei. Doch Pegasus konnte sie nirgends entdecken.

Fina hatte sich viel Mühe gegeben, ihr Pferd für dieses Turnier nicht nur auf den Punkt genau zu trainieren, sondern darüber hinaus auch das Beste aus seinem Äußeren herauszuholen. Und sie war stolz darauf, dass ihr das gelungen war. Vor zwei Tagen hatte sie zusätzlich zum täglichen Striegeln angefangen ihn zu scheren und die Mähne zu verziehen. Heute Morgen war sie weit vor Sonnenaufgang aufgestanden, um die Mähne, das Einzige an Pegasus, was neben dem Schweif noch nicht strahlend weiß war, einzuflechten. Und natürlich waren Sattel und Zaumzeug auf Hochglanz poliert! Zumindest optisch machte Pegasus seinem Namen jetzt schon alle Ehre.

Bevor sie mit Robert hier angekommen war, hatte sie Pegasus mit Sicherheit unter den ersten zehn gesehen. Doch nach und nach war ihr Optimismus einer Skepsis gewichen, die sie zusehends nervöser werden ließ. Namen wie Goldfieber, Butterfly, Mon Chérie und Loreley trugen ebenso dazu bei wie die Stimmung auf dem Abreitplatz, das zahlreiche, zum Teil elitäre Publikum und vor allem die Anwesenheit des Fernsehens.

Zunächst hatte auch Pegasus nervös reagiert, als sie

ihn aus dem Transporter ließ und von der Schutzbekleidung befreite. Er schien zu spüren, dass es hier mehr als je zuvor darauf ankam, alles zu geben.

Lediglich Robert, der diesen Tumult gewöhnt war, blieb verhältnismäßig ruhig, obwohl Fina aus Gesprächen wusste, dass auch er aufgeregt war, wenn er ein neues Pferd zum ersten Mal auf einem internationalen Turnier wie diesem reiten sollte. Doch für Fina und Pegasus war Robert der rettende Fels in der Brandung. Nach und nach entspannte sich Pegasus unter seiner Obhut wieder. Der stetig gleiche Rhythmus, den er bereits von anderen Turnieren kannte und gewohnt war, trug dazu keinen geringen Anteil bei. Spätestens auf dem Abreitplatz fand Pegasus wieder zu sich und betrachtete seine Artgenossen neugierig und aufgeschlossen.

Fina kümmerte sich um die Kopfnummer und die Startfolge. Pegasus hatte die Kopfnummer siebenundzwanzig und sollte als zwölftes Pferd starten.

Endlich wurde die Parcoursskizze freigegeben! Die Prüfung bestand aus vierzehn Hindernissen mit insgesamt siebzehn Sprüngen. Die vorgeschriebene Geschwindigkeit betrug wie bei diesen Turnieren üblich vierhundert Meter pro Minute. Aber über die Geschwindigkeit machte sich Fina die geringsten Sorgen. Sie betrachtete die Hindernisse. Es gab drei Oxer, eine schwierig aussehende Dreierkombination, bestehend aus zwei Oxern und einem Steilsprung, sowie eine Zweierkombination. Außerdem eine Mauer, einen Schweinerücken, Pegasus' verhasstes Triplebarre, einen Fächer, den Wassergraben und ein Gatter. Wenn Pegasus bei der ersten schwierigen Dreierkombination und beim Triplebarre nicht patzte, dann hatte er gute Chancen, diesen Parcours sauber zu bewältigen.

Wenn …

Fina wusste nicht, ob sie sich die Augen zuhalten sollte oder nicht, als Robert mit Pegasus nach dem Ertönen der Startglocke einritt und zum Gruß vor den Richtern sein Pferd aufstellte. Die ersten elf Pferde hatten gemischte Leistungen gezeigt – doch noch war keiner der Favoriten geritten.

Finas Herz klopfte beim Anblick ihres Pferdes, das selbstbewusst und siegesgewiss auf das erste Hindernis zugaloppierte, im richtigen Augenblick absprang und unmittelbar dahinter wendete, um das nächste in Angriff zu nehmen. Soweit Fina das von ihrer Position aus sehen konnte, machte Pegasus einen entspannten Eindruck und ließ sich willig von Robert führen. Je näher Pegasus dem Triplebarre kam, desto nervöser wurde Fina. Bislang war der Schimmel perfekt gesprungen. Würde er beim Triplebarre, bei dem der korrekte Absprung besonders wichtig war, die Ruhe bewahren?

Der Fächersprung war in einer Linkswendung aufgebaut. Dahinter kam das Triplebarre.

Fina hielt die Luft an. Pegasus' Zögern war für niemanden außer für sie sichtbar. Und Robert würde es gewiss spüren.

Jetzt trieb er Pegasus noch einmal an. Der Wallach sprang und riss die Vorderhand hoch. Zwischen seiner Hinterhand und der obersten Stange waren nur Millimeter. Würde es reichen? Nein, er touchierte die Stange im letzten Augenblick.

Fina konnte deutlich sehen, wie sie wackelte. »Bleib liegen«, flüsterte sie. »Bitte, bleib liegen.«

Kathrin rückte unwillkürlich auf dem Sofa weiter nach vorn, um näher an dem kleinen, altersschwachen Fernseher zu sitzen, bis die mahnende Stimme ihrer Mutter sie aufhielt.

»Nicht so nah, Schatz, du siehst doch auch von hier alles.«

Kathrin seufzte und rückte wieder zurück auf ihren alten Platz.

»Das nächste Pferd mit der Startnummer zwölf ist das Nachwuchstalent aus dem Gestüt Lothrop. Der sechsjährige Wallach mit dem viel versprechenden Namen Pegasus wird von dem erfahrenen Reiter Robert Degranges geritten, der mit seinem hervorragenden Stil schon viele Pferde auf die vordersten Plätze gebracht hat.«

Kathrin fand, dass der Kommentator zu viel quatschte. Schließlich war das hier keine Fußballweltmeisterschaft, sondern die Übertragung eines der bedeutendsten internationalen Springturniere.

»Pegasus geht zum ersten Mal in seiner Laufbahn bei einem internationalen Turnier an den Start und ist mit seinen sechs Jahren extrem jung. Seine bisherige Entwicklung gibt Anlass zu den größten Hoffnungen. Er wird von Fina von Essen ausgebildet. Der Name seines Vaters wird vielen von Ihnen ein Begriff sein: Poseidon konnte sich in den vergangenen Jahren vielfach bei wichtigen Springprüfungen platzieren. Zuletzt belegte er in Hickstead den dritten Platz und kam in Paris in die zweite Runde, in der er aufgrund eines Sturzes, der zum

Glück glimpflich verlief, ausschied.« Der Kommentator machte eine Pause, während sich Robert und Pegasus zum Gruß vor den Richtern aufstellten. »Übrigens ist Degranges trotz seines Namens gebürtiger Deutscher«, fuhr er schließlich fort, während Robert sein Pferd wendete und Anlauf für das erste Hindernis nahm.

Versunken betrachtete Kathrin den bildhübschen Schimmel, der jetzt kraftvoll angaloppierte. Was würde sie darum geben, einmal ein solches Pferd reiten zu dürfen! Sicher, als sie im Pferdeschutzhof anfing, war sie überrascht gewesen, wie viele gute Pferde es dort gab, die niemand haben wollte. Zum Beispiel Ramon, der spanische Hengst, den eine junge Frau nach Deutschland gebracht hatte, ohne Kosten und Mühen zu scheuen, der aber dann wegen des Klimawechsels krank geworden war und Allergien entwickelt hatte. Plötzlich waren seiner Besitzerin die Tierarztkosten über den Kopf gewachsen und sie hatte Ramon im Pferdehof abgegeben. Dort hatte er sich zusehends erholt und schließlich ein neues Zuhause gefunden.

Es gab also schon eine Reihe reitbarer Pferde im Schutzhof, aber was nützte Kathrin das? Wie sollte sie jemals ihren sehnlichsten Traum, Bereiterin zu werden, verwirklichen, ohne ein eigenes Pferd, mit dem sie bei Turnieren antreten konnte? Es musste ja nicht gleich ein CHIO sein, ein Concours Hippique International Officiel. Für M-Springen dagegen sollte es schon geeignet sein, wenn sie ihrem Berufswunsch jemals näher kommen wollte.

»Erstaunlich«, sagte der Kommentator und riss Kathrin damit aus ihren Gedanken. »Der Schimmel erinnert nicht nur äußerlich an seinen Vater, auch sein Springstil ähnelt dem des großen Poseidon. Nur scheint er etwas mehr Temperament als der Hannoveraner zu haben. Auf jeden Fall zeigt er hier eine herausragende Form. Nicht nur für einen Sechsjährigen ist seine Leistung bemerkenswert. Ich habe bereits viele erfahrenere Pferde mit einer weitaus schlechteren Darbietung hier gesehen.«

Ach nee, dachte Kathrin und schüttelte den Kopf. Dennoch musste sie dem Mann recht geben. Selbst auf dem unscharfen Fernsehbild konnte man die Springfreude des Schimmels erkennen.

»Bislang fehlerfrei«, schaltete sich der Kommentator wieder ein. »Und darüber hinaus eine hervorragende Zeit.« Er machte eine Kunstpause. »Doch die Hindernisse, bei denen sich die Erfahrung eines Turnierpferdes bemerkbar macht, stehen noch aus: die Dreierkombination und … Oh!«

Der Aufschrei des Fernsehkommentators erfolgte zeitgleich mit Kathrins Luftschnappen. Pegasus hatte die oberste Stange des Triplebarre mit seinem linken Hinterhuf leicht berührt. Sie wackelte.

»Das war knapp«, meldete sich der Mann wieder zu Wort. »Aber es ist noch mal gut gegangen.«

Kathrin verzog das Gesicht. Das konnte schließlich jeder selbst sehen, dass die Stange liegen geblieben war.

»Nun die Dreierkombination. Ja, Degranges bringt sein Pferd in den Takt. Aber wird Pegasus den Absprung zwischen den einzelnen Hindernissen finden? Eins, zwei, drei, vier«, zählte er die Galoppsprünge, die Pegasus auf der langen Anlaufstrecke brauchte. »Jetzt!«, rief der Mann, als Pegasus zum Sprung über den Oxer ansetzte.

»Meine Damen und Herren«, die Stimme des Kommentators klang aufgelöst, »so etwas habe ich in meiner Laufbahn noch nicht gesehen. Ein Pferd mit *dieser* Sprungkraft und *diesem* Rhythmus – das ist wirklich etwas ganz Besonderes.«

Im Hintergrund konnte Kathrin jetzt sogar das anschwellende Raunen des Publikums hören, während Pegasus den Parcours verließ und die Kamera gerade noch einfing, wie Robert Degranges ihm lobend den Hals klopfte.

Fina holte das Atmen nach, das sie zwischenzeitlich vergessen hatte, als Robert Pegasus aus dem Parcours ritt. Links und rechts von ihr machte sich bewunderndes Raunen breit. Hier und da hörte sie Papierrascheln und Fragen nach dem Namen und der Herkunft dieses Pferdes mit der Kopfnummer siebenundzwanzig.

Fina lächelte zufrieden. Sie hatten es geschafft: Die Reitwelt hatte Pegasus entdeckt.

7

Meine Damen und Herren, es bleibt weiterhin spannend.«

Kathrin wandte den Kopf für einen Augenblick vom Bildschirm ab und betrachtete ihre Familie, während der Kommentator den Stand der Dinge beim Großen Preis von Aachen wiedergab. Ihre Mutter saß im Sessel, mit einem aufgeschlagenen Buch auf den Oberschenkeln, in das sie aber seit mindestens einer halben Stunde nicht mehr hineingeblickt hatte. Stattdessen hielt sie die Augen geschlossen und döste an diesem verregneten Sonntagnachmittag vor sich hin. Zumindest hier war es verregnet. In Aachen, etwa zweihundert Kilometer weiter westlich, schien die Sonne vom strahlend blauen Junihimmel.

Leon saß vor einem seiner Puzzles, dem er aber ebenso wenig Beachtung schenkte wie seine Mutter ihrer Lektüre. Er starrte seit Minuten an die Wand, an der eine fette schwarze Fliege im Schein der Tischlampe saß. Der Tisch war übersät mit dreihundertfünfzig Puzzleteilen, von denen Leon bereits eine beachtliche

Menge zu einem wachsenden Bild zusammengesetzt hatte.

»Neben Pegasus aus dem Gestüt Lothrop, der uns alle mit seiner Bascule in Erstaunen versetzt hat, haben wir einen zweiten Newcomer. Baltimore aus der erfolgreichen Zucht Edmund Brunnens konnte hier ebenfalls einen fehlerfreien Lauf hinlegen. Wir dürfen also gespannt sein, was uns in der zweiten Runde erwartet. Nach einer kurzen Pause sind wir wieder für Sie da.«

»Frau von Essen. Sie sind die Ausbilderin von Pegasus. Was können Sie uns über ihn sagen?«

Fina blinzelte verstört, als sie sich plötzlich von einer Hand voll Journalisten umzingelt sah, die ihr die Mikrofone fast ins Gesicht rammten. Einer von ihnen hatte sogar eine Kamera auf der Schulter. Natürlich hatte sie sich Aufmerksamkeit erhofft. Aber doch nicht in dieser Form!

»Ich ... ich ... «, stotterte sie, wurde aber bereits wieder mit neuen Fragen bombardiert, bevor sie die erste hatte beantworten können.

»Glauben Sie, dass Pegasus hier siegen oder sich zumindest platzieren kann?«

»Seit wann wissen Sie, dass er dieses Talent hat?«

Fina fühlte sich bedrängt. Bedrängt durch Fragen, die sie weder beantworten konnte noch wollte, und ebenso durch die physische Aufdringlichkeit der fünf mehr oder weniger jungen Männer. »Ich kann Ihnen nichts sagen, was Sie nicht selbst sehen«, antwortete sie barsch und schlüpfte schnell durch die kleine Lücke, die

die Männer ihr gelassen hatten. Selten war sie über ihre geringe Körpergröße von einem Meter sechsundsechzig so glücklich gewesen.

»Wie zu erwarten war, sprang Goldfieber auch in diesem Jahr wieder außerhalb der Konkurrenz. Mit einer sensationellen Zeit von fünfzig Sekunden siebenundzwanzig und natürlich null Strafpunkten ist er einfach unschlagbar. Etwas enttäuschend dagegen war der Lauf von Mon Chérie, die nach dem ersten Durchgang bereits auf den fünften Platz abgeschlagen wurde und sich auch im zweiten Durchgang trotz der Bemühungen ihrer Reiterin Elaine Angot nicht verbessern konnte. Von ihr hätten wir mehr erwartet. Den Erwartungen gerecht werden konnte dagegen Butterfly, der mit einundfünfzig Sekunden vierunddreißig und vier Strafpunkten den zweiten Platz besetzte. Dritte mit ebenfalls vier Strafpunkten und zweiundfünfzig Sekunden acht wurde die Amerikanerin Laura Wild auf Devil, dicht gefolgt von – und jetzt halten Sie sich fest, meine Damen und Herren – Robert Degranges auf Pegasus, der mit acht Strafpunkten und einundfünfzig Sekunden einundvierzig eine atemberaubende Vorstellung lieferte und den vierten Platz belegte. Von dieser Seite aus einen herzlichen Glückwunsch an das Gestüt Lothrop, das hier einen ganz großen Wurf gelandet hat. Dabei wollen wir aber die zweite Sensation dieses Tages nicht außer Acht lassen: Baltimore, der ebenfalls zum ersten Mal hier in Aachen am Start war, konnte einen hervorragenden achten Platz belegen. Von diesen beiden jungen Pferden, meine Damen und Herren, werden wir in

Zukunft noch eine Menge hören. Dafür lege ich meine Hand ins Feuer.«

Kathrin bewunderte den Mann nicht für seine hellseherischen Fähigkeiten. Sie schaltete den Fernseher aus. Ihre Mutter war im Sessel eingeschlafen und schnarchte leise und Leon …

Ja, wo war Leon? Hatte er nicht bis eben regungslos auf seinem Platz am Tisch gesessen?

»Leon?«, rief Kathrin leise, um ihre Mutter nicht zu wecken. Ihr Herz klopfte schneller. Wo konnte er sein? Augenblicklich spürte Kathrin Panik in sich aufsteigen. Was würde ihre Mutter sagen, wenn sie aufwachte und Leon verschwunden war? Wieder einmal verschwunden!

»Leon?«

»Leon!«

Bereits seit einer halben Stunde durchsuchten Kathrin und ihre Mutter das gesamte Haus. Aber bislang hatten sie nicht einmal ein Zipfelchen von Leon entdecken können. Und nicht nur er war verschwunden, sondern ebenfalls sein ehemals weißes, inzwischen aber schmutzig graues Stofftier, der kleine Hund, der mittlerweile jede Ähnlichkeit mit dieser Tierart verloren hatte und nur noch aussah wie ein zu oft und zu heiß gewaschener Waschlappen.

Kathrin und ihre Mutter wussten, dass sie Leon gefunden hatten, wenn sie sein Stofftier sähen. Aber sowohl vom einen wie vom anderen fehlte jede Spur.

Leon lauschte den Stimmen. Sie waren gleichzeitig gedämpft – wie wattiert – und schrill – wie das Kreischen der bunten Vögel, die er im Zoo gesehen hatte. Es verlief immer gleich. Zuerst diese spürbare und angenehme Stille, wenn er sich hierhin zurückzog zwischen all die Decken und Kleidungsstücke, die seine Mutter im alten Kleiderschrank im Keller aufbewahrte, und dann die spürbare Aufregung seiner Mutter und Schwester. Endlich ein Gefühl, das er in Ansätzen spüren konnte: Angst und Sorge. Angst und Sorge um ihn. Um Leon. Und dann, wenn er nach einer Weile wieder zum Vorschein kam – ohne dass seine Mutter und Kathrin ahnten, wo er gesteckt hatte –, ihre Erleichterung. Auch die konnte er ein wenig spüren.

Einmal hatte er nicht mehr gewusst, wo sein kleiner Hund war. Er hatte ihn verloren und bis Kathrin ihn im Sandkasten im Garten wiederfand, hatte er nur starr in der Ecke gesessen, die Augen weit aufgerissen und die Knie bis an die Brust hochgezogen.

Am meisten mochte er den Moment, wenn er aus seinem Versteck hervorkam. Nein, das stimmte nicht. Am meisten mochte er den Moment, wenn er sich in sein Versteck zurückzog und daran denken konnte, wie es sein würde, wenn er wieder daraus hervorkam.

Dann knieten sich seine Mutter und seine Schwester vor ihn und aus den Augen seiner Mutter lief Wasser. Wie sie das nur machte? Dass Wasser aus ihren Augen kam?

Er stieß die Kleiderschranktür von innen auf und ein schmaler Lichtstrahl traf sein Gesicht. Er hob die Hand und hielt sie in den Strahl. Vielleicht würde er dieses Mal herausfinden, wie seine Mutter das anstellte, dass Wasser aus ihren Augen lief?

Pegasus war stolz. Er spürte, wie zufrieden alle mit ihm waren. Vor allem wie zufrieden die kleine Frau war. Er konnte es kaum erwarten, bis sie morgens zu ihm in die Box kam, die noch heller und größer war als seine alte. Nun war nur noch sie es, die sich um ihn kümmerte. Die ihm seine Mahlzeiten brachte, mit ihm ausritt, ihn striegelte und ihn zur Koppel brachte. Früher war auch hin und wieder der laute Mann zu ihm gekommen. Doch das war jetzt zum Glück vorbei.

Fina gab Pegasus ein Haferplätzchen und streifte ihm den Führstrick über, während Cäsar in der Boxengasse aufgeregt den Boden absuchte. Dann brachte sie das Pferd zur Koppel. Es war ein besonders schöner Tag und die Sonne spiegelte sich im blauen Wasser des Sees.

Ein wenig spürte Pegasus noch die Aufregung des gestrigen Tages in sich nachhallen. Die vielen Menschen, die sich um ihn gedrängt hatten. Das Raunen und der Applaus des Publikums, der ihm gegolten hatte. Er hatte es genau gespürt und es hatte ihn beflügelt.

Auch der Mann, der gestern wieder auf seinem Rücken gesessen hatte, war mit ihm zufrieden gewesen. Und auch das hatte Pegasus gespürt und glücklich gemacht. Denn den Mann mochte er ebenfalls. Er tat ihm nie weh, glitt vorsichtig und langsam in seinen Sattel und zog ihn nie am Maul. Und er war stark, ihm konnte sich Pegasus anvertrauen.

»Den Tag Pause hast du dir redlich verdient«, sagte Fina zu Pegasus, während sie das Gatter öffnete und Pegasus auf die Weide ließ.

Ausgelassen galoppierte der Wallach davon. Er reckte den Kopf in die Höhe und stolzierte wie ein Dressurpferd. Cäsar lief ihm bellend hinterher und animierte ihn zu einem Wettlauf. Auf den ersten paar Metern konnte der spritzige, kleine Hund noch mit dem Pferd mithalten, doch dann sah er nur noch Pegasus' Hinterhufe.

Fina lehnte sich gegen den Zaun und lächelte glücklich, während sie die beiden Tiere beobachtete. Wieder einmal hatte der See im Hintergrund die Farbe, die sie am meisten mochte. Und wieder einmal spiegelte das satte Blau ihre Stimmung wider.

Es war lange her, dass der See diese Farbe gehabt hatte. Sie konnte sich nur an matschiges Braun erinnern, als hätte nicht nur sie, sondern auch der See den Brief gelesen, den Martin ihr geschickt hatte und in dem stand, dass er bis auf Weiteres in Namibia bleiben werde. Der Forschungsauftrag, der ursprünglich nur ein Jahr dauern sollte, hatte erneut Zuschüsse durch die Regierung bewilligt bekommen. Martin bat sie – wie in jedem Brief – zu ihm zu kommen. Er verzehre sich vor Sehnsucht nach ihr. Und sie hatte ihm – wie jedes Mal – geantwortet, dass sie ihre Arbeit genauso wenig im Stich lassen könne wie er seine. Was würde aus Pegasus werden, wenn sie nicht mehr da war? Auch sie vermisste Martin, aber würde sie ihre Arbeit nicht mindestens ebenso vermissen? Was sollte sie in Namibia machen? Springpferde auszubilden gehörte sicher nicht zu den Jobs, die man dort wie Sand am Meer fand.

Außerdem war sie zu stolz, um ihre Arbeit aufzugeben und einem Mann hinterherzuziehen. Genauso gut konnte doch Martin ihr zuliebe auf diesen Forschungsauftrag verzichten und zu ihr zurückkehren. Schließlich war nicht sie fortgegangen, sondern er! Aber diese Entscheidung musste er schon selbst treffen. Sie hatte nicht die Absicht, ihn in irgendeiner Weise zu beeinflussen.

Pegasus kam zu ihr an den Zaun und stupste sie mit seiner Nase an, als hätte er gespürt, dass ihre Gedanken in den letzten Minuten wehmütig geworden waren.

Sie kribbelte ihn zwischen den Ohren und formte die Lippen zu einem kleinen Lächeln. »Es ist alles gut, mein Dicker«, sagte sie zärtlich. »Ich lasse dich nicht im Stich. Wie könnte man einen Champion wie dich verlassen?«

Sechzigtausend Euro! So viel hatte man Werner Lothrop gestern für Pegasus geboten, nachdem der Wallach seinen ersten Sieg bei einem S-Springen errungen hatte.

Selbstverständlich hatte Finas Chef dieses Angebot abgelehnt. Pegasus war mehr wert als das. Viel mehr sogar. Er würde in Zukunft nicht nur ein Vielfaches von dieser Summe an Preisgeldern gewinnen – er würde vor allem Ruhm und Ehre für das Gestüt Lothrop bringen.

Pegasus schien von Finas Worten beruhigt. Jedenfalls wandte er sich ab und galoppierte davon.

Fina sah ihm hinterher. Nein, sie würde nicht nach Namibia gehen. Sie würde hier bleiben bei Pegasus, der sie brauchte. Was sollte er auch ohne sie machen? Sich von Sven versorgen lassen? Bei diesem Gedanken lief es Fina trotz des sonnigen Wetters eiskalt den Rücken hinunter. Nein, das konnte sie nicht zulassen!

Niemals.

8

Pegasus war nervös. Besorgt strich Fina ihm über das Schachbrettmuster auf seiner Kruppe und kontrollierte ein letztes Mal die Zöpfe seiner Mähne. Seit zwei Tagen war Pegasus so merkwürdig und sie wusste nicht, was mit ihm los war. Er boykottierte sogar das Training. Tat ihm irgendetwas weh? Oder war es nur ihre eigene Anspannung, die sich auf ihn übertrug?

»Bitte sei vorsichtig.«

Robert nickte und zog sich die Turnierjacke über. »Natürlich«, sagte er. »Der Parcours ist besonders schwer. Die Veranstalter haben sich keine große Mühe damit gegeben, die Hindernisse einladend zu gestalten«, bemängelte er. »Die ersten Hindernisse führen direkt vom Eingang weg und die Dreierkombination so weit an den Anfang zu legen … « Er schüttelte unzufrieden den Kopf, statt seinen Satz zu beenden.

Jetzt war es Fina, die nickte.

Pegasus schnaubte und warf den Kopf zurück.

»Ich glaube, er hat heute keine Lust«, sagte Fina. »Bisher hat er sich vor einem Turnier nie so aufgeführt.«

»Das ist ganz normal«, versuchte Robert sie zu beruhigen. »Nach den ersten Erfolgen reagieren viele Pferde so, wenn die Teilnahme an einer Springprüfung langsam zur Routine wird.«

»Routine?« Fina zog die Augenbrauen hoch. »Das ist gerade mal sein drittes S-Springen!«

»Das schon«, gab Robert zu. »Aber es ist das Ende seiner zweiten Turniersaison. Das darfst du nicht vergessen. Für ihn war es ein langer, anstrengender und aufregender Sommer. Es wird Zeit für eine Pause.« Er wandte sich zu Pegasus um. »Nur noch heute einmal, alter Kumpel, dann hast du dir deine Winterpause verdient.«

Beruhigt war Fina immer noch nicht, als sie sich zu ihrem Platz auf der Tribüne durchkämpfte. Sie spürte die Blicke, die ihr folgten. Seit Pegasus der Shootingstar war, kannte jeder in der Branche ihren Namen: Fina von Essen, die Ausbilderin des viel versprechenden Nachwuchstalentes Pegasus, Sohn des Poseidon.

In der Tat war der Parcours ausnehmend schwer. Pegasus hatte die Startnummer neunundzwanzig. Aber bereits unter den ersten achtundzwanzig Teilnehmern gab es erstaunlich wenige, die den ersten Durchlauf mit null Punkten beendeten. Das lag nicht nur an der Bauart der Hindernisse, sondern mindestens ebenso an den schlechten Bodenverhältnissen. Mehrere Gewitter in den vergangenen Tagen hatten die dünne Humus- und Grasschicht über dem Betonboden aufgeweicht und die Sonne seit dem letzten Vormittag hatte nicht ausgereicht, um den Untergrund vollständig zu trocknen.

Aurora, die Stute mit der Startnummer achtundzwanzig, kam mit acht Strafpunkten ins Ziel. Jetzt ertönte die Startglocke für Pegasus.

Fina knetete nervös ihre Finger. Selbst auf die Distanz konnte sie sehen, dass sich an Pegasus' schlechter Laune nicht viel geändert hatte. Seine Ohren zuckten hin und her und er kaute auf seiner Trense herum.

Das erste Hindernis war ein Birken-Steilsprung, den Pegasus noch mit Bravour bewältigte. Dahinter buckelte er allerdings ein wenig und Robert zwang ihn zum nächsten Sprung, einem Oxer. Dann kam die Mauer. Pegasus rutschte mit der Hinterhand auf dem Boden aus, konnte sich aber rechtzeitig wieder fangen und fand den passenden Absprung über das einen Meter sechzig hohe Hindernis.

Dann kam schon die Dreierkombination, bei der bislang jedes zweite Pferd gerissen hatte. Pegasus sprang, schwebte über das erste Hindernis, einen Oxer, behielt auch in der Kombination seinen Rhythmus und Fina glaubte schon, er hätte es geschafft, als die oberste Stange des hintersten Oxers doch noch zu Boden fiel.

Jetzt hatte Pegasus erst recht keine Lust mehr. Den folgenden Steilsprung verweigerte er beinahe und tappte beim sechsten Hindernis, dem Wassergraben, wie die Mehrzahl der vor ihm Gestarteten ins Nass. Unter die ersten drei würden sie mit diesem Ergebnis wohl nicht mehr kommen.

Fina fluchte leise vor sich hin.

Nun kam auch noch das Triplebarre, Pegasus' meistgehasster Sprung.

Fina hätte am liebsten gar nicht mehr hingeschaut. Dieser Wettkampf war abgehakt. Passé. Vorbei. Gestrichen. Sie hätte auf ihre innere Stimme hören und Pegasus von der Starterliste streichen lassen sollen, als sie gemerkt hatte, dass er nicht mehr genug motiviert war.

Vor dem Triplebarre war der Boden besonders aufgeweicht und matschig. Robert trieb Pegasus an, damit er gar nicht erst auf die Idee kam, zu verweigern.

Fina sah die Angst in Pegasus' Mimik, als er plötzlich den Halt verlor. Das majestätische Tier riss die Augen auf, bis das Weiße darin zu sehen war.

Trotzdem sprang er ab.

»Oh nein!« – »Oh mein Gott!« – »Um Himmels willen!«

Die Schreckensrufe um Fina herum brachen nicht ab. Entsetzt hielten sich die Menschen die Hände vor die Münder und schüttelten fassungslos ihre Köpfe.

»Bei den Leistungen, die wir hier zu sehen bekommen, ist wirklich zu fragen, ob die Wettkampfaustragung nicht doch besser verlegt worden wäre. Nun dürfen wir gespannt sein, wie sich der neue Star am Pferdehimmel, der sich wie Phönix aus der Asche in die Riege der ganz Großen hinaufgeschwungen hat, im Vergleich schlägt. Als neunundzwanzigster Teilnehmer am Start, meine Damen und Herren, Pegasus aus dem Gestüt Lothrop.«

»Gib mir mal die Salzstangen rüber.«

Kathrin reichte ihrer Freundin die Schale mit dem Salzgebäck, ohne die Augen auch nur eine Sekunde vom Fernsehschirm abzuwenden. Ihre Mutter hatte ihr erlaubt die Übertragung dieses Springturniers bei Céline anzuschauen, die dank eines Kabelanschlusses auch den Sportsender empfangen konnte, der als Einziger diesen nationalen Wettkampf übertrug.

»Ich weiß nicht, ob ich mein Pferd unter solchen Bedingungen überhaupt springen lassen würde«, sagte Céline mit vollem Mund. »Was da alles passieren kann!«

»Aber das sind Profis«, widersprach Kathrin. »Die können es sich nicht leisten, wegen ein paar Wetterkapriolen die Teilnahme abzusagen.«

Céline zuckte mit den Schultern.

»Der springt heute aber auch irgendwie komisch«, bemerkte Kathrin, als Pegasus an der Dreierkombination ins Straucheln kam.

»Hast du ihn schon mal springen sehen?«, fragte Céline.

Kathrin wandte sich nun tatsächlich für einen Augenblick ihrer Freundin zu. »Bei der Übertragung des CHIO Aachen, als er überraschend Vierter wurde. Ein superschönes Tier, findest du nicht?«

Céline nickte.

»Oh nein, was macht er da!«

Das Wasser spritzte auf, als Pegasus deutlich vor dem Ende des Wassergrabens nach fünf Metern wieder aufkam.

»Das war's«, bemerkte Céline fachmännisch.

»Damit hat Pegasus seine Chancen auf einen der ersten drei Plätze voraussichtlich verspielt«, schaltete sich auch der Kommentator wieder ein. »Wie wird er sich am Triplebarre schlagen? An diesem Hindernis hat er beim CHIO Aachen Nerven gezeigt. – Er findet keinen Halt, sehen Sie, meine Damen und Herren, er rutscht weg, aber Robert Degranges treibt ihn weiter. Jetzt springt er und … Oh nein! Mein Gott!«

Céline verschluckte sich an einer Salzstange.

Kathrin stieß einen Schrei aus.

Fina kam es vor, als sähe sie alles in Zeitlupe. Auch später noch, wenn sie sich an dieses Ereignis zurückerinnerte, würde sie wieder jede kleinste Einzelheit so deutlich vor Augen haben, als hätte ihr jemand eine Reihe von Standbildern gezeigt.

Einen Galoppschritt von dem Hindernis entfernt rutschte Pegasus mit dem Hinterhuf weg. Zunächst schien er sich wieder zu fangen. Auf jeden Fall sprang er ab und zu Beginn der Flugphase sah alles vorbildlich aus. Doch vor der letzten Stange sank Pegasus plötzlich wie ein Flugzeug im Landeanflug. Er riss die Stange mit der Vorderhand weg. Sie verkeilte sich zwischen seinen Hufen und hinderte ihn daran, festen Halt auf dem Boden zu finden, der nun unaufhaltsam und viel zu früh näher kam.

Mit übereinander gekreuzten Hufen traf Pegasus mit der Brust voran auf dem Boden auf. Er hatte so viel Schwung, dass sein Rücken und seine Hinterhand in der Luft regelrecht zu stehen schienen, während sein ganzes Gewicht auf der Brust und dem Hals lastete.

Robert wurde von seinem Rücken geschleudert und prallte etwa zwei Meter vor Pegasus auf. Schnell rappelte er sich hoch und stürzte zu dem Pferd, das immer noch auf dem Boden lag und nun Anstalten machte, aufzustehen.

Der Wallach drehte sich auf den Bauch, ging auf die

Knie, doch als er versuchte, auf die Hufe zu kommen, knickten seine Beine unter ihm weg und er sackte in sich zusammen.

Wieder und wieder probierte Pegasus es und Robert unterstützte ihn in seinem Bemühen. Doch sobald Pegasus Gewicht auf seine rechte Vorderhand brachte, fiel er erneut in sich zusammen.

Fina sah Roberts verzweifelten Gesichtsausdruck, als er sich auf der Suche nach ihr umwandte. Schließlich trafen sich ihre Blicke und sie sah die Fassungslosigkeit und die Verzweiflung in seinen Augen, als würde sie in einen Spiegel schauen.

Pegasus war verletzt. Er hatte sich ernsthaft verletzt.

Das Pferd, das sich schlammverschmiert auf dem Boden wälzte, schrie förmlich.

Der Schrei ging Fina durch Mark und Bein.

Pegasus rief nach ihr.

Wie durch einen Tunnel rannte sie durch die Massen an Menschen, die vor ihr zurückwichen, sie durchließen und von denen sie nichts wahrnahm. Das Einzige, was zählte, war Pegasus. Pegasus, der am Ende des Tunnels auf sie wartete. Der auf sie wartete und voller Verzweiflung nach ihr rief.

Ich komme, Pegasus, ich komme!, glaubte Fina zu schreien, doch kein Ton kam über ihre Lippen. Ich komme, Pegasus. Ich lass dich nicht allein. Niemals lass ich dich allein!

Teil III

Was streiten wir denn über den Verstand!
Ist denn Verstand beim Menschen das Höchste?

Wie im Menschen so ist im Tier das Gemüt das Wesentliche,
das Treibende und die starke Wurzel dessen,
was in ihm an Geistigkeit erblühen kann.

Darum wird auch jeder,
der das Geistige im Tier
mit der Analytik des Verstandes zu erklären versucht,
in seiner Rechnung zuletzt
immer ein paar unbekannte Größen vorfinden.

Denn was aus dem Gemüt kommt,
kann nur mit dem Gemüt erfasst, ergründet und –
erwidert werden.

C. M. von Unruh

1

»Er wird nie wieder springen.« Der Tierarzt richtete sich auf und sah Fina und Herrn Lothrop mit ernstem Gesichtsausdruck an.

Fina schluckte. Doch der Kloß in ihrem Hals blieb hartnäckig da, wo er war. Das Gleiche hatte der Veterinär gesagt, der Pegasus noch auf dem Turnierplatz behandelt hatte.

»Ist es nicht zu früh für eine derartige Diagnose?« Herr Lothrop sah auf Pegasus hinab, der zur Untersuchung und Behandlung narkotisiert worden war.

»Nicht nur das Sprunggelenksband, sondern auch die Beugesehnen sind in Mitleidenschaft gezogen. Selbst bei optimaler Heilung wird das Sprunggelenk nie wieder der Belastung standhalten, der es bei Sprüngen über Hindernisse von einem Meter sechzig und mehr ausgesetzt ist.«

Herr Lothrop verzog das Gesicht.

»Bei einem Auto würde ich sagen, Sie haben einen wirtschaftlichen Totalschaden«, bemerkte der Tierarzt.

»Aber er wird doch wieder gesund?« Fina kämpfte gegen die Tränen an. Erneut stiegen in ihr die Bilder des schrecklichen Unfalls auf. Als sie sich endlich neben Pegasus hinknien konnte, seinen rasenden Puls und seine stoßweise gehende Atmung spürte und seine vor Schmerzen aufeinander gepressten Zähne sah.

»Das kommt darauf an, was Sie unter *gesund* verstehen«, antwortete der Tierarzt. »Er wird wieder reitbar sein, ja, und vielleicht kann er auch bei kleineren Springübungen mitmachen, das wird sich zeigen. Aber«, er schüttelte bedeutungsvoll den Kopf, »bei einem internationalen Turnier wird er nicht mehr starten.«

Herr Lothrop hatte genug gehört. »Ich danke Ihnen«, sagte er und streckte dem Tierarzt die Hand entgegen. Nach einer kurzen Verabschiedung drehte er sich um und ging.

Fina blieb mit dem Tierarzt, Martins ehemaligem Chef, allein in Pegasus' Box zurück.

»Wissen Sie, wie es Martin geht?«

»Was?« Fina brauchte eine Weile, um die Frage zu verstehen. Im Augenblick bedeutete ihr nichts und niemand außer Pegasus etwas und so musste sie sich zusammenreißen, um ihre Gedanken auf einen anderen Punkt als auf das Pferd zu lenken.

»Haben Sie etwas von Martin gehört?«, wiederholte der ältere Mann geduldig seine Frage.

»Oh, ja, es geht ihm gut. Der Forschungsauftrag ist ein weiteres Mal verlängert worden. Er wird noch einige Zeit in Namibia bleiben. Es scheint ihm dort zu gefallen.« Sie lächelte, aber es sah etwas gequält aus.

Der Tierarzt nickte. »Sie müssen das Bein kühl halten und er sollte es so wenig wie möglich belasten. Am besten bringen Sie ihn in eine kleinere Box. Wenn er wenig Bewegungsspielraum hat, wird er automatisch eine Schonhaltung für das verletzte Gelenk einnehmen.«

Fina nickte zu allem. Obwohl sie nicht davon überzeugt war, dass Pegasus sich an die Anweisungen des Arztes halten würde.

»Und? Was sagen Sie?« Lothrops Stolz in der Stimme war nicht zu überhören. »Ist er nicht ein Traum von einem Pferd?«

Fina betrachtete den jungen, agilen Hengst. Ein Jährling mit ausdrucksstarken Augen und einem lebhaften Ohrenspiel, der neugierig sein neues Zuhause unter die Lupe nahm, alles anknabberte und mit den Nüstern betastete, was in seiner Reichweite war.

»Ein hübscher Fuchs, ja, doch«, bestätigte Fina. »Aber wieso bringen Sie ihn in Pegasus' Box? Pegasus ist bald so weit, dass er wieder hierher in die größere Box zurückkehren kann, sagt der Tierarzt.«

Herr Lothrop schüttelte den Kopf. »Pegasus wird nicht mehr hierher zurückkehren«, sagte er.

Fina sah ihren Chef mit gerunzelter Stirn an. »Ich ... verstehe nicht ... «

»Pegasus wird überhaupt keine Box mehr bei uns brauchen«, fuhr Herr Lothrop fort. »Ich habe bereits mehrere Anzeigen geschaltet und einige Interessenten gefunden.«

»Anzeigen?« Fina versuchte zu begreifen. »Was für Interessenten?«

»Fina«, Herr Lothrop klang, als müsse er einem siebenjährigen Kind begreiflich machen, dass es kein Eis zum Nachtisch bekomme. »Pegasus wird ein schönes neues Zuhause finden, wo er seinen Fähigkeiten entsprechend aufgehoben ist. Und Sie«, er bemühte sich um ein gütliches Lächeln, »werden sich ab sofort um unseren kleinen Lichtblick hier kümmern. Sie haben bei Pegasus bewiesen, dass Sie es können.«

»Lichtblick?« Fina glaubte zu träumen. Das konnte doch alles nicht wahr sein!

»Ja, so heißt er.« Lothrop klopfte dem jungen Hengst auf den Hals. »Ist das nicht ein hübscher Name?«

»Und wer kümmert sich um Pegasus?«

»Sie meinen, bis er einen neuen Besitzer gefunden hat?«, hakte Lothrop nach.

Fina nickte stumm.

»Sven weiß Bescheid«, antwortete Lothrop und schaute Fina bei dieser Antwort nicht in die Augen.

»Sven? *Sven* soll sich um Pegasus kümmern?«

Herr Lothrop stieß wütend die Luft aus. »Sie haben doch gehört, was ich gesagt habe, also tun Sie nicht so, als hätten Sie es nicht verstanden«, schimpfte er. Dann drückte er Fina den Führstrick in die Hand, an dessen Ende der vermeintliche Lichtblick hing, um den sich Fina fortan kümmern sollte, und verließ mit stampfenden Schritten den Stall.

Fina betrachtete den Jährling, der sich ihr jetzt neugierig und freundlich zuwandte – und begann zu weinen.

Werner Lothrop stapfte zum Hauptgebäude zurück, in dem sein Büro untergebracht war. Seine schweren

Stiefel hinterließen tiefe Abdrücke im ersten Schnee, der dieses Jahr besonders früh gefallen war. Sein Atem bildete weiße Wölkchen, während der übergewichtige Mann sich schnaufend seinen Weg bahnte. Dass er so kurzatmig war, lag nicht nur an seinem Übergewicht und dem Spaziergang, sondern mindestens ebenso an seiner Verfassung. Er war wütend und ärgerte sich über seine Bereiterin, weil sie es schaffte, dass er sich mies fühlte und ein schlechtes Gewissen hatte. Aber bei der Ausbildung erstklassiger Sportpferde gab es nun mal Ausschussware. Fina musste einfach begreifen, dass man als Züchter und Ausbilder nicht an jeden Klepper sein Herz hängen durfte. Sonst hatte man nachher den Stall voll alter Gäule, die nur Platz wegnehmen und fressen, aber weder Ruhm noch Geld einbringen. Dann konnte er ja gleich einen Gnadenhof für Pferde eröffnen. Nein danke.

Natürlich verstand er Finas Gefühle, aber es war an der Zeit, ihr begreiflich zu machen, worum es in ihrem Geschäft ging. Wie sonst sollte sie später seinen Betrieb weiterführen, wenn er in den Ruhestand eintrat? Pegasus war nicht das erste Pferd, in das er große Hoffnungen gesetzt hatte und das er auf diese Weise verlor. Und er würde auch nicht das letzte sein. Diese Missgeschicke waren die dunkle Seite der Pferdezucht. Ohne jede Frage. Aber so war das Leben nun einmal.

Schnaufend stieg Werner Lothrop die ausgetretenen, knarrenden Holzstufen zu seinem Büro im ersten Stock des alten Fachwerkhauses hoch.

»Sie muss das begreifen«, sagte er zu sich selbst, als er die Tür hinter sich schloss und sich anschließend schwer in seinen Sessel fallen ließ. »Sie muss es ganz einfach begreifen.«

Der Jährling wunderte sich sehr über diese kleine Frau, die hin und wieder lauthals schluchzte, während sie ihm über die Mähne und das Fell strich.

Fina bemühte sich vergeblich zu begreifen, wie Lothrop so gefühllos sein konnte. Die Tränen rannen ihr über die Wangen, als sie versuchte, sich an den Anblick des kleinen Fuchs' in Pegasus' Box zu gewöhnen.

Natürlich wusste sie, dass sie von ihrem Chef nicht erwarten konnte, Pegasus ihr zuliebe bis an sein Lebensende durchzufüttern. Aber wieso hatte er es so eilig, ihn loszuwerden? Sie hätte gern mehr Zeit gehabt, um sich an den Gedanken, Pegasus zu verlieren, zu gewöhnen. Und vielleicht wäre ihr dann auch etwas eingefallen, wo er am besten aufgehoben war. Doch Werner Lothrop hatte bereits entschieden und alles in die Wege geleitet. Ohne Rücksprache mit ihr. Und ohne Rücksprache mit ihr hatte er Sven für Pegasus eingeteilt. Ausgerechnet Sven!

Wieso konnte sie nicht wenigstens noch so lange für Pegasus da sein, bis er einen neuen Besitzer gefunden hatte? Ihr Blick fiel wieder auf den kleinen Hengst. Ja, natürlich, weil sie sich um den neuen Hoffnungsträger des Gestüts kümmern sollte, um den *Lichtblick*.

Was für ein affiger Name, dachte Fina, und fast kam es ihr vor, als hätte Lothrop das Tier wegen seines Namens ausgesucht. Was natürlich Quatsch war. So sentimental konnte dieser Mann niemals sein.

Sie gab Lichtblick ein Haferplätzchen als Begrüßungsgeschenk und wischte sich die Tränen ab. Was sollte der arme, kleine Kerl von ihr denken, wenn sie hier in einem fort heulte?

Beunruhigt beobachtete Pegasus den Mann, der mit einer Heugabel hier und da etwas von dem dreckigen Mist um ihn herum einsammelte und schließlich eine knappe Handvoll frischer Streu nachfüllte.

Wo war nur die kleine Frau? Der Mann brummte bei der Arbeit so komisch und schimpfte vor sich hin. Die Frau hatte immer mit ihm gesprochen und er liebte es, ihre Stimme zu hören. Außerdem fehlte ihm der Hund, der die Frau stets begleitet hatte.

Es machte ihn nervös, wenn der Mann hinter ihm herumhantierte und er nicht sehen konnte, was er da tat. Die Frau hatte ihn aus der Box geführt und in der Stallgasse angebunden, sodass er ihr bei der Arbeit zusehen konnte.

Jetzt schob ihn der Mann zur Seite, um an die Tränke zu kommen. Pegasus hatte nicht genug Zeit, sich auf die Bewegung vorzubereiten, und musste seine schmerzende rechte Vorderhand belasten, um das Gleichgewicht nicht zu verlieren. Er schnaubte.

Der Mann fischte ein paar feuchte Strohhalme aus dem Wasser in der Tränke und schleuderte sie auf den Stallboden. »Ist ja widerlich«, schimpfte er dabei. Dann füllte er Pegasus' Futtertrog auf.

Pegasus schnupperte an seiner Mahlzeit und wandte den Kopf ab. Irgendwie schmeckte das, was der Mann ihm gab, anders als das Fressen, das er gewohnt war. Anders und nicht so gut.

»Als hätte ich mit den anderen Viechern nicht schon genug zu tun. Kauft immer mehr Pferde, aber ist zu geizig, um eine neue Kraft einzustellen. Wenn der denkt, ich mache wegen diesem Klepper Überstunden, hat er sich geirrt.«

Pegasus stellte die Ohren nach hinten. Seine Muskeln verspannten sich.

»Aber Grande Madame kriegt immer die Luxusgäule. ›Fina hier und Fina da‹«, äffte er die Stimme von Herrn Lothrop nach. »Lange mache ich das nicht mehr mit. Da such ich mir lieber einen anderen Job«, schimpfte er weiter und ließ die Boxentür mit einem lauten Knall hinter sich zuschnappen.

Pegasus zuckte bei dem plötzlichen Geräusch zusammen und wich in die hinterste Ecke seiner kleinen Box zurück.

2

Und ich bin schuld.«

»Wieso denn das?«

»Wenn ich damals nicht darauf bestanden hätte, Pegasus kastrieren zu lassen, würde Herr Lothrop ihn jetzt vielleicht als Deckhengst behalten.« Fina klemmte den Hörer zwischen Schulter und Ohr ein und putzte sich mit einem Taschentuch die Nase.

»Ach, Schätzchen.«

Fina konnte förmlich hören, wie ihr Vater am anderen Ende der Leitung vor Mitgefühl den Kopf schüttelte.

»Oder wenn ich auf meine innere Stimme gehört und ihn vom Start zurückgezogen hätte, dann wäre das alles nicht passiert.«

»Aber das konntest du doch nicht wissen!«

»Nein, natürlich nicht.« Fina zog ein neues Taschentuch aus der Packung. Sie hatte gehofft, das Telefonat mit ihrem Vater würde ihr helfen, aber das tat es nicht. Nicht wirklich jedenfalls. Und Martin war nicht da. Aber er hätte schließlich auch nichts an der Situation ändern können.

»Ich kann es dir nur noch mal anbieten«, sagte ihr Vater in ernstem Tonfall. »Ich kaufe Pegasus für dich. Deinem Chef kann es schließlich egal sein, wem er das Tier verhökert.«

Fina lächelte gerührt. Das war der erste Vorschlag ihres Vaters gewesen, als sie ihn vor einer halben Stunde angerufen und ihm ihr Leid geklagt hatte. »Das ist wirklich lieb von dir, aber wie soll das gehen? Wo soll ich ihn unterbringen? Und wann soll ich ihn reiten? Ich habe doch keine Zeit und kein Geld für die Unterstellkosten, das Futter und den Tierarzt. Mit dem Kauf allein ist es ja nicht getan. Nein. Aber trotzdem danke. Das Beste für Pegasus wird es sein, wenn er ein neues Zuhause findet, wo sich jemand um ihn kümmert. Wo er das Gefühl hat, gebraucht zu werden. Ohne Arbeit dreht der arme Kerl ja durch! Du müsstest ihn mal sehen!« Fina lachte tatsächlich bei dem Gedanken. »Die letzten Wochen Zwangsruhepause waren die Hölle für ihn!«

»Du hast recht«, antwortete ihr Vater. »Und wenn er als Freizeitpferd noch zu gebrauchen ist …«

»Das ist er sicher. Nicht unbedingt für ein Schwergewicht wie Lothrop, aber … Weißt du, was ich mir für ihn wünschen würde?«

»Was denn, mein Kind?«

»Ein junges, pferdenärrisches Mädchen. Pegasus wäre sicher ein tolles Anfängerpferd, solange er genug Aufmerksamkeit bekommt.«

»Dann drück ich euch die Daumen, dass ihr so jemanden für ihn findet.«

»Gefällt er dir, Liebchen?«

Das Mädchen zuckte mit den Schultern und antwortete, ohne das Pferd überhaupt nur einmal anzuschauen: »Weiß nicht.«

»Stell dir mal vor, ein richtiges Turnierpferd!« Die Frau legte so viel Begeisterung in die Stimme, wie es ihr möglich war.

»Ja, aber ein kaputtes.« Die Fünfzehnjährige verzog das Gesicht.

Bei dem Wort *kaputt* zuckte Fina unwillkürlich zusammen. Ein Pferd war doch kein Auto oder Fahrrad, das man kaputt nennen konnte!

»Hast du nicht gehört, was der Herr gesagt hat? Er hat sogar beim Kino in Aachen gewonnen!«

»CHIO«, verbesserte Herr Lothrop. »Und nicht gewonnen, sondern den vierten Platz belegt.«

Fina sagte nichts und kraulte Pegasus' Hals. Sie musste Sven unbedingt sagen, dass er Pegasus striegeln sollte. Sein Fell war ganz verschmutzt und rau. Er sah regelrecht struppig aus.

»Aber ich mag keine Schimmel«, sagte das Mädchen trotzig. »Ich möchte lieber einen Fuchs oder einen Braunen.«

»Sicher«, sagte die Frau. »Das Wort *Schimmel* hört sich auch nicht so gut an.« Sie lachte gekünstelt über ihren eigenen Witz und zwinkerte Herrn Lothrop verschwörerisch zu. »Es ruft ganz merkwürdige Vorstellungen wach, nicht wahr?« Fina hatte sie von der ersten Sekunde an keines Blickes gewürdigt. Mit Stallmädchen gab sie sich anscheinend nicht ab. Oder vielleicht gehörte sie einfach zu den Frauen, die ihre Geschlechtsgenossinnen nicht mehr wahrnahmen, sobald ein Mann anwesend war?

»Na ja, Sie können es sich ja noch überlegen«, meinte Herr Lothrop und Fina, die ihren Chef gut genug kannte, hörte an seiner Stimme, dass er allmählich die Geduld bei dieser Verkaufsverhandlung verlor. »Aber ich kann Ihnen natürlich nicht versprechen, dass er dann noch da ist. Ich habe Ihnen ja gesagt, dass es bereits einen weiteren ernsten Interessenten gibt.«

Fina biss sich auf die Lippen. Bevor Lothrop Pegasus an diesen Mann verkaufte, würde sie doch ihren Vater um Geld bitten. Der Kerl hatte ein Kutschfahrtunternehmen und plante Pegasus an Touristen zu vermieten, die mit einer Pferdekutsche durch die Landschaft schaukeln wollten. Der Typ war ihr vom ersten Augenblick an unsympathisch gewesen. Nicht dass ihr dieses Gespann aus Mutter und Tochter zusagte – aber unterm Strich war es genau das, was sie sich für Pegasus wünschte: ein junges Mädchen, das reiten lernen wollte.

Und so hochnäsig die Mutter wirkte, zumindest war klar, dass diese Familie genug Geld hatte, um Pegasus anständig zu versorgen, ihm einen geeigneten Pensionsplatz und gutes Futter zu verschaffen und, wenn es nötig war, auch den Tierarzt zu bezahlen.

»Sie haben recht. Wir werden noch einmal in Ruhe darüber reden. Nicht wahr, Liebchen?«

Das Mädchen verzog die Mundwinkel und reichte nach dem Vorbild ihrer Mutter zuerst Herrn Lothrop und anschließend Fina zur Verabschiedung eine kalte Fischhand.

Fina schauderte es jedes Mal, wenn ihr jemand so die Hand gab. Natürlich musste man auch nicht zuquetschen, als wolle man eine Zitrone auspressen, so wie es ihre verstorbene Großtante Finchen – Josefine, nach der Fina benannt worden war – immer getan hatte. Aber dieses leblose Etwas weckte in ihr die schlimmsten Gefühle und sie konnte sich des Eindrucks nicht erwehren, dass diese Menschen entsprechend ihrem Händedruck auch sonst keinerlei Energie besaßen. Pferde beantworteten Druck mit Gegendruck. Das war eine völlig natürliche Reaktion. Oder etwa nicht?

Die Frau stöckelte mit ihrer Tochter zu dem M-Klasse-Mercedes zurück, den sie in der Einfahrt des Gestüts geparkt hatte.

Fina musste sich nicht sonderlich anstrengen, um das Gespräch der beiden weiterzuverfolgen. Auch wenn sie dabei nichts Neues erfuhr: Die Tochter wollte keinen *kaputten* Schimmel und die Mutter war von der Vorstellung, ein *echtes* Turnierpferd zu ergattern, völlig aus dem Häuschen.

Wer von den beiden würde sich am Ende durchsetzen?, fragte Fina sich. Kurz sah sie zu ihrem Arbeitgeber hinüber, der wie sie den potenziellen Käufern seines Pferdes hinterherblickte. »Ich bringe Pegasus weg«, sagte sie

Herr Lothrop nickte wortlos, dann wandte er sich ab und marschierte zu seinem Büro.

Fina führte Pegasus zum Stallgebäude zurück. Sie verdankte es nur einem Zufall, dass sie an dem Verkaufsgespräch hatte teilnehmen können. Während der erste Interessent ausdrücklich nach der zuständigen Betreuungsperson des Pferdes gefragt hatte, war dies der Mutter des Mädchens nicht in den Sinn gekommen. Fina war auf dem Weg zur Koppel dem Grüppchen begegnet und hatte Sven Pegasus' Halfter aus der Hand genommen.

Pegasus' Freude darüber, Fina zu sehen, war unverkennbar gewesen. Er begrüßte sie mit einem leisen Seufzen und intensiven Kaubewegungen. Während sie ihn kraulte, wurde seine Oberlippe länger und länger. Er zerfloss förmlich unter ihrer Berührung, die er so lange hatte entbehren müssen.

Als Fina jetzt um die Ecke bog, stieß sie beinahe gegen Sven, der auf eine Mistgabel gelehnt neben dem Stall stand und rauchte. Schnell trat er die Zigarette aus und stellte sich Fina entgegen.

»Du weißt doch, dass du hier nicht rauchen sollst.«

Ohne eine Antwort nahm Sven Fina das Pferdehalfter ab.

Doch Pegasus wollte ihm nicht folgen. Er wandte den Kopf und sah Fina erwartungsvoll an.

»Ich komme dich gleich besuchen«, flüsterte sie ihm ins Ohr und gab ihm einen Klaps auf die Kuppe, damit er Sven folgte.

Widerwillig setzte sich der Wallach in Bewegung.

»Und, Sven!«, rief Fina dem Pferdewirt hinterher.

»Hä?«, machte Sven.

»Du musst Pegasus dringend striegeln.«

»Wollt ich gerade machen«, antwortete Sven, »da kam unangemeldet diese Tusnelda.«

»Okay«, sagte Fina und unterdrückte ein Grinsen. Tusnelda passte in diesem Fall ausnehmend gut. »Dann mach's halt jetzt.«

Vor sich hin grummelnd verschwand Sven in der Boxengasse.

Eilig machte Sven Pegasus' Box sauber. Obwohl Fina es dem Pferd nur ins Ohr geflüstert hatte – als könne der Gaul sie verstehen, dachte er kopfschüttelnd –, hatte Sven mitbekommen, dass sie später nach dem Wallach sehen wollte. Und er konnte gut darauf verzichten, dass Fina sich ihm gegenüber als Chefin aufspielte und ihn für den Zustand der Box tadelte. Er erneuerte also großzügig die Einstreu, säuberte die Wassertränke, füllte frisches Wasser ein und hängte einen neuen Heuballen in die Raufe.

Dann striegelte er Pegasus, reinigte die Hufe, kämmte die Mähne, verlas den Schweif und rieb, was er sonst nie tat, obwohl Fina ihn darum gebeten hatte, das verletzte Fesselgelenk mit der speziellen Tinktur ein. Die hatte der Tierarzt Pegasus verschrieben und sollte durchblutungsfördernd sein. All die Mühe für ein Pferd, das es sowieso nicht mehr bringt, dachte er und verspritzte noch ein paar Tropfen der Flüssigkeit, damit es ordentlich danach roch.

Er betrachtete zufrieden sein Werk und gab Pegasus als letzte Amtshandlung seine Mahlzeit. Diesmal machte er sich sogar die Mühe und mischte nach Finas Anweisung etwas Leinsamenschrot und Maisflocken unter die Getreidemischung und legte eine Möhre obenauf.

Sven blickte auf die Uhr. In zehn Minuten hatte er Feierabend. Nun war er heute nicht mehr dazu gekommen, Pegasus zu longieren, aber das würde hoffentlich niemand merken. Außerdem – was konnte er dafür, wenn diese Frau mit ihrer Tochter hier auftauchte und Pegasus sehen wollte? Schließlich konnte niemand von ihm erwarten, dass er deswegen seinen Feierabend opferte und die verlorene Zeit hinten dranhing!

Er schloss die Boxentür hinter sich und schlenderte schon einmal pfeifend zur Umkleide für die Angestellten. Es war Freitag und er war mit seinen Kumpels verabredet, um durch die Diskotheken zu ziehen und nach Mädchen Ausschau zu halten. Und seine Chancen auf Erfolg sanken, solange er nach Pferdemist stank.

Pegasus wunderte sich. Zwar ziepten seine Mähne und sein Schweif, nachdem der Mann in aller Eile und dementsprechend ruppig die Knoten herausgekämmt hatte, doch das Fressen, das nach langer Zeit endlich einmal wieder so schmeckte wie früher, frisches Wasser, ein neuer Heuballen und der saubere Boden steigerten im Ausgleich dafür seine Laune.

Als Fina eine knappe Stunde später nach ihm sah, machte Pegasus einen zufriedenen Eindruck und begrüßte sie freudig.

Fina war ebenfalls mit dem, was sie sah, zufrieden und erleichtert, dass Sven ihren Anweisungen Folge zu leisten schien. Ein Hauch der durchblutungsfördernden Tinktur, mit der Pegasus' Vorderhand regelmäßig eingerieben werden sollte, um die Heilung zu begünstigen, lag in der Luft und das Pferd war frisch gestriegelt.

Fina nahm sich die Zeit, bevor sie nach Hause ging, und gönnte Pegasus eine ausgiebige Massage. Sie konnte spüren, wie sich seine verkrampften Muskeln unter ihrer Berührung entspannten und lockerer wurden.

Hingebungsvoll schloss er die Augen, ließ den Kopf hängen, als würde er im Stehen schlafen, seine Lippen wurden weich und sogar ein Stück der Zunge kam zum Vorschein.

Es war schon weit nach neun Uhr abends, als Fina endlich den Heimweg antrat und Pegasus allein zurückließ.

3

Die plötzliche Sinneswandlung des Mannes war nicht von langer Dauer, wie Pegasus am nächsten Morgen zu spüren bekam.

Sven hatte Wochenenddienst und war nach einer durchzechten Nacht nicht gerade allerbester Laune. Sein Kopf brummte und die Aussicht, Pegasus bei dem hartnäckigen Nieselregen in aller Herrgottsfrühe longieren zu müssen, bereitete ihm weitere Kopfschmerzen.

Auch Pegasus' Bewegungsdrang hielt sich beim Anblick des unfreundlichen Wetters in Grenzen. Nur widerwillig drehte er an der Longe im Roundpen seine Runden – bis ihm Sven mit der Peitsche auf die Sprünge half.

Bei diesem nasskalten Wetter schmerzte das verletzte Sprunggelenk und Pegasus begann nach wenigen Runden zu lahmen.

Sven führte Pegasus zurück in seine Box und füllte ihm die übliche Ration Getreide in den Futtertrog. Heute machte er sich nicht die Mühe, das Futter aufzuwerten. Ebenso wenig wie er den Stall ausmistete oder das Wasser erneuerte. Das hatte er gestern so gründlich gemacht, dass er es sich heute wohl sparen konnte. Zumal nicht damit zu rechnen war, dass Fina oder Herr Lothrop vorbeischauen würden. Die beiden genossen ja ihr freies Wochenende, während er um fünf Uhr aufstehen und schuften musste! Er war ja nichts weiter als der dumme Stalljunge, mit dem man es machen konnte!

Zwar war Pegasus' Fell von dem Regen feucht und Schlammspritzer ließen ihn bis Bauchhöhe wie einen Fliegenschimmel aussehen, aber auch darum kümmerte sich Sven nicht. Er musste schließlich noch mehr Pferde versorgen und mit seiner Zeit haushalten! Vielleicht konnte er dann ein Stündchen früher Feierabend machen und sich noch einmal aufs Ohr hauen, bevor es heute Abend erneut mit einer Tour durch die Diskotheken weiterging.

Nachdem der Mann Pegasus allein gelassen hatte, beschnoberte der Wallach sein Futter. Aber nach der gestrigen abwechslungsreichen Mahlzeit schmeckte es so fad, dass er bereits nach wenigen Bissen den Appetit verlor. Außerdem fröstelte er. Das feuchte Fell wurde kälter und kälter, je länger er nahezu bewegungslos in der engen Box stand.

Er entlastete das schmerzende Vorderbein, doch die Unruhe in ihm wuchs von Minute zu Minute. Schließlich hielt er es nicht mehr aus. Soweit der beengte Raum es zuließ, lief er zwischen den vier Holzwänden hin und her. Es war so eng, dass er sich kaum drehen konnte, dennoch tat er es wieder und wieder. Schließlich begann er zu rufen. Vielleicht war irgendwo jemand, der ihn hörte? Er wieherte, so laut er konnte. Doch es kam keine Antwort. Pegasus drehte sich um und schlug mit dem Hinterhuf gegen die Stalltür aus.

Endlich ein Geräusch.

Pegasus trommelte sich regelrecht in Fahrt. Und endlich hatte sein Betteln um Aufmerksamkeit Erfolg!

Die Stalltür wurde aufgerissen. Plötzlich tauchte der Mann mit hochrotem Kopf auf und schrie ihn an: »Wirst du wohl endlich mit dem Lärm aufhören, du bekloppter Gaul!«

Pegasus wich erschrocken zurück und schnaubte.

Der Mann starrte ihn wütend an. Dann drehte er sich um und knallte die Stalltür so fest zu, dass sie in den Angeln vibrierte.

Zitternd stand Pegasus da und lauschte den sich entfernenden, schweren Schritten.

Fina genoss ihr freies Wochenende. Sie schlief, so lange sie konnte, frühstückte ausgiebig und ging anschließend stundenlang mit Cäsar im Wald spazieren.

Während der Woche hatte sie stets so viel zu tun, dass sie nicht zum Nachdenken kam. Doch jetzt drängten sich die Gedanken an Martin und ihre Beziehung zu ihm in den Vordergrund und ließen sie nicht mehr los. Aus dem geplanten Jahr Forschungsaufenthalt waren bald drei Jahre geworden, in denen ihre Liebe auf Distanz sich bewähren musste. Lediglich zu Weihnachten war Martin im ersten Jahr ihrer Trennung für einen Kurzurlaub nach Deutschland gekommen und hatte Fina besucht. Es war eine schöne Woche gewesen.

Dann war Martin zum Projektleiter ernannt worden. Und damit unabkömmlich. Ebenso unabkömmlich wie Fina, die sich nicht im Traum vorstellen konnte ihre Pferde für zwei Wochen oder länger allein zu lassen, um Urlaub in Afrika zu machen. Es gab ja auch immer was zu tun! Erst recht in den letzten drei aufregenden Jahren, in denen sie Pegasus' kometenhaften Aufstieg und seinen spektakulären Fall begleitet hatte.

Auf merkwürdige Weise bestärkte die räumliche Entfernung Fina jedoch in der Überzeugung, dass der junge Tierarzt der Richtige für sie war. Robert Degranges' zarte Annäherungsversuche hatte sie diskret übersehen und der Springreiter war sensibel genug, um schnell zu spüren, dass er bei Fina nicht viel gewinnen konnte.

Eins war sicher – Martin fehlte ihr, auch wenn sie damit während der Woche gut zurechtkam. Seit er weg war, deckte sie sich vermehrt mit Arbeit ein, damit Momente wie dieser, in denen sie ihre Einsamkeit nicht mehr herunterspielen konnte, so selten wie möglich waren.

Und nun hatte Werner Lothrop ihr mit Lichtblick eine neue Aufgabe anvertraut, der sie sich voll und ganz widmen musste. Der knapp ein Jahr alte Hengst konnte auch wirklich die Herzen der Menschen erobern, mit denen er zu tun hatte. Dennoch empfand Fina zu ihm nicht diese Nähe, die sie bei Pegasus verspürt hatte. Das Band zwischen ihr und dem Schimmel war etwas ganz Besonderes und Fina fragte sich in diesem Augenblick nicht zum ersten Mal, woher diese enge Bindung rührte. Hatte sie damit zu tun, dass Fina ihn von seiner ersten Lebensstunde an kannte? Oder war es einfach sein unverwechselbarer Charakter?

Natürlich mochte Fina alle Pferde. Aber es war für sie auch eine Selbstverständlichkeit, Tiere als Individuen mit unterschiedlichen Eigenschaften zu sehen. Und wie im Umgang mit Menschen lagen einem die einen Typen mehr als die anderen. War Pegasus einfach ihr Typ?

Sie fragte sich, wer stärker darunter litt, dass sie nun bereits seit einiger Zeit getrennt waren und dass diese Trennung bald endgültig sein würde. Sie selbst oder Pegasus?

Pegasus jedenfalls hatte am gestrigen Abend einen glücklichen Eindruck gemacht. Vielleicht verkraftete er es sogar besser als sie, dass sich nun Sven um ihn kümmerte? Bei diesem Gedanken spürte Fina einen kurzen, stechenden Schmerz. War sie letztendlich gar nicht so wichtig für Pegasus, wie sie immer geglaubt hatte? War es möglicherweise das Beste, wenn sie sich ganz aus seiner Betreuung zurückzog und das Feld Sven überließ? In Kürze würde Pegasus ohnehin einen neuen Besitzer haben, an den er sich gewöhnen musste. Das Hin und Her zwischen den einzelnen Bezugspersonen konnte ihn unter Umständen auch verwirren.

Fina beschloss – entgegen ihrem ursprünglichen Vorhaben – sich aus Pegasus' Leben zurückzuziehen. Damit würde sie nicht nur sich selbst, sondern auch Pegasus die Umstellung erleichtern.

Glaubte sie.

Pegasus' Blick war auf unendlich gestellt. Dennoch endete er vor der Holzwand seiner Box. Ohne es zu merken, wackelte er mit dem Kopf und scharrte mit dem

Huf. Vor lauter Langeweile hatte er damit begonnen, am Holz der Heuraufe zu nagen.

Seine Muskeln zuckten. Das Jucken des Fells machte ihn zunehmend nervöser. Unwillig schlug er mit dem Schweif hin und her und wieherte laut.

Warum kam niemand? Warum holte ihn niemand hier heraus? Pegasus wollte laufen, sich bewegen. Er sehnte sich danach, dass die kleine Frau zurückkam, ihm den Sattel auflegte und mit ihm ausritt. Oder ihn wenigstens auf die Weide zu den anderen Pferden brachte.

Wieder wieherte Pegasus und biss sich selbst in die Flanke. Aber die juckenden Stellen an Seite und Hals konnte er nicht erreichen. Er stampfte wütend mit dem Huf auf und schnaubte.

Pegasus wollte sich hinlegen. Ausruhen. Doch der Stallboden war voll Mist. Nirgends fand sich ein einladendes Plätzchen zum Dösen. Also starrte er weiter geradeaus und hob und senkte dabei unablässig seinen Kopf. Die einzige Bewegung, die ihm in dieser Enge möglich war.

»Fina!« Mit eiligen Schritten kam Werner Lothrop auf seine Angestellte zu, die soeben Lichtblick zur Hufpflege aus dem Stall in den Hof brachte. »Frau Feldhaus hat gerade angerufen.«

Fina sah ihrem Chef entgegen. »Frau Feldhaus?«

»Ja, die Frau, die Pegasus für ihre Tochter kaufen wollte. Sie kommt gleich vorbei, um ihn sich noch einmal anzuschauen. Aber ich kann Sven nirgends finden. Holst du bitte das Pferd und sorgst dafür, dass es einigermaßen anständig aussieht?«

Fina nickte. Sie hatte nach knapp zwei Wochen nicht mehr damit gerechnet, dass die Frau sich noch einmal melden würde. Umso größer war nun ihre Freude.

Auch Herr Lothrop schien aufgeregt, wenn er wieder einmal vom förmlichen Sie ins persönliche Du rutschte.

Fina brachte Lichtblick zurück in seine Box. Der Junghengst beschwerte sich zwar, doch sie tröstete ihn mit einem Haferplätzchen. »Ich komme gleich wieder«, versprach sie und mit Herzklopfen machte sie sich auf den Weg zu Pegasus.

Wie sie es sich vorgenommen hatte, hatte sie sich aus seiner Pflege in der vergangenen Woche völlig herausgehalten. Sie hatte lediglich bei Sven nachgefragt, wie es Pegasus' verletztem Sprunggelenk ging, und Svens Antwort, es sei alles in Ordnung, wurde bestätigt, als sie Pegasus aus der Ferne beim Longieren sah. Sein Gang war geschmeidig und sie konnte keine Anzeichen von Lahmheit entdecken.

Fina freute sich, als hätte sie ein lang ersehntes Rendezvous vor sich. Und inständig hoffte sie, dass Frau Feldhaus sich doch noch zum Kauf entschloss. Sicher würde auch ihre Tochter schnell merken, was für ein wunderbares Pferd Pegasus war, wenn sie ihn nur einmal geritten hatte.

Doch als Fina den Verschlag zu Pegasus' kleiner Box öffnete, blieb ihr vor Schreck der Mund offen stehen: In der Box stank es penetrant nach Mist und ein oberflächlicher Blick auf den Stallboden genügte, um zu wissen, woher der Gestank kam.

Pegasus wirkte abwesend und es dauerte eine Weile, bis er sie erkannte. Dann allerdings gab es kein Halten mehr. Ungestüm begrüßte er sie und legte seinen schweren Kopf auf ihre Schulter, als bedürfe er der Anlehnung.

Fina schossen Tränen der Wut und Verzweiflung in die Augen, als sie sich weiter in dem Stallabteil umsah: Im Wassertrog schwammen Strohhalme und Schmutz. Die grünlichen Flecken am Rand des Behältnisses zeigten deutlich, dass das Wasser seit Tagen nicht mehr ausgewechselt worden war – geschweige denn die Tränke gereinigt. Pegasus' Hufe versanken in seinem eigenen Mist und dort, wo normalerweise der Heuballen hing, war nichts. Knabberspuren an der leeren hölzernen Raufe und am Türrahmen zeugten davon, wie das Pferd seinem Unmut Luft gemacht hatte. Pegasus' Fell war rau und struppig. Es war nicht zu übersehen, dass er seit Tagen nicht mehr gestriegelt worden war.

Finas Magen krampfte sich zusammen. Fast wurde ihr übel. Ob vor Wut auf Sven oder auf ihre eigene Dummheit, konnte sie im Augenblick nicht genau sagen.

Schlagartig machte sich ihr schlechtes Gewissen bemerkbar. Während Pegasus hier in seinem eigenen Dreck fast erstickte, war sie im Selbstmitleid ertrunken, weil sie glaubte, Pegasus vermisse sie gar nicht! Wie hatte sie nur so verbohrt sein können!

Mit jeder Pore seines verschmutzten und ausgemergelten Körpers lechzte Pegasus nach ihrer Liebe und Anerkennung. Wie musste sich das Tier fühlen? Bis zu seinem Sturz war er der Star des Gestüts gewesen! Die größte Box, das beste Futter, Aufmerksamkeit und ständige Betreuung waren für ihn von Geburt an selbstverständlich gewesen.

Und jetzt?

Der Futtertrog war halb voll. Fina ließ das Getreide durch ihre Finger gleiten. Es war leicht klumpig, als wäre es feucht geworden. Kein Wunder, dass Pegasus keinen Appetit hatte. Was wäre geschehen, wenn sie noch länger nicht nach ihm gesehen hätte? Wie weit wäre Sven in seiner Vernachlässigung des Tiers gegangen?

Nicht im Traum war Fina auf die Idee gekommen, Sven könne seinen Unmut über die zusätzliche Arbeit an dem Pferd auslassen! Wie dumm sie manchmal war! Sie hatte doch gemerkt, dass er in den letzten Wochen immer verschlossener und unzugänglicher geworden war. Er hatte sich sogar bei Herrn Lothrop darüber beschwert, dass die Arbeit ihm über den Kopf wachse. Doch niemand hatte seinen Worten Beachtung geschenkt.

Und wer war der Leidtragende?

Ein Blick auf Pegasus, der sie mit seinen sanften braunen Augen traurig ansah, gab ihr die Antwort.

4

Fina versuchte sich zu sammeln. Das Lamentieren hatte schließlich keinen Sinn. Jetzt musste sie Pegasus so schnell wie möglich in einen akzeptablen Zustand bringen. Sie strich mit einer Hand an Pegasus' Rücken und Flanke entlang. Es war nicht zu übersehen, dass er bereits in der kurzen Zeit der Vernachlässigung stark abgenommen hatte.

Finas Wunsch, diese Frau Feldhaus würde Pegasus kaufen, wurde noch stärker. Dann hatte er wenigstens wieder eine Aufgabe und einen Menschen, der sich liebevoll um ihn kümmerte! Und was diesen Sven anging … Sie würde dafür sorgen, dass dies sein letzter Arbeitstag auf dem Gestüt war. Und wenn Lothrop sich noch einmal quer stellte, dann hatte er damit seine beste Bereiterin verloren. Keine Sekunde länger würde sie hier arbeiten, wenn ihr Chef diesem Tierquäler noch einmal Rückendeckung gab.

Mit Tränen in den Augen führte Fina den Wallach aus dem völlig verschmutzten Stall und band ihn in der Boxengasse an. Während sie Putzzeug holte, stellte sie

Pegasus einen Eimer Futter hin, über den er sich ausgehungert hermachte.

Kaum konnte sie sehen, was sie tat. Immer wieder musste sie mit dem Handrücken über ihre Augen fahren, um die Tränen abzuwischen. Sie stand in einer Wolke aus Staub und Schmutz, die aus Pegasus' Fell aufstieg, während sie ihn striegelte.

Der Wallach genoss die Berührungen sichtlich. Endlich ließ das Jucken nach, als Fina mit gleichmäßig sanftem Druck die Kardätsche über seinen Rücken gleiten ließ. Er machte den Hals lang und lehnte sich ihr entgegen.

Nach jedem Bürstenstrich musste Fina die Kardätsche mit dem Striegel sauber machen und schon bald war ihr klar, dass sie Pegasus in der kurzen Zeit, die ihr zur Verfügung stand, nicht auf Hochglanz polieren konnte.

Sie arbeitete, bis ihr trotz der Kälte die Schweißperlen auf der Stirn standen. Als Pegasus einigermaßen sauber war, legte sie Kardätsche und Striegel zur Seite und griff nach der Wurzelbürste. Mähne und Schweif waren so verknotet, dass Fina nicht wusste, wo sie anfangen sollte. Sie hielt jeweils ein Haarbüschel am Ansatz fest und versuchte die Knoten auszubürsten, was ihr nur mit Mühe gelang. Mit dem Mähnenkamm zog sie die alten Haare heraus und zum Schluss kam das Schimmeltuch zum Einsatz, um die zahlreichen gelblichen Urinflecken zu entfernen.

Pegasus drehte sich immer wieder zu ihr um, als könne er nicht glauben, dass sie endlich da war. Während sie an seiner Brust arbeitete, schnoberte er unablässig an ihren Haaren und endlich brach Fina in ein befreiendes Lachen aus.

Genau in diesem Augenblick erschien Herr Lothrop mit rotem Kopf am Eingang des Stallgebäudes. »Wo bleibt ihr?«, rief er. »Frau Feldhaus wartet schon!« Mit eiligen Schritten kam er auf sie zu und blieb wie erstarrt stehen, als sein Blick auf den Misthaufen fiel, in dem Pegasus die letzte Woche verbracht hatte. »Grundgütiger ... «, stieß er hervor. Auf seinen roten Wangen zeigten sich weiße Wutflecken. »Das gibt's doch nicht!«, hauchte er und schüttelte fassungslos den Kopf.

Fina schwieg.

»Na warte, Bürschchen!«, zischte Herr Lothrop so leise, dass Fina ihn kaum verstand, und seine Augen, die in dem runden Gesicht stets klein wirkten, verengten sich zu schmalen Schlitzen.

»Ich muss noch die Hufe auskratzen«, sagte Fina und wies mit einer Kopfbewegung auf Pegasus' Beine. Hoffentlich hat er noch keine Strahlfäule, setzte sie in Gedanken hinzu.

Stumm nickte Werner Lothrop, während er seinen Blick über Pegasus schweifen ließ. Trotz Finas Arbeit war der Wallach weit davon entfernt, gepflegt auszusehen. Sein Fell war immer noch struppig und ohne jeden Glanz. Er konnte sich gut vorstellen, in was für einem Zustand das arme Tier vor Finas Reinigungsaktion gewesen war. »Beeil dich«, sagte er kurz angebunden und drehte sich auf dem Absatz um. Flüche ausstoßend marschierte er auf den Ausgang zu.

Fina hörte, wie er vor der Tür mit jemandem sprach, und wollte kaum glauben, dass dieser Mann, der noch vor wenigen Sekunden wie ein Bierkutscher geschimpft hatte, jetzt schon wieder so freundlich und gelassen klingen konnte. Es musste also Frau Feldhaus sein, die dort auf ihn gewartet hatte. Welch ein Glück, dass sie nicht hereingekommen war!

Fina führte Pegasus am Halfter. Er ging ein wenig steif, nachdem er in der letzten Zeit nicht ordentlich longiert worden war, doch weder Frau Feldhaus noch ihrer Tochter schien das aufzufallen.

Fina hatte nicht nur die Hufe in aller Eile ausgekratzt und mit Öl behandelt – zum Glück konnte sie dabei keine Anzeichen für eine beginnende Strahlfäule erkennen –, sie hatte auch Pegasus' Fell mit Glanzspray eingesprüht, damit er einigermaßen gepflegt wirkte.

»Ein prachtvolles Pferd«, sagte Frau Feldhaus auch direkt mit Kennerblick und sah ihre Tochter um Zustimmung heischend an.

»Sie haben es sich also noch einmal überlegt?«, fragte Herr Lothrop.

Frau Feldhaus nickte. »Ja. Madeleine möchte sich gerne aufs Springen konzentrieren und Sie sagten doch, dass es ein Springpferd ist, oder?«

»Ein ausgezeichnetes sogar«, bestätigte Herr Lothrop.

Fina räusperte sich und überlegte einen Augenblick, ob sie die Aussage ihres Arbeitgebers relativieren sollte. Es hatte ja keinen Sinn, wenn die Familie Feldhaus das Pferd unter falschen Voraussetzungen kaufte. Andererseits hatte der Tierarzt gesagt, L-Springen könne Pegasus problemlos bewältigen, und Madeleine war Anfängerin. Es stand nicht zu befürchten, dass sie in den nächsten Jahren mit Pegasus auf große Turniere gehen würde. Und für den Schimmel war es das Beste, was ihm in seiner jetzigen aussichtslosen Situation passieren konnte, wenn ein junges, pferdebegeistertes Mädchen sich seiner annahm. Vermutlich dachte Lothrop genau das Gleiche und sah deshalb keine Notwendigkeit, noch einmal auf Pegasus' inzwischen ausgeheilte Verletzung hinzuweisen. Das hatte er ja bereits beim ersten Verkaufsgespräch hinreichend erörtert.

Doch Frau Feldhaus war Finas Räuspern nicht entgangen und sie sah sie erwartungsvoll an.

Fina ignorierte die warnenden Blicke ihres Chefs. »Es stimmt, er ist ein ausgezeichnetes Springpferd. Zumindest war er es bis zu seinem Sturz. Jetzt kommt er höchstens für L-Springen mit einem leichten Reiter in Frage.«

»Aber ich dachte«, sagte Frau Feldhaus und blickte dabei wieder Herrn Lothrop an, »seine Verletzungen wären ausgeheilt?«

Fina scherte sich nicht um Anstand oder Benehmen und fiel ihrem Chef, der gerade zu einer Antwort ansetzen wollte, ins Wort: »Das sind sie auch«, sagte sie, »aber wie bei Menschen gibt es natürlich auch bei Pferden einen Verletzungsgrad, der dauerhaft zu Einschränkungen führen kann. Pegasus ist für S- oder M-Springen nicht mehr geeignet. Das würde seine Bänder und Sehnen in dem verletzten Gelenk überlasten. Für einfache bis leichte Springen und für Anfänger«, sie wandte sich an das Mädchen, »ist er allerdings das beste Pferd, das man sich wünschen kann. Er hat Siegeswillen und Temperament, ist dabei absolut ausgeglichen und freundlich. Mit ihm kannst du alle Konkurrenten nach Hause schicken. Nicht umsonst hat er in seinem ersten internationalen Turnier ohne jede Erfahrung und Routine den vierten Platz belegt.«

»Ich weiß«, sagte Madeleine nur. Es klang ein bisschen gelangweilt.

»Also«, sagte Frau Feldhaus. »Wenn Sie mir sagen, dass er das optimale Anfängerpferd ist, dann müssen wir uns nur noch über den Preis einigen.«

Fina beobachtete Madeleine. Das Mädchen hatte die Augen gesenkt und blickte auf den Boden. Offenbar war sie mit der Entscheidung ihrer Mutter nicht einverstanden, hatte jedoch keine andere Wahl. Wenn Madeleine erst einmal auf Pegasus geritten war, tröstete Fina sich, würde sie auch anfangen ihn zu lieben. Es konnte gar nicht anders sein. Ob er nun ein Schimmel war oder nicht.

Von den sechzigtausend Euro, die Herr Lothrop vor nicht allzu langer Zeit für Pegasus geboten bekommen hatte, konnte er jetzt nur noch träumen. Trotzdem schien er mit dem Geschäft zufrieden. Zumindest würde ihm Pegasus nun nicht länger auf der Tasche liegen.

Frau Feldhaus hatte darum gebeten, Pegasus noch ein, zwei Wochen im Gestüt unterstellen zu dürfen, bis sie einen geeigneten Stall für ihn hätten. Dann würden sie das Tier abholen. Herr Lothrop war Geschäftsmann und Gentleman genug, zu antworten, dass er dies selbstverständlich mit dem größten Vergnügen täte.

Fina war erleichtert. Die Ungewissheit, was mit Pegasus geschehen würde, hatte ein Ende. Ein gutes Ende sogar, dessen war sie sich mittlerweile sicher. Wenn Madeleine auch nur ein Fitzelchen Gespür für Pferde besaß, dann würde sie schnell merken, welchen Schatz sie mit Pegasus hatte. Und so traurig Fina war nun Abschied von »ihrem« Pferd nehmen zu müssen, so froh war sie darüber, dass Pegasus ein gutes neues Zuhause gefunden hatte, in dem es ihm an nichts mangeln würde.

Als Frau Feldhaus wie vereinbart vierzehn Tage später mit einem funkelnagelneuen silbernen Hänger an ihrem Mercedes auf den Hof einfuhr, holte Sven gerade seine letzten Sachen aus seinem Spind ab.

Ihm war von Herrn Lothrop fristlos gekündigt worden. Besonders erbost war der Gestütsbesitzer darüber, dass Sven nicht bereit war seine Schuld einzugestehen. Er habe getan, was er konnte, hatte er gesagt. Es sei schließlich nicht sein Problem, wenn Herr Lothrop nicht genügend Personal einstelle, um alle Pferde optimal zu versorgen.

Fina hatte erfreut eingewilligt, Pegasus' Pflege zu übernehmen, bis er das Gestüt verließ. Und das hatte sie getan. Jetzt brauchte sein Fell kein Spray mehr, um zu glänzen, seine Muskeln waren locker und geschmeidig, seine Lahmheit wie weggeblasen.

Anstandslos ließ er sich von ihr die Transportgamaschen anziehen und in den Hänger führen. Fina kämpfte gegen die Tränen an, als sie sich von Pegasus verabschiedete.

Dann überreichte sie Madeleine einige Seiten, die sie

zu Hause für das Mädchen vorbereitet hatte. »Ich habe dir hier ein paar Tipps für den Umgang mit Pegasus aufgeschrieben«, sagte sie. »Es wird dir helfen, wenn du es liest. Aber das bleibt natürlich dir überlassen.«

»Danke«, sagte Madeleine. »Ich werde mal reinschauen.«

Fina versuchte, das Mädchen zu verstehen. Sie hatte Fina beim Verladen des Pferdes nicht helfen wollen. Überhaupt verhielt sie sich so, als ginge sie das alles hier nichts an. Dabei war es doch *ihr* Pferd!

Na ja, dachte Fina. Wahrscheinlich ist sie unsicher und fühlt sich wie auf dem Prüfstand. Wenn ihr keiner zusieht, wird sie sich schon auf Pegasus einlassen.

Frau Feldhaus verabschiedete sich von Werner Lothrop und reichte schließlich auch Fina die Hand.

»Wenn es Ihnen recht ist«, sagte Fina, bevor Frau Feldhaus sich ihr wieder entziehen konnte, »dann werde ich mal nach Pegasus schauen, sobald er sich bei Ihnen eingewöhnt hat.«

»Aber selbstverständlich«, antwortete die Frau überraschend freundlich. »Sie können jederzeit vorbeikommen.«

»Danke«, sagte Fina. »Das werde ich tun.«

5

Während Fina im Gestüt Pegasus' Box reinigte und dabei versuchte, den Schraubstock, der sich eng um ihr Herz gelegt hatte, zu ignorieren, untersuchte Pegasus neugierig sein neues Zuhause und war mit dem, was er vorfand, nicht unzufrieden. Der Stall war großzügig mit Streu ausgelegt und hatte ein Fenster, das Tageslicht hereinließ. Ein frischer Heuballen, ein Wassereimer und ein gefüllter Futtertrog erwarteten ihn, und das Mädchen, das ihn aus dem Hänger geführt und in die Box gebracht hatte, ging ruhig und freundlich mit ihm um. Er merkte wohl, dass es etwas unsicher war, aber das störte ihn nicht.

Das Mädchen beobachtete ihn beim Fressen und als er sich ihm neugierig zuwandte und mit den Nüstern über sein Gesicht und seine Hände fuhr, um den Geruch aufzunehmen, lachte es sogar. Es strich ihm über den Hals und den Kopf. Dann ließ es ihn allein.

Pegasus stand eine Weile unbeweglich da und versuchte, die neuen Eindrücke zu verarbeiten. Er beschnoberte alle Winkel seines Stalls, scharrte mit den Hufen und schnaubte schließlich glücklich. Eine Weile genoss er die Ruhe und seine Ohren standen nicht einen Augenblick still, während er lauschte, um die fremden Geräusche wahrzunehmen und sie unterscheiden zu lernen.

In der Ferne hörte er Musik und Stimmen. Geräusche von anderen Pferden aber konnte er nicht vernehmen. Er wieherte probehalber. Es kam keine Antwort. Er versuchte es etwas lauter.

Immer noch nichts.

Eine merkwürdige Unruhe bemächtigte sich seiner. Er war allein. Und in der fremden Umgebung fühlte er sich nicht sicher. Wo war er hier überhaupt? Was war um ihn herum? Welche Gefahren lauerten womöglich hinter der Holzwand?

Der Wallach hob einen Vorderhuf und trat damit gegen die Stalltür. Aber auch dieses Geräusch verhallte ungehört. Mit immer größer werdender Verzweiflung versuchte Pegasus, sich bemerkbar zu machen. Er wieherte, so laut er konnte, und trat wieder und wieder gegen die Stalltür. Panik befiel ihn.

Madeleine drehte die Musikanlage lauter. Sie warf einen Blick auf die Blätter, die diese Pferdepflegerin ihr in die Hand gedrückt hatte, und legte sie schließlich ungelesen aufs Bett. Sie würde sich später darum kümmern. Außerdem hatte ihre Mutter ja einen Reitlehrer besorgt, der ab morgen jeden Tag zu ihr kommen würde, um ihr alles Wissenswerte beizubringen. Angefangen vom Stallausmisten übers Striegeln bis zum Wesentlichen: dem Reiten. Wieso sollte sie sich also damit aufhalten, die Zettel zu lesen?

Heute Nachmittag wollte Laura sie besuchen und sich das neue Pferd anschauen. Madeleine war gespannt, was ihre beste Freundin sagen würde. Obwohl Pegasus ein Schimmel war, musste sie zugeben, dass er majestätisch aussah. Mit ihrer neuen Reiterkluft, der dunklen Pferdedecke und dem Sattel, den sie sich ausgesucht hatte, würde es sicher ganz gut aussehen, wenn sie durch den Wald ritt. Zumindest, sobald sie einigermaßen anständig reiten konnte!

Wenigstens muss ich nicht erst eine halbe Stunde mit dem Bus hin- und zurückfahren, wenn ich reiten will, dachte Madeleine, während sie sich mit ihrer Reitkappe auf dem Kopf vor dem Spiegel hin und her drehte. Bauer Preuß, dessen Hof knappe zehn Kilometer entfernt war, hatte zurzeit keine Box für Pensionspferde frei und kurzerhand war Frau Feldhaus auf die Idee gekommen, einen Stall für Pegasus auf dem zweitausendfünfhundert Quadratmeter großen Grundstück zu errichten.

Madeleine ärgerte sich, denn sie hatte vergessen diesem Gestütsbesitzer Löschkopp oder wie der hieß davon zu berichten. Der ging immer noch davon aus, Pegasus wäre in einer dieser kleinen, stinkenden Boxen bei dem bärbeißigen Bauern untergebracht. Er hätte sich gewiss gefreut zu erfahren, dass Pegasus einen eigenen, geräumigen Stall mit Tageslicht bekam und immer ganz in ihrer Nähe war. Und erst recht diese Pferdepflegerin. Dass die an dem Tier gehangen hatte, war ja nicht zu übersehen gewesen.

»Madeleine?«

Das war die Stimme ihrer Mutter.

»Madeleine!«

»Was ist denn schon wieder!« Madeleine stellte mit der Fernbedienung die Musik leiser.

»Hörst du das nicht? Pegasus wiehert!«

»Warum?«

»Woher soll ich das wissen? Schau doch mal nach.«

Madeleine stöhnte und stellte die Hi-Fi-Anlage aus. Sie ging an ihrer Mutter vorbei die geschwungene, breite Treppe der Villa hinunter in die Eingangshalle. Ihre Schuhe klackerten auf dem Granitfußboden.

Tatsächlich. Im Erdgeschoss konnte auch sie das aufgeregte Wiehern des Pferdes hören.

Pegasus war schlagartig still, als Madeleine den Verschlag zum Stall öffnete. Er schnaubte und streckte ihr den Kopf entgegen.

Madeleine klopfte ihm beruhigend auf den Hals. »Was ist los? Gefällt dir dein neuer Stall nicht?«

Wie zur Antwort schnaubte Pegasus erneut und stupste das Mädchen mit der Nase an.

»Willst du noch etwas fressen?« Madeleine holte ein Haferplätzchen aus dem Sack in der Sattelkammer. Obwohl es nur ein kleiner Stall mit einer Pferdebox war, fehlte es an nichts. Nicht einmal an einer Sattelkammer zur Aufbewahrung des Zaumzeugs, der Putzutensilien und des Hafersacks. Gemeinsam mit Herrn Schütz, dem Reitlehrer, hatten sie alles für Pegasus' Eintreffen vorbereitet.

Herr Schütz war sehr nett – auch wenn Madeleine eine andere Vorstellung von einem privaten Reitlehrer gehabt hatte. Er war weder jung, noch sah er auch nur annähernd gut aus. In den Pferdebüchern, die Madeleine las, waren die Reitlehrer immer hübsche, athletisch gebaute, junge Männer, in die sich die Schülerinnen reihenweise verliebten. Das konnte sich Madeleine bei Herrn Schütz nun wirklich nicht vorstellen. Er hatte nur noch sehr wenige Haare – obwohl er so alt nun auch noch nicht war, sie schätzte ihn auf Anfang vierzig –, trug unvorteilhafte Cordhosen und eine Brille mit einem billig aussehenden Gestell. Aber nichtsdestoweniger war er sehr entgegenkommend und hatte bereits im Vorfeld geholfen, alles für die Ankunft des Pferdes vorzubereiten. Pegasus war für ihn kein unbeschriebenes Blatt, wie er sich ausdrückte. Er schien sich fast mehr auf das Pferd zu freuen als Madeleine.

Pegasus nahm das Haferplätzchen vertrauensselig aus Madeleines Hand.

»Oder vermisst du dein Zuhause?« Madeleine strich Pegasus über die Stirn und war erstaunt, mit welcher Kraft sich das Pferd gegen ihre Hand lehnte. Versonnen betrachtete sie seine braunen Augen. Sie hatte gar nicht gewusst, dass Pferde so lange Wimpern haben. Schön sah das aus. Oder hatte nur Pegasus so schöne Augen? Viele Pferde hatte sie noch nicht so eingehend betrachtet wie dieses hier, das nun ihr gehörte, weil sie den Wunsch geäußert hatte, reiten zu lernen.

Was Laura wohl sagen würde, wenn sie Pegasus endlich sah? Ob er ihr gefiel? Zumindest schien sie Schimmel zu mögen. Und obwohl sich Madeleine einen Fuchs oder einen Braunen mit schwarzen Beinen gewünscht hatte, weil sie die am hübschesten fand, musste sie zugeben, dass dieser Edelschimmel – so hatte Herr Schütz die Fellfärbung bezeichnet – wirklich nicht schlecht aussah. Auf jeden Fall besser als ein Apfel- oder Fliegenschimmel. Die konnte sie nämlich wirklich nicht leiden.

Das Mädchen blickte sich um, entdeckte aber nichts, was Pegasus in Unruhe versetzt haben könnte. Sie zuckte mit den Schultern und wandte sich ab, um ins Haus zurückzukehren. Doch kaum öffnete sie die Stalltür, hielt Pegasus' Rufen sie zurück.

Madeleine drehte sich erneut um. »Was ist denn? Was hast du denn?«

Pegasus hob und senkte den Kopf und stieß mit dem Vorderhuf gegen die Holzwand.

Madeleine seufzte und ging zu Pegasus zurück. »Willst du nicht allein bleiben? Ist es das?«

Als hätte Pegasus sie verstanden, nickte er und Madeleine konnte ein Lachen nicht unterdrücken. Das Pferd gefiel ihr immer besser.

Als Laura eine gute Stunde später nach Madeleine suchte, fand sie sie schließlich im Stall. Ihre Freundin stützte sich mit den Armen auf der unteren Boxenklappe auf und schien zu träumen.

»Hey«, grüßte Laura sie und Madeleine wandte sich ihr im Zeitlupentempo zu.

»Hi«, antwortete sie matt.

»Ist er das?« Laura kam neugierig näher.

»Hmm«, machte Madeleine mit Besitzerstolz in der Stimme.

Laura hielt Pegasus die geöffnete Hand unter die Nüstern und der Wallach wackelte mit den Nüstern, während er den Geruch des zweiten Mädchens in sich aufnahm.

»Schön weich«, stellte Laura fest. »Was machst du

hier? Deine Mutter hat gesagt, du bist vor über einer Stunde in den Stall gegangen und seitdem hat sie dich nicht mehr gesehen.«

Madeleine stöhnte. »Er will nicht allein bleiben. Sobald ich mich umdrehe, um zu gehen, fängt er an zu wiehern.«

»Vielleicht ist noch alles neu und ungewohnt für ihn.«

»Was soll ich denn jetzt machen?« Madeleine klang ein wenig verzweifelt. »Ich kann ja schlecht hier schlafen!«

Bei der Vorstellung von ihrer Freundin im Strohbett musste Laura lachen. Madeleine war alles andere als das handfeste Mädchen vom Dorf, das ihre Schlafstätte mit irgendwelchen Tieren teilte. Sie war ein liebenswerter Mensch und Laura war gern mit ihr zusammen, weil sie miteinander lachen konnten, dass alle anderen dachten, sie wären nicht mehr ganz dicht. Ohne Probleme konnten sie stundenlang miteinander quatschen und wild zwischen Themen wie Jungs, Schminke, Diskobesuchen, Mathematikhausaufgaben, Zukunftsperspektiven, Literatur oder Politik hin- und herwechseln. Laura kannte keinen anderen Menschen, mit dem sie so reden konnte wie mit Madeleine. Und dafür liebte sie sie. Einmal hatte ihre Mutter den Störungsdienst angerufen, als Madeleine und Laura über vier Stunden miteinander telefoniert hatten, während Lauras allein erziehende Mutter im Büro war und vergeblich versuchte, ihre Tochter zu Hause zu erreichen. Nach dem Donnerwetter mit ihrer Mutter hatte sich Laura mit Madeleine im Eiscafé getroffen und sie hatten ihr Gespräch ohne ein Telefonkabel zwischen sich fortgesetzt. Denn nach vier Stunden war noch lange nicht alles gesagt gewesen!

Andererseits konnte Madeleine eine ganz schöne Zicke sein. In der Schule war sie zwar von den Jungs begehrt, weil sie hübsch war und eine geheimnisvolle Ausstrahlung hatte, aber wirklich gut leiden konnte sie keiner. Weder die Mädchen noch die Jungs. Wie ihre Mutter konnte Madeleine nämlich arrogant sein, dass einem schlecht wurde. Und ihre Meinung über etwas konnte sich von heute auf morgen um hundertachtzig Grad drehen. Sie vertrat dann so entschieden die Gegenthese von dem, was sie gestern noch als richtig empfunden hatte, dass Laura manchmal an ihrem Verstand zweifelte. Das Einzige, worüber sie sich sicher war, war Madeleines Loyalität ihr gegenüber. Natürlich hatten die beiden Freundinnen sich auch schon heftig gestritten, aber es gab immer wieder einen Weg zueinander.

Jetzt sah sie Madeleine an und überlegte bereits im Stillen, wie sie ihrer Freundin taktvoll klar machen konnte, dass ihr wohl nichts anderes übrig blieb. Es sei denn natürlich, sie wollte Pegasus mit in ihr Zimmer nehmen. Dann galt es nur, den Widerstand von Frau Feldhaus zu überwinden und das fünfhundert Kilo schwere Tier irgendwie die Marmortreppe hinaufzubringen. Ach nein, verbesserte sich Laura in Gedanken, Granit. Die Treppe war aus Granit. Nicht aus Marmor. Aus Marmor war ja nur das Bad.

Madeleine brach in schallendes Gelächter aus, als Laura ihr den Vorschlag machte, Pegasus mithilfe eines Flaschenzugs in ihr Zimmer zu bugsieren.

»Du kannst natürlich auch versuchen, einen Kran zu ordern.«

Madeleine wurde wieder ernst. »Du meinst, ich habe keine andere Wahl?«

Laura nickte. »Stell dir mal vor, wie du dich fühlen würdest. Bis jetzt stand er mit vielen anderen Pferden zusammen in einem Stall oder auf der Weide, die er von klein auf kannte. Um ihn herum waren Menschen, die ihm ebenfalls vertraut waren. Und jetzt? Ein fremder Stall, fremde Menschen und kein einziges anderes Pferd. Pferde sind Herdentiere. Kein Wunder, dass er sich einsam fühlt.« Sie strich Pegasus übers Fell. »Übrigens … er ist wunderschön.«

Madeleine dachte nach. Laura war von Anfang an dagegen gewesen, dass Pegasus einen eigenen Stall auf dem Grundstück bekam. Im Gegensatz zu ihr kannte sich ihre Freundin mit Pferden gut aus, da sie seit Jahren ein Pflegepferd versorgte, das bei Bauer Preuß untergestellt war.

»Vielleicht hätte ich mir doch lieber ein neues Fahrrad wünschen sollen. Das würde nicht so laut wiehern, wenn es allein in der Garage stünde.«

Laura zuckte mit den Schultern. Sie hatte befürchtet, dass Madeleine von der Idee, ein eigenes Pferd zu besitzen, nicht mehr so begeistert sein würde, sobald sie merkte, wie viel Arbeit damit verbunden war. Aber Madeleine hatte ja nicht auf sie gehört.

»Ich frage meine Mutter, ob ich heute Nacht bei dir schlafen kann. Dann bauen wir uns hier zusammen ein Bett aus Stroh. Einverstanden?«

Madeleine nickte stumm. Mit Laura zusammen konnte so eine Nacht im Stall vielleicht sogar ganz lustig werden.

6

Madeleine verzog das Gesicht zu einer Grimasse, während sie sich vorsichtig auf den Stuhl vor ihrem Schreibtisch sinken ließ. Jeder der zweihundertsechs Knochen in ihrem Körper schmerzte. Sie hatte Muskelkater vom Kopf bis zu den Zehen und ihr Hintern musste einfach blau sein, so wie er sich anfühlte. Außerdem hatte sie das Gefühl, zehn Kilometer gegen den Wind nach Pferdemist zu riechen. »Ich habe nicht gewusst, dass Reiten so anstrengend ist«, jammerte sie.

Laura lachte und ließ sich auf Madeleines Bett fallen. »Ich hab's dir aber vorher gesagt.«

»Wie kann etwas so anstrengend sein, wenn man nur irgendwo draufsitzt und durch die Gegend geschaukelt wird?«

Laura stand schon wieder auf. »Komm, wir müssen Pegasus noch striegeln und die Hufe auskratzen.«

»Ich kann nicht mehr«, stöhnte Madeleine. »Guck mal«, fuhr sie fort und hob ihren Arm. »Ich kann noch nicht mal mehr den Arm bewegen! Wie soll ich da die Kardätsche halten?«

»Ich helfe dir ja«, tröstete Laura ihre Freundin. »Aber Pegasus *muss* gestriegelt werden.«

»Warum? Mir gefällt er auch schmutzig.«

»Es geht aber nicht um sein Aussehen, sondern um seine Gesundheit. Ein ungepflegtes Fell ist anfälliger für Hautkrankheiten, Parasiten und so. Und die Hufe müssen sauber sein, damit er keine Strahlfäule kriegt.«

Madeleine kniff angewidert die Augen zusammen. »Igitt«, sagte sie. »Strahlfäule.«

Die meiste Arbeit erledigte Laura.

Madeleine lehnte an der Wand des Stalls, sah Laura zu und erzählte ihr von Leandro, dem Portugiesen, der Segelunterricht gab und den sie in der Eisdiele kennengelernt hatte. »Wenn Herr Schütz auch nur halb so gut aussähe wie Leandro, würde der Reitunterricht mehr Spaß machen.«

Laura reinigte Pegasus' Kopf mit einem Schwamm und schwieg.

»Vielleicht sollte ich in den Sommerferien mal einen Segelkurs bei ihm belegen. Was meinst du? Oder ich wünsche mir gleich ein eigenes kleines Segelschiff. Dann können wir zwei zusammen über das Meer segeln.«

Laura verzog das Gesicht. »Ich verstehe dich nicht«, platzte es dann aus ihr heraus. »Du hast ein Pferd, nach dem sich jeder Reiter die Finger lecken würde. Und was machst du? Du behandelst Pegasus wie ein Sportgerät, das dir zum Hals heraushängt, und überlegst dir schon das nächste Hobby.«

Madeleine erstarrte. So deutliche Worte fand Laura

selten. Sie wusste, dass ihre Freundin recht hatte. Aber sie hatte sich nun mal getäuscht. Das konnte doch passieren, oder? Die Vorstellung, die sie vom Reiten und von einem eigenen Pferd gehabt hatte, war nun einmal anders gewesen als die Realität.

»Ich habe dir vorher gesagt, nimm erst einmal ein paar Stunden in der Reitschule und entscheide dann. Aber nein, Madame kann ja nicht wie die Normalsterblichen mit dem Bus zum Reitunterricht fahren. Madame braucht ja gleich ein eigenes Pferd und einen privaten Reitlehrer.« Laura hatte aufgehört, Pegasus zu putzen und schrie Madeleine mit rotem Kopf an. »Weißt du, was du bist?« Sie schleuderte ihrer Freundin das Putztuch vor die Füße. »Du bist eine verwöhnte, hochnäsige, arrogante …«, sie suchte nach dem richtigen Wort und fand es nicht, »… blöde Kuh!«

Madeleine starrte Laura mit offenem Mund an. Dann drehte sie sich um und ließ ihre Freundin einfach stehen. Sie ließ die Stalltür hinter sich ins Schloss knallen und rannte die wenigen Meter zu der Villa hinüber, stürmte an ihrer Mutter vorbei die Treppe hoch und warf sich in ihrem Zimmer aufs Bett. So etwas musste sie sich nicht sagen lassen! Nicht von Laura und von niemand anders. Das hatte sie weiß Gott nicht nötig.

»Nein, Madeleine. So geht das nicht.« Herr Schütz schüttelte den Kopf. »Du sollst die Hände nicht auf dem Rücken des Pferdes aufstützen, sondern das Pferd damit dirigieren. Die Zügel müssen locker sein, du reißt Pegasus am Maul! Das Pferd stumpft auf diese Weise gegen sämtliche Zügelhilfen ab.«

»Aber ich kann nicht«, antwortete Madeleine und ihre Stimme klang unsicher. »Mir tun die Arme weh.«

Herr Schütz seufzte. »Okay«, sagte er. »Wir hören für heute auf und reiten zurück.« Er wendete sein Pferd. Weit waren sie an diesem Tag nicht gekommen.

Madeleine kniff verbissen die Lippen aufeinander. Die beiden sprachen auf dem Rückweg kein Wort mehr miteinander und sie schwiegen immer noch, als Madeleine unter Herrn Schütz' Aufsicht Pegasus am Stall absattelte und versorgte.

Selbst Madeleines Vater fiel am Abendbrottisch die schlechte Laune seiner einzigen Tochter auf. Und das war wirklich bemerkenswert.

Am nächsten Morgen war Madeleines Stimmung immer noch nicht besser. Mit Laura hatte sie seit ihrem großen Streit kein Wort mehr gewechselt und bei dem Gedanken daran, heute Nachmittag wieder auf Herrn Schütz zu treffen, der auch nur an ihr herumnörgelte, hätte sie heulen können.

Das Wissen, dass Laura recht mit ihren Vorwürfen hatte, machte die Sache nicht unbedingt besser. Sie brauchte ihrer Mutter gegenüber einen Wunsch nur einmal zu äußern und in der Regel war er damit schon erfüllt. Bei Pegasus hatte es allerdings ein bisschen länger gedauert und dadurch war die Sache für sie nur noch reizvoller geworden.

Die neidischen Blicke und Kommentare ihrer Klassenkameraden, die sie geerntet hatte, als sie ihnen von ihrem eigenen Pferd erzählte, hatten ihr gutgetan. Madeleine wusste, dass sie nicht sehr beliebt war. Zwar kam sie bei Jungen gut an, aber sie verloren auch immer überraschend schnell das Interesse an ihr. Und Laura war ihre einzige wirkliche Freundin. Die Anteilnahme der anderen an Pegasus hatte Madeleine für eine Weile in den Mittelpunkt gerückt. Doch schon nach wenigen Wochen war die neu gewonnene Popularität wieder verflogen.

Als ihre Mutter am Nachmittag an ihre Zimmertür klopfte und sagte, Herr Schütz würde unten auf sie warten, lag Madeleine mit rot geweinten Augen auf ihrem Bett.

»Ich kann nicht«, sagte sie mit heiserer Stimme.

Frau Feldhaus öffnete die Tür. »Was ist denn los?« Sie sah ihre Tochter besorgt an.

»Ich bin krank«, antwortete Madeleine.

Frau Feldhaus setzte sich zu dem Mädchen auf die Bettkante und legte eine Hand auf seine Stirn. »Fieber hast du keins«, stellte sie fest.

»Ich bin trotzdem krank«, sagte Madeleine trotzig.

»Hast du geweint?«

»Nein, ich bin nur krank«, wiederholte Madeleine.

»Und wieso gibst du nicht früher Bescheid, damit ich Herrn Schütz absagen kann? Jetzt ist er extra zu uns rausgekommen.«

Madeleine drehte sich zur Wand um. »Tut mir leid«, war alles, was sie hervorbrachte.

Frau Feldhaus seufzte und stand auf. »Dann versuch etwas zu schlafen. Ich werde dich bei Herrn Schütz entschuldigen.«

»Danke«, nuschelte Madeleine.

Sie konnte hören, wie ihre Mutter in der Eingangshalle mit Herrn Schütz sprach. Aber es drangen nur Satzfetzen zu ihr herauf.

»… vielleicht eine Erkältung im Anmarsch … war gestern Abend schon so still … tut mir leid … Sie hören von uns … Vielen Dank, Herr Schütz … Ja, danke … Auf Wiedersehen.«

Sie schloss die Augen und war wenige Minuten später tatsächlich eingeschlafen.

7

Pegasus lauschte dem Wind, der um die Ecke des Stalls pfiff, und verspürte eine anwachsende Unruhe. Im Allgemeinen hatte er sich inzwischen an sein neues Zuhause gewöhnt. Das Mädchen und der Mann kümmerten sich gut um ihn. Jeden Tag ritt das Mädchen mit ihm aus und obwohl er spürte, dass sie keine erfahrene Reiterin war, genoss er das Zusammensein mit ihr. Denn sie war einfühlsam und zärtlich. Doch seit einigen Tagen kam sie nicht mehr, um mit ihm zu reiten, und Pegasus fühlte sich nicht nur einsam, er langweilte sich außerdem. Umso stärker merkte er nun, dass er allein und kein anderes Pferd außer ihm da war.

Die Frau hatte ihn einige Male vor den Stall auf die Wiese geführt. Und Pegasus hatte gehofft, dort die Stute zu treffen, die er von den gemeinsamen Ausritten mit dem Mann kannte. Doch sie war nicht da. Auch der Mann war nicht da. Ebenso wenig eins der beiden Mädchen. Noch nicht einmal ein Hund, mit dem er fliehendes Pferd spielen konnte. Eine Weile jagte er allein hin und her, tat so, als erschräke er vor den herumfliegenden, kahlen Ästen. Doch auch das wurde irgendwann langweilig, wenn man es allein spielte.

Doch jetzt ließ ihn noch nicht einmal jemand hinaus. Zuerst verschaffte sich Pegasus Ablenkung, indem er fortwährend sein Gewicht von einem Vorderbein auf das andere verlagerte und dabei seinen Kopf hin und her schwang. Dann ging er dazu über, sich um seine eigene Achse zu drehen. Die Box war dafür gerade groß genug, auch wenn er dabei hin und wieder gegen die Wand stieß.

Er drehte sich so lange, bis er eine kleine Vertiefung in die Einstreu gelaufen hatte.

Als Madeleine Pegasus am Abend aufsuchte, um ihm seine letzte Mahlzeit für diesen Tag zu geben, erschrak sie sehr. Der Wallach sah aus, als wäre der Teufel in ihn gefahren: Er zitterte, seine Flanken und die Brust glänzten vor Schweiß, er scharrte mit den Vorderhufen im Stroh und schleuderte seinen Kopf immer wieder in Richtung seines Bauchs. Dann legte er sich plötzlich hin, sprang jedoch sofort wieder auf, als wäre der Stallboden voller Nägel, die sich in sein Fleisch bohrten.

Einige Minuten stand Madeleine regungslos da und beobachtete mit offenem Mund das Schauspiel, das Pegasus ihr bot. Dann kehrte sie um und rannte, so schnell sie konnte, zurück zum Haus.

»Eine Kolik.«

»Und was soll ich jetzt machen?« Madeleine umklammerte den Telefonhörer, bis ihre Fingerknöchel weiß hervortraten.

»Ruf den Tierarzt. Er soll sofort kommen. Du musst

Pegasus im Schritt herumführen. Lass ihn auf keinen Fall was fressen! Ich bin, so schnell ich kann, bei dir.«

Madeleine starrte einige Sekunden den Hörer in ihrer Hand an, der keinen Ton mehr von sich gab. Laura hatte ernst geklungen und sich noch nicht einmal die Zeit genommen, sie an ihren Streit zu erinnern. Also war mit dieser Kolik anscheinend nicht zu spaßen.

Sie wählte die Nummer des Tierarztnotdienstes, die Laura ihr genannt hatte. Auch der Mann, der sich dort meldete, schien die Sache ernst zu nehmen und sagte ihr zu, sofort loszufahren.

Madeleine rannte zurück zum Stall und versuchte, Pegasus das Führhalfter überzuziehen. Doch der Schimmel war unruhig und sie so nervös, dass es ihr nicht gelang.

Sie hörte ein Poltern vor der Stalltür, als Laura ihr Fahrrad einfach fallen ließ. Dann stürzte die Freundin zu ihr in den Stall. »Lass mich mal«, sagte sie. Nach wenigen Augenblicken hatte sie Pegasus den Strick umgelegt und führte ihn hinaus.

Auch Frau Feldhaus und ihr Mann sahen zu, während Laura das Pferd durch den parkähnlichen Garten führte. Zuerst wollte sich Pegasus nicht bewegen, doch Laura gelang es, sich durchzusetzen.

Der Tierarzt bombardierte Madeleine sofort nach seiner Ankunft mit Fragen: »Wann hat das Pferd zuletzt gefressen?« – »Was hat es gefressen?« – »Wie viel?« – »Wann wurde es das letzte Mal bewegt?«

Schließlich untersuchte er Pegasus. Er kontrollierte die Schleimhäute und überprüfte den Puls. Dann nickte er. »Man nennt diese Art Kolik auch salopp Sonntagskrankheit«, erklärte er. »Das Tier hat zu wenig Bewegung bei gleich bleibender Futterration. In den meisten Stallungen haben die Pferde sonntags keine Bewegung. Wenn die Futtermenge dann nicht angepasst wird, reagieren anfällige Tiere gerne mit Störungen des Magen-Darm-Trakts. Nervosität und Unruhe begünstigen die Krankheit zusätzlich. Vorbeugend sollte man solchen Tieren abends einen warmen Mash, ein Nassfutter, geben und die Futtermenge reduzieren.«

Madeleine fühlte sich schuldig. Sie spürte Lauras strafende Blicke. Aber woher hätte sie wissen sollen, dass Pegasus krank werden würde, wenn sie ihn nicht mehr ausritt? Doch kaum hatte sie diesen Gedanken zu Ende gedacht, da tat es ihr schon wieder leid. Natürlich hätte auch sie wissen müssen, dass Pferde Bewegung brauchen und nicht tagelang nur im Stall stehen können. Sie hatte einfach nicht an die Folgen gedacht.

Madeleine blickte Hilfe suchend zu ihren Eltern. Doch auch hier fand sie keinen Trost. Sie konnte die Enttäuschung in den Augen ihrer Mutter deutlich sehen.

»Wenn du das hier zu Ende gebracht hast«, sagte ihr Vater und seine Stimme verhieß nichts Gutes, »dann möchte ich mit dir reden.«

Madeleine schluckte. Diesmal war sie zu weit gegangen.

Es war nach Mitternacht, als der Tierarzt endlich Entwarnung gab und Pegasus zurück in den Stall gebracht werden konnte. Laura war längst nach Hause gegangen.

Jetzt schleppte sich auch Madeleine müde und durcheinander zum Haus. Ob ihr Vater auf sie gewartet hatte?

Als Madeleine die Eingangshalle betrat, brannte im Wohnzimmer noch Licht. Vorsichtig öffnete sie die Tür einen Spaltbreit.

Ihre Mutter legte die Zeitschrift, in der sie lustlos geblättert hatte, zur Seite und sah sie schlaftrunken an.

»Du hast auf mich gewartet?«

Frau Feldhaus nickte und klopfte mit der flachen Hand neben sich.

Madeleine ging auf ihre Mutter zu und ließ sich erschöpft neben ihr auf das Sofa fallen.

»Ist mit Pegasus alles in Ordnung?«

Madeleine seufzte. »Ja«, antwortete sie. »Es geht ihm gut.«

»Ich habe mit deinem Vater gesprochen«, fuhr ihre Mutter fort. »Und wir sind beide der Meinung, so geht es nicht mehr weiter. Dein Vater möchte Pegasus abgeben.«

Das erwartete Entsetzen fiel aus. Madeleine lauschte in sich hinein und stellte überrascht fest, dass sie nicht enttäuscht, sondern erleichtert war.

»Er ist der Meinung«, berichtete Frau Feldhaus weiter, »dass du auf irgendeine Weise für deinen Fehler geradestehen und lernen musst, Verantwortung zu übernehmen.«

Madeleine schämte sich. Es waren Tränen der Scham, die ihr jetzt über das Gesicht liefen und nicht – wie ihre Mutter vermutete – ein Zeichen der Trauer. Madeleine dachte an Lauras Worte: *Du behandelst Pegasus wie ein*

Sportgerät, das dir zum Hals heraushängt, und überlegst dir schon das nächste Hobby.

Oh Gott, wie recht ihre Freundin hatte. Sie hatte sich nicht im Geringsten Gedanken über die Verantwortung gemacht, die sie dem Pferd gegenüber einging. In ihrer Vorstellung galoppierte sie elegant und sicher über eine traumhafte Lichtung. Dass der Weg dorthin mühsam und nur durch harte Arbeit zu erreichen war, dass vor und nach dem Ausritt das Pferd nicht wie irgendein Transportmittel irgendwo abgestellt werden konnte – an all das hatte sie nicht gedacht.

»Was denkst du?«, fragte ihre Mutter und legte ihr tröstend einen Arm um die Schultern. »Möchtest du Pegasus behalten und versuchen, besser für ihn sorgen?«

Madeleine schluchzte.

»Ich kann noch einmal mit Papa reden …«

Madeleine schüttelte den Kopf. »Nein«, brachte sie mühsam unter Tränen hervor. »Ich … ich … will nicht mehr reiten. Nie mehr!« Sie wand sich aus den Armen ihrer Mutter und stürzte aus dem Zimmer.

Frau Feldhaus blieb allein zurück und starrte auf die Tür, durch die ihre Tochter verschwunden war.

8

Bauer Preuß wiegte den Kopf hin und her und kaute auf seinem schmutzigen Daumennagel. »Ein schönes Tier«, sagte er. »Aber keine sechstausend Euro wert.«

»Das haben wir aber für ihn bezahlt!« Frau Feldhaus zeigte sich deutlich überrascht. War sie nun über den Tisch gezogen worden oder versuchte Herr Preuß, sie über den Tisch zu ziehen?

»Gnädige Frau, das kann ja sein«, sagte der Bauer. »*Ich* werde Ihnen ganz bestimmt nicht so viel bezahlen.« Er streckte sein Kinn vor und strich sich über die Bartstoppeln. Frau Feldhaus lief bei dem kratzenden Geräusch eine Gänsehaut über den Rücken. »Für dreitausend Euro hole ich ihn heute Nachmittag noch ab und Sie sind ihn los.«

Madeleines Mutter schnappte nach Luft. Auf der Suche nach einem Käufer für Pegasus hatte sie sich zunächst an den Bauern in der Nachbarschaft gewandt, von dem sie wusste, dass er Schulpferde vermietete. Vielleicht kam Pegasus für diese Arbeit infrage? Eine Sekunde lang hatte sie auch daran gedacht, Herrn Lothrop zu fragen, ob er Pegasus zurücknähme. Doch dann war es ihr zu peinlich gewesen und sie hatte beschlossen, es erst einmal bei dem Bauern zu versuchen. Wenn der ablehnte, konnte sie immer noch im Gestüt anrufen und sich erkundigen, was sie mit Pegasus machen sollte.

»Aber er ist ein Turnierpferd!« So schnell wollte Frau Feldhaus nicht aufgeben.

»Sie meinen, er *war* ein Turnierpferd!« Der grobschlächtige Mann lächelte nachsichtig. »Hören Sie, jeder, der mit Pferden zu tun hat, kennt die Geschichte dieses Wallachs. Ich bin mir noch nicht mal sicher, ob er mit der Verletzung überhaupt für den Reitunterricht taugt. Ich gehe ein gewisses Risiko ein und da kann ich es mir nicht leisten, so viel Geld zu investieren. Nehmen Sie die dreitausend oder suchen Sie sich einen anderen Käufer.«

Frau Feldhaus fühlte sich in die Ecke gedrängt. Bei dem Gedanken, Herrn Lothrop anrufen zu müssen, wurde ihr abwechselnd heiß und kalt. Außerdem war sie froh, wenn Pegasus baldmöglichst weg war und sie nicht länger an diese leidige Episode denken musste. Der Streit mit ihrem Mann über das Pferd hing ihr noch nach. Er hatte ihr vorgeworfen, sie verwöhne Madeleine zu sehr, indem sie ihr jeden Wunsch sofort erfülle, und ihr vorgerechnet, wie viel Geld sie für die Anschaffung des Pferdes ausgegeben hatte: Da waren nicht nur die sechstausend Euro für das Tier selbst zu nennen, auch der neue Hänger – ein Ausstellungsstück von Humbaur zum Sonderpreis – schlug mit dreitausendfünfhundert Euro zu Buche. Ganz zu schweigen von den Kosten für den Stall, die Ausrüstung und den Reitlehrer. Natürlich konnten sie sich das leisten, aber Herr Feldhaus fürchtete, Madeleine wachse mit einem falschen Verständnis für materielle Werte heran. Schließlich hatte er sich alles selbst aufgebaut und buchstäblich mit nichts angefangen.

Frau Feldhaus' sehnlichster Wunsch war es jetzt, dieses Thema so schnell wie möglich abzuschließen und zu vergessen, damit wieder Ruhe in das Familienleben einkehrte.

»Viertausend?« Es sollte sich nach einer Forderung anhören, klang aber eher wie eine Frage.

Herr Preuß sog die Luft ein und stieß sie wieder aus. »Also gut, weil Sie es sind und wegen der guten Nachbarschaft gebe ich Ihnen dreitausendfünfhundert. Aber das ist wirklich mein letztes Wort.«

»In Gottes Namen«, willigte Frau Feldhaus ein, »aber holen Sie ihn bitte gleich ab.«

Der Bauer konnte seine Freude über das gelungene Geschäft nur schwer verbergen. Wenn bekannt wurde, dass er den Star der letzten Turniersaison, Pegasus, im Stall hatte, dann würden die Reitschülerinnen ihm die Bude einrennen, um einmal auf diesem Pferd sitzen zu dürfen! Er rieb sich freudig erregt die Hände. Als er Frau Feldhaus' Blick bemerkte, räusperte er sich, hauchte auf seine von der harten Arbeit rauen Pranken und tat so, als versuche er lediglich, sich aufzuwärmen. »Es ist immer noch kalt, nicht wahr?«

»Ja, es wird Zeit, dass der Frühling anbricht«, stimmte Frau Feldhaus zu.

Es war offenbar alles gesagt, was zu sagen war, da musste das Wetter als Gesprächsthema herhalten.

Pegasus folgte dem Mann brav in den Transporter. Er hatte keine schlechten Erfahrungen mit Pferdeanhängern gemacht, verband mit der Fahrerei aber automatisch die Anreise zu einem Turnier und war deshalb nervös. Er erinnerte sich ungern an das letzte Mal, als er vor vielen Menschen gesprungen war. Es war kein richtiger Gedanke, mehr ein Gefühl. Aber es sorgte dafür, dass er nervös wurde.

Die Fahrt dauerte nicht lange und Pegasus sah sich neugierig um, als er den Anhänger verlassen durfte. Zwar hörte und roch er andere Pferde, doch auf einem Turnier war er nicht gelandet.

Der Mann führte ihn in einen Stall mit mehreren offenen Kompartimenten. Pegasus sah nach links und nach rechts, wo sich dem Neuankömmling einige Pferdeköpfe entgegenreckten.

Dann öffnete der Mann den Verschlag zu einem leeren Abteil und führte Pegasus hinein. Die Stute links von ihm wandte sich Pegasus zu. Der rechte Stall war leer.

Minuten, nachdem der Mann gegangen war, stand Pegasus immer noch unbeweglich da und versuchte zu begreifen, was geschehen war.

Einen Vorgeschmack auf seine künftige Arbeit bekam Pegasus dann am nächsten Morgen. Ein Junge kam zu ihm und sattelte ihn. Der Sattel passte nicht richtig. Er war zu klein für das großrahmige Pferd und zwackte. Doch dem Jungen schien das nicht aufzufallen. Er schob Pegasus ein Gebiss ins Maul und führte ihn über den Hof in eine Reithalle.

Dort befanden sich bereits sieben andere Pferde in der Mitte aufgereiht wie Zinnsoldaten. Neben jedem Pferd stand ein Jugendlicher und hielt es am Zügel.

Auch der Junge hielt Pegasus fest und saß dann auf das Kommando einer Frau auf, die mit einer Peitsche vor den Pferden stand.

Pegasus fand das sehr aufregend. Hinter den anderen Pferden her ging er Runde um Runde im Schritt durch die Halle. So etwas hatte er noch nie erlebt. Und nachdem er lange keinen Kontakt zu anderen Pferden gehabt hatte, genoss er das Gefühl, Bestandteil einer Herde zu sein, umso intensiver.

Doch je länger die Reitstunde dauerte, desto stärker spürte Pegasus den Druckschmerz des Sattels. Jetzt verfiel die Gruppe in einen Trab und der Junge plumpste bei jedem Schritt schwer in Pegasus' Rücken.

Der Wallach fühlte sich wie nach einem vierstündigen Ausritt, als er fünfundvierzig Minuten später zurück in seinen Stall gebracht wurde. Dennoch war er glücklich. Denn seine Nachbarin, die Stute, begrüßte ihn wie einen alten Freund.

Viermal noch wurde Pegasus an diesem Tag aus dem Stall in die Reithalle geführt und jedes Mal wiederholte sich das Spiel vom Vormittag. Es war lange her, dass sich Pegasus so ausgelastet gefühlt hatte wie an diesem Abend.

Als am nächsten Morgen eine junge Frau zu ihm kam und ihn aufsattelte, war Pegasus' erste Begeisterung über sein neues Zuhause bereits verflogen. Er konnte den zu kleinen Sattel auf seinem Rücken kaum mehr ertragen, aber auch diese Reiterin schien nicht zu merken, dass Pegasus zusammenzuckte, während sie ihm den Sattel auflegte.

Doch als der Wallach heute in die Reithalle kam, stand nicht die Frau da, sondern ein alter Bekannter, der ihn bereits erwartete. Er kontrollierte sorgfältig die Sättel und die Steigbügellängen seiner Schüler.

Pegasus wandte ihm den Kopf zu, als der Reitlehrer an seiner rechten Seite stand und den Sattel überprüfte. Seine Ohren waren nach hinten gerichtet, sein Kiefer verspannt und er zeigte seine Zähne. Diese Reaktion war ein Reflex, er konnte sie nicht unterbinden, obwohl er natürlich niemals ernst gemacht und den Mann gebissen hätte.

»Was ist, Pegasus?« Der Mann tätschelte ihm den Hals. »Irgendetwas stimmt nicht, oder?« Er hob den rechten Steigbügel hoch, um zu sehen, ob der Gurt zu fest gezogen war. »Was ist das denn?« Er wandte sich an seine Schülerin. »Ist das der richtige Sattel?«, fragte er.

Die Frau nickte. »Er hing am Haken für Stall elf.«

Der Mann stutzte. »Stall elf? Das war der Stall von Fledermaus. Steht Pegasus da jetzt?« Er runzelte die Stirn, dann hellte sich sein Gesicht wieder auf. »Ich verstehe«, sagte er wie zu sich selbst.

»Was verstehen Sie, Herr Schütz?«, fragte die Frau.

»Das ist der falsche Sattel«, erklärte der Reitlehrer. »Fledermaus, den Herr Preuß abgegeben hat, war ein gutes Stückchen kleiner als unser Pegasus hier. Anscheinend ist vergessen worden, einen passenden Sattel für unseren Star herauszusuchen.« Er löste den Gurt und nahm Pegasus den Sattel ab. »Sehen Sie hier? Er hat schon Druckstellen. Offenbar musste er gestern die ganze Zeit diesen Sattel tragen. Kein Wunder, dass du sauer bist«, fuhr er fort und klopfte Pegasus auf den Hals. Er reichte der Schülerin den schweren Sattel. »Sie gehen jetzt erst mal in die Sattelkammer und besorgen einen anständigen Sattel für dieses Tier. Am besten den Sattel von King, der müsste eigentlich passen.«

»Aber wie soll ich den finden?«

»Schauen Sie in der Stallgasse, an welchem Stall Kings Name steht. Ich glaube, er hat die Sieben. Aber überprüfen Sie das bitte. Der Sattel hängt dann am Haken mit der Nummer sieben.«

Die Frau verzog das Gesicht. Sie hatte nicht die geringste Lust, die schweren Sättel durch die Gegend zu schleppen und das Pferd ein zweites Mal aufzusatteln. Doch was blieb ihr anderes übrig?

Pegasus' anfängliche Begeisterung, endlich wieder unter seinesgleichen zu sein, wich zusehends einem Gefühl der Langeweile und Unausgeglichenheit. Jeder Tag ähnelte dem vorherigen. Vier- bis fünfmal täglich lief Pegasus seine Runden in der Halle und sah dabei nichts anderes als die Holzwände und den Hintern des Pferdes, das vor ihm lief. Und die Reiter waren alle gleich unsensibel, rissen ihm am Maul und ließen sich beim Trab schwer in seinen Rücken zurückfallen.

In den ersten Tagen hatte er sich über jeden gefreut, der zu seinem Stall kam und ihn auswählte. Doch mittlerweile unterschied er sehr genau und es kristallisierte sich nach und nach eine wachsende Zuneigung zu Kindern bei ihm heraus. Sie versuchten weniger ihre

Angst vor dem großen Tier durch übertriebene Autorität zu überwinden und waren vor allem nicht so kräftig. Pegasus, der durch seine Ausbildung und die hervorragenden Reiter, mit denen er es in den ersten prägenden Lebensjahren zu tun gehabt hatte, an sanfte Zügel- oder Schenkelhilfen gewöhnt war und darauf hervorragend reagierte, litt jedes Mal, wenn ihm ein Reitschüler ruppig am Maul zerrte oder die Ferse in den Bauch rammte. Er war einfach nicht so abgebrüht wie die anderen Pferde, die diese Behandlung seit Jahren gewohnt waren.

Wenn Pegasus nicht gebraucht wurde, stand er in seinem kleinen Stall und niemand kümmerte sich um ihn.

Dann träumte Pegasus. Er träumte von einer großen grünen Wiese. Am Horizont erstreckte sich eine Bergkette und er konnte das Wasser des nahe gelegenen Sees riechen. In seinen Träumen hatte Pegasus dieses Gefühl der Gelassenheit und Ruhe, das er seit seinem Weggang aus dem Gestüt Lothrop nicht mehr gehabt hatte. Genauer gesagt, seit dem verhängnisvollen Tag seines Unfalls.

Manchmal sah Pegasus in seinen Träumen auch die kleine Frau mit ihrem Hund. Sie lachte und klopfte ihm den Hals oder er galoppierte mit ihr auf dem Rücken über ein Feld und sprang über einen Weidezaun oder einen umgestürzten Baumstamm. Das Gefühl des Fliegens und der Leichtigkeit hatte er dann selbst im Traum.

Aber sobald er erwachte, war er wieder in dem kleinen Stall und die Sehnsucht nach einer Weide, auf der er einmal ohne das Gewicht eines Reiters im Rücken umherrennen konnte, wurde immer größer.

Bauer Preuß hatte keine Weiden für die Schulpferde.

Er betrieb Landwirtschaft, eine Pferdepension und eine Reitschule. Auf seinen Feldern wuchsen je nach Jahreszeit Mais, Erdbeeren, Kartoffeln, Spargel und Bohnen. Ungenutzte Grünflächen gab es nicht. Der Pferdehof bestand aus unzähligen Boxen für die Pensionspferde, dem Stall für die Schulpferde, der Reithalle und einem Außenreitplatz.

Die Pensionspferde wurden von ihren Besitzern regelmäßig ausgeritten. Sie durchstreiften die Reitwege im angrenzenden Wald. Die Schulpferde dagegen wurden ausschließlich in der Halle geritten. Sehr selten kam es vor, dass Herr Schütz mit den Fortgeschrittenen einen Ausritt einplante. Und seit Pegasus im Stall war, hatte dieses Highlight noch nicht stattgefunden.

Als ein etwas übergewichtiger Mann Pegasus an diesem Morgen den Sattel auflegte, verspürte er zum ersten Mal in seinem Leben Unmut gegen einen Menschen. Er wollte nicht. Er wollte von diesem Mann nicht geritten werden, der schon mehrfach bei ihm gewesen war und den Pegasus als besonders ruppig in Erinnerung hatte.

Und heute schmerzte sein Bein ganz besonders. Es hatte in der letzten Zeit häufiger wehgetan, aber noch nie so stark wie jetzt. Der Schmerz machte ihn nervös. Unruhig wechselte er von der linken auf die rechte Vorderhand. Doch der Schmerz ließ nicht nach. Unwillig stampfte Pegasus mit dem Huf auf, zuckte jedoch im Anschluss an diese Bewegung sofort zusammen.

»Was hast du denn?«, fragte der Mann und sah ihn verwirrt an. Irgendwie sah der Schimmel heute nicht so aus wie sonst. Etwas an seinen Augen war anders. Sie waren kleiner, nicht so glänzend. Und ab und zu schimmerte das Weiße an den Winkeln hervor. Er hatte nicht viel Ahnung von Pferden, aber dieses hier sah bösartig aus. Dabei hatte er seinen Gesichtsausdruck als besonders sanftmütig in Erinnerung.

Er beugte sich ächzend ein wenig hinunter, um den Gurt unter dem Bauch des Tieres durchzuziehen, doch Pegasus entwand sich ihm immer wieder, wich aus, wenn der Mann näher rückte.

Schließlich stand Pegasus an der seitlichen Begrenzung seines Stalls und konnte nicht weiter fliehen. Er biss die Zähne aufeinander und zitterte, während der Mann den Gurt festzurrte.

Dann kam die Trense. Der Mann hielt das Gebiss in einer Hand und wartete darauf, dass Pegasus sein Maul etwas öffnete, wie er es sonst getan hatte. Doch das Tier rührte sich nicht. Der Mann stieß leicht mit dem Gebiss gegen das Maul. Nichts geschah. Er hatte sogar das Gefühl, der Schimmel presse die Lippen noch fester zusammen. Langsam verlor der Mann die Geduld. Er machte sich hier doch nicht zum Affen! Immerhin bezahlte er anständiges Geld dafür, hier zu reiten, und jetzt hatte er den Anfang der Reitstunde bereits verpasst.

Er schnaufte wütend und Pegasus riss erschrocken die Augen auf.

Er spürte, dass der Mann böse wurde. Er kannte diese Stimmung bei Menschen und er hatte keine guten Erfahrungen damit gemacht.

Doch der Mann tat ihm nichts. Er schrie nicht, er schlug ihn nicht – er drehte sich einfach um und ging zeternd davon.

Bauer Preuß ballte die Hände in seinen Taschen zu Fäusten. Der ganze Tag war bisher schlecht verlaufen. Er hatte bereits gewusst, dass es so kommen würde, als er am Morgen aufgestanden war und seinen linken Pantoffel nicht auf Anhieb gefunden hatte. Er hatte mit blanken Füßen über den kalten Boden laufen, sich mühsam hinknien und in den Staubmäusen unter dem Bett herumwühlen müssen, bevor er ihn fand. Das Blut war ihm dabei in den Kopf gestiegen und er hatte geschnauft wie ein Walross auf Landgang. Wie er so etwas hasste! Es machte ihm klar, wie fett und unbeweglich er geworden war.

Und jetzt das: Oberstudienrat Dr. Hammel beschwerte sich über eins der Pferde. Und ausgerechnet über Pegasus. Auf den war er sowieso nicht gut zu sprechen. Die Investition von dreitausendfünfhundert Euro, von der er sich so viel versprochen hatte, war eindeutig in den Sand gesetzt. Er hätte das Pferd nicht gebraucht. Er besaß genug Schulpferde. Eigentlich schon zu viele. Um das Geld, das er für Pegasus ausgegeben hatte, wieder einzufahren, hatte er sogar zwei Pferde verkauft und eins dem Schlachter gegeben. Aber er hatte gedacht, diese Chance könne er sich nicht entgehen lassen. Wie schön hatte er sich das ausgemalt: Jedes pferdenärrische Mädchen zwischen acht und sechzehn im Umkreis von dreißig Kilometern würde sich bei ihm zum Reitunterricht anmelden in der Hoffnung, einmal auf diesem Wunderpferd reiten zu dürfen. Und was war? Nichts war. Gut, Pegasus war beliebt, viele wollten auf ihm reiten und er war gut ausgebucht, aber Neuanmeldungen hatte es wegen ihm keine einzige gegeben. Der

Bauer hatte sich verspekuliert. Er hatte geglaubt, jeder würde den Namen des Tieres kennen, das mit dem vierten Platz beim bedeutenden Aachener Turnier auf sich aufmerksam gemacht hatte. Die Fachwelt hatte sich wegen dieses Erfolgs geradezu überschlagen. Ja, die Fachwelt. Jedoch nicht die Mädchen, deren Pferdeliebe sich darauf beschränkte, große Poster mit edlen Vollblütern über ihr Bett zu hängen und in Pferdebüchern zu versinken. Diese Mädchen ritten nur in ihren Träumen auf einem Schimmel, nicht aber in der Realität.

Und jetzt machte dieser Pegasus auch noch Mätzchen! Ließ sich nicht auftrensen. Hatte nicht letztens schon mal einer der Schüler gesagt, das Pferd würde lahmen? Oder war das dieser Wichtigtuer Schütz gewesen? Wieso er den damals eingestellt hatte … Aber die Schüler mochten ihn.

Ich muss mir den Wallach mal selbst ansehen, schloss er seine Überlegungen. Nicht dass ihn tatsächlich seine alte Verletzung unbrauchbar macht!

9

Pegasus trat von einem Vorderbein aufs andere. Der Schmerz zermürbte ihn. Er hatte keinen Appetit, wollte nichts fressen. Immer wieder schloss er die Augen, als könne er den Schmerz dadurch besser ertragen. Aber auch das änderte nichts.

Der Mann war gegangen und seither war nichts weiter passiert. Er stand immer noch mit dem Sattel auf dem Rücken in seinem Stall. Wie die anderen Pferde auch, reckte er den Kopf, als er jetzt das Quietschen der Stalltür hörte.

Der dicke Mann, der ihn hierher gebracht hatte, kam auf ihn zu. Beim Gehen schaukelte er hin und her und schnaufte. Er knurrte ein paar Worte, als er Pegasus sah. Es klang nicht freundlich, aber Pegasus wusste nicht, ob sich der Zorn des Mannes gegen ihn richtete oder nicht.

Zumindest befreite der Mann ihn von dem störenden Sattel. Dann ging er schwerfällig in die Knie und betrachtete Pegasus' schmerzendes Vorderbein, legte seine dicke Hand prüfend um die Fessel des Pferdes.

Pegasus zitterte bei der Berührung. Es tat nicht unbedingt mehr weh als vorher, war aber unangenehm und der Schimmel wusste nicht, was er von all dem zu halten hatte.

Mühsam rappelte sich der Mann wieder auf die Füße. Er sah Pegasus kurz an, dann drehte er sich um und verließ den Stall in der gleichen schwankenden Weise, in der er gekommen war.

»Mist«, fluchte Bauer Preuß und spie aus, als er die Stalltür hinter sich ins Schloss fallen ließ. Das Bein des Pferdes war tatsächlich warm gewesen.

Was hatte er sich da nur für ein Kuckucksei ins Nest gelegt? Aber bevor er den Tierarzt holte, der schon fürs Händeschütteln fünfzig Euro verlangte, würde er erst mal selbst sehen, ob da nicht was zu machen war.

Er watschelte über seinen Hof zurück ins Wohnhaus und stellte sich lange vor das Regal im Wirtschaftsraum hinter der Küche, in der sich Flaschen, Tuben und Dosen stapelten. Sorgfältig zog er eine Flasche nach der anderen hervor, setzte jedes Mal umständlich seine Brille auf, die er in einem Etui in der Brusttasche seines Hemdes mit sich herumtrug, und studierte die Etiketten, bis er die richtige Flasche gefunden hatte.

Er verstaute die Brille wieder in der Hemdtasche und wankte zurück in den Stall.

Bildete er sich das nur ein oder guckte der Gaul wirklich verdutzt, als er zum zweiten Mal in seinem Stallabteil erschien? Egal. Er schraubte die Flasche auf und versuchte Pegasus etwas von der Flüssigkeit ins Maul zu schütten. Doch der Wallach presste die Lippen aufeinander.

Es war nicht das erste Mal, dass Preuß einem Pferd

ins Maul schauen wollte, das mit diesem Vorhaben nicht einverstanden war. Er blies Pegasus kurz und fest von unten nach oben in die Nüstern.

Pegasus blieb die Luft weg und automatisch öffnete er das Maul, um einzuatmen.

Diesen Augenblick nutzte der Bauer und setzte die Flasche an. »So«, sagte er zu sich selbst und schraubte den Verschluss wieder fest zu. »Wenn das nicht hilft, kann der Tierarzt immer noch kommen.«

Es dauerte nicht lange und Pegasus fühlte sich schläfrig. Er stand mit hängendem Kopf in seinem Stall und immer wieder fielen ihm die Augen zu. Die Unruhe der letzten Tage war einer alles umfassenden Entspannung gewichen. Trotzdem, irgendetwas stimmte nicht. Er wusste nur nicht, was.

Herr Schütz hatte durchaus bemerkt, dass Pegasus lahmte und Herrn Preuß darüber informiert. Als er jedoch am Nachmittag nach Pegasus sah, machte das Pferd einen entspannten Eindruck.

Der Reitlehrer war erleichtert. Er wusste, dass sein Arbeitgeber gern das Geld für den Tierarzt sparte. Und wenn sich herausstellte, dass Pegasus' alte Verletzung ihn als Schulpferd unbrauchbar machte, dann hatte Pegasus keine guten Karten.

Viele Schüler wählten Pegasus und er hatte nicht oft Ruhepausen. Herr Schütz nahm sich vor, das zu ändern. Der harte Hallenboden war für Pegasus nicht das Richtige. Und dass viele große und schwere Menschen das Pferd wegen seines Stockmaßes von eins einundsiebzig für den Unterricht wählten, tat sein Übriges.

Aber die Pause am Vormittag, als Dr. Hammel sich beschwert hatte, schien Pegasus geholfen zu haben. Vielleicht war es doch nicht so schlimm, wie der Reitlehrer zunächst befürchtet hatte.

Pegasus zeigte am nächsten Morgen allerdings erneut Unruhe und wechselte unablässig von einem Vorderbein aufs andere. Das Pferd war heiß und zitterte leicht. Herr Schütz informierte den Bauern, dass sie wohl nicht umhinkamen, den Tierarzt zu rufen.

Drei Stunden später, als der Reitlehrer einen seiner Schüler in den Stall begleitete, um ihm das System in der Sattelkammer zu erklären, war Pegasus wie ausgewechselt. Er wirkte fast schon ein wenig schläfrig, seine Atmung ging regelmäßig, das Zittern war verschwunden und der Wallach belastete beide Vorderhufe gleichmäßig.

Auf Herrn Schütz' Stirn bildeten sich drei tiefe Falten. Das konnte doch nicht mit rechten Dingen zugehen! Auf dem Rückweg aus der Sattelkammer schickte er den Schüler vor und betrat Pegasus' Stall.

»Na, was sagen Sie?« Preuß stemmte die Hände in die Hüften und sah seinen Angestellten triumphierend an.

Schütz, der neben Pegasus stand und seinen Chef gar nicht kommen gehört hatte, zuckte zusammen. »Wozu?«

»Zu Pegasus natürlich. Die Schmerzen sind weg!«

»Und wie haben Sie das gemacht?«

Preuß hielt ein Fläschchen in die Höhe und schwenkte es. »Hiermit. Ein sehr zuverlässig wirkendes Schmerzmittel.«

»Sie geben ihm ein Schmerzmittel?« Schütz war froh, dass sein Schüler sich bereits verabschiedet hatte. Wenn das herauskam, waren Probleme vorprogrammiert.

»Ja, natürlich. Ein wunderbares Zeug.«

»Aber …«

»Nichts aber. Ich kann mir keinen Ausfall leisten. Schließlich haben wir drei Pferde weniger, seit Pegasus hier ist. Versuchen Sie, ihn etwas zu schonen. Keine schweren Reiter, nicht mehr als zwei, höchstens drei Stunden pro Tag. Und bald ist er wieder ganz der Alte.«

»Aber wollen Sie den Tierarzt nicht wenigstens nachsehen lassen, was das Pferd überhaupt hat?«

»Papperlapapp. Glauben Sie mir, ein bisschen Ahnung von Pferden habe ich schließlich auch. Immerhin ist das seit bald dreißig Jahren mein Beruf. Pegasus hat sich überanstrengt. Das ist alles. Gönnen wir ihm etwas Schonung und alles wird gut. Für die kleinen Wehwehchen brauchen wir doch nicht diesen Halsabschneider.«

Herr Schütz beobachtete Pegasus genau, als er am Nachmittag im Einsatz war. Aber er konnte nicht das geringste Anzeichen von Lahmheit entdecken.

In der letzten Reitstunde am frühen Abend jedoch ging Pegasus im Schritt zusehends steifer. Zum Schluss blieb er sogar stehen und weigerte sich, vorwärts zu gehen.

Herr Preuß erhöhte die Dosis des Medikaments. Doch es wirkte nicht mehr so gut wie am Anfang. Pegasus blieb unruhig, ängstlich, atmete schnell und fühlte sich heiß an.

Bevor Herr Schütz nach Hause ging, untersuchte er noch einmal das verletzte Sprunggelenk. »Ich verstehe das nicht«, sagte er zu Preuß, der in Pegasus' Stall neben ihm stand. »Müsste das Gelenk nicht dick sein?« Er kniete sich hin und untersuchte Pegasus' Vorderhand. Aus Versehen berührte er dabei den linken Huf und zuckte zurück. »Der ist ja heiß!«, rief er aus und nach einer Schrecksekunde betastete er auch den rechten Huf. Mit dem gleichen Resultat. Als er sich wieder erhob und seinen Chef ansah, hatte sein Gesicht jegliche Farbe verloren. »Es ist gar nicht das Gelenk«, erklärte er. »Das arme Tier hat Hufrehe!«

Der Tierarzt schüttelte erregt den Kopf. Es war doch immer das Gleiche mit diesen Bauern. Preuß war ein besonders hartnäckiger Fall, aber nicht der einzige. »Die Erkrankung ist bereits weit fortgeschritten«, sagte er und bemühte sich dabei, sachlich zu bleiben. »Sie hätten mich früher rufen müssen.« Was er damit genau meinte, war in Anbetracht der Uhrzeit nicht ganz klar. Der Notruf hatte ihn vom Fernseher weggeholt, wo er seinen Feierabend genoss.

»Und was machen wir jetzt?« Bauer Preuß ärgerte sich. Der Tierarzt würde sicher mehr als üblich berechnen, weil er ihn so spät abends gerufen hatte. Wenn Schütz nicht dabei gewesen wäre, hätte er bis morgen früh gewartet. Dann wäre es billiger geworden.

»Ich gebe ihm ein entzündungshemmendes Medikament und er benötigt kühlende Hufbäder. Außerdem müssen Sie den Stallboden polstern. Am besten mit Sand oder Spänen. Das Pferd sollte sich nach Möglichkeit hinlegen. Und wir brauchen natürlich den Hufschmied. Der soll sehen, was er machen kann. Zur Bestandsaufnahme und zur Kontrolle empfehle ich Röntgenaufnahmen des Hufs.«

»Und wie lange dauert das?« Preuß bekam es schon mit der Angst zu tun. So, wie sich der Tierarzt anhörte, handelte es sich um eine langwierige Angelegenheit. »Wird er danach wieder arbeiten können?«

»Ich kann im Augenblick keine Anzeichen für eine chronische Entwicklung feststellen. Aber das heißt nichts. Zum jetzigen Zeitpunkt kann ich Ihnen noch nicht einmal versprechen, dass das Tier wieder gesund wird.«

»Sie meinen, es kann sein, dass ich all die teuren Medikamente bezahle und Sie das Pferd am Ende doch einschläfern?«

Der Tierarzt hob die Schultern. »Wie gesagt, versprechen kann ich Ihnen nichts. Das ist eine ernste Angelegenheit. Sie sollten eigentlich wissen, dass Sie mich sofort kontaktieren müssen, wenn Sie den Verdacht auf Hufrehe haben.«

»Hatte ich aber nicht«, grummelte Herr Preuß. »Ich dachte, es sei seine alte Verletzung.«

»Tja«, machte der Tierarzt. »Was ist jetzt? Soll ich ihn behandeln oder nicht?«

Preuß rieb sich das Kinn und überlegte. Sollte er das Risiko eingehen, Hunderte von Euro für ein Tier auszugeben, ohne zu wissen, ob es wieder gesund würde?

10

Fina beeilte sich. Sie wollte so früh wie möglich Feierabend machen, denn sie hatte an diesem Nachmittag etwas Wichtiges vor. Immer wieder war ihr etwas dazwischengekommen: die Arbeit mit Lichtblick, der Anruf ihres Vaters, der krank war und ihre Hilfe brauchte, anschließend ihre eigene fiebrige Erkältung, die sie ans Bett fesselte. Doch jetzt gab es nichts und niemanden mehr, der sie von ihrem Vorhaben, Pegasus zu besuchen, abhalten konnte.

Pünktlich um halb zwei saß sie mit Cäsar auf der Rücksitzbank in ihrem kleinen Wagen und machte sich auf den Weg. Gut hundert Kilometer trennten sie von Pegasus und sie schätzte, dass sie eine Stunde brauchen würde. Aber es war Freitagmittag und der Berufsverkehr verstopfte die Straßen. Die Uhr am Armaturenbrett zeigte schließlich doch zwanzig nach drei, als sie endlich den Motor ausschaltete und beeindruckt die Fassade der modernen Villa betrachtete.

Das Haus lag mitten in einem parkähnlichen Garten und hatte eine Kiesauffahrt, wie Fina sie nur aus amerikanischen Filmen kannte. Bereits als sie ausstieg und Cäsar ausnahmsweise an die Leine nahm, fiel ihr der Stallanbau auf. Hatte Frau Feldhaus nicht etwas von einem Bauern in der Nähe erzählt, der Boxen für Pferde vermietete, wo sie Pegasus unterstellen wollte? Bei dem Gedanken, Pegasus könne allein ohne einen einzigen Stallgenossen gehalten werden, krampfte sich ihr Magen zusammen. Aber vielleicht tat sie der Familie ja unrecht. Vielleicht hatte Pegasus ja einen Stallkumpan. Ein Pony oder wenigstens eine Ziege.

Fina war nicht überrascht, als auf ihr Klingeln hin ein Dienstmädchen öffnete. Zu so einem Haus gehörte einfach Personal: mindestens ein Dienstmädchen, eine Köchin und ein Gärtner.

»Ja bitte?«, sagte die junge Frau und sah Fina mit berufsmäßiger Freundlichkeit an.

»Guten Tag. Fina von Essen«, stellte sich Fina vor und konnte wieder einmal an dem Gesichtsausdruck ihres Gegenübers feststellen, wozu Adelsnamen gut waren. Früher hatte sie das gestört, heute machte sie sich meistens einen Scherz daraus. Ihr burschikoses Auftreten – in der Regel trug sie Jeans und saloppe Pullover – in Verbindung mit diesem Namen erschien den meisten Menschen befremdlich. Es gab nur wenige, die völlig unvoreingenommen damit umgingen. »Ich komme wegen Pegasus. Ist Frau Feldhaus oder Madeleine zu Hause?«

Die junge Frau runzelte bei dem Namen des Pferdes die Stirn. Dann nickte sie. »Sie sind beide da. Bitte treten Sie ein.«

Selbst Cäsar schien von der gigantischen Eingangshalle beeindruckt. Entgegen seiner sonstigen Gewohnheit, alles sofort als sein Eigentum anzusehen und zu beschnüffeln, blieb er dicht an Finas Seite.

Fina musste nicht lange warten. Frau Feldhaus kam mit einem aufgesetzt freundlichen Lächeln auf sie zu und streckte ihr schon von Weitem die Hand entgegen. Und wieder fühlte sich Fina wie in einem amerikanischen Film.

»Wie schön«, sagte Frau Feldhaus, »dass Sie es tatsächlich geschafft haben, uns einmal zu besuchen.«

Fina nahm die dargebotene Hand. Hörte sie aus Frau Feldhaus' Tonfall eine leichte Ironie heraus? »Ich wollte schon viel früher vorbeischauen, aber es kam immer wieder was dazwischen. Wie geht es Pegasus? – Und Madeleine«, setzte sie schnell hinterher.

Das Lächeln auf Frau Feldhaus' Gesicht gefror. »Es tut mir leid«, sagte sie, »aber Pegasus ist nicht mehr bei uns.«

Fina stockte der Atem. Diese Formulierung ließ sie das Schlimmste befürchten. *Er hat uns für immer verlassen. – Wir nehmen in Trauer Abschied.* Augenblicklich hatte sie die Todesanzeige ihrer Mutter vor Augen. »Was soll das heißen? Er ist nicht mehr bei Ihnen?«

Frau Feldhaus schien zu merken, in welche Richtung Finas Gedanken gingen.

»Oh nein, nein«, beschwichtigte sie. »Nicht das, was Sie denken! Er ...« Sie deutete auf eine Tür, die in ein angrenzendes Zimmer führte. »Kommen Sie doch erst mal rein.«

Widerwillig folgte Fina der Frau. Sie hatte keine Lust auf eine gemütliche Teestunde, sie wollte wissen, was mit Pegasus geschehen war!

Trotzdem konnte sie sich der Wirkung des imposanten Wohnraums nicht entziehen: Er war mindestens achtzig Quadratmeter groß – größer als ihre gesamte Wohnung. In einem offenen Kamin flackerte ein Feuer und verbreitete eine heimelige Atmosphäre. Die Fensterfront öffnete sich in einen mit Terracottafliesen ausgelegten Wintergarten, hinter dem sich wiederum der eigentliche Garten erstreckte, dessen Ende von hier aus nicht zu sehen war. Alles war modern, aber geschmackvoll eingerichtet und zeugte vom Reichtum der Besitzer.

Madeleine saß in einem tiefen Sessel und blickte Fina entgegen. Spiegelte sich so etwas wie ein schlechtes Gewissen in ihrem Gesicht? Oder bildete sich Fina das nur ein?

Frau Feldhaus wies ihr einen Platz zu und Fina musste das Angebot, eine Tasse Kaffee oder etwas anderes zu trinken, dreimal ablehnen, bevor ihre Gastgeberin aufgab und sich ihr gegenübersetzte.

Finas Gesichtsausdruck versteinerte zusehends, während sie Frau Feldhaus' Bericht über den kurzen Aufenthalt, den Pegasus bei ihnen hatte, lauschte. Sie musste sich beherrschen, um nicht aufzuspringen, als Madeleine von der Kolik erzählte, die schließlich den Ausschlag gegeben hatte, Pegasus abzugeben.

Cäsar schien die Stimmung seiner Herrin zu spüren. Während er sich zunächst im sicheren Abstand vom Feuer neben dem warmen Kamin zusammengerollt hatte, kam er jetzt zu ihr und legte ihr eine Pfote auf den Schoß, als wollte er sie beruhigen.

Geistesabwesend strich Fina dem Hund über den Kopf. »Und wo ist Pegasus jetzt?«

Frau Feldhaus nannte ihr die Adresse des Bauern und gab ihr eine kurze Wegbeschreibung. »Es ist nicht weit«, endete sie. »Mit dem Auto brauchen Sie maximal eine Viertelstunde.«

Fina erhob sich. Sie hatte genug gehört. Es hatte keinen Sinn, diesen Menschen einen Vorwurf zu machen. Sie war selbst schuld, weil sie sich eingebildet hatte, Pegasus wäre hier gut untergebracht. Wieder einmal hatte sie sich in einem Menschen, diesmal Madeleine, gründlich getäuscht und eine Bestätigung dafür gefunden, dass es mit ihrer Menschenkenntnis nicht weit her war.

Frau Feldhaus begleitete sie zur Tür. »Geben Sie uns doch kurz Bescheid, wenn Sie wissen, wie es Pegasus geht, ja?«

Fina zog die Augenbrauen hoch. »Ich denke, es ist nicht so weit«, sagte sie. »Wie wär's, wenn Sie selbst einmal nach ihm sehen?«

»Sie haben recht«, gab Madeleines Mutter zu, aber Fina wusste, dass diese Frau niemals nach Pegasus schauen würde. Sie war froh das Kapitel abgeschlossen zu haben und nichts und niemand konnte sie dazu bringen, eine neue Seite dieser leidigen Geschichte aufzuschlagen.

»Von Essen, so, so.« Bauer Preuß musterte Fina und ein gehässiges Lächeln umspielte seine Lippen.

Dies war die andere Reaktionsweise, die Fina bei der Nennung ihres Namens oft widerfuhr und die ihr beinahe ebenso vertraut war wie die der Familie Feldhaus. Sie deutete nicht minder auf Verwunderung hin, zeugte aber von einem tief verwurzelten Hass auf die Menschen, die es vermeintlich im Leben besser hatten als die betreffende Person, die das Erstaunen zeigte.

»Kann ich Pegasus sehen?« Fina trotzte dem Blick des Mannes. Sie war nicht hier, um Jahrhunderte währende Feindschaften auszubügeln.

»Da gibt es nicht viel zu sehen«, entgegnete Herr Preuß. »Aber wenn Sie unbedingt wollen … « Er drehte sich um und Fina folgte dem Mann mit dem watschelnden Gang einer Ente zu den Stallungen.

Ein Dutzend Pferdeköpfe wandten sich ihnen zu, als sie die Stallgasse entlanggingen. Am hinteren Ende blieb der Bauer stehen und deutete auf ein Kompartiment.

Fina blickte durch das Holzgitter in den Stall, konnte aber nichts erkennen. Sie ging näher heran – und erschrak.

Pegasus lag auf einer dicken Schicht aus Spänen. Seine Augen waren nach oben gedreht, sodass das Weiße darin zu sehen war. Er atmete stoßweise, sein Herz pulsierte sichtbar und ab und zu durchlief ein Zucken seinen Körper.

»Oh mein Gott«, entfuhr es Fina. Sie öffnete den Verschlag, kniete sich neben Pegasus und strich ihm mit einer Hand über den Kopf und den Hals. Mühsam kämpfte sie gegen die Tränen des Entsetzens an, die sich bereits ihren Weg bahnten.

Pegasus versuchte die Augen zu öffnen und auf Fina zu richten. Doch er schaffte es nicht. Immer wieder verlor er die Kontrolle über die Bewegung. Er war ganz offensichtlich stark sediert. Vermutlich, um die Schmerzen besser auszuhalten und damit er liegen blieb und die Hufe entlastete.

Jetzt hob er mühsam den Kopf und für einen Augenblick schien er sie zu erkennen. Dann sank er auf den Boden zurück und stöhnte.

Fina schluckte und räusperte sich mehrmals, bevor sie ihre Frage aussprechen konnte: »Was hat er?« Mit Tränen in den Augen sah sie zu Herrn Preuß auf, der am Eingang des Stalls stehen geblieben war und sie beobachtete.

»Der Tierarzt sagt, Hufrehe«, lautete seine Antwort. Und all seine Zweifel gegenüber dieser Diagnose lagen in seiner Stimme.

Fina nickte und betastete vorsichtig Pegasus' Vorderhufe. Sie waren warm. »Seit wann?«

Der Bauer zuckte mit den Schultern. »Er fing an zu lahmen. Wir dachten, es sei seine alte Verletzung, und ich habe ihm Schmerzmittel gegeben. Zuerst haben die geholfen, aber dann wurden die Schmerzen schlimmer.«

Finas Herz verkrampfte sich. Bei dem Gedanken, wie unerträglich Pegasus' Qualen gewesen sein mussten, wurde ihr übel. »Aber Hufrehe ist eine Notfallsituation«, sagte sie. »Warum haben Sie nicht direkt den Tierarzt geholt?«

Preuß zuckte erneut mit den Schultern und schwieg.

Fina untersuchte die Hufe. Sie konnte keine Anzeichen für eine chronische Situation feststellen: keine Ringe in der Hufwand, die Sohle war nicht gequetscht, die weiße Linie nicht erweitert. Aber sie war schließlich keine Tierärztin. »Und was sagt der Tierarzt? Hat die Hufbeinrotation schon eingesetzt?«

Wieder bekam sie ein Schulterzucken des Bauern zur Antwort. »Er ist nicht geröntgt worden.«

»Und wann soll das geschehen?«, fuhr sie fort. Dabei richtete sie ihren Blick wieder auf Pegasus.

Herr Preuß antwortete nicht sofort. Erst als Fina zu ihm aufsah, sagte er: »Gar nicht.«

»Gar nicht? Ich verstehe nicht …«

»Ich lasse ihn nicht behandeln.« Und als wollte er sich gegen den zu erwartenden verbalen Angriff der Frau schützen, stemmte er die Hände in die Hüften.

Fina kämpfte gegen einen Schwindelanfall an. »Aber …«

»Der Schlachter ist für morgen bestellt.«

»Sie lassen ihn …?« *Abschlachten* war das Wort, das Fina sagen wollte. Aber sie brachte es nicht über die Lippen.

»Hören Sie«, sagte Bauer Preuß, dem es allmählich zu dumm wurde, sich von dieser jungen Frau hier zur Rechenschaft ziehen zu lassen. »Der Tierarzt konnte mir nicht garantieren, dass das Tier wieder wird. Ich weiß ja nicht, wie reich *Sie* sind, aber ich kann es mir nicht leisten, tausend Euro oder mehr in ein Pferd zu investieren, das es am Ende vielleicht doch nicht schafft.«

Fina senkte den Kopf. Eine Träne tropfte auf Pegasus' Mähne. Sie wollte diesem Menschen so viel an den Kopf werfen, aber sie konnte nicht.

»Er leidet nicht«, fuhr Herr Preuß fort. »Er hat ein starkes Schmerzmittel vom Tierarzt bekommen.«

Das Zittern von Pegasus' Muskeln strafte die Worte des Bauern Lügen.

»Und morgen ist alles vorbei.«

Teil IV

Als Gott das Pferd erschaffen hatte,
sprach er zu dem prächtigen Geschöpf:
Dich habe ich gemacht ohnegleichen.
Alle Schätze dieser Erde
liegen zwischen deinen Augen.
Du sollst fliegen ohne Flügel
und siegen ohne Schwert.

Koran

1

»Kathrin? Hast du Leon gesehen?«

Kathrin saß mit angewinkelten Beinen in ihrem Lieblingssessel im Wohnzimmer des alten Bauernhauses und las in einem Buch über Springpferde. Neben ihr auf dem Beistelltischchen lag eine Tüte mit Schokoladenkaramellbonbons, aus der sie in regelmäßigen Abständen eins nahm, es aus dem Papier wickelte und sich in den Mund schob.

Ab und zu wurde das Prasseln des Regens stärker und war auch in dem Raum zu hören. Doch das erhöhte lediglich die entspannende Atmosphäre an diesem frühen Freitagabend, dem Beginn des Wochenendes, auf das sich Kathrin freute, weil sie dann endlich den ganzen Tag im Pferdeschutzhof verbringen konnte.

»Leon?« Kathrin ließ für einen Augenblick das Buch in ihren Händen sinken. »Keine Ahnung. Vor einer Stunde oder so war er hier und hat sich ein paar Bonbons geklaut.«

»Und seitdem?« Ihre Mutter streckte den Kopf durch die Tür und sah sie an. In ihren Augen spiegelte sich die leichte Beunruhigung darüber, dass sie wieder einmal nicht wusste, wo der siebenjährige Leon steckte.

Kathrin zuckte mit den Achseln.

Ihre Mutter schnaufte und schloss die Tür. »Leon? Leon!«

Kathrin versuchte weiterzulesen, konnte sich aber nicht mehr konzentrieren. Zwar war es nichts Außergewöhnliches, dass Leon verschwand und niemand wusste, wo er war, bis er auf einmal auftauchte und so tat, als verstünde er die Aufregung gar nicht. Wahrscheinlich verstand er sie auch wirklich nicht. Das war schwer zu beurteilen. Aber jetzt war es draußen bereits dunkel, es regnete und Kathrin fühlte sich als große Schwester mit ihren dreizehn Jahren ebenso verantwortlich wie ihre Mutter. Sie seufzte, legte das Buch zur Seite und stand auf, um ihrer Mutter beim Suchen zu helfen.

Nach einer Stunde hatten Mutter und Tochter das gesamte Haus durchkämmt, vom Dach bis zum Keller in jedem Winkel nachgesehen und keine Spur von Leon gefunden.

Es war nur ein Schatten, den Kathrin aus dem Augenwinkel wahrnahm. Ein Schatten im Garten hinter dem Haus, der da nicht hingehörte. Sie öffnete die Terrassentür, streckte den Kopf hinaus und spürte die kleinen Regentropfen auf der Haut. »Leon?«, rief sie in die Dunkelheit hinaus.

Der Schatten rührte sich nicht.

»Leon?«, rief Kathrin noch einmal. Hatte sie sich getäuscht oder bewegte sich der Schatten? »Leon, bist du da?« Kathrin kreuzte die Arme vor der Brust, als könnten ihr so die Kälte und der Regen weniger anhaben. Dann ging sie in großen Schritten, damit ihre Füße nicht allzu nass wurden, auf den Schatten zu.

Leon stand unbeweglich da. Er hatte den Blick zum dunklen Himmel gerichtet, an dem bei diesem Wetter nicht ein einziger Stern zu sehen war. In der Hand hielt er einen Regenschirm. Doch war der Schirm offensichtlich nicht zum Schutz vor dem Regen gedacht, denn Leon hielt ihn verkehrt herum. Er hatte den Griff in der Hand und ließ den aufgeklappten Regenschirm nach unten baumeln.

»Was machst du da?«

Leon reagierte immer noch nicht.

Kathrin umrundete ihn, ging vor ihm in die Hocke, umfasste seinen Oberarm und zwang ihn damit, sie anzusehen. »Was machst du?«, wiederholte sie ihre Frage und wischte sich mit der freien Hand die Regentropfen von der Stirn.

»Ich warte«, erklärte Leon und wich ihrem Blick aus.

»Worauf wartest du?« Kathrin beschlich ein ungutes Gefühl.

Aus Leons Haaren, seinem Pullover, seiner Hose, von seiner Nasenspitze und seinen langen Wimpern, einfach aus jedem Quadratmillimeter seines kleinen, dünnen Körpers tropfte es. »Ich warte auf die Bonbons«, sagte Leon und sah Kathrin immer noch nicht an.

Kathrin schloss die Augen. Sie hatte die Antwort bekommen, die sie befürchtet hatte. »Heute wird es keine Bonbons mehr regnen«, erklärte sie geduldig.

»Nein?«, fragte Leon. »Warum nicht?«

»Es regnet immer nur einmal in hundert Jahren für

genau eine Stunde lang Bonbons«, sagte Kathrin und strich ihrem kleinen Bruder liebevoll die nassen Haare aus der Stirn. »Und das war heute Nachmittag. Wenn du mitkommst, dann gebe ich dir von meinen noch was ab.«

Leon entwand sich ihrer Hand. »Okay«, sagte er ohne jede Rührung in der Stimme und ließ sich von ihr zurück ins Haus begleiten.

Frau Müller steckte das durchgefrorene und nasse Bündel mit Namen Leon in die warme Badewanne. Während Leon mit seinen Plastikbooten spielte, sah sie ihre Tochter fragend an. »Was hat er bei dem Wetter da draußen gewollt?«

»Ich bin schuld«, gestand Kathrin in der Gewissheit, dass ihre Mutter nicht böse auf sie sein würde, wenn sie erfuhr, was vor etwa zwei Stunden geschehen war. »Leon hat mich beim Lesen gestört, weil er immer wieder ein Bonbon von mir haben wollte. Schließlich habe ich ihm gesagt, er solle sich selbst welche holen.«

»Und dann?«

»Er wollte wissen, wo er die Bonbons holen sollte, und ich habe ihm, weil ich genervt war, gesagt, die hätte es eben draußen geregnet.«

Frau Müller blieb vor Überraschung der Mund offen stehen.

»Es tut mir leid«, sagte Kathrin. »Ich konnte doch nicht wissen, dass er meine Worte ernst nimmt!«

»Ist schon gut.« Ihre Mutter lächelte und nahm Kathrin für einen kurzen Moment in den Arm. »Ich vergesse es ja auch manchmal.«

Fina wälzte sich schlaflos hin und her. Ihr Kopfkissenbezug war feucht von ihren Tränen. Sie wurde das Bild von Pegasus, der in unregelmäßigen Abständen schmerzvoll zusammenzuckte und sich ansonsten nicht regte, nicht los.

Er war ein Pferd, das Gefühle weckte. Entweder gute oder schlechte. Aber anscheinend konnte ihm gegenüber niemand unberührt bleiben. Das hatte sie an Herrn Preuß' Reaktion gemerkt. Der Bauer war sauer auf das Pferd, das seinen Erwartungen nicht gerecht geworden war. Und es machte ihm nicht das Geringste aus, es leiden zu sehen. Ganz im Gegensatz zu Fina. Sie hatte auf der Fahrt nach Hause vor Weinen kaum etwas gesehen und immer wieder an einem Parkplatz Pause gemacht, um sich auszuheulen und die Tränen zu trocknen.

Wenn sie geglaubt hatte, sich wieder gefasst zu haben, war sie weitergefahren. Doch nach kurzer Zeit hatten sie ihre Gefühle erneut übermannt. Und bis jetzt hatte sich an diesem Zustand nichts geändert.

Alles Reden war nutzlos. Bauer Preuß war fest entschlossen Pegasus dem Schlachter zu überlassen. Fina schüttelte fassungslos den Kopf. Wie konnte etwas so Grausames nur geschehen?

Immer wieder tauchten vor ihrem inneren Auge Bilder des früheren Pegasus auf: Pegasus kurz nach der Geburt, als er sie zum ersten Mal angesehen hatte. Pegasus als Fohlen, das sich von dem wesentlich älteren Dominik auf der Weide zu seinen ersten Luftsprüngen animieren ließ. Pegasus bei seinem ersten Turnier. Sein stolz in die Luft gereckter Hals, als er zur Siegerehrung antreten durfte. Und Pegasus bei seinem letzten Turnier. Seine vor Schreck geweiteten Augen, als er im Matsch lag und merkte, dass er aus eigener Kraft nicht mehr aufstehen konnte, und angstvoll nach ihr rief.

»Das darf nicht sein«, nuschelte Fina vor sich hin.

Cäsar spitzte die Ohren.

»Das kann ich nicht zulassen«, sprach Fina weiter. »Ich habe versprochen ihn niemals allein zu lassen.«

Außer Cäsar war niemand da, der ihr zuhörte. Doch das war ihr egal. Sie fasste einen Entschluss.

Hoffentlich war es noch nicht zu spät!

2

Wenn ich ihn nach Italien verkaufe, krieg ich das Doppelte!«

Fina konnte ihr Entsetzen nicht verbergen. Pegasus zwölf Stunden und mehr mit Dutzenden anderer Pferde in einem Schlachtviehtransporter? Und das in seinem Zustand? Um am Ende ausgemergelt und halb verdurstet, mit blutigen Bisswunden und Tritten, die sich die panischen Tiere in der Enge des Transporters gegenseitig zufügten, geschlagen und mit Elektroschocks voran zur Schlachtbank getrieben zu werden? Wenn er dann überhaupt noch lebte!

»Also gut. Ich gebe Ihnen tausend Euro. Mehr bekommen Sie nirgends für ihn.« Sie widerstand dem Drang, aus Angst vor seiner Antwort die Augen zu schließen. Wenn er jetzt nicht nachgab, dann konnte sie nichts mehr für Pegasus tun. Dann war er verloren. Dann hatte sie den Weg hierher umsonst gemacht.

»Ich glaub, da schick ich ihn lieber nach Italien.«

»Zwölfhundert. Mein letztes Wort.« Ihre Stimme war nur noch ein Krächzen. Hatte sie das wirklich getan?

Hatte sie ihm tatsächlich zwölfhundert Euro geboten? Wo sollte sie bloß auf die Schnelle so viel Geld auftreiben? Bauer Preuß würde ihr das Tier wohl kaum überlassen, wenn er nicht jeden Schein, den sie ihm zugesagt hatte, sofort in Händen hielt! Und selbst wenn sie es schaffte! Was kam dann? Was sollte sie überhaupt mit Pegasus anfangen, wenn Preuß sich auf den Handel einließ? Es war schließlich nicht damit getan, Pegasus freizukaufen. Er war krank, brauchte dringend tierärztliche Behandlung, eine Unterkunft und Futter. Finas Gedanken überschlugen sich, während sie auf die Antwort des Bauern wartete.

Preuß ließ sich viel Zeit. Er schien die Vorteile und Nachteile des Geschäfts sorgfältig gegeneinander abzuwägen. Es war nicht zu übersehen, dass diese Frau an dem Tier hing. Und er wollte so viel wie möglich herausholen. Bei einem solchen Familiennamen musste die Frau ja Geld haben – mit *von Essen* hatte sie sich vorgestellt. Und sie konnte einem armen, einfachen Bauern wie ihm, der hart für seinen Lohn schuften musste, ruhig etwas davon abgeben. Außerdem gefiel ihm die Rolle des Stärkeren. Und das Tier hatte ausgedient. Es war nicht mehr wert als den Fleischpreis. So, wie's aussah, kam Pegasus sowieso nie wieder auf die Beine.

Auf der anderen Seite wäre er ganz schön dumm, wenn er sich das Geld entgehen ließe. Und ihm konnte es schließlich egal sein, ob sich das Leiden des kranken Tieres weiterzog. Wenn diese Verrückte das wertlose Pferd unbedingt wollte – bitte, warum sollte er es ihr nicht geben?

Aber was würde Franz sagen? Der Schlachter war

schon auf dem Weg hierher. Er würde Zeter und Mordio schreien, wenn der Wallach nicht mehr da und er umsonst zu ihm herausgekommen wäre. Und wenn er ihm eine Gewinnbeteiligung anbot? Vielleicht hundert Euro?

»Dreizehnhundert«, feilschte Preuß. Denn die zwölfhundert, die Fina ihm geboten hatte, betrachtete er bereits als sein Eigentum. Er war nicht bereit, davon auch nur einen Cent wieder abzugeben. Dann sollte der lahme Gaul lieber verrecken.

Fina hielt die Luft an. Sie wusste schon nicht, woher sie zwölfhundert Euro nehmen sollte. Und jetzt noch einmal hundert mehr? Unwillkürlich krampfte sich ihre Hand um das Bündel Geldscheine in ihrer Hosentasche zusammen. Sie hatte nur fünfhundert dabei. Das war die Summe, mit der sie gerechnet hatte. Wo sollte sie die restlichen achthundert Euro auftreiben? So schwer hatte sie sich das alles nicht vorgestellt. Sie spürte Wut in sich aufsteigen. Was bildete sich dieser Kerl eigentlich ein! Glaubte er wirklich, sie wäre so dumm sich von ihm derart über den Tisch ziehen zu lassen? Einen Augenblick lang überlegte sie zu pokern und Desinteresse zu heucheln. Vielleicht sollte sie sich einfach umdrehen und gehen? Sie hatte schließlich alles getan, was in ihrer Macht stand, um Pegasus zu retten. Ihre Möglichkeiten waren erschöpft. Mehr als erschöpft sogar.

Preuß spürte ihre Unsicherheit. Er sah ihren funkelnden blauen Augen an, dass die Frau ihm am liebsten den Hals abgedrückt hätte. War er zu weit gegangen? Vielleicht hätte er sich mit den zwölfhundert zufrieden geben sollen? Wäre das okay, wenn sie sich jetzt einfach umdrehte und ginge? Oder würde er sich dann ärgern? War es ihm die Genugtuung, das Pferd sterben zu sehen und der Frau ihren Willen zu verweigern, wirklich wert, auf so viel Geld zu verzichten? Siebenhundert Euro waren schließlich kein Pappenstiel! Er konnte davon den alten Traktor noch einmal reparieren lassen.

Das schmerzerfüllte Wiehern eines Pferdes unterbrach ihr Kräftemessen. Die wässrig blauen Augen des Bauern lösten sich von den türkisfarbenen der jungen Frau und beide blickten gleichzeitig in die Richtung, aus der das Geräusch gekommen war.

Fina spürte, wie sich die feinen Haare an ihren Unterarmen bei dem Laut aufstellten. Erst das Brummen eines Motors half ihr, sich aus ihrer Erstarrung zu lösen, und wie auf ein geheimes Kommando wandten sich die beiden Kontrahenten in seltsamer Einigkeit wieder um und sahen dem Wagen des Schlachters entgegen, der in diesem Augenblick auf den Hof einbog.

Die beiden Männer, die sich von ihrer Statur her ähnelten wie Brüder, begrüßten einander wortlos mit einem Kopfnicken.

Dann wandte sich der Schlachter Fina zu.

»Frau von Essen«, stellte Bauer Preuß die junge Frau vor und die Art, wie er ihren Namen aussprach, zeigte, dass er damit alles Wesentliche für gesagt hielt.

Fina streckte dem Mann ihre Hand entgegen. Das ist also der Mann, der Pegasus töten wird, dachte sie, während ihre Hand in seiner verschwand wie die Hand eines Kindes in der eines Erwachsenen. Im Gegensatz zum Bauern war ihr dieser Fremde nicht auf Anhieb unsympathisch. Die Falten um seine Augen herum zeigten, dass er viel und gerne lachte. Er hat den Schalk im Nacken sitzen – diese Redewendung aus ihrer Kindheit fiel Fina bei seinem Anblick spontan ein.

»Freut mich«, sagte der Mann. »Franz Schlachter.« Ein Schmunzeln breitete sich um seine Mundwinkel aus, während er Finas Verwirrung über seinen Namen genoss.

Die junge Frau überlegte fieberhaft, ob sie die Aussage vielleicht falsch verstanden hatte. Hieß der Mann jetzt Schlachter mit Nachnamen? Oder hatte er sich nur mit seinem Vornamen vorgestellt und anschließend seinen Beruf genannt? Also: *Franz, Schlachter*. Oder war Franz der Nachname?

In den Augen des Schlachters blitzte ein Flackern auf. »Sie haben sich nicht verhört«, klärte er Fina auf. »Ich heiße wirklich Schlachter mit Nachnamen. Und Sie müssen zugeben, dass ich mit diesem Namen einfach keinen anderen Beruf ergreifen konnte. Stellen Sie sich mal einen Arzt mit Namen Schlachter vor. Oder einen Friseur! Da wäre der wirtschaftliche Ruin ja vorprogrammiert.«

Fina musste schmunzeln.

»Außerdem war mein Vater bereits Schlachter, mein Großvater und mein Urgroßvater ebenfalls. Vielleicht heißt meine Familie so, weil sie diesen Beruf seit Jahrhunderten ausübt. Früher war das doch so, dass die Menschen die Namen nach ihrer Tätigkeit bekamen, oder? Jedenfalls habe ich das mal irgendwo gehört.«

Fina signalisierte ihre Unwissenheit. »Ich weiß nicht«, sagte sie, »aber es ist nicht so, dass alle in meiner Familie ständig essen.«

Herr Schlachter lachte schallend. »Danach sehen Sie auch nicht aus«, entgegnete er.

Bauer Preuß schaute verdutzt zwischen den beiden hin und her. Wieso fanden die zwei sofort einen netten Plauderton miteinander, während er sich mit der jungen Frau so schwer tat?

»Wo ist denn jetzt das Pferd?«, wandte sich Franz Schlachter wieder an den Bauern und kam damit zum eigentlichen Grund seines Erscheinens.

Herr Preuß deutet mit einem Kopfnicken auf Fina, der augenblicklich alles Lachen vergangen war.

Herr Schlachter sah Fina verwirrt an und war sich im ersten Moment anscheinend nicht sicher, ob er jetzt vielleicht einen Witz nicht verstanden hatte.

»Sie will ihn mitnehmen«, klärte Bauer Preuß seinen Freund auf.

»Sehen Sie«, sagte Fina. »Ich habe ihn ausgebildet. Ich bin Pferdewirtin. Beziehungsweise Bereiterin. Pegasus war mal mein Pferd und ich will alles tun, damit er wieder gesund wird.«

»Und wo ist das Problem?«, wandte sich Schlachter an Preuß.

Wenn er jetzt so genau darüber nachdachte, konnte der Bauer selbst nicht mehr sagen, wo das Problem lag. Aus irgendeinem Grund, den er nicht näher zu benennen wusste, passte es ihm einfach nicht. Er mochte das Pferd nicht, er mochte diese Frau nicht und es fiel ihm schwer, einen einmal gefassten Entschluss wieder rückgängig zu machen. Basta. Er hatte eine Nacht lang darüber nachgedacht, ob er das Pferd behandeln lassen sollte oder nicht, und war zu der Auffassung gekommen, dass es sich nicht lohnte. Und kaum hatte er sich entschieden, da kam diese Frau und wollte alles wieder anders machen. Preuß hatte sich schon immer schwer damit getan, wenn er plötzlich mit etwas überrannt wurde und keine Zeit hatte, in Ruhe darüber nachzudenken, was das für ihn bedeutete. Er war kein Mensch der schnellen Entschlüsse. Er brauchte für jede Entscheidung länger als andere. Jede Form von Spontaneität war ihm verhasst.

»Ich weiß gar nicht, was du willst, Franz«, schnaubte der Bauer. »Wenn ich der Frau das Pferd gebe, entgeht dir ein Geschäft und du bist umsonst mit dem Anhänger hier rausgekommen!«

»Den Verlust stelle ich dir natürlich in Rechnung, Fritz«, antwortete Herr Schlachter.

Aber für diese Art von Humor war der Landwirt im Augenblick nicht zu haben. Und er konnte auch nichts Komisches daran finden, dass er mit *Fritz* angesprochen wurde, obwohl er in Wahrheit Frederik mit Vornamen hieß. Von seinen Freunden wurde er immer nur Fritz genannt.

»Nein, im Ernst«, fuhr der andere fort. »Es ist doch egal, ob ich dir den Fleischpreis bezahle oder diese nette junge Frau hier!« Er zwinkerte Fina verschwörerisch zu.

Es gab nichts, was Fina mehr hasste, als die plumpe Anmache dicker, alter Männer. Doch Franz Schlachter bedrängte sie nicht, er machte ihr einfach ein nettes Kompliment. Sonst nichts.

Bauer Preuß schnaufte.

Fina sah ihre große Chance gekommen. »Es bleibt

dabei, Herr Preuß«, sagte sie und ihr Herz raste, weil sie wusste, dass es jetzt drauf ankam, den richtigen Ton zu treffen. »Mein letztes Angebot steht.« Entweder ging der Bauer nun darauf ein oder es war wirklich nichts zu machen. »Zwölfhundert«, wiederholte Fina.

»Hör ich richtig?« Herr Schlachter legte eine seiner riesigen Hände hinter sein Ohr. »Die Frau bietet dir zwölfhundert Euro und du sagst Nein? Bist du noch zu retten? Mensch, Fritz!« Er schüttelte fassungslos den Kopf. »Du sturer, alter Bock!«

»Also in Gottes Namen«, entfuhr es dem Bauern und er stieß es so heftig hervor, dass Fina dabei in einem Sprühregen aus Spucke stand. »Sehen Sie zu, wie Sie ihn hier fortkriegen.«

Fina stiegen vor Erleichterung die Tränen in die Augen. Ihre Unterlippe zitterte, während sie leise »Danke« sagte, ohne zu wissen, wem diese Bezeugung eigentlich galt.

Blind vor Angst hatte Fina nur bis zu diesem Augenblick geplant, als sie am Morgen noch vor Sonnenaufgang ihr Konto um fünfhundert Euro erleichtert hatte und unter Missachtung fast aller Geschwindigkeitsbeschränkungen hierher gerast war in der Befürchtung, sie käme zu spät und Pegasus sei bereits tot.

Dass ausgerechnet der Mensch, den sie am meisten gefürchtet hatte, den Ausschlag dafür geben würde, dass sie Pegasus mitnehmen durfte, hatte sie im Traum nicht für möglich gehalten. Aber wohin sollte sie Pegasus nun bringen? Und wie? Überhaupt, wo konnte sie die fehlenden siebenhundert Euro besorgen? Ihr Konto würde sicher nicht mehr so viel ausspucken. Es war Monatsende und ihr spärliches Gehalt längst aufgebraucht.

Als Erstes rief sie ihren Vater an und bat ihn, auf Preuß' Konto siebenhundert Euro zu überweisen. Wie sie es erwartet hatte, sagte er ihr spontan seine Hilfe zu. Die fünfhundert, die sie bei sich hatte, überreichte sie als Anzahlung. Der Bauer gab sich geschlagen und war mit allem einverstanden. Hauptsache, diese Frau und das Pferd verschwanden endlich von seinem Hof und er musste sie nie wieder sehen.

Dann bat sie Herrn Preuß um die Nummer seines Tierarztes. Der Bauer suchte in seinem zerfledderten, alten Telefonbuch unter H wie Halsabschneider, wie er sagte, die Nummer von Herrn Dr. med. vet. Hinkel heraus.

Fina erklärte in wenigen Worten ihr Anliegen und Herr Hinkel machte sich bereitwillig auf den Weg. Er freute sich sogar, es dem alten Preuß auf diese Weise heimzahlen zu können und nahm sich vor, der Frau einen Teil der Rechnung zu erlassen.

Es dauerte dennoch über eine Stunde, bis der Tierarzt endlich mit seinem Spezialanhänger auf den Hof des Bauern einfuhr und seine Medikamententasche auspackte.

Fina hatte die ganze Zeit unbeweglich neben Pegasus gesessen und dafür gesorgt, dass er liegen blieb. »Es wird alles wieder gut«, flüsterte sie und strich dem Schimmel unablässig über Kopf und Hals. »Du wirst wieder gesund. Das verspreche ich dir.«

Hoffentlich konnte sie dieses Versprechen halten.

3

Es stand auf Messers Schneide.«

Fina biss sich nervös auf die Unterlippe. Musste Hinkel sie jetzt so auf die Folter spannen? Alles, was sie hören wollte, war Ja oder Nein. Die ganze Woche hatte sie wie in einem Traum verbracht. Sie war morgens zur Arbeit gefahren und hatte ihren Job wie ein Roboter erledigt, ohne genau zu wissen, was sie da eigentlich tat. Nur ein Gedanke spukte in ihrem Kopf herum: Würde Pegasus es schaffen – oder musste er nach all den Strapazen am Ende doch von seinen Leiden erlöst werden?

»Aber es sieht ganz gut aus.«

»Kann ich ihn besuchen?« Fast rutschte Fina der Telefonhörer aus der Hand. »Kann ich ihn sehen?«

»Selbstverständlich«, antwortete Dr. Hinkel. »Kommen Sie morgen vorbei. Wir müssen uns dann auch überlegen, wie es weitergehen soll. Ein stationärer Aufenthalt hier ist nicht mehr erforderlich. Obwohl die Behandlung natürlich noch längst nicht abgeschlossen ist. Aber das wissen Sie ja.«

Fina erstarrte. Natürlich hatte sie darüber nachgedacht, wie es weitergehen sollte, falls Pegasus wieder auf die Beine kam. Aber sie hatte noch keinen Entschluss fassen können. Ihr Vater hatte ihr zugesagt, sie bei den Tierarztkosten zu unterstützen. Aus eigener Tasche hätte sie diese umfassende Behandlung niemals bezahlen können. Aber der Gedanke, auf unabsehbare Zeit finanziell auf ihren Vater angewiesen zu sein, bereitete ihr Kopf- und Bauchschmerzen zugleich. Das kam also nicht infrage.

Das Beste wäre es natürlich gewesen, Pegasus bei Herrn Lothrop unterzustellen. Aber er hatte es ihr nicht angeboten und Fina war zu stolz, um ihn darum zu bitten. In diesem Punkt war sie eigen. Das hatte sie noch nie gekonnt: Menschen um einen Gefallen bitten. Vielleicht war das eine ihrer schlechten Eigenschaften? Sie war jedenfalls der Auffassung, dass die Menschen um sie herum selbst merken mussten, wenn sie Hilfe brauchte, und dass sie es ihr von sich aus anzubieten hätten. Anders ging es nicht. Ebenso wie sie niemals Martin bitten würde, ihretwegen auf seine Arbeit in Namibia zu verzichten. Sie vermisste ihn mit jeder Faser ihres Körpers, aber niemals hätte sie ihm das gesagt, um ihn nicht dazu zu bringen, ihr zuliebe auf etwas zu verzichten, das er ihr nachher jahrelang vorhalten könnte. Nein, er musste schon von sich aus den Wunsch haben, zu ihr zurückzukehren. Und wenn er den nicht hatte …

Bei Herrn Lothrop hatte sie das unbestimmte Gefühl, dass er sie mit seinem Verhalten belehren oder erziehen wollte. Sie wusste, dass er sie für zu weichherzig hielt und sich wünschte, sie würde ihre Arbeit mit weniger Gefühl und mehr wirtschaftlichem Kalkül angehen. Aber Gefühl gehörte für Fina einfach zu ihrem Beruf dazu. Sie würde niemals ein Geschäftsmann beziehungsweise eine Geschäftsfrau wie Lothrop werden. Niemals würde sie es übers Herz bringen, Entscheidungen zu treffen, die vielleicht für den Erhalt oder Aufbau eines erfolgreichen Unternehmens erforderlich waren, die aber nicht im Interesse der Tiere lagen, mit denen sie arbeitete. Aber Lothrop wünschte sich das natürlich.

»Hallo? Sind Sie noch da?«

»Ja«, antwortete Fina. »Ich bin noch da.«

»Und? Wissen Sie, wo Pegasus hinsoll? Wollen Sie ihn wieder mit zu sich nehmen?«

»Das wird nicht gehen«, sagte Fina leise. Zu leise.

»Wie bitte?«

»Das wird nicht gehen.«

»Hmm«, machte der Tierarzt. »Wenn Sie keinen geeigneten Platz für ihn haben, dann weiß ich vielleicht etwas. Zumindest, bis Sie was Besseres gefunden haben. Wir können ja morgen in Ruhe darüber sprechen.«

Erleichtert bedankte sich Fina für Herrn Hinkels Bemühungen und verabschiedete sich. Noch lange nachdem sie das Telefon zurückgelegt hatte, saß sie unbeweglich auf einem Stuhl an dem großen, alten Holztisch in ihrer Küche und starrte vor sich hin. Erst jetzt wurde ihr bewusst, wie stark die Anspannung in der vergangenen Woche gewesen war, die jetzt mit einem Mal von ihr abfiel.

Cäsar wurde es irgendwann zu bunt. Er setzte sich vor Fina hin, wischte mit seinem Schwanz über den Küchenboden und winselte. Was war mit seinem Frauchen los?

Fina sah den Hund an und lächelte. »Weißt du was,

mein Kleiner? Pegasus ist über den Berg. Mit etwas Glück hat er's geschafft!« Sie beugte sich ein wenig zu Cäsar hinunter und schnellte kurz darauf lachend wieder zurück.

Cäsar hatte ihr mit seiner feuchten Zunge quer übers Gesicht geleckt.

Kathrin hatte bereits alle Boxen sauber gemacht und der mannshohe Misthaufen dampfte vor sich hin, als sie die letzte Schubkarre mit Schwung auf ihm entleerte.

Nun musste sie Monty striegeln. Der hübsche Fuchs galt als unvermittelbar. Aufgrund einer Wirbelfehlstellung im Halsbereich hielt der vierjährige Wallach den Kopf schief. Er sah aus wie ein bettelnder Hund und erregte immer wieder die Aufmerksamkeit der Besucher. Doch so herzerweichend Monty mit seiner Erkrankung auch aussah – er konnte nicht geritten werden und war damit unbrauchbar. Sein Besitzer hatte das Tier abgegeben, weil er nicht mehr bereit war, die teuren Unterhaltskosten für Monty aufzubringen, ohne jemals auf ihm reiten zu können. Er hatte sich stattdessen ein neues Pferd gekauft und Monty auf den Pferdeschutzhof gebracht, wo der Wallach seit mittlerweile zwei Jahren lebte und den er bis an sein Lebensende voraussichtlich nicht mehr verlassen würde.

Kathrin griff soeben nach Kardätsche und Striegel, als Susanne, die Leiterin, auf sie zukam. »Kathrin?«

»Ja?«

»Wir bekommen gleich Zuwachs!«

Kathrin ließ die Hände sinken und wandte sich zu der siebenunddreißigjährigen Frau um.

»Ein ehemaliges Turnierpferd mit abheilender Hufrehe. Machst du die große Box fertig? Er braucht einen weichen Boden, am besten mit Sand oder Spänen, hat Hinkel gesagt.«

»Wir haben keine Späne mehr«, sagte Kathrin.

»Ich weiß, nimm Sand.«

»Tut mir leid, Dicker«, sagte Kathrin zu Monty und brachte ihn zurück auf die Ganzjahresweide.

Die große Box, die sie fertig machen sollte, war zum Glück frei. In ihr hatte bis zum vergangenen Sommer Rosi gelebt. Das Welsh-Pony war mit seinen sechsunddreißig Jahren so etwas wie das Maskottchen des Hofs gewesen, seit es als erster Rentner vor vierzehn Jahren bei der Gründung des Vereins aufgenommen worden war. An einem besonders heißen Tag im letzten Sommer war Rosi an Kreislaufversagen gestorben und nicht nur Susi, die Chefin, hatte dies als einen der schwärzesten Tage seit Bestehen des Schutzhofs in Erinnerung.

Kathrin schaufelte Sand, bis ihre Handgelenke schmerzten. Sie kontrollierte gerade den Wassereimer – so etwas Nobles wie Tränken gab es auf dem Schutzhof nicht –, als sie den Motor eines Fahrzeugs vor dem Tor hörte.

Sie trat heraus. Der Tierarzt und die Leiterin des Schutzhofs begrüßten sich mit Wangenküssen. Kathrin wusste, dass Susanne die beste Freundin von Herrn Hinkels Frau war. Der Tierarzt behandelte aber nicht nur aus diesem Grund die Tiere auf dem Pferdehof oft unentgeltlich, sondern mindestens ebenso sehr aus Überzeugung.

Außer dem Wagen des Arztes stand noch ein roter Kleinwagen vor dem Tor.

Eine junge und, wie Kathrin fand, atemberaubend schöne Frau mit den blausten Augen, die das Mädchen je gesehen hatte, führte einen Schimmel aus dem Transporter.

»Das Butasan hat gut angeschlagen. Der Röntgenbefund brachte keinen Hinweis auf Hufbeinrotation, aber wir waren knapp an der Zeitspanne von achtundvierzig Stunden dran. Ich kann also keine endgültige Entwarnung geben. Du weißt ja selbst, wie groß die Rückfallgefahr bei Hufrehe ist.«

Susanne nickte. »Überfütterung?«, fragte sie knapp nach der Ursache der Erkrankung.

Der Tierarzt zuckte mit den Schultern. »Kann ich mir kaum vorstellen. Soweit ich von Frau von Essen weiß«, er deutete auf Fina und winkte sie mit einer Armbewegung zu sich heran, »gibt es eine alte Verletzung am Sprunggelenk. Deshalb wurde Pegasus auch verkauft, weil er nicht mehr turniertauglich war. Jedenfalls nicht mehr so, dass er ganz weit oben mitspringen kann.«

Fina stellte sich mit Pegasus am Halfter neben den Arzt und die beiden Frauen begrüßten einander mit Handschlag.

»Dann war er wohl bei einem jungen Mädchen.« Herr Hinkel blickte Fina nach Bestätigung suchend an und fuhr nach ihrem Nicken fort: »Dort könnte er falsch ernährt worden sein. Auf jeden Fall wurde er zu wenig bewegt. Nach einer Kolik, die nicht ich behandelt habe, kam er zu Preuß.«

Susanne verzog das Gesicht. Der Bauer war hier in der Gegend dafür bekannt, dass er nicht sonderlich fürsorglich mit seinen Schulpferden umging.

»Da war er wohl viel im Einsatz und der harte Hallenboden … « Dr. Hinkel machte eine Pause. »Ich weiß also nicht, was letzten Endes den Ausschlag gegeben hat.«

Kathrin musterte das Pferd. Hatte sie den Namen richtig verstanden? Hieß es tatsächlich Pegasus? Wie bei einem Déjà-vu-Erlebnis erinnerte sie sich an den Nachmittag, als sie mit ihrer Freundin zusammen vor dem Fernseher gesessen und bei dem spektakulären Sturz des Schimmels entsetzt aufgeschrien hatte.

»Gib ihm weiterhin jeden zweiten Tag vor der Fütterung Butasan. Dazu Wasserbäder. Den Hufschmied werde ich anweisen, damit er weiter nach Pegasus sieht.«

Wieder nickte Susanne.

»Hast du eine Box fertig gemacht?«

Susanne wandte sich zu Kathrin um und winkte sie heran. »Kathrin hat das schon erledigt, nicht wahr?«

Herr Hinkel begrüßte Kathrin, die er von seinen früheren Besuchen kannte.

Aber das Mädchen hatte nur Augen für Pegasus und Fina. »Ist das Pegasus aus dem Gestüt Lothrop?«, fragte sie Fina und ihre Wangen röteten sich ein wenig.

Fina lächelte. Das Mädchen gefiel ihr auf Anhieb. »Ja«, antwortete sie. »Kennst du ihn?«

Kathrin nickte. »Ich … ich habe ihn im Fernsehen gesehen, als er beim CHIO Aachen den vierten Platz gemacht hat. Und auch seinen Sturz«, fügte sie hinzu und wurde nun endgültig rot.

Fina schluckte. Schlagartig hatte sie wieder das entsetzliche Bild vor Augen und hörte Pegasus' panisches

Wiehern, mit dem er nach ihr gerufen hatte. »Gefällt er dir?«, fragte Fina, sobald sie sich wieder unter Kontrolle hatte.

Kathrin nickte fast schon ehrfürchtig. Was für eine Frage! Pegasus war ein Traumpferd!

»Zeigst du mir dann seinen Stall und wir bringen ihn zusammen hin?«

Kathrin glaubte zu träumen. Natürlich freute sie sich nicht, dass Pegasus hier war. So konnte man das nicht sagen. Aber einmal ein solches Pferd pflegen zu dürfen, es vielleicht sogar zu reiten … Er war noch schöner, als sie ihn in Erinnerung gehabt hatte. Obwohl man seinen Augen ansah, dass er eine schwere Zeit hinter sich hatte.

Fina reichte Kathrin den Führstrick und lächelte ihr aufmunternd zu. Auch wenn es mit ihrer Menschenkenntnis nicht weit her war, hätte sie trotzdem ihre Hand dafür ins Feuer gelegt, dass dieses Mädchen sich gut um Pegasus kümmern würde. Herr Hinkel hatte recht gehabt. Dieser Pferdehof war unter den gegebenen Umständen der richtige Platz für Pegasus, um endgültig gesund zu werden. Und Kathrin würde ihren Teil dazu beitragen. Das war nicht zu übersehen.

4

Pegasus wieherte aufgeregt. Die Frühlingsluft, die auch vor seiner Box nicht haltmachte, weckte sein dringendes Bedürfnis nach Freiheit, nach wildem Rennen und Toben auf einer grünen Wiese zusammen mit anderen Pferden. Pegasus sehnte sich danach, so wie früher als Bestandteil einer Herde auf der Weide zu stehen, zu grasen, zu galoppieren oder einfach nur zu dösen.

Seit er hier war und sich dieses Mädchen um ihn kümmerte, ging es ihm so gut wie lange nicht mehr. Er hatte keine Schmerzen, niemand quälte ihn und das Mädchen erinnerte ihn an die kleine Frau mit ihrem Hund, die ganz früher einmal für ihn da gewesen war. Er hatte schon lange keinen Menschen mehr so gemocht. Jeden Tag führte das Mädchen ihn am Halfter spazieren, und das war die schönste Stunde des Tages.

Jetzt kam das Mädchen zurück. »Na, Pegasus? Riechst du den Frühling? Bist ja ganz aufgeregt!« Sie klopfte ihm auf den Hals und kraulte ihn zwischen den Augen.

Pegasus schnaubte zufrieden, senkte seinen Kopf,

legte den Hals schief und schubberte mit seinen Nüstern und seinem Maul an Kathrins Schulter entlang.

»He!«, schimpfte Kathrin lachend. »Was fällt dir ein, dein Maul an mir abzuputzen, du alter Räuber!«

Pegasus neigte den Kopf noch weiter hinab und bohrte seine Nase unter Kathrins Achsel.

Das Mädchen musste kichern. »Ich habe eine Überraschung für dich«, verkündete sie dann. »Du darfst für ein paar Stündchen auf die Weide zu den anderen. Was sagst du dazu?«

Pegasus schwieg.

»Hast jetzt lange genug allein hier herumgestanden. Sechs Wochen, du Ärmster. Heute probieren wir mal aus, was die anderen zu dir sagen, einverstanden?«

Pegasus wackelte mit dem Kopf.

»Gut.« Kathrin lachte wieder. »Das werte ich als Zustimmung.«

Als Pegasus merkte, wo es hingehen sollte, wurde er noch aufgeregter. Er tänzelte neben Kathrin her, die Mühe hatte, ihn zurückzuhalten.

Auf der Weide standen drei Stuten, ein Wallach und ein Pony. Bodil, das Pony, hatte Pegasus bereits kennengelernt, er war sein Stallnachbar. Die anderen Pferde hatte er zwar schon gehört und gerochen, aber noch nicht aus der Nähe gesehen.

Der rotbraune Wallach stolzierte am Weidezaun auf und ab, als er Pegasus kommen sah, und wieherte schon von Weitem. Zwei Stuten standen dicht beieinander und grasten friedlich. Die dritte Stute hielt Abstand zu den anderen und das Pony hatte sich hingelegt. Es döste mit halb geschlossenen Augen.

»So«, sagte Kathrin und öffnete das Gatter.

Der rotbraune Wallach hob den Kopf und sah aus den Augenwinkeln aufmerksam zu, was da geschah. Steifbeinig näherte er sich und reckte dabei den Kopf in die Höhe.

»Hau ab, Stinker«, rief Kathrin ihn zur Ordnung, denn sie merkte genau, dass der Fuchs gerade in der richtigen Stimmung war, um einen Streit mit dem Neuling vom Zaun zu brechen. Und das war das Letzte, was sie gebrauchen konnte. Zwar hätte sie Pegasus am liebsten erst einmal auf eine Nachbarweide gebracht, damit die Tiere sich gegenseitig beschnuppern konnten. Doch die Möglichkeiten des Schutzhofs waren begrenzt und dies war die einzige grüne Weide, die ansatzweise Auslauf für die Pferde bot. Ansonsten gab es lediglich eine Koppel mit Sandboden und einige kleine Paddocks, die aber im Augenblick alle mit sozial unverträglichen Tieren belegt waren. Die schlechten Erlebnisse, die den Pferdehofbewohnern in ihrem Vorleben widerfahren waren, hatten sie geprägt und unumgänglich werden lassen.

Wenn die Leitstute, die sich immer noch etwas abseits hielt und das Geschehen aus der Ferne verfolgte – wobei sie sich allerdings den Anschein gab, hingebungsvoll zu grasen –, Pegasus akzeptierte und wenn Pegasus sich Security, dem dreizehnjährigen Wallach, unterordnete, dann würden die Tiere schon miteinander auskommen. Kathrin wusste nicht, ob Pegasus zur Sorte Anführer gehörte oder ob er eher ein Mitläufer war. Das musste sich erst zeigen.

Und es zeigte sich. Aber leider nicht so, wie Kathrin es sich erhofft hatte.

Herr Lothrop focht einen schweren Kampf mit sich selbst aus. Natürlich war ihm die Geschichte mit Pegasus nicht entgangen und er merkte auch, dass Fina sich verändert hatte. Zwei-, dreimal hatte er sich bei ihr nach Pegasus' Zustand erkundigt und war überrascht gewesen zu erfahren, dass er auf einem Pferdeschutzhof untergebracht worden war. Zunächst hatte er gedacht, dann sei ja alles in bester Ordnung. Doch das war Selbstbetrug. Selbstverständlich wusste er, dass Fina hoffte, er würde ihr anbieten, Pegasus ins Gestüt zurückzuholen und als ihr Privatpferd im Stall unterzustellen. Er dachte auch immer wieder über diese Möglichkeit nach. Aber zum Schluss kam er jedes Mal zum gleichen Ergebnis: Er betrieb Pferdezucht, keine Pension für drittklassige Privatpferde. Wenn er damit einmal anfinge, würde jeder seiner Angestellten erwarten, dass er ein eigenes Pferd im Gestüt unterstellen konnte. Und dann war bald keine Box mehr frei.

Nein, er hatte sich nichts vorzuwerfen. Viele seiner Kollegen hätten Pegasus nicht einmal die Chance auf ein zweites Leben als Freizeitpferd gegeben. In seiner Branche war es üblich, ein verletztes Pferd, das keine Turniersiege mehr erringen würde, ohne Wenn und Aber dem Schlachter zu geben. Das hatte er noch nie so gehandhabt, denn er war der Auffassung, ein Pferd, das seine Bestimmung als Reittier noch ausüben konnte, gehöre nicht auf die Schlachtbank. Aber damit war der Verantwortung dem Tier gegenüber auch Genüge getan. Oder nicht?

Ein Blick in Finas Augen sagte ihm, dass sie das anders sah.

Herr Lothrop versuchte seine Schuldgefühle zu unterdrücken. An manchen Tagen gelang es ihm, an anderen, so wie heute, nicht.

Security kam im Imponiertrab auf Pegasus zu. Er hob die Knie wie ein erstklassiges Dressurpferd.

Pegasus spannte jeden Muskel seines Körpers an.

Security stoppte abrupt vor dem Rivalen. Sein Hals war stark nach oben gewölbt und er hatte den Schweif angehoben.

Kathrins Herz schlug bis zum Hals. Wie würde sich Pegasus angesichts dieser eindeutigen Drohgebärde verhalten? Wenn er sich jetzt abwandte und Security damit signalisierte, dass er ihn als Ranghöheren akzeptierte, dann standen die Chancen gut.

Aber Pegasus war, solange er in einer Herde lebte, stets selbstbewusst gewesen. Fleurie, seine Mutter, hatte die Herde bei Herrn Lothrop angeführt. Sie war die Leitstute gewesen. Und Pegasus hatte ihren Rang übernommen, so wie jedes Fohlen den Rang der Mutter automatisch übernahm. Auch nun wich er nicht einen Zentimeter vor Security zurück, sondern legte die Ohren an.

Security machte den Hals lang und versuchte, an Pegasus zu schnuppern. Dabei stieß er ein schrilles Wiehern aus und stieg schließlich hoch, um mit den Vorderbeinen in Pegasus' Richtung auszuschlagen. Jedoch ohne ihn zu berühren.

»Gib nach, Pegasus«, murmelte Kathrin, die am Zaun stand und zusah. »Bitte, gib nach.«

Pegasus entblößte seine Zähne.

Die beiden Pferde umrundeten einander wie Boxer im Ring. Einen Augenblick lang blieben sie stehen.

Pegasus hob einen Hinterlauf und setzte zum Ausschlagen an.

Das wollte sich Security nicht bieten lassen. Jetzt machte er ernst: Er drehte sich so schnell um, wie man es dem massigen Tier gar nicht zugetraut hätte, und trat zu.

Nicht nur Kathrin war überrascht, auch Pegasus hatte offenbar mit diesem plötzlichen, ernsten Angriff nicht gerechnet. Er wollte sich Security durch Flucht entziehen, indem er buckelte und nach hinten ausschlug.

Kathrin schöpfte Hoffnung. Gab sich der Ältere jetzt mit seinem vorläufigen Sieg zufrieden?

Doch Security setzte Pegasus hinterher und versuchte immer wieder, den Kontrahenten zu beißen.

Panisch floh Pegasus über die Weide. Aber er kannte sich nicht aus und so dauerte es nicht lange, bis er sich selbst in eine ausweglose Situation gebracht hatte: Er saß schließlich in einer Ecke fest, aus der er nicht mehr herauskam.

Kathrin zögerte nicht lange. Ein in die Enge getriebenes Pferd konnte unberechenbar reagieren. Sie rannte um die Weide herum, bis sie sich Pegasus und Security von der sicheren Seite des Zauns aus nähern konnte. Als sie die Ecke erreicht hatte, in der die Wallache gegeneinander kämpften, schrie sie, so laut sie konnte, und schwenkte das Führhalfter, das sie immer noch in den Händen hielt, durch die Luft wie ein Cowboy sein Lasso.

Es dauert nicht lange und Security ließ von Pegasus ab. Er stob mit wehendem Schweif davon.

Kathrin führte Pegasus von der Weide und es war nicht leicht, zu entscheiden, wer von beiden mehr zitterte: das Mädchen oder der Schimmel.

Die nächsten Tage verbrachte Pegasus notgedrungen wieder in seiner Box. Von dem Kampf hatte er zum Glück nur leichte Blessuren davongetragen. Kathrin hatte gerade noch rechtzeitig eingegriffen, um in allerletzter Sekunde ernsthaftere Verletzungen zu verhindern.

Doch Pegasus wurde zusehends unzufriedener. Die Frühlingsluft verstärkte seine Sehnsucht, nach diesem langen Winter, den er fast ausschließlich in Boxen, Ställen oder höchstens Reithallen verbracht hatte, endlich wieder einmal den Wind in seinem Fell zu spüren und über eine Wiese zu galoppieren.

Der einzige Vierbeiner, mit dem sich Pegasus verstand – abgesehen von den Hunden, die hin und wieder als aufgeregte Meute durch die Stallgasse fegten –, war Bodil, das Pony. Deshalb zögerte Kathrin auch nicht lang, als sich die Gelegenheit bot und einer der kleinen Paddocks frei wurde: Pegasus und Bodil kamen gemeinsam auf die etwa zehn mal zehn Meter große Koppel.

Zusammen mit Susanne, der Leiterin, stand sie beinahe eine Stunde lang am Zaun und erfreute sich an dem Anblick der beiden, die sich gegenseitig ihrer Freundschaft versicherten. Übermütig nutzten sie den geringen Platz aus, der ihnen zur Verfügung stand. Unter anderen Umständen hätten sich die zwei vermutlich nicht sonderlich füreinander interessiert, aber in diesem Umfeld bildeten sie eine eingeschweißte Notgemeinschaft.

Jedes Pferdeschicksal auf dem Schutzhof war schrecklich. Aber Bodil hatte es ganz besonders schwer erwischt. Und so war er nicht nur wegen seines liebenswerten Charakters, sondern ebenso wegen seines Leidenswegs einer der Lieblinge bei den ehrenamtlichen Helfern.

In diesem Augenblick, in dem Bodil so zufrieden dicht neben seinem neuen Freund stand, musste Kathrin daran zurückdenken, in welch erbärmlichem Zustand das ehemalige Zirkuspony vor drei Jahren bei ihnen eingetroffen war. In der Manege hatte Bodil den Gegenspieler für einen Clown gemimt. Aber seine Hauptaufgabe in dem kleinen Wanderzirkus bestand darin, das Mitleid der Passanten zu erregen und in der langen und harten Winterpause Spenden zu erbetteln.

Da noch nicht einmal genug Geld für Futter da war, war keiner der Zirkusleute auch nur im Traum auf die Idee gekommen, Bodil von einem Tierarzt untersuchen zu lassen, als das Pony über Wochen hinweg sein Fressen nicht anrührte. Abgemagert bis auf die Knochen stolperte Bodil an ein langes Tau gebunden tagaus, tagein durch die Einkaufspassagen. Tatsächlich kam mit dem todkranken Pony mehr Geld zusammen als je zuvor – bis Bodil mitten auf einem großen Platz zusammenbrach. Einer der umstehenden Passanten rief die Polizei, die dem Mann, der Bodil am Tau geführt hatte, nicht nur das Betteln untersagte, sondern darüber hinaus das Pony beschlagnahmte und in den Pferdeschutzhof brachte.

Dr. Hinkel hatte Bodil am Anfang so gut wie keine Überlebenschancen eingeräumt. Die Abmagerung aufgrund einer unbehandelten Zahnerkrankung war so drastisch, dass Bodil noch nicht einmal mehr aus eigener Kraft fressen konnte! Doch nach und nach erholte sich das Pony unter der Behandlung des Arztes und der liebevollen Pflege der Schutzhofmädchen. Es gewann seine alte Kraft und sein altes Aussehen zurück.

Inzwischen galt er als wieder vermittelbar und Susanne hoffte, dass sie bald einen neuen Platz für Bodil finden würde – vielleicht als Freizeitpony für ein Kind. Jeder freie Platz im Schutzhof zählte. Es gab so viele Tiere, die ihre Hilfe benötigten, und sie konnten noch lange nicht jedes retten.

Susanne brauchte nur an die vielen Haflingerfohlen zu denken, die Jahr für Jahr in Deutschland und Österreich geboren wurden. Sechsundneunzig von hundert erlebten ihren ersten Geburtstag nicht. Sie wurden nach Italien exportiert und geschlachtet. Vor allem die Hengste, die nicht dem Zuchtideal entsprachen, deren Fell nicht fuchsfarben genug war oder deren Mähne nicht schneeweiß leuchtete, hatten keine guten Aussichten. Sie brachten ihrem Besitzer nicht die ersehnten achtzehntausend Euro, die für ein Elitefohlen gezahlt wurden, sondern gerade mal vierhundert – den Fleischpreis. Aber niemand kümmerte sich um diesen Missstand. Für die Zucht gab es keine Beschränkung und solange sich das nicht änderte, wurde weiter im Akkord getötet.

Als Susanne beim Grübeln an diesem Punkt angekommen war, wandte sie sich mit einem Seufzen von

Pegasus und Bodil ab. »Ich geh wieder an die Arbeit«, sagte sie zu Kathrin. »Ich habe noch viel zu tun.«

Kathrin nickte. »Ich auch.«

Das Mädchen und die Frau gingen in verschiedene Richtungen davon. Pegasus blickte dabei Kathrin und Bodil Susanne hinterher.

5

Leon saß in seinem Zimmer unbeweglich auf der Kante seines Bettes und fixierte die in Sonnenfarbe gestrichene Wand. Immer wieder hüpften Punkte und Striche daran entlang, die den siebenjährigen Jungen faszinierten. Die Wand schien regelrecht zu leuchten. Dann verdunkelte sie sich mit einem Mal. Leon wartete geduldig, bis die Lichtgestalten zurückkehrten. Manchmal dauerte es nur wenige Minuten, aber Leon gab selbst dann nicht auf, wenn das Lichtspiel eine Viertelstunde auf sich warten ließ. Und er wurde immer wieder für seine Geduld belohnt. Helle und dunkle Flecken wechselten sich ab, standen mal still und bewegten sich anschließend wieder, verschwanden und tauchten etwas später an derselben oder einer anderen Stelle erneut auf.

Frau Müller stand in der Küche vorm Herd und bereitete das Mittagessen für ihre Kinder zu. Kathrin würde jeden Augenblick aus der Schule zurück sein und Leon war bereits vor anderthalb Stunden aus dem integrativen Kindergarten nach Hause gekommen. Eine halbe Stunde hatte er sich mit der *Schneide* beschäftigt, wie er es nannte, und Löcher ins Papier geschnitten. Dann hatte er ihr die Schere zurückgebracht und war ohne ein Wort in seinem Zimmer verschwunden.

Frau Müller warf einen prüfenden Blick aus dem Küchenfenster. Es war ein wunderschöner Frühlingstag. Wie aus dem Bilderbuch. Die Sonne schickte ihre wärmenden Strahlen auf die Erde und versteckte sich nur hin und wieder für wenige Minuten, höchstens eine Viertelstunde, hinter watteweichen Schäfchenwolken.

Sie drehte den Kopf in Richtung Flur und lauschte, ob sie aus Leons Zimmer ein Geräusch vernehmen konnte. Doch es war immer noch mucksmäuschenstill. Was trieb Leon da oben bloß? Sie war es gewohnt, nichts von ihrem Sohn zu hören. Kathrin drehte jedes Mal, kaum dass sie da war, ihre Musikanlage auf. Leon hatte kein Interesse an Musik. Zumindest nicht an lauter. Nach wie vor sprach er wenig – obwohl er es inzwischen gut konnte – und beschäftigte sich hauptsächlich mit sich selbst. Er lebte in seiner eigenen Welt und schien dabei nicht unglücklich zu sein. Im Gegenteil. Unglücklich war er eigentlich nur, wenn man ihn nicht in Ruhe ließ oder ihn zwang, an einer gemeinsamen Aktion teilzunehmen.

Trotz dieses Wissens wurde Frau Müller jetzt nervös. Sie wischte sich die Hände nachlässig an einem Trockentuch ab und stieg über die knarrende Holztreppe in den ersten Stock. Als sie vor Leons geschlossener Zimmertür stand, konnte sie immer noch kein Geräusch hören. Sollte sie anklopfen? Oder einfach eintreten? Bei Kathrin klopfte sie, seit das Mädchen sieben war, für gewöhnlich an. Aber bei Leon wusste sie nie, was besser war. Manchmal erschrak er bei dem plötzlichen Geräusch und oft bekam er es gar nicht mit, wenn sie leise genug nach ihm sah.

Auch diesmal entschied sie sich, den Aspekt Privatsphäre zu vernachlässigen.

Nach einem kurzen Blick schloss sie die Tür mit einem Schmunzeln wieder. Leon war mit einer seiner Lieblingstätigkeiten beschäftigt: mit dem Beobachten des Licht- und Schattenspiels, das die Sonne mit den Ästen und Blättern des hohen Baums vor seinem Fenster veranstaltete. Frau Müller hatte schon mehrfach versucht, ihm zu erklären, wie die hellen und dunklen Flecken auf seiner Wand zustande kamen. Vergeblich. Leon blieb beharrlich bei seiner Behauptung, es seien Wesen aus einer anderen Welt. Aus seiner Welt.

Fina saß während ihrer Mittagspause an ihrem Lieblingsplatz auf dem kleinen Hügel oberhalb der Koppel und genoss das Panorama. Auf den Gipfeln der Bergkette am Horizont lag noch der letzte Schnee und in dem See, der an diesem Frühlingstag wieder ein intensives Blau hatte, spiegelte sich das Sonnenlicht. Die grasenden Pferde im Vordergrund machten das Bild idyllischen Friedens vollkommen. Hin und wieder verschwand die Sonne für wenige Minuten oder etwas länger hinter einer Wolke und sofort wurde es empfindlich kalt. Fina schlang fröstelnd die Arme um ihren Oberkörper und zog ihren Schal fester. Doch sobald sich die Wolke wieder verzog, die Sonne zum Vorschein kam und ihre warmen Strahlen auf die Erde schickte, begann Fina zu schwitzen und legte den Schal wieder ab.

Ein Schnaufen in ihrem Rücken ließ Fina zusammenzucken. Erschreckt wandte sie sich um, doch es war nur Herr Lothrop, der seinen Körper die Anhöhe zu ihr hinaufbemühte.

Er blieb eine Weile schweigend neben ihr stehen und versuchte, wieder zu Atem zu kommen. »Ein herrlicher Anblick, nicht wahr?«, begann er schließlich und rang zwischen den einzelnen Wörtern nach Luft.

Fina nickte.

»Kommen Sie mit Lichtblick voran?«

Wieder nickte Fina. »Er macht sich gut.«

Mit einem Ächzen ließ sich ihr Chef neben ihr im Gras nieder. »Hoffentlich komme ich hier jemals wieder hoch«, kommentierte er.

Fina lächelte. »Ich helfe Ihnen beim Aufstehen«, sagte sie. »Zur Not spannen wir ein paar Pferde an.«

Herr Lothrop tat, als sei er beleidigt. In Wahrheit konnte er Finas bissigen Humor, von dem in der letzten Zeit wenig zu spüren gewesen war, gut leiden. Augenblicklich musste er an Pegasus denken. Schließlich war das Pferd zumindest zum Teil für den Trübsinn seiner Bereiterin verantwortlich. Die andere Hälfte ihrer Traurigkeit hatte ein gewisser Dr. Strauch zu verantworten. Zurzeit wohnhaft in Namibia. Nur dass dieses *zurzeit* sich allmählich zu einem Dauerzustand auszuweiten schien.

»Wie geht es Pegasus?« Herr Lothrop wandte den Blick von den Pferden, dem See und der Bergkette ab und musterte die junge Frau neben sich.

Fina zog die Augenbrauen hoch und blickte stur weiter geradeaus, während sie antwortete. »Er kommt mit den anderen Pferden auf dem Hof nicht gut zurecht. Zu dominant.«

Das zu hören wunderte den Gestütsbesitzer nicht.

Fina überlegte, wie sie es am besten sagte. Wenn sie es so erzählte, wie es war, dann konnte Herr Lothrop es als Vorwurf verstehen. Aber wie sollte sie es beschönigen? »Er hatte eine Keilerei mit einem anderen Wallach, bei der er leicht verletzt wurde«, fuhr sie schließlich fort und rief sich ihr letztes Telefonat mit Susanne ins Gedächtnis. »Die Möglichkeiten des Schutzhofs an Weidefläche sind natürlich begrenzt. Deshalb stand er sehr lange nur in der Box und hatte keinen Auslauf. Aber jetzt teilt er sich einen Paddock mit einem Pony.«

»Mit einem Pony?«, fragte Herr Lothrop nach.

»Ja, ein altes Zirkuspony, der Einzige, mit dem sich Pegasus versteht. Seitdem ist er wohl wieder ganz gut drauf.«

Und Sie auch, dachte Herr Lothrop, hütete sich aber davor, es auszusprechen. Stattdessen fragte er: »Und seine Krankheit?«

»Die Hufrehe? Scheint ausgeheilt.«

»Aber Sie wissen, dass ein Pferd, das einmal an Hufrehe erkrankt war, zeit seines Lebens dafür anfällig bleibt?«

»Ja, natürlich.« Fina runzelte die Stirn. Was wollte Herr Lothrop jetzt schon wieder? Wollte er ihr damit auf seine Weise sagen, dass sie einen Fehler gemacht hatte, als sie Pegasus vor dem Schlachter rettete? »Die Leute da haben wirklich viel Ahnung von Pferden und gehen sehr respekt- und verantwortungsvoll mit ihnen um. Pegasus' Hufe werden regelmäßig kontrolliert.«

Herr Lothrop zuckte. War das ein Vorwurf gegen ihn? Wollte ihm Fina damit durch die Blume zu verstehen geben, er habe sich nicht respekt- und verantwortungsvoll gezeigt? »Freut mich zu hören«, sagte er dennoch.

»Es gibt da ein junges Mädchen, das sich ganz toll um Pegasus kümmert. Sie kannte ihn sogar von den Fernsehübertragungen der Turniere.« Bei dem Gedanken an Kathrin musste Fina lächeln. Zweimal schon hatte sie einen kurzen Brief von ihr erhalten, in dem sie von Pegasus berichtete. »Für sie muss ein Traum in Erfüllung gegangen sein, als sie Pegasus gegenüberstand. Wenn er sich endlich dort einlebt und solange ich weiß, dass Kathrin ihn pflegt …«

»Kathrin?«

»Ja, so heißt das Mädchen. – Jedenfalls, solange sie für ihn da ist, brauche ich mir keine Sorgen um ihn zu machen.«

»Und was ist mit Ihrem anderen Sorgenkind?«

Fina sah Herrn Lothrop von der Seite an. »Was meinen Sie?«

Hatte Fina ihn schon vergessen? »Ich meine Herrn Strauch.«

»Martin?« Fina wandte sich wieder ab und ließ ihren Blick in die Ferne schweifen. »Keine Ahnung«, antwortete sie leise.

Kathrin war nervös, während sie den frisch polierten Sattel und das Zaumzeug über den Kiesweg zum Paddock trug. Der Sattel war alt und abgenutzt, aber es war der beste in dieser Größe, der auf dem Schutzhof zur Verfügung stand.

Es war keine unangenehme Nervosität, eher so etwas wie die Vorfreude, die man bei besonderen Anlässen empfindet. Und dies war zweifellos ein besonderer Anlass.

Pegasus sah Kathrin entgegen. Als er merkte, dass sie auf ihn zukam, lief er zum Zaun und erwartete sie dort.

»Na?«, sagte Kathrin und hielt ihm den Sattel hin, damit er daran schnuppern konnte. »Weißt du noch, was das hier ist?« Sie kletterte über den Zaun.

Pegasus blieb ruhig stehen, während Kathrin ihn aufzäumte. Er öffnete bereitwillig sein Maul für das Gebiss und steckte den Kopf fast allein in die Trense.

»Sag bloß, du freust dich!« Kathrin öffnete das Tor und führte Pegasus hinaus.

Bodil beobachtete aufmerksam, wie Kathrin sich auf Pegasus' Rücken schwang und ihm mit leichtem Schenkeldruck zu verstehen gab, dass es losgehen konnte.

Ihr Herz raste, als sie die Gebäude des Schutzhofs hinter sich ließ und ihr Blick über die weite grüne Fläche schweifte, auf die sie zusteuerten.

Pegasus schritt unter ihr willig voran. Natürlich spürte er, dass seine Reiterin aufgeregt war, aber es war eine positive Aufregung. Vergleichbar seiner eigenen.

Ein bisschen war dieser erste gemeinsame Ausritt so etwas wie der erste Kuss zweier Verliebter, dachte Kathrin. Dies war der Moment, wo aus Sympathie und Zuneigung Liebe werden konnte. Wo man merkte, ob man füreinander bestimmt war oder nicht. – Auch wenn dieser Vergleich eher theoretischer Natur war, denn richtig verliebt war Kathrin noch nie gewesen. Hier und da eine kleine Schwärmerei, aber nichts Ernstes.

Kathrin ließ die Zügel locker. Sie vertraute Pegasus und Pegasus vertraute ihr. Sie schloss die Augen und konzentrierte sich ganz auf die Geräusche und Gerüche um sie herum. Und in diesem Augenblick wurde ihr bewusst, dass ihr Herz wieder langsamer schlug.

Sie war angekommen.

Als Kathrin und Pegasus eine gute Stunde später zurückkehrten, erwartete Bodil sie am Zaun. Aufgeregt lief er hin und her und schrie ihnen förmlich entgegen.

Kathrin stieg aus dem Sattel.

Das Pony und der Wallach begrüßten einander auf Pferdeart. Sie steckten ihre Köpfe zusammen, als gäbe es etwas zu tuscheln.

»Hast du deinen Freund vermisst?«, fragte Kathrin, als sie Pegasus absattelte und vom Zaumzeug befreite.

Sie war ausschließlich im Schritt und einmal kurz im Trab geritten. Die Umgebungstemperatur war trotz der Sonne angenehm frisch und Pegasus hatte daher auch nicht geschwitzt.

Kathrin rieb ihn kurz ab, kontrollierte sorgfältig Läufe und Hufe, dann konnten Bodil und Pegasus endlich gemeinsam über ihre kleine Ersatzweide preschen.

»Ihr habt euch anscheinend viel zu erzählen«, sagte Kathrin und trug den Sattel zurück in die Sattelkammer, die zugleich den Aufenthaltsraum für die ehrenamtlichen Helfer auf dem Hof darstellte.

Kathrin war erfüllt von einem alles umspannenden Glück. Sie konnte es kaum erwarten, Fina heute Abend einen weiteren Brief zu schreiben, in dem sie ihr von ihrem ersten Ausritt auf Pegasus berichten würde.

Doch zunächst wartete noch eine Menge Arbeit auf sie: Max und Moritz, die beiden Shetlandponys, die man gemeinsam in einem großen Karton ausgesetzt hatte und die tagelang ohne Fressen und Wasser in ihrem eigenen Mist stehen mussten, bevor man sie fand, sollten noch von ihr versorgt werden. Darum hatte Susanne sie gebeten.

Dass Menschen nicht nur Hunde und Katzen aussetzten, sondern dass man das auch mit Pferden – oder zumindest mit Ponys – tun konnte, hatte Kathrin bis zu ihrer Arbeit hier nicht für möglich gehalten. Aber es gab Leute, die selbst das fertig brachten. Inzwischen war Kathrin so lange dabei, dass sie glaubte, bereits alles, was auch nur irgendwie vorstellbar war, erlebt zu haben. Doch hin und wieder, wie im Fall von Max und Moritz, wurde sie eines Besseren belehrt.

6

Es dauerte nicht lange, bis Kathrin begriff, dass nicht nur Bodil die Trennung von seinem neuen Freund schwer ertragen konnte, sondern dass Pegasus mindestens ebenso litt, wenn das Pony nicht bei ihm war.

Das Mädchen, das sich um Bodil kümmerte, hieß Erika. Abgesehen von ihrem ungewöhnlichen Namen war es ein ganz normales, neunjähriges Kind. Erika kam, so oft es ihre Zeit zuließ, zum Schutzhof, striegelte Bodil, mistete seinen Stall aus, ging mit ihm spazieren und ritt manchmal mit ihm aus, wenn eins der größeren Kinder sie begleitete.

Heute hatte Erika Glück. Stefan war da, der mit seinem Schützling, der Araberstute Shakira, einen Ausflug unternehmen wollte und Erika fragte, ob sie ihn begleitete.

Shakira gehörte ebenfalls zu den Schutzhofbewohnern, über die Kathrin sich wunderte. Die wunderschöne Schimmeldame war von ihrem Besitzer abgebeben worden, weil sie ein Fohlen erwartete, das niemand haben wollte. Kurzerhand hatte Shakiras Halter die hochträchtige Stute abgeschoben. Und seitdem lebte das wertvolle Pferd mit seinem Fohlen, das inzwischen ein aufgeweckter Jährling war, auf dem Schutzhof.

Wie bei ihrer Rasse zu erwarten, war Shakira recht temperamentvoll und brauchte einen erfahrenen Reiter. Vermutlich war das auch der Grund, warum der Schimmel bis jetzt noch kein neues Zuhause gefunden hatte.

Pegasus beobachtete Erika skeptisch, als sie Bodil aufsattelte. Kaum führte das Mädchen ihr Pony aus der kleinen Koppel, begann Pegasus aufgeregt an dem eineinhalb Meter hohen Zaun hin und her zu laufen. Er legte den Kopf schief und sah Bodil und Shakira hinterher, bis sie aus seiner Sichtweite verschwunden waren.

Eine Weile stand Pegasus regungslos da, als wäre er unschlüssig, was er tun sollte. Dann rannte er noch einige Male am Zaun auf und ab, trabte schließlich an das hintere Ende, nahm Anlauf – und sprang.

Kathrin, die damit beschäftigt war, dem an Arthrose erkrankten ehemaligen Spring- und Dressurpferd David die Hufe auszukratzen, wandte Pegasus gerade den Rücken zu. Deshalb konnte sie nicht sehen, was er vorhatte. Später würde sie sagen, sie hätte plötzlich eine Vorahnung gehabt und sich deshalb umgedreht. Vielleicht hörte sie aber auch tatsächlich das dumpfe Aufschlagen von Pegasus' Hufen auf dem festen Boden. Auf jeden Fall drehte sie sich genau in dem Moment um, als Pegasus über das Hindernis setzte. Das Erste, woran sie dachte, war nicht der Ausbruch des Pferdes und seine Folgen. Nein, sie riss zunächst nur bewundernd die Augen auf und ihr Herz schlug für eine Sekunde schneller bei dem atemberaubenden Anblick: Der Schimmel schien für mehrere Sekunden in der Luft zu schweben, als könne er fliegen.

Flieg, Pegasus, flieg!

Kathrin konnte sich nicht gegen diesen spontanen Gedanken wehren. Erst ihre zweite Reaktion galt der Erkenntnis, dass Pegasus soeben davongaloppierte und sie irgendetwas dagegen unternehmen musste. Doch es war zu spät, um sich ihm in den Weg zu stellen. Wenn sie jetzt hinter ihm herhetzte, würde er nur umso schneller vor ihr weglaufen.

Kathrin alarmierte Susanne und zu zweit machten sie sich auf die Suche.

Sie waren noch nicht weit gekommen, als ihnen Stefan auf Shakira und Erika auf Bodil entgegenritten. Pegasus lief wie ein Hündchen hinter Bodil her und Kathrin stieß einen tiefen Seufzer der Erleichterung aus, als sie ihn unversehrt wiederhatte.

Wenn es auf der Welt Menschen gab, zu denen Leon Zuneigung hatte, dann waren das seine Schwester Kathrin und an zweiter Stelle seine Mutter. Doch im Allgemeinen war er sich selbst genug und empfand andere Menschen als sonderbar.

Hin und wieder jedoch, wenn er auf der Straße vor dem Haus oder auf der nahe gelegenen Wiese eine Gruppe Kinder sah, die Fußball spielten oder mit ihren Fahrrädern Verfolgungsjagden veranstalteten, dann wünschte er sich irgendwie dazuzugehören. Für ihn war es nicht vorstellbar, einen Fußball vor sich herzukicken oder mit einem Fahrrad ohne Stützräder zu fahren, ohne nach dem ersten Meter das Gleichgewicht zu verlieren und zu stürzen. Er hatte schon ohne einen fahrbaren Untersatz Schwierigkeiten bei der Koordination seiner Gliedmaßen.

Doch bei den wenigen Malen, als er versucht hatte, Kontakt aufzunehmen, war er so kläglich gescheitert, dass er inzwischen keinen Mut mehr hatte, auf andere Kinder zuzugehen. Seine Mutter hatte ihm zwar genau erklärt, wie man mit anderen Menschen in Verbindung trat: dass man freundlich zu ihnen war, Hallo sagte, seinen Namen nannte. Aber sobald Leon es ausprobierte, brachte er die Reihenfolge der Dinge, die zu tun waren, durcheinander. Er war so aufgeregt, dass er entweder seinen Namen hervorschrie – wenn er ihm einfiel – oder Auf Wiedersehen statt Guten Tag sagte.

Die anderen Kinder betrachteten ihn dann verwundert und lachten ihn aus. Da Leon das aber gar nicht begriff, machte es ihm auch nicht allzu viel aus. Er blieb einfach stehen und sah den anderen weiter zu. Das wiederum irritierte die Kinder, sodass sie irgendwann anfingen, Leon anzuschreien oder ihn sogar schubsten, damit er verschwände. Zwar verstand Leon immer noch nicht, was man von ihm wollte, aber die körperliche Berührung der Fremden ließ ihn panisch werden und die lauten Stimmen verunsicherten ihn zusätzlich. Also erstarrte er einfach, machte dicht, schottete sich ab.

Von selbst gab es für ihn aus dieser Situation kein Entkommen und die zwei- oder dreimal, als so etwas vorgefallen war, hatte Kathrin ihn gerettet.

Doch ab und zu, wenn Kathrin aus dem Haus ging

und ihrer Mutter zurief, sie würde sich mit Freunden treffen, und Leon es hören konnte, dann wünschte er sich auch einen Freund. Was auch immer das genau bedeutete.

Pegasus fühlte sich verletzlich und gefährdet, wenn sein Freund Bodil nicht bei ihm war. Und so war sein erster Ausbruch aus dem Paddock nichts weiter als ein Vorbote für die Probleme, die auf Susanne und Kathrin zukamen, als Bodil kurze Zeit später ein neues Zuhause fand.

Erika kam am Morgen mit rot geweinten Augen auf den Schutzhof, um sich von ihrem Pony zu verabschieden. Bodil hatte fast so etwas wie den Hauptgewinn gezogen: Er kam zu einem Mädchen, dessen Eltern passionierte Reiter waren. In einer Miniherde mit drei Pferden sollte er als Einsteigerpferd für die achtjährige Tochter zur Verfügung stehen.

Susanne war froh einen ihrer Schützlinge gut vermittelt zu haben und freute sich über den frei gewordenen Platz. Sie hatte von einem Haflingerfohlen gehört, das in Kürze zum Schlachter sollte, wenn sich niemand fand, der es haben wollte. In allerletzter Sekunde würde sie nun das Leben des kleinen Pferdes retten können.

Aber nicht nur Erika kämpfte mit ihren Gefühlen bei Bodils Abschied. Pegasus drehte förmlich durch, als er zusehen musste, wie Bodil für die Reise fertig gemacht und in den Transporter verladen wurde. Kathrin blieb nichts anderes übrig, als ihn in seine Box zu führen, denn er wollte Bodil nicht gehen lassen und veranstaltete ein Heidenspektakel.

Auch in der Box wurde Pegasus nicht ruhiger. Er wieherte, rief nach Bodil und schlug immer wieder mit den Vorderläufen gegen die Stalltür.

Kathrin versuchte verzweifelt, ihn zu besänftigen. Sie hatte Angst, er könne sich verletzen. Daher blieb sie den ganzen Tag bei ihm und redete tröstend auf ihn ein.

Als es dunkel wurde und sie nach Hause gehen musste, war sie mindestens ebenso erschöpft wie Pegasus, der nun nur noch regungslos dastand und den Kopf traurig hängen ließ. Lediglich sein Schweif schlug immer noch unwillig hin und her. Er trauerte sichtlich, schien sich jedoch endlich mit seinem Schicksal abzufinden.

Als Kathrin an diesem Abend die Haustür zum alten Bauernhaus aufschloss, in dem sie mit ihrer Mutter und ihrem Bruder lebte, war sie in Gedanken immer noch bei Pegasus. Sie hatte Angst vor dem, was die Zukunft bringen würde. Wie sollte es mit Pegasus weitergehen? Von den anderen Pferden auf dem Hof wurde er nicht akzeptiert. Es war unmöglich, ihn in eine der beiden bestehenden Herden zu integrieren. Sämtliche Versuche waren kläglich gescheitert. Pegasus wurde von den anderen männlichen Tieren hart attackiert und es bestand große Verletzungsgefahr.

Das hieß allerdings nicht, dass er sozial unverträglich war. Im Gegenteil, er brauchte sogar den Umgang mit Artgenossen für sein Wohlbefinden wie jedes andere normale Pferd. Jedoch gab es auf dem Schutzhof kaum normale Pferde. Viele der Bewohner hatten schlimme Dinge erlebt und waren in ihrem Verhalten gestört. Sieben der zurzeit zweiundzwanzig Pferde wurden allein gehalten, weil sie sich nicht mit ihren Artgenossen vertrugen.

Bei Pegasus lag der Fall etwas anders. Es war nicht seine Schuld, dass die Eingliederung in eine Gruppe nicht funktioniert hatte. Vielmehr lag es am Zusammenspiel der einzelnen Pferdepersönlichkeiten, das einfach ungünstig war.

Doch Einzelhaltung kam auf Dauer ebenso wenig infrage. Sie würde aus dem gesunden Pferd in wenigen Monaten oder vielleicht nur Wochen ein völlig verstörtes Wesen machen.

Kathrin wusste, dass es keine andere Möglichkeit gegeben hatte, als Bodil abzugeben. Der Pferdeschutzhof war dazu da, kranke, unvermittelbare und vom Tod bedrohte Tiere aufzunehmen. Gesunde und reitbare Pferde konnten verkauft werden. Das brachte das bitter benötigte Geld, um die anderen Tiere weiterhin versorgen zu können. Aber für Pegasus bedeutete Bodils Weggang ein Desaster.

Sie wollte gerade ihrer Mutter die Geschehnisse des Tages schildern, als Frau Müller in eisigem Tonfall sagte: »Du kommst zu spät.« Sie sah ihre Tochter dabei nicht an, sondern saß mit in die Hände gestütztem Kopf am Esstisch.

Kathrin folgte dem Blick ihrer Mutter. Auf dem gedeckten Abendbrottisch schwamm eine Lache irgendeiner undefinierbaren Flüssigkeit, in der sich Schinkenbrotbröckchen in Auflösung befanden. Anscheinend hatten sich heute nicht nur auf dem Pferdehof Katastrophen abgespielt.

»Was ist denn hier passiert?«, fragte sie überrascht.

»Manchmal glaube ich, ich bin in einem Irrenhaus gelandet!«, schrie Frau Müller unvermittelt los. »Warum macht hier eigentlich jeder, was er will, und keiner denkt dabei auch nur mal eine Sekunde an mich!« Sie schlug mit der rechten Hand so fest auf den Tisch, dass die Gläser wackelten.

Kathrin wollte gerade zu einer Erklärung ansetzen, was sie so lange auf dem Pferdehof aufgehalten hatte, als das sirenenartige Geheul Leons sie unterbrach.

Natürlich war Kathrin schon beim Anblick des Tisches klar geworden, dass es Streit gegeben hatte – vermutlich weil Leon sich wieder einmal geweigert hatte etwas zu essen, das seine Mutter ihm vorgesetzt hatte. Wenn es nach ihrem kleinen Bruder ging, dann konnte es morgens, mittags und abends weich gekochte Spaghetti geben. Und wehe Mutter wagte es, statt der langen, dünnen Nudeln mal eine andere Art auszuprobieren: Farfalle in Schmetterlingsform etwa. Oder kleine Maccheroni. Außer Buchstabennudeln in einer klaren Gemüsebrühe, die Leon auch akzeptierte und mit denen er Wörter auf seinem Löffel bildete, verzog er bei allen anderen Nudelsorten angewidert das Gesicht. Und zwar so überzeugend, dass man glaubte, er müsse sich gleich übergeben. Alle Erklärungen, dass auch diese Nudeln nur aus Hartweizen und Wasser bestanden, nutzten nichts, prallten an Leon ab, der den Kopf abwandte und nicht mehr zuhörte. Manchmal sogar anfing, ein Lied zu summen.

Gelegentlich wurde Leon aber auch wütend und dann begann er mit ebenjenem sirenenartigen Geheul, das auch jetzt über die Treppe ins Erdgeschoss herunterdrang. Also hatte Leon auf Befehl seiner Mutter eine Auszeit in seinem Zimmer abzusitzen, wie Kathrin sofort schlussfolgerte.

Schweigend begann das Mädchen, die Sauerei wegzuwischen. Sie wusste und verstand, dass ihrer Mutter ab und zu der Kragen platzte. Dass sie sich hin und wieder überfordert fühlte.

»Ich wollte doch nur, dass er mal was anderes isst als Nudeln«, erklärte ihre Mutter leise. »Er ist so dünn und kraftlos.«

Kathrin sah ein, dass es besser war, ihre eigene Niedergeschlagenheit ein anderes Mal zu offenbaren, wenn sich die Wogen wieder geglättet hatten.

Im Gestüt Lothrop brachte Fina gerade Lichtblick für die Nacht in den Stall, als ihr Chef mit eiligen Schritten auf sie zukam. Er schnaufte beim Gehen und winkte bereits von Weitem. »Fina! Fina!«, rief er ihr zu. »Ein Anruf für Sie in meinem Büro!«

Fina runzelte die Stirn. Wer konnte sie jetzt, kurz vor ihrem Feierabend, sprechen wollen?

»Es ist diese Frau vom Pferdeschutzhof, wo Pegasus ist.«

»Ist etwas mit Pegasus?« Fina spürte augenblicklich Angst in sich aufsteigen.

Herr Lothrop zog die Schultern in die Höhe. »Geben Sie mir Lichtblick«, bot er ihr an. »Ich bringe ihn für Sie weg.«

Fina reichte ihrem Arbeitgeber den Strick und joggte den kurzen Weg zum Büro.

»Fina von Essen«, meldete sie sich, als sie sich das

Telefon ans Ohr hielt, das auf Herrn Lothrops Schreibtisch gelegen hatte.

»Fina? Hier ist Susanne.«

»Susanne! Ist etwas mit Pegasus?« Sie hörte ein Seufzen am anderen Ende der Leitung.

»Ich weiß es nicht«, ertönte Susannes Stimme nach einer kurzen Pause. »Bodil ist heute früh von seinen neuen Besitzern abgeholt worden. Ich habe selten ein Pferd gesehen, das sich so gebärdet hat wie Pegasus. Er wollte Bodil partout nicht gehen lassen. Kathrin musste ihn schließlich in den Stall bringen, weil es nicht möglich war, ihn zu beruhigen.«

Von dem kurzen Lauf hierher hatte Finas Herz kaum schneller geschlagen. Doch jetzt spürte sie das Blut in ihren Adern pulsieren. Sie ließ sich auf Herrn Lothrops Chefsessel sinken.

»Ich weiß einfach nicht, was wir mit ihm machen sollen«, fuhr Susanne fort. »Ich fürchte, dass er ohne Bodil hier sehr unglücklich sein wird. Für eine Einzelhaltung ist er denkbar ungeeignet.«

»Ich werde mir was überlegen«, versprach Fina. »Ich weiß zwar noch nicht was, aber irgendetwas wird mir schon einfallen.«

»Ich wollte Sie nur informieren«, sagte Susanne. »Natürlich kann Pegasus weiter bei uns bleiben und wir müssen die nächsten Tage oder Wochen abwarten. Vielleicht renkt sich ja alles wieder ein!«

Fina ahnte, dass Susanne sich in diesem Punkt irrte.

Als Herr Lothrop kurz darauf sein Büro betrat, saß Fina immer noch auf seinem Stuhl. Sie starrte vor sich hin, hielt das Telefon in ihrer Hand, obwohl das Gespräch beendet war.

»Schlechte Nachrichten?«

Fina reagierte, als erwache sie aus einem Traum. Sie legte das Telefon zurück auf die Schreibtischplatte und erhob sich mühsam aus dem Sessel. »Ach, ich weiß nicht«, wiegelte sie die Frage ihres Chefs ab.

Werner Lothrop war gar nicht so unglücklich darüber, dass Fina ihn nicht mit ihren Sorgen über Pegasus behelligte. Obwohl sein Entschluss feststand, Pegasus nicht wieder bei sich aufzunehmen, fühlte er sich doch jedes Mal unwohl, wenn das Gespräch auf den Schimmel kam. Viele Züchter erlaubten ihren Angestellten eigene Pferde unterzustellen. Aber er hatte das schon immer für einen Fehler gehalten. Schließlich sollten nicht die Pferde der Angestellten bewegt werden, sondern die des Gestüts!

»Da ich Sie schon mal hier habe«, wechselte er das Thema und bedeutete Fina mit einer Kopfbewegung ihm gegenüber im Besucherstuhl Platz zu nehmen. »Wie lange ist eigentlich Ihre letzte Gehaltserhöhung her?«

Fina überlegte. Es fiel ihr schwer, sich auf etwas anderes als Pegasus zu konzentrieren. »Keine Ahnung«, antwortete sie schließlich wahrheitsgemäß.

»Sehen Sie!« Herr Lothrop beugte sich in seinem Stuhl vor. »Also viel zu lange, wenn Sie sich schon nicht mehr daran erinnern können. Sind Sie mit hundert Euro einverstanden?«

Natürlich freute sich Fina über etwas mehr Geld, nur war dies der falsche Augenblick. »Ja, danke«, antwortete sie monoton und stand auf. Sie wusste, dass dies ein Versuch ihres Arbeitgebers war, ihre Laune zu bessern. Aber ob es half?

7

Was Kathrin sich kaum vorstellen konnte, wurde wahr. Es kam sogar alles noch viel schlimmer als befürchtet.

Pegasus machte seine Einzelhaltung mehr und mehr zu schaffen. Und es war nicht einmal möglich, ihn allein auf die kleine Koppel zu stellen, die er sich bis zu Bodils Weggang mit dem Pony geteilt hatte. Es dauerte keine Stunde, dann sprang Pegasus über den niedrigen Zaun und lief davon. Vielleicht hoffte er, Bodil zu finden, so wie er ihn einmal bei seinem ersten Ausbruch gefunden hatte?

Kathrin hielt das für sehr wahrscheinlich, denn sie konnte Pegasus jedes Mal an der gleichen Stelle wieder einsammeln: auf der Lichtung, auf der er damals Bodil und Shakira bei ihrem Ausritt eingeholt hatte.

Er stand dann verloren da und schien Kathrin bereits zu erwarten. Das Mädchen konnte ihm deutlich ansehen, wie enttäuscht er war, Bodil nicht gefunden zu haben.

Es war nur eine Frage der Zeit, wie lange diese eigenmächtigen Spaziergänge gut gehen würden. Er musste nämlich auf seinem Weg zur Lichtung eine Straße überqueren, die zwar nicht stark befahren war, auf der die Autos aber in der Regel mit hohem Tempo unterwegs waren.

So stand der Wallach nun Tag für Tag in seiner Box und kam nur hinaus, wenn Kathrin mit ihm ins Gelände ritt. Das Mädchen zog sich fast vollständig aus der Pflege der anderen Pferde zurück und kümmerte sich ausschließlich um Pegasus.

Susanne hatte sie dafür schon zur Rechenschaft gezogen und Kathrin aufgefordert, auch ihre anderen Pflichten wie früher wahrzunehmen. Doch Kathrin konnte nicht. Sobald sie Pegasus für längere Zeit im Stall allein ließ, fing er an zu randalieren. Er knabberte alle Holzteile an, die sich dafür auch nur einigermaßen eigneten, schlug gegen die Boxenwände und verfiel in seine alte Angewohnheit des Webens.

Kathrin brachte ihm heimlich Leckerbissen mit, die sie unter sein Futter mischte. Das Geld im Pferdeschutzhof war an allen Ecken und Enden knapp und die Pferde bekamen zwangsläufig nicht das allerbeste Futter. Für die meisten reichte die Zusammensetzung an Rohfasern und Mineralstoffen, aber Pegasus litt eindeutig an Mangelerscheinungen. Noch hatte er nicht angefangen zu koppen. Vielleicht war er dafür nicht anfällig, vielleicht mit seinen bald acht Jahren schon zu alt – oder vielleicht fing er auch in Kürze mit dieser Unart an.

Kathrins Verhältnis zu Susanne wurde täglich angespannter. Die Leiterin brachte wenig Verständnis dafür auf, dass Kathrin ihre Zeit ausschließlich Pegasus widmete.

»Wir müssen miteinander reden«, sagte Susanne eines Tages zu Kathrin. »Im Büro.«

Sie war ihr in Pegasus' Box gefolgt und hatte beobachtet, wie Kathrin das Futter des Schimmels mit dem Vitamin- und Mineralstoffpräparat anreicherte. Sie hatte es von ihrem Taschengeld bezahlt und hoffte, dass es den Wallach vom Holzfressen abhielt.

Kathrin trottete hinter Susanne her in das so genannte Büro. Es war im Grunde nicht mehr als ein Holzverschlag, in dem im Winter ein Elektroöfchen dafür sorgte, dass niemand erfror. Doch jetzt war Frühling und das Öfchen stand unbenutzt in einer Ecke.

Kathrin setzte sich Susanne schweigend gegenüber.

»Was ist mit dir los?«, fragte Susanne und wartete auf eine Antwort.

Kathrin wappnete sich für den kommenden Angriff.

»Seit Pegasus da ist, erkenne ich dich nicht mehr wieder«, fuhr Susanne fort. »Du warst immer meine beste Hilfskraft, seit ... Wie lange bist du jetzt hier?«

»Fünf Jahre«, antwortete Kathrin einsilbig.

»Also gut. Fünf Jahre. Du vernachlässigst die anderen Pferde, die deine Hilfe genauso dringend brauchen wie Pegasus. Und jetzt muss ich auch noch sehen, dass du für ihn ein Spezialfutter besorgt hast.«

»Pegasus frisst Holz«, antwortete Kathrin immer noch einsilbig und glaubte, damit eine hinreichende Erklärung geliefert zu haben.

»Alle unsere Pferde haben Verhaltensauffälligkeiten.«

»Ja«, erwiderte Kathrin. »Aber sie sind damit schon hierher gekommen. Pegasus entwickelt sie hier erst. Er leidet, weil er allein in der Box stehen muss. Er hat keinen Kontakt zu anderen Pferden und kann sie noch nicht mal über den Zaun hinweg sehen!«

»Weil er draußen immer ausbüxt.«

»Und warum büxt er aus? Weil er unglücklich ist. Weil er sich allein fühlt.«

»Aber was sollen wir daran ändern?«

Kathrin schwieg erneut. Wenn sie das nur wüsste ...

Und mit einem Mal hatte sie eine hervorragende Idee!

»Das kommt überhaupt nicht infrage. Wie stellst du dir das vor?«

»Du brauchst dich doch um gar nichts zu kümmern! Ich werde alles allein machen!«

»Und wer soll das bezahlen? Du weißt doch selbst am besten, was das kostet.«

Kathrin verstummte. Sie hoffte, dass sie Susanne überreden konnte, zumindest für einen Teil der Kosten aufzukommen. Immerhin hätte sie dann wieder eine Box frei. Und vielleicht konnte sie auch Fina schreiben?

»Du brauchst mir auch kein Taschengeld mehr zu geben«, argumentierte Kathrin weiter.

»Och, Schatz«, machte Frau Müller, gerührt von dem Vorschlag. »Ich glaube kaum, dass uns deine zwanzig Euro im Monat weit bringen werden, wenn wir ein Pferd zu versorgen haben.«

Kathrin kämpfte gegen die Tränen an. »Aber wenn ich nichts unternehme, dann geht Pegasus vor die Hunde! Ich kann doch nicht einfach zugucken, wie ... « Weiter kam sie nicht. Die Tränen hinderten sie daran, den Satz zu vollenden.

Frau Müller schloss ihre Tochter in die Arme. »Aber was ist denn gewonnen, wenn wir Pegasus zu uns nehmen? Hier ist er doch auch allein und hat keinen Kontakt zu anderen Pferden.«

Kathrin versuchte unter Schniefen sich verständlich zu machen. »Hier … kann er wenigstens … nicht … ausbrechen. Die Mauer ist zu hoch. Und … und vielleicht macht er es hier auch gar nicht, weil ihn nichts mehr … nichts mehr an Bodil erinnert.«

Die Steinmauer, die den alten Bauernhof umgab, war rundum zwei Meter hoch. Zumindest in dieser Hinsicht hatte Kathrin recht. Pegasus könnte hier auf der bislang ungenutzten Wiese stehen und hätte zumindest ein wenig Auslauf.

»Und ich dachte«, Kathrin wischte sich die Tränen von den Wangen und schmiegte sich an ihre Mutter, »ich dachte, du hast sowieso schon mal mit dem Gedanken gespielt, eine Ziege zu holen, damit du immer Milch für Leon hast.«

»Ach, so hast du dir das gedacht.« Frau Müller unterdrückte ein Schmunzeln. Tatsächlich hatte sie einmal überlegt, eine Ziege anzuschaffen. Denn Leon hatte unter anderem eine Kuhmilchallergie und konnte nur Ziegenmilch vertragen, die sie immer recht aufwändig besorgen musste. Der alte Bauernhof, den sie mit ihrem Exmann gekauft hatte, wies einige Anbauten und Ställe auf, die einfach vor sich hin verfielen, ohne genutzt zu werden. Heute schüttelte sie den Kopf über ihre damalige Naivität, in der sie geglaubt hatte, sie würden hier eines Tages Hühner, Ziegen und vielleicht eine Kuh halten.

Sie strich ihrer Tochter über den Kopf. »Ich werde darüber nachdenken. Einverstanden?«

An diesem Abend lag Frau Müller lange wach. Sie hatte die Arme unter dem Kopf verschränkt und starrte trotz der Dunkelheit, die nur vom Schein einer einzelnen Straßenleuchte vor dem Haus durchbrochen wurde, an die Zimmerdecke. Das Gespräch mit Kathrin ließ sie nicht mehr los. Sie hatte genau gespürt, wie wichtig ihrer Tochter dieses Pferd geworden war. Und wie sehr ihr Kind darunter litt, zusehen zu müssen, wie Pegasus nach und nach Verhaltensauffälligkeiten entwickelte, die eindeutig auf Vereinsamung zurückzuführen waren. Die Leute im Pferdeschutzhof taten ihr Bestes, aber das war nicht in jedem Fall ausreichend. Und wie jede Mutter litt Frau Müller, sobald eins ihrer Kinder litt.

Kathrin hatte viel zurückstecken müssen. Leon war das Sorgenkind der Familie und Frau Müller unternahm alles in ihrer Macht stehende, um ihm den fehlenden Vater zu ersetzen, der sich immer noch schwer damit tat, seinen Sohn so anzunehmen, wie er war.

Kathrin dagegen hatte ein gutes Verhältnis zu ihrem Vater. Sie besuchte ihn regelmäßig und telefonierte mit ihm.

Doch Leon konnte seinen Vater nicht besuchen. Die fremde Umgebung, die ihm unbekannten Menschen, schon allein die Fahrt in eine fremde Stadt hätten ihn zu stark verunsichert. Und Telefonate waren ebenfalls unmöglich. Leon hielt sich den Hörer für höchstens eine Sekunde ans Ohr. Sobald sein Vater sprach, zuckte er zusammen und reichte das Telefon angewidert seiner Mutter.

Mit dieser Zurückweisung konnte ihr Exmann nicht umgehen. Er verstand es einfach nicht. Wenn er Leon früher einige Male besucht hatte, war das in kürzester Zeit in eine Katastrophe ausgeartet. Denn anstatt Leon auf sich zukommen zu lassen, stürzte er sich auf ihn und versuchte seine eigene Unsicherheit durch stark übertriebene Aktivität und Liebesbekundungen zu übertünchen. Er starrte Leon ins Gesicht und legte dazu sein breitestes Grinsen auf, sprach laut, als glaubte er, Leon könne ihn sonst nicht hören, und tat einfach immer genau das Verkehrte. Meistens hielt Leon das nicht lange aus. Er erstarrte zu einer Eissäule, wandte sich ab und verkroch sich in seine eigene Welt, aus der er erst wieder hervorkam, wenn sein Vater gegangen war.

Und so war das Einzige, was Leon seit Jahren von seinem Vater zu hören oder zu sehen bekam, zwei Briefe und zwei Geschenke pro Jahr. Einmal zum Geburtstag und einmal zu Weihnachten. Dabei hatte Frau Müller schon so oft versucht, ihrem geschiedenen Mann begreiflich zu machen, dass das geschriebene Wort für Leon der beste Weg der Kommunikation war. Er brauchte dabei niemandem ins Gesicht zu schauen, war von der Lautstärke einer Stimme unbeeinflusst und konnte es, wenn er wollte, hundertmal lesen. Aber das ging offenbar nicht in den Kopf von Leons Vater. Er hatte sich ja auch immer geweigert sich mit Leons eigener Art auseinander zu setzen und empfand all ihre Ratschläge als Bevormundung. Kein Wunder, dass er nichts verstand.

Frau Müller spürte Wut in sich aufsteigen und drehte sich zur Wand um. Jetzt hatte sie über Kathrin nachdenken wollen und war schnurstracks doch wieder bei Leon gelandet. Und so war es immer. Kathrin schien ja auch niemanden zu brauchen! Sie kam in der Schule gut zurecht, hatte viele Freunde – auch wenn sie mit ihnen hauptsächlich das Thema Reiten und Pferde verband – und war ein äußerst selbstständiges Mädchen mit ihren dreizehn Jahren. Sie schien niemals auf Hilfe von ihr angewiesen zu sein.

Außer in diesem Fall, dachte Frau Müller.

Diesmal brauchte Kathrin ihre Hilfe. Und wenn sie schon einmal darum bat, dann sollte sie sie auch kriegen. Aber woher sollte das nötige Geld kommen? Ob ihr Exmann einspringen konnte?

Der Tag war lang und anstrengend gewesen. Allmählich fiel es Frau Müller schwer, einen klaren Gedanken zu fassen. Sie glitt hinüber in einen tiefen und traumlosen Schlaf.

8

Es war Pegasus' vierter Umzug in seinem Leben und der dritte innerhalb weniger Monate. Seit seinem Weggang aus dem Gestüt Lothrop hatte der Wallach nirgends Wurzeln schlagen können und viel Unangenehmes durchgemacht. Doch zum Glück hatte er in den ersten prägenden Jahren so viel Liebe und Förderung mit auf den Weg bekommen, dass die Chancen gut standen, das Erlebte eines Tages verarbeiten und irgendwann sogar vergessen zu können.

Frau Müller beobachtete mit Tränen der Rührung in den Augen, wie Kathrin ihr Pferd aus dem geliehenen Transporter in den vorbereiteten Stall führte. Das Gesicht des Mädchens leuchtete förmlich. Frau Müller wusste nicht, ob sie ihre Tochter jemals so glücklich gesehen hatte.

»Danke, Mama, danke!« Kathrin schlang die Arme um den Hals ihrer Mutter.

»Du weißt, dass ich dir nicht helfen kann«, sagte Frau Müller. »Es wird eine Menge zusätzliche Arbeit auf dich zukommen und es wäre schön, wenn du Frau von Essen regelmäßig schreiben könntest, wie Pegasus sich bei uns macht. Vergiss nicht, ohne ihre hundert Euro im Monat, die sie zu Pegasus' Unterhalt beisteuert, hätte es nicht geklappt.«

»Ich weiß, Mama«, antwortete Kathrin. »Ich werde mich um alles kümmern! Ich verspreche es dir.«

Nachdem Kathrin Pegasus für eine Weile alleine gelassen hatte, beschnoberte er in Ruhe den neuen Stall. Er war nicht aufgeregt. Das Mädchen hatte ihn hierher gebracht und dann musste alles in Ordnung sein. Der Stall war größer als sein alter. Und er konnte durch ein kleines Fenster auf eine Wiese blicken. Sehnsuchtsvoll sah er hinaus.

Als er ein scharrendes Geräusch hinter sich hörte, drehte er sich um. War das Mädchen zurückgekommen?

Doch vor ihm stand nicht das Mädchen, sondern ein kleiner Junge, der ihn stumm und musternd ansah, ohne eine Miene zu verziehen. Er stand bewegungslos da und blickte Pegasus in die Augen. Er tat nichts. Er sprach nicht, er rührte sich nicht – stand nur da und guckte.

Pegasus guckte zurück. Er drehte den Kopf ein wenig zur Seite, damit er den Jungen besser sehen konnte. Mehrere Minuten standen die beiden da und betrachteten einander, ohne sich näher zu kommen oder einander gar zu berühren.

»Was machst du hier, Leon?«

Beim Klang der Stimme zuckte der Junge zusammen, als hätte ihn jemand angeschrien. Dabei hatte Kathrin extra leise gesprochen. Erschreckt wandte sich Leon zu seiner älteren Schwester um.

»Guten Tag«, sagte er freundlich wie zu einem wildfremden Menschen. Bei dem Versuch, an ihr vorbeizugehen, rempelte er sie versehentlich an und schreckte dabei zurück, als hätte Kathrin ihn geschlagen. Mit steifen Schritten lief er nun zurück zum Haus.

Kathrin sah ihrem kleinen Bruder hinterher und ihre Miene verdunkelte sich. Was hätte Leon hier im Stall gemacht, wenn sie nicht so schnell zurückgekommen wäre, nachdem sie das Zaumzeug geholt hatte?

Dann schüttelte sie ihre Sorgen ab und wandte sich Pegasus zu. »Na? Lust auf einen kleinen Ausritt? Ich zeige dir die neue Umgebung, einverstanden?«

Als Kathrin zwei Stunden später mit Pegasus den Rückweg zum Bauernhof antrat, glühten ihre Wangen und auch aus den Nüstern des Pferdes dampfte es. Solange sie Pegasus bei sich hatte, war sie ihrem Traum, eines Tages das silberne Reitabzeichen zweiter Klasse zu machen, näher denn je. Zumindest konnte sie anfangen, die nötigen Turniersiege zu sammeln, und mal sehen, wie weit sie dabei kam! Vielleicht schaffte sie es dann doch, nach der Schule einen der begehrten Ausbildungsplätze zur Pferdewirtin zu bekommen und anschließend Bereiterin zu werden?

Die Pferde, die sie bislang geritten hatte, waren kaum gut genug gewesen, um an Dressur- und Springprüfungen der Klasse L teilzunehmen, geschweige denn dort zu siegen! Mit Pegasus stand ihr diese Möglichkeit endlich offen. Bis Klasse L, hatte der Tierarzt gesagt, war Pegasus einsatzfähig, ohne dass man ihn der Gefahr einer neuen Verletzung aussetzte. Denn dieses Risiko wäre

Kathrin natürlich niemals eingegangen! Zwar fehlten ihr dann immer noch drei Siege in Springprüfungen der Klasse M. Aber wenn sie den Rest erst mal in der Tasche hatte …

Sie klopfte Pegasus' Hals und das Pferd antwortete ihr mit einem zufriedenen Schnauben. »Ach, Pegasus«, sagte Kathrin und beugte sich im Sattel vor. Sie vergrub ihr Gesicht in der Mähne des Pferdes. »Ich will dich nie wieder abgeben«, flüsterte sie und schlang die Arme um seinen Hals. »Nie wieder.«

Als Pegasus seinen neuen Weidegenossen am nächsten Tag zum ersten Mal sah, schaute er zunächst verdutzt.

Die Ziege meckerte ihn an und Pegasus legte den Kopf schief. Er machte einen langen Hals und schnupperte an dem Minipferd mit Hörnern, das so merkwürdige Geräusche von sich gab.

Die Ziege sprang mit allen vieren gleichzeitig in die Höhe und Pegasus zuckte erschreckt zusammen, ließ sich aber nicht lange beirren und unternahm einen zweiten Versuch der Kontaktaufnahme.

Kathrin und ihre Mutter standen am Rand der Wiese und bogen sich vor Lachen.

Nach einer halben Stunde wurde die Ziege allmählich ruhiger und Pegasus schien sich über seine Gesellschafterin zu freuen. Zum ersten Mal seit er hier war, legte er sich hin und schubberte mit in die Luft gestreckten Beinen über das Gras. Er wälzte sich hin und her, blieb noch einige Zeit regungslos liegen, sprang dann auf und schüttelte sich. Grashalme, Erdbrocken und Staub flogen aus seinem Fell auf und schwirrten für einige Sekunden in der Luft. Er trabte um die Ziege herum und versuchte, sie dazu zu bringen, mit ihm Nachlaufen zu spielen.

Die Ziege zeigte sich jedoch unbeeindruckt und widmete ihre Aufmerksamkeit dem saftigen Gras. Schon bald gab sich Pegasus damit zufrieden, wenigstens eine Gemeinsamkeit mit seiner neuen Freundin entdeckt zu haben, und er begann ebenfalls zu grasen.

Pegasus hatte sich schnell in seinem neuen Zuhause eingelebt und fühlte sich wohl. Hin und wieder hatte er zwar schlechte Tage, an denen schemenhaft Erinnerungen an ein Leben in einem Herdenverband in ihm wach wurden, das er nach wie vor vermisste. Aber das Mädchen widmete ihm viel Zeit, ritt mit ihm ins Gelände, ließ ihn auf die Wiese, striegelte ihn so, wie er es mochte, und gab ihm Futter, das ihm schmeckte. Und das Minipferd mit Hörnern vertrieb die schlimmste Einsamkeit.

Auch an den kleinen Jungen, der beinahe täglich zu ihm kam, wenn er allein in seiner Box stand, hatte er sich gewöhnt. Der Junge stand einfach nur da und sah ihn an. Zuerst hatte sich Pegasus gewundert und darauf gewartet, dass irgendetwas geschah: dass der Junge näher kam, ihn vielleicht ansprach, ihn anfasste oder ihm etwas zu fressen gab. Doch mit der Zeit, als all dies nicht geschah, hatte er gelernt es so hinzunehmen. Ja, er genoss sogar die Gesellschaft des kleinen Menschen und hätte ihn zu gern einmal beschnuppert. Doch dazu kam der Junge nie nah genug heran. Und er erschien jedes Mal allein. Nie mit dem Mädchen und nie mit der Frau.

Nach vielen Besuchen, die immer in der gleichen Art verliefen, öffnete der Junge eines Tages dann doch den Verschlag zum Stall und stellte sich vor Pegasus. Er sprach immer noch nicht und bewegte sich nicht, streckte nicht einmal eine Hand nach ihm aus.

Pegasus machte den Hals lang und fuhr mit seinen Nüstern über das Gesicht des Jungen, um seinen Geruch in sich aufzunehmen. Was war das für ein merkwürdiger Mensch, der sich so anders benahm als alle anderen, die Pegasus in seinem Leben bisher getroffen hatte?

Der Junge rührte sich immer noch nicht. Er stand ganz still, als der riesige Kopf des Pferdes dicht vor ihm war, Pegasus mit seinen weichen Nüstern über seine Wangen fuhr und hin und wieder die Luft ausstieß.

Überrascht stellte Leon fest, dass ihm diese Nähe nicht unangenehm war. Die Nüstern des Pferdes waren besonders weich und die Berührung so zart, dass sie kaum zu spüren war. Die feinen Haare am Maul des Pferdes kitzelten ihn und als es die Luft durch die Nase ausstieß, war dieser Hauch warm und angenehm auf seiner Haut.

Leon, der es bislang immer als unbehaglich empfunden hatte, wenn er berührt wurde, genoss zum ersten Mal in seinem Leben eine Form der Zärtlichkeit, die er fortan jeden Tag erleben wollte. Und er wollte sogar noch mehr. In ihm wuchs der Wunsch, das Fell des Pferdes zu erkunden. Festzustellen, wo es besonders weich war, wo es sich vielleicht etwas härter oder rauer anfühlte.

Nach und nach wurde er bei seinen heimlichen Besuchen bei Pegasus immer mutiger. Er umkreiste das Pferd und ließ dabei eine Hand über seine Flanken gleiten, ertastete seine Muskeln, die Kruppe, erfühlte die Seidigkeit des Schweifs und der Mähne.

Und nun war es Pegasus, der diese Streicheleinheiten genoss. Instinktiv wusste das Pferd, dass von dem Jungen keine Gefahr ausging und es sich seinerseits ruhig verhalten musste, um den kleinen Menschen nicht zu erschrecken.

Als Leon wieder einmal zu Besuch bei Pegasus war und gerade mit geschlossenen Augen die Schweifhaare durch seine Hand gleiten ließ, öffnete sich die Stalltür mit einem leisen Quietschen.

Frau Müller stieß einen Schrei aus, als sie ihren Sohn in der Box des Pferdes entdeckte. Augenblicklich sah sie die schlimmsten Unfälle vor ihrem geistigen Auge ablaufen: Was, wenn das Pferd jetzt plötzlich ausschlug, weil Leon eine unbedachte Bewegung machte und Pegasus sich erschreckte?

Tatsächlich erschreckte sich in dieser Situation Leon. Der jähe, gellende Aufschrei seiner Mutter traf ihn aus heiterem Himmel und hallte wie ein Donnerschlag in seinem Kopf nach. Er zuckte zusammen und riss vor Schreck die Arme in die Luft – doch seine Finger hatten sich in Pegasus' Schweif verhakt und er zupfte dem Pferd ruppig an den Haaren.

Ein Schmerz durchzuckte Pegasus, aber er wusste, dass der Junge hinter ihm stand und er sich nicht, wie er es sonst vielleicht getan hätte, durch eine Bewegung Luft machen konnte. Stattdessen legte er die Ohren nach hinten, riss die Augen auf und bleckte die Zähne.

Frau Müller erstarrte. Das Pferd sah in diesem Augenblick hochgradig gefährlich aus. Sie warf sämtliche Ängste um ihre eigene Sicherheit über Bord, stürzte in den Stall, hob den protestierenden Leon auf ihre Arme und trug ihn hinaus.

Leon wand sich in den Armen seiner Mutter und stimmte sein sirenenartiges Geheul an. Doch es nützte nichts. Seine Mutter trug ihn ins Haus, setzte ihn dort auf einem Sessel ab und erst dann ließ sie ihn wieder los.

Zitternd und mit vor Angst verzerrtem Gesicht sank sie neben ihren Sohn in einen zweiten Sessel und versuchte, sich wieder zu beruhigen.

9

Das ist gemein von dir!« Kathrin stand vor ihrer Mutter und schrie sie fast an.

»Es tut mir wirklich leid, Schätzchen. Aber du musst doch einsehen, dass wir dieses Risiko nicht eingehen können! Ich habe nicht bedacht, dass Leon sich Pegasus vielleicht unbemerkt nähern würde. Stell dir doch nur mal vor, was alles hätte passieren können!«

»Pegasus würde Leon niemals etwas tun!«, stieß Kathrin hervor. Ihr Gesicht war fleckig vor Wut und Tränen strömten aus ihren Augen.

»Bitte sei vernünftig«, bat Frau Müller ihre Tochter. »Wir müssen schließlich Rücksicht auf Leon nehmen.«

»Ich will aber keine Rücksicht auf Leon nehmen!« Kathrins Stimme überschlug sich. »Immer nur Leon, Leon, Leon! Und was ist mit mir? Habe ich denn gar keine Rechte?«

»Natürlich hast du die. Und ich verstehe deine Enttäuschung ...«

»Nichts verstehst du! Gar nichts!« Fassungslos vor Wut drehte sich Kathrin um und rannte aus dem Zimmer. Sie knallte die Tür hinter sich zu – wohl wissend, dass dieses plötzliche laute Geräusch Leon erschrecken würde, der sich wegen der herrschenden Gewitterstimmung in sein Zimmer verkrochen hatte. Aber das war ihr egal. Sie hasste Leon! Und sie hasste ihre Mutter! Sie hasste es, wenn ihre Mutter an ihre Vernunft appellierte und erwartete, dass sie auf alles verzichtete, um Leon nicht zu schaden. Sie durfte die Musik nicht zu laut aufdrehen, wenn Leon zu Hause war, durfte keine Sachen umräumen, um Leon nicht zu verwirren, durfte dies nicht, durfte das nicht.

Einmal hatte sie sich eine Tönung für die Haare gekauft. Alle Mädchen in ihrer Klasse tönten ihre Haare. Aber ihre Mutter hatte sie gebeten, das nicht zu tun. »Es würde Leon unnötig verwirren«, hatte sie erklärt. Sie hatte es ihr nicht verboten. Oh nein! So etwas würde ihre Mutter nie tun. Aber sie hatte an ihre *Vernunft* appelliert.

Sie durfte ihre Freundinnen nicht nach Hause einladen, weil Leon durch die fremden Menschen im Haus verunsichert wurde. Und wieder hatte ihre Mutter ihr es natürlich nicht verboten. Nein, das nicht, aber sie hatte sie darum *gebeten.* »Du bist doch mein großes, vernünftiges Mädchen«, hatte sie gesagt. »Triff dich woanders mit deinen Freunden. Dies hier soll Leons Rückzugsmöglichkeit sein. Wenigstens hier soll er sich sicher fühlen.«

Kathrin hätte diese Liste der Vernunftappelle ins Unendliche verlängern können. Aber sie wollte nicht. Der einzige Punkt auf dieser Liste, der in diesem Augenblick zählte, war der letzte: Sie sollte auf Pegasus verzichten, weil das Pferd angeblich eine Gefahr für Leon darstellte. War es nicht vielmehr so, dass Leon eine Gefahr für das Pferd darstellte?

Jede Einschränkung hatte sie bislang akzeptiert. Aber der Verzicht auf Pegasus und damit auf all ihre Lebensträume – das war zu viel verlangt.

Oh, wie hasste sie ihren kleinen Bruder, der immer aussah wie ein armer Betteljunge, weil er zerrissene und zerschlissene Hosen und Pullover trug. Wie oft hatte sie sich seinetwegen schon geschämt! Aber Leon brauchte immer Wochen, bis er sich an ein neues Kleidungsstück gewöhnt hatte. Und dabei achtete ihre Mutter schon darauf, dass sie nach Möglichkeit die gleichen Hosen und Oberteile in mehreren Größen besorgte.

Wie oft war ihr sein Verhalten peinlich gewesen, weil er zu niemandem Guten Tag oder Auf Wiedersehen sagen konnte, weil er immer alles falsch verstand oder weil er manchmal gegen jemanden lief, den er einfach nicht gesehen hatte, und dann auch noch zu einer Eissäule erstarrte, als hätte derjenige ihm etwas getan und nicht anders herum!

Pegasus wirkte verwirrt, als Kathrin, immer noch schluchzend, ihre Arme um seinen Hals schlang. Er spürte die tiefe Verzweiflung des Mädchens.

Es dauerte einige Minuten, bis Kathrin sich so weit beruhigt hatte, dass sie Pegasus satteln konnte. Ihre Trauer und Wut verwandelte sich in Entschlossenheit. Sie würde nicht auf Pegasus verzichten. Niemals! Vielleicht konnte sie zu ihrem Vater ziehen? Und Pegasus mitnehmen?

Die Sonne stand schon tief am Himmel, als Kathrin aufsaß und der Abendsonne entgegenritt.

Es war fast dunkel, als Kathrin sich zwei Stunden später vor dem Stall von Pegasus' Rücken gleiten ließ. Von ihrer Aufregung war nicht mehr viel zu spüren. Nicht dass sie eine Lösung für ihr Problem gefunden hätte, aber die Aussicht auf ein ruhiges Gespräch mit ihrer Mutter, in dem sie sie vielleicht umstimmen konnte, gab ihr etwas Hoffnung zurück.

Sorgfältig kümmerte sie sich um Pegasus und schlenderte anschließend müde zum Haus hinüber. Schule, die Arbeit im Schutzhof und die Versorgung ihres eigenen Pferdes zehrten an ihren Kräften. Sie kam keinen Tag früher als sieben Uhr abends nach Hause und oft musste sie dann noch ihre Schulaufgaben erledigen.

Ihre Mutter sah sie aufmerksam an, als sie ihre Jacke und ihre Reitstiefel im Flur auszog. »Hast du Hunger?« Frau Müllers Stimme klang unsicher, als erwartete sie, dass der Streit mit ihrer Tochter gleich wieder losbrach.

Aber Kathrin lächelte. »Und wie!«, sagte sie und beobachtete die Mimik ihrer Mutter, die sich augenblicklich entspannte.

»Ich habe Kartoffelpüree gemacht.«

Kathrins Gesicht verdunkelte sich für einen Moment. Kartoffelpüree gehörte zu den wenigen Speisen, die Leon aß und die es deswegen im Hause Müller sehr häufig gab. Überhaupt aß Leon nur Dinge, die man möglichst wenig kauen musste. Ab und zu hatte Kathrin deswegen Heißhunger auf ein saftiges Kotelett oder Pizza. Aber sie hatte sich ja vorgenommen für gute Stimmung zu sorgen.

»Kartoffelpüree ist prima«, gab sie deshalb vor – auch wenn es nicht ganz der Wahrheit entsprach.

Ihre Mutter stellte ihr einen Teller vor die Nase und Kathrins Laune hob sich beim Anblick der Bratwurst, die neben dem Kartoffelpüree vor sich hin dampfte.

»Leon ist schon im Bett«, sagte ihre Mutter, als erkläre das die Anwesenheit des Fleisches auf dem Teller. Und in gewisser Weise war das auch so, denn weder Kathrin noch ihre Mutter aßen in Leons Gegenwart etwas, das Leon nicht mochte. Sein gequälter Gesichtsausdruck hätte ihnen sonst sowieso den Appetit verdorben.

Je länger Fina ihren Gedanken nachhing, desto unruhiger wurde sie. Am Anfang hatte sie fast jeden zweiten Tag einen Brief von Kathrin erhalten, in dem ihr das Mädchen haarklein von Pegasus berichtete: wie ihm sein neuer Stall gefiel, wie er sich gefreut hatte, als er das erste Mal seit langer Zeit wieder auf einer Wiese stehen konnte, wie er sich mit der Ziege angefreundet und im Gras gewälzt hatte, wie toll er sich bei den Ausritten machte, wie glänzend sein Fell geworden war, dass er mit dem Weben und Holzknabbern aufgehört hatte und nicht ein einziges Mal den Versuch unternommen hatte auszubüxen – einfach alles.

Doch seit fast zwei Wochen hatte sie keine einzige Nachricht mehr bekommen. Ob alles in Ordnung war? Sollte sie mal bei Frau Müller anrufen und nachfragen?

Das war jedoch nicht das Einzige, worüber Fina nachdachte. Nicht nur von Pegasus erfuhr sie nichts Neues, es gab da noch jemanden, von dem sie seit Langem nichts mehr gehört hatte.

Martins letzter Brief war sehr förmlich gewesen. Er

hatte ausführlich von seiner Arbeit berichtet, von den Fortschritten, die sie machten, und von der Anerkennung seitens der Fachwelt, die er für das Forschungsprojekt erhielt. Aber mit keiner Silbe hatte er ihre Beziehung angesprochen. Kein Wort über seine Gefühle, dass er sie vermisse oder gar dass er sie liebe.

Vielleicht liebte er sie auch nicht mehr. Wenn Fina in sich hineinhorchte, musste sie zugeben, dass es genau das war, was sie erwartete. Und deshalb hatte sie sich schon seit einiger Zeit zurückgezogen. Sie wollte Martin schließlich zu nichts drängen. Er musste seinen eigenen Weg finden. So wie sie ihren finden musste.

Apropos Weg finden. Sie hob den Kopf und sah sich um. War sie hier noch richtig? Cäsar lief einige Meter voraus, die Nase wenige Zentimeter über dem Boden. In diesem Wald wusste sie irgendwie nie so genau, wo sie sich gerade befand. Hatte sie die Abbiegung schon verpasst?

Cäsar drehte sich zu ihr um und vergewisserte sich, dass sie noch da war. Beruhigt lief er weiter und bog rechts in einen kleinen Trampelpfad ein. Wieder drehte er sich um und blickte zu ihr zurück. Gehen wir hier lang?, hieß das wohl.

Fina nickte ihm zu und Cäsar setzte seinen Weg fort.

Wie gut, dass wenigstens einer von ihnen wusste, wo's langging.

10

Leon!«

Doch es war zu spät. Der Junge hatte sich bereits von der Hand seiner Mutter losgerissen und rannte in seiner unbeholfenen Art auf das Pferd zu, während Frau Müller noch damit beschäftigt war, die Einkaufstaschen auf ihrer Schulter zurechtzurücken, und nicht so schnell hinterherkam.

Pegasus hörte auf zu grasen, hob den Kopf und legte die Ohren an. Doch als er Leon erkannte, entspannte er sich wieder. Ruhig blieb er stehen, als Leon auf ihn zukam, die letzten Meter langsamer wurde und schließlich vor ihm stehen blieb. Ein leichtes Lächeln lag auf den Lippen des Jungen, das seine Mutter allerdings nicht sehen konnte.

»Mein Gott, Leon!« Frau Müller hatte Leon erreicht und hielt ihn fest. »Wieso ist Pegasus draußen? Wo ist Kathrin? Verdammt!«

Als sie losgefahren war, um einzukaufen und anschließend Leon vom Kindergarten abzuholen, war Kathrin in der Schule gewesen. Aber offensichtlich war das Mädchen inzwischen zu Hause und hatte Pegasus aus dem Stall auf die Wiese gelassen.

Frau Müller schüttelte den Kopf, während sie den zeternden Leon hinter sich her zum Haus zerrte. Das ging so nicht. Sie konnte schließlich nicht immer und überall ein Auge auf Leon haben. Wenigstens hier auf dem eigenen Grundstück musste sie wissen, dass Leon in Sicherheit war.

Leon hatte das Pferd schon wieder vergessen, als er Kathrin erblickte, die mit einem Schokoladenriegel in der Hand zur lauten Musik, die aus dem Radio kam, durchs Wohnzimmer tanzte.

Frau Müller ließ die Taschen fallen, ging eilig zur Musikanlage und schaltete sie aus. »Was ist denn in dich gefahren!«, schnauzte sie Kathrin wütend an. Zuerst das Pferd, das Leon in Gefahr gebracht hatte, und jetzt auch noch dieser Lärm – das war zu viel für ihre Nerven.

Gleichzeitig begann Leon zu sprechen. Er deutete auf die Schokolade in Kathrins Hand und fragte: »Gibst du mir den Schokoigel?«

Normalerweise fand Kathrin Leons Wortschöpfungen urkomisch. Aber im Augenblick war ihr nicht nach Lachen zumute. Sie blitzte ihre Mutter wütend an und ihre Mundwinkel zuckten.

Leon sah mit seinen großen Augen erwartungsvoll zu ihr auf.

»Darauf kannst du warten, bis du schwarz wirst«, zischte Kathrin ihrem kleinen Bruder zu. Ohne auf den mahnenden Ruf ihrer Mutter zu achten, stampfte sie aus dem Wohnzimmer und knallte die Tür hinter sich zu.

»Ich kann Ihre Ängste natürlich verstehen«, sagte Fina und wechselte die Hand, mit der sie den Hörer hielt. »Auch wenn ich nicht glaube, dass Pegasus eine Gefahr für Ihren Sohn darstellt.« Woher will ich das eigentlich wissen?, überlegte sie dann. Kann ich Pegasus noch so gut einschätzen? Und diesen Leon kenne ich gar nicht! »Andererseits kann man Unfälle natürlich nie ganz ausschließen«, setzte sie vorsichtiger hinterher.

»Es war von Anfang an klar, dass Pegasus nicht für immer bei uns bleiben kann. Die Ziege ersetzt ihm ja auch nicht den Umgang mit anderen Pferden. Aber Kathrin will das nicht einsehen. Könnten Sie nicht vielleicht mal mit ihr reden? Wenigstens auf Sie wird sie hören.«

»Ich kann es natürlich gerne versuchen, Frau Müller«, antwortete Fina und kämpfte gleichzeitig gegen ihre Frustration an. Würde Pegasus denn niemals mehr einen Ort finden, an dem er sich wohlfühlte und an dem er bleiben konnte?

Insgeheim hatte sie gehofft, dass Kathrin eine Möglichkeit finden würde, Pegasus bei sich zu behalten. Das wurde ihr jetzt klar. Natürlich hätte er über kurz oder lang ein Beistellpferd gebraucht … Na ja, all diese Gedanken waren jetzt sowieso überflüssig.

»Bitte verstehen Sie mich nicht falsch«, fuhr Frau Müller fort. »Natürlich kann Pegasus hierbleiben, bis wir einen neuen Platz gefunden haben. Doch werde ich jetzt verstärkt darauf hinarbeiten.«

Fina schwieg. Währenddessen überlegte sie, was zu tun war. Vielleicht sollte sie Herrn Lothrop vor die Wahl stellen: Entweder erlaubte er ihr, Pegasus zurückzuholen oder sie suchte sich eine neue Anstellung in einem anderen Gestüt, in dem Privatpferde erlaubt waren. Wie wäre es mit Brunnens Zucht? Der würde sie sicherlich vom Fleck weg einstellen – schon allein, um seinem Kontrahenten eins auszuwischen. Doch diese Vorstellung gefiel Fina nicht. Sie war ihrem Chef zu sehr verbunden, um so etwas zu machen. Andererseits – was war mit ihrer Verbundenheit Pegasus gegenüber? War sie dem Pferd nicht auch etwas schuldig?

Herr Lothrop hätte auf diese Frage sicherlich mit einem klaren Nein geantwortet.

Leon stand vorm Spiegel und betrachtete aufmerksam sein Gesicht: Alles darin war groß. Wie bei seinem Vater. Er hatte besonders große Augen, große Ohren und einen großen Mund mit weichen Lippen. Dadurch wirkte es, als wolle er alles in seinem Umfeld, was man mit Sinnen erfahren und ertasten konnte, in sich aufnehmen. Und in gewisser Weise war es auch so, dass er Gerüche, Geräusche und visuelle Reize stärker und schneller aufnahm als andere Menschen. All diese Eindrücke verursachten in seinem Kopf manchmal ein heilloses Durcheinander. Zu viel prasselte ständig auf ihn ein.

Deshalb blieb ihm auch oft nichts anderes übrig, als sich gegen all diese Umweltreize, die er nicht einordnen konnte, abzukapseln. Dann war er verschlossen, in sich gekehrt und ließ kaum etwas an sich heran. Vor allem nichts, was mit Gefühlen zu tun hatte. Berührungen waren ihm meistens unangenehm. Er verzog das Gesicht zu einer angewiderten Grimasse, wenn man ihn in den Arm nehmen wollte. Und von Fremden ließ er sich gar nicht anfassen. Seine Mutter hatte lange Zeit versucht, ihm begreiflich zu machen, dass man Menschen die Hand reicht, wenn man sie begrüßt oder sich verabschiedet. Aber Leon hatte sich standhaft geweigert und Frau Müller hatte es irgendwann aufgegeben.

Doch all das hatte nichts mit dem zu tun, womit sich Leon in diesem Augenblick beschäftigte. Er wartete geduldig darauf, dass die Veränderung eintrat. Wenn er nur lange genug wartete, so lange, bis er schwarz wurde, dann bekäme er von Kathrin den Schokoigel. Das hatte sie ihm versprochen. Aber noch war er nicht schwarz geworden. Nicht einmal ein bisschen.

Leon hatte keine Ahnung davon, dass seine große Schwester lediglich eine Redewendung gebraucht hatte. Dass er das, was sie gesagt hatte, nicht wörtlich nehmen durfte. Und er hatte auch nicht gemerkt, dass sie wütend gewesen war. Stimmungen und Gemütsverfassungen anderer zu deuten, war ihm beinahe unmöglich. Er wusste einfach nicht, wie ein Mensch aussah, der wütend oder traurig war. Und er hatte auch noch nicht begriffen, wann man lachen durfte und wann das eher unpassend war. Dinge, die Leon komisch fand, empfanden andere als traurig und umgekehrt. Es war sehr kompliziert.

Leon starrte geduldig in den Spiegel.

Immer noch nichts.

Keine Flecken, nicht einmal ein Hauch von Grau.

»Was machst du da, Leon?«

Leon fiel fast vom Tritthocker, den er sich vor das Waschbecken geschoben hatte, um sein Spiegelbild betrachten zu können. »Ich warte, bis ich schwarz werde«, antwortete er schließlich.

»Warum?«

»Kathrin hat gesagt, dass ich ihren Schokoigel haben darf, wenn ich so lange warte, bis ich schwarz bin.«

Frau Müller lächelte. »Komm mit runter. Das Mittagessen ist fertig. Zum Nachtisch darfst du einen Schokoladenriegel haben.«

Genießerisch ließ Leon die Schokolade auf seiner Zunge zergehen. Zuerst musste man ein Stück abbeißen, was Leon ein wenig Überwindung kostete. Aber dann wurde man mit dem weichen, warmen Gefühl belohnt, das sich vom Mund aus im ganzen Körper auszubreiten schien, wenn die Schokolade schmolz.

Leon achtete peinlich genau darauf, dass seine Finger nicht schmutzig wurden. Er hasste es, Schmutz an den Händen zu haben. Nach jedem Bissen bettete er die Schokolade sorgfältig auf das Stück Folie, in der die Kostbarkeit eingewickelt gewesen war und die jetzt fein säuberlich auseinander gefaltet und glatt gestrichen vor ihm auf dem Tisch lag.

Es dauerte eine Weile, bis Leon das letzte Stück Schokolade gegessen und ihrem Geschmack auf seiner Zunge hinterhergespürt hatte.

Seine Mutter war in dieser Zeit auf der Couch im Wohnzimmer eingeschlafen. Leon stellte sich vor sie und betrachtete eingehend ihr Gesicht. Es fiel ihm leichter, schlafende Menschen anzuschauen, die die Augen geschlossen hielten und keine Miene verzogen, die ihn verunsicherte, weil er nie genau wusste, wie er darauf reagieren sollte.

Plötzlich fiel ihm etwas ein. Er ließ seine schlafende Mutter zurück und ging über den kleinen Innenhof zum Stall. Vorsichtig öffnete er die Tür, damit es nicht quietschte. Denn das konnte er nur schwer ertragen.

Dann spähte er hinein. Doch das weiße Pferd war nicht da. Der Stall war leer.

In der Ferne hörte er Geräusche. Er drehte sich um, ließ die Tür offen stehen und ging in die Richtung, aus der die Geräusche kamen. Vielleicht war es Kathrin auf dem weißen Pferd?

Doch als er das große schmiedeeiserne Tor, das zur Straße hinausführte, einen Spaltbreit geöffnet hatte und um die Ecke spähte, erkannte er seinen Irrtum. Es waren nicht Kathrin und das Pferd, es waren mehrere Kinder, die einen Ball gegen die Mauer ditschen ließen und ihn anschließend wieder auffingen.

Eins der Kinder entdeckte Leon und machte die anderen auf ihn aufmerksam.

Leon blieb wie angewurzelt stehen. Er konnte sich plötzlich nicht mehr bewegen. Die Kinder umringten ihn und Leon traute sich fast nicht zu atmen.

Die Kinder lachten und deuteten mit dem Finger auf Leon. Es waren sechs. Eins hielt jetzt sein Gesicht ganz dicht an Leons Gesicht und Leon geriet in Panik. Aber weglaufen konnte er nicht. Seine Beine wollten ihm nicht gehorchen. Aber weil er nicht weglaufen konnte und weil er diese Situation auch nicht länger ertrug, begann er zu singen.

Die Kinder schauten einen Moment lang verdutzt, dann begannen sie noch lauter zu lachen. Ein Mädchen griff nach Leons Hand und wollte ihn wie eine Primaballerina um seine eigene Achse drehen.

Kaum spürte Leon die Berührung, fing er an zu schreien. Das aber brachte die Kinder auf eine neue Idee: Eins nach dem anderen berührte Leon an der Hand, am Oberarm, an der Schulter. Sie schlugen ihn nicht, sie berührten ihn nur, aber Leon empfand jede Berührung wie einen Hieb und er brüllte immer lauter.

»Hört sofort auf!« Kathrin galoppierte auf Pegasus heran und brachte ihn knapp vor der Gruppe zum Stehen.

Die Kinder schraken zurück. Nicht nur dass sie jemand erwischt hatte, vor allem die majestätische Erscheinung des Schimmels sorgte dafür, dass sie in Windeseile in alle Himmelsrichtungen davonstoben. Sogar den Ball ließen sie in ihrer Hektik zurück.

Leon hatte aufgehört zu schreien, aber er stand immer noch regungslos da.

Pegasus schnaubte und schnupperte an Leons Gesicht. Auch dem Pferd war nicht entgangen, welche Angst der Junge ausgestanden hatte. Er konnte die Angst spüren. Der Wallach stupste den Jungen sachte an.

Doch anstatt wegen der erneuten Berührung wieder zu schreien, entspannten sich Leons Gesichtszüge.

Einer spontanen Eingebung folgend streckte Kathrin ihrem kleinen Bruder die Hand entgegen und ließ ihren linken Fuß aus dem Steigbügel gleiten. »Stell deinen Fuß da rein«, forderte sie Leon auf.

Leon sah sie mit seinen großen Augen an. Es war offensichtlich, dass er sie nicht verstanden hatte.

Kathrin saß ab. »Komm«, sagte sie zu Leon und führte Pegasus am Zügel zu der Sitzbank, die auf der Innenseite der Mauer zwischen zwei großen Blumentöpfen neben dem Tor stand.

Kathrin dirigierte Pegasus, bis er genau vor der Bank stehen blieb.

»Stell dich auf die Bank«, sagte sie zu Leon, der ihr mit unsicheren Schritten gefolgt war.

Etwas unbeholfen tat Leon, worum ihn seine große Schwester gebeten hatte. Selbst seiner Mutter gehorchte er selten so wie Kathrin, der er von allen Menschen am meisten vertraute.

Kathrin setzte Leons linken Fuß in den Steigbügel und der Junge kippte beinahe um. Auf einem Bein zu stehen, fiel ihm unglaublich schwer.

Pegasus blieb ruhig stehen. Er wandte lediglich den Kopf, um zu sehen, was die beiden Menschen da machten.

Dann ergriff Kathrin Leons Hände und legte sie auf den Sattelknauf. »Halt dich fest«, befahl sie, während sie Leon von hinten auf den Pferderücken schob.

Leon ächzte vor Anstrengung. Seine Muskulatur war nicht sehr stark. Die Bewegung und die Anforderung, die das Ganze an seinen Gleichgewichtssinn stellte, verlangte von ihm eine Höchstleistung an Konzentration. Aber er *wollte* auf das Pferd! Und so ertrug er auch die dafür notwendige Berührung durch seine Schwester.

Sobald Leon etwas schief auf Pegasus' Rücken saß, schwang sich Kathrin hinter ihren Bruder auf das Pferd und Pegasus setzte sich langsam in Bewegung. Kathrin stützte Leon, der leicht hin- und herrutschte. Sie konnte sein Gesicht nicht sehen, doch sie merkte, dass er das sanfte Schaukeln genoss.

Frau Müller, durch den Lärm aus dem Tiefschlaf aufgeschreckt, blieb wie angewurzelt in der Tür stehen. Sie konnte kaum glauben, was sie dort sah: Dicht an ihr vorbei schritt Pegasus mit ihren beiden Kindern auf dem Rücken. Leon saß vor seiner großen Schwester, lehnte sich vertrauensvoll gegen ihren Bauch, hatte die Hände auf Pegasus' Fell ausgestreckt – und lachte.

Leon lachte!

11

Hast du das gesehen?«

Frau Müller nickte bedächtig.

»Und? Glaubst du jetzt, dass Pegasus Leon niemals etwas tun würde?«

Frau Müller zuckte mit den Schultern. Sie wusste nicht mehr, was sie glauben sollte und was nicht. Es kam ihr vor, als hätte sie nur geträumt. Ein schöner Traum von einem lachenden, kleinen Jungen, der sichtlich entspannt auf dem Rücken eines riesigen Pferdes saß und dadurch noch kleiner und schmächtiger wirkte, als er in Wirklichkeit war. »Frau von Essen hat gesagt, dass Unfälle niemals ausgeschlossen werden können«, entgegnete sie zaghaft. »Wenn Leon sich falsch verhält, kann Pegasus auch jederzeit anders reagieren.«

Kathrin seufzte. Wenn ihre Mutter jetzt immer noch nicht davon überzeugt war, dass von Pegasus keine Gefahr für Leon ausging, was sollte sie sich dann noch einfallen lassen? Sie wartete einige Sekunden, ob ihre Mutter etwas sagen würde. Doch als sie schwieg, stand Kathrin auf. »Ich muss Hausaufgaben machen.«

Frau Müller blieb allein im Wohnzimmer zurück und versuchte ihre Gedanken zu sortieren. Als sie Leon ins Bett gebracht hatte, war er ihr verändert vorgekommen. Er hatte sogar ihre Umarmung kurz erwidert, was wirklich selten vorkam.

Beim Anblick ihrer beiden Kinder auf dem Rücken des Pferdes war ihr zunächst vor Angst die Luft weggeblieben. Doch ganz schnell hatte sie gemerkt, welche Einheit die drei bildeten.

Pegasus schien in Leon etwas zu berühren, das selbst ihr verwehrt blieb. Aus irgendeinem Grund fiel es dem Jungen leichter, sich auf das Pferd einzulassen als auf Menschen. Er empfand Pegasus und alles, was von ihm ausging, offensichtlich nicht als Bedrohung.

Und wenn sie sich jetzt noch einmal das Bild des Pferdes ins Gedächtnis rief, dann kam es ihr fast so vor, als hätte der Schimmel gewusst, dass er besonders achtgeben musste. War er nicht langsamer gegangen, als er es normalerweise tat?

Frau Müller schüttelte unwillig den Kopf.

Jetzt übertreibst du aber, schalt sie sich selbst in Gedanken. Als ob ein Pferd wüsste, welche Fähigkeiten oder Handicaps der Mensch auf seinem Rücken hat!

Auch für Leon war das Erlebnis einzigartig gewesen und er sehnte sich danach, es zu wiederholen.

Pegasus sah ihm freundlich entgegen, als der Junge die Stalltür öffnete. Die Gelegenheit war günstig: Kathrin war noch in der Schule und Mama mit Hausarbeit abgelenkt.

Zärtlich strich Leon über Pegasus' Hals und Kopf.

Das Pferd genoss die Berührung.

Anschließend untersuchte Leon sorgfältig den Pferderücken. Wie sollte er bloß da raufkommen? Er hielt sich an Pegasus' Mähne fest und wollte sich hinaufziehen, hüpfte sogar ein wenig, aber das alles brachte nicht den gewünschten Erfolg.

Pegasus legte die Ohren an.

Leon ließ nicht locker. Er holte sich einen Metalleimer, drehte ihn um und stieg darauf. Jetzt war er zwar etwas größer, es reichte allerdings immer noch nicht. Er klammerte sich an Pegasus' Fell fest und unternahm einen zweiten Anlauf.

Pegasus' Augen weiteten sich, als Leon unsanft an seinem Fell rupfte. Jeder Muskel in seinem Körper war gespannt. Er versuchte, dem Schmerz zu entkommen, indem er einen Schritt zur Seite machte. Weg von dem Schmerz – und weg von Leon.

Der Eimer fiel mit einem Poltern um. Leon, seiner Stütze beraubt, verlor das Gleichgewicht und stürzte mit einem Aufschrei zu Boden. Er landete unter Pegasus' Bauch.

Der Wallach schnaubte aufgeregt. Er wusste, dass der Junge unter ihm lag und er vorsichtig sein musste. Dennoch verspürte er das dringende Bedürfnis zu fliehen. Unruhig stampfte er mit einem Huf auf und wieherte.

Frau Müller ließ beinahe den Topf mit heißem Wasser fallen, mit dem sie sich einen Tee kochen wollte. War das nicht Leon gewesen, der gerade geschrien hatte?

Sie lauschte.

Das heisere Wiehern des Pferdes klang wie aus weiter Ferne.

Frau Müller schob den Topf so hektisch auf die Küchenarbeitsplatte, dass er überschwappte. Kochend heißes Wasser rann über ihre Hand. Sie fluchte, während sie aus dem Haus auf den Hof lief.

Warum war auf einmal alles so verdammt ruhig?

Die Stalltür stand offen und bei dem Anblick, der sich ihr bot, als sie in den Stall stürmte, jagte ihr ein kalter Schauer über ihren Rücken.

Der Schimmel hatte den Kopf hoch erhoben. Panik stand in seinen Augen. Sie konnte das Weiße darin blitzen sehen.

Erst auf den zweiten Blick entdeckte sie Leon. Der Junge lag unter dem Pferd und hatte sich wie ein Käfer zusammengerollt, die Arme schützend über seinem Kopf erhoben.

»Leon!«, rief Frau Müller. Zum Glück war sie geistesgegenwärtig genug nicht auf Pegasus zuzustürzen. »Ruhig, ganz ruhig«, sprach sie besänftigend auf das Pferd ein und ging langsam auf es zu.

Pegasus schnaubte und schlug mit dem Kopf. Er wusste, dass er sich nicht bewegen durfte, aber lange konnte er dem Drang nicht mehr widerstehen.

»Leon, komm.« Frau Müller ging auf die Knie und streckte ihrem Sohn eine Hand entgegen.

Leon öffnete die Augen und kroch auf allen vieren zu seiner Mutter.

Er war steif wie ein Brett, als sie ihn in ihre Arme schloss, aber wenigstens entwand er sich nicht ihrer Berührung.

Auch Pegasus schien jetzt erleichtert auszuatmen. Wie zur Probe hob er jeden Huf einmal hoch und setzte ihn fest wieder auf.

Frau Müller betrachtete den Wallach. Ihr Blick glitt über den umgekippten Eimer. Sie konnte sich in etwa vorstellen, was geschehen war, und ihr Entschluss stand fest: Das Pferd musste so schnell wie möglich weg, bevor tatsächlich ein Unglück geschah.

Nervös biss Kathrin auf ihrer Unterlippe herum.

Frau Müller telefonierte jetzt bereits seit zwei Stunden. Zuerst hatte sie mit Frau von Essen gesprochen und nun war Susanne vom Pferdeschutzhof dran.

Kathrin war hin und her gerissen. Einerseits war sie sauer auf Leon, der wie immer alles vermasselt hatte. Andererseits war sie froh, dass ihm nichts Ernstes passiert war. Natürlich hätte die ganze Sache auch anders ausgehen können. Wie schnell hätte der kleine Bruder unter Pegasus' Hufe geraten können!

Sie hatte ihrer Mutter vorgeschlagen, ein Schloss an der Stalltür anzubringen, die bis jetzt nur mit einem einfachen Riegel versehen war. Aber Frau Müller wollte von all dem nichts wissen. Pegasus sollte weg. Und zwar lieber heute als morgen.

»Kathrin?« Ein zaghaftes Klopfen an ihrer Zimmertür ließ das Mädchen zusammenzucken.

Frau Müller erschrak beim Anblick ihrer Tochter. Kathrin saß zusammengekauert auf dem Bett. Ihr Gesicht war blass und die Augen gerötet und vom Weinen verquollen. »Susanne holt Pegasus am Wochenende ab.«

Kathrin schluckte. »Jetzt am Wochenende schon? Das sind ja nur noch drei Tage!«

Frau Müller nickte. Ihr dauerte es fast zu lang bis dahin. Aber Susanne hatte ihr glaubhaft versichert, dass es nicht schneller ging.

»Und wo soll er hin?«

»Erst mal zurück zum Schutzhof.«

»Aber … aber dann fängt ja alles von vorne an!«

»Es gibt keine andere Möglichkeit.«

Kathrin hatte geglaubt, sie hätte keine Tränen mehr, sie sei leer geweint. Doch wie sich jetzt herausstellte, war das ein Irrtum.

Ihre Mutter legte ihr tröstend eine Hand auf die Schulter.

Aber Kathrin schüttelte sie ab. Sie wollte keinen Trost. Erst recht nicht von ihrer Mutter.

Frau Müller seufzte und erhob sich. »Und noch etwas«, sagte sie, bereits zum Gehen gewandt. »Morgen kommt der Hufschmied zur Kontrolle. Susanne hatte bereits einen Termin mit ihm vereinbart, den wir einhalten sollen.«

Kathrin reagierte nicht und ihre Mutter ging leise aus dem Zimmer.

Endlich!

Kathrin ließ sich zur Seite fallen, zog die Decke über ihren Kopf und weinte sich in den Schlaf.

Fina lief bis Mitternacht in ihrer Wohnung hin und her wie ein Tiger im Käfig. Pegasus länger leidend zu wissen, konnte sie einfach nicht mehr ertragen und ihr Entschluss stand fest: Morgen würde sie Herrn Lothrop vor die Wahl stellen. Entweder behielt er sie, dann musste er Pegasus bei sich aufnehmen – oder sie würde sich eine neue Stelle suchen. Jetzt war Schluss! Das Telefonat mit Frau Müller hatte ihr den Rest gegeben. Seit Monaten hoffte sie nun, dass Pegasus endlich eine neue Heimat fand. Doch diese Hoffnung erfüllte sich einfach nicht. Und länger würde sie der Misere nicht untätig zusehen.

Als sie diese Entscheidung getroffen hatte, fiel sie in einen tiefen, aber trotzdem nicht sehr erholsamen Schlaf.

12

Ein prächtiges Pferd haben Sie da.« Das Gesicht der Frau war von der Anstrengung gerötet. Sie bearbeitete gerade Pegasus' rechten Hinterhuf.

»Ja, da haben Sie recht«, stimmte Frau Müller zu.

Kathrin, die mit vor der Brust verschränkten Armen zusah, runzelte missbilligend die Stirn und guckte ihre Mutter böse an.

»Leider müssen wir ihn wieder abgeben. Er kommt zurück auf den Pferdeschutzhof«, fuhr Frau Müller fort, die sich durch den Blick ihrer Tochter zu dieser Erklärung genötigt fühlte.

»Wieso?« Die Frau sah kurz auf und wischte sich den Schweiß von der Stirn.

»Weil ich einen behinderten kleinen Bruder habe und meine Mutter fürchtet, das Pferd könne ihn in Gefahr bringen.« In Kathrins Stimme schwang die Wut mit, die sie augenblicklich empfand.

Jetzt war es Frau Müller, die ihre Tochter warnend anschaute. »Ist diese Arbeit nicht sehr anstrengend für eine Frau?«, versuchte sie das Thema zu wechseln.

»Es ist körperlich anstrengend, ja«, gab die Frau zu. »Aber am Schreibtisch sitzen wäre nichts für mich.«

»Wann kommt Herr Kurt denn aus dem Urlaub zurück?«, wollte Kathrin wissen.

Herr Kurt war der Hufschmied, der normalerweise die Pferde des Schutzhofes betreute. Frau Weißbier, mit diesem Namen hatte sich die junge Frau ihnen vorgestellt, machte seine Urlaubsvertretung.

»Nächstes Mal ist er wieder da«, antwortete die Frau und begann ihre Utensilien einzusammeln. »Aber wenn ich mal fragen darf: Wieso glauben Sie, das Pferd könne eine Gefahr für Ihren Sohn sein? Wie alt ist er denn?«

»Wer?«, fragte Kathrin. »Mein Bruder oder das Pferd?«

Die Frau lachte. »Entschuldigung, ich meinte den Jungen.«

»Leon ist sieben«, erklärte Frau Müller.

»Pegasus auch«, unterbrach Kathrin ihre Mutter und in diesem Augenblick fiel ihr zum ersten Mal auf, dass Leon und Pegasus gleich alt waren.

»Mein Sohn leidet an Wahrnehmungsstörungen«, fuhr Frau Müller fort. Sie seufzte. »Das Pferd kann nichts dafür, im Gegenteil, es benimmt sich sogar …« Sie suchte nach dem richtigen Wort. »Also, ich wusste nicht, dass es so was überhaupt gibt … Es ist regelrecht …«

»Rücksichtsvoll«, half Kathrin ihrer Mutter auf die Sprünge.

»Ja, so könnte man es ausdrücken«, stimmte Frau Müller zu. »Als wüsste er, dass Leon anders ist.«

»Aber mein kleiner Bruder lässt Pegasus nicht in

Ruhe«, riss Kathrin das Wort an sich. »Eigentlich müsste man eher das Pferd vor *ihm* schützen.«

»Kathrin!«, mahnte ihre Mutter.

»Aber es ist doch so!«, brauste Kathrin auf. »Denk doch nur mal dran, wie vorbildlich Pegasus sich benommen hat, als ich mit Leon auf ihm geritten bin!«

»Da widerspreche ich dir ja auch gar nicht, aber …«

»Und wie gelöst und offen Leon danach war! Er hat sogar gelacht!«

Frau Müller seufzte wehmütig, als sie sich daran zurückerinnerte, welche Hoffnungen sie an diesem Tag gehabt hatte. »Aber ich will nicht, dass Leon sich dem Tier weiterhin allein und unbemerkt nähern kann, Kathrin. Sei doch vernünftig!«

»Waren Sie schon mal im Hippocenter?« Die Frau klopfte eins ihrer Werkzeuge sauber, während sie sprach, und überging taktvoll den Streit zwischen Mutter und Tochter. »Das ist ja nicht weit von hier.«

»Hippocenter?«, wiederholte Frau Müller und schüttelte ahnungslos den Kopf.

Frau Weißbier nickte. »Meine Schwester arbeitet dort. Es ist ein Reitstall, in dem Menschen mit den unterschiedlichsten körperlichen und geistigen Behinderungen therapiert werden. Vielleicht wäre das ja auch was für Leon? Wenn Sie sagen, Leon fühlt sich zu dem Pferd hingezogen … Ich weiß, dass dort ganz enorme Fortschritte gerade bei Kindern gemacht werden.«

»Das hört sich jedenfalls interessant an«, gab Frau Müller zu.

»Da fällt mir ein …« Frau Weißbier verharrte in ihrer Bewegung. »Die sind auch immer auf der Suche nach geeigneten Pferden! Wenn Sie möchten, kann ich meiner Schwester sagen, sie soll sich Pegasus mal anschauen. Vielleicht kommt er ja als Therapiepferd infrage.«

»Und was bedeutet das?« Kathrins Herz schlug schneller.

»Na ja … An diese Pferde werden natürlich besondere Anforderungen gestellt. Sie müssen menschenfreundlich sein, nicht leicht zu erschrecken, ein ausgeglichenes Temperament haben und so weiter.«

»Aber Pegasus soll schon am Samstag weg!«

»Am Samstag schon? Gut, dann muss Anna, meine Schwester, halt vorher kommen.«

»Das nennt man Erpressung.«

»Und was Sie machen, nennt man Grausamkeit.«

Herr Lothrop zog die Augenbrauen hoch. Bei seinem runden Gesicht sah das besonders merkwürdig aus. »Fina«, sagte er, »wie stellen Sie sich das vor? Sie kennen doch unsere Gegebenheiten hier genauso gut wie ich. Wir sind nur ein kleiner Betrieb. Ich habe nicht so viel Platz! Manchmal sind wir bis auf die letzte Box belegt … «

»Im Augenblick stehen zwei leer«, unterbrach Fina ihren Chef kühl.

Herr Lothrop schüttelte den Kopf. »Es tut mir leid, Fina, und ich hoffe sehr, dass Sie noch zur Vernunft kommen. Es würde mir wirklich schwer fallen, Sie gehen zu lassen. Aber ich kann Ihnen beim besten Willen nicht helfen.«

»Sie können schon«, sagte Fina. »Sie wollen nicht.«

»Meinetwegen auch das«, antwortete Herr Lothrop.

»Sehen Sie, ich mache diesen Job jetzt mehr als mein halbes Leben lang. Ich habe in dieser Zeit viele Pferde durch Unfälle verloren, nicht nur Pegasus. Wie, glauben Sie, sähe es hier aus, wenn ich jedem dieser Tiere im Gestüt eine Box freigehalten hätte, in der es bis zu seinem Lebensende bleiben kann?«

»Der Vergleich hinkt.« Finas Gesichtsausdruck war eisern.

»Nein, tut er nicht«, widersprach Herr Lothrop. »Ich wäre längst pleite, wenn ich mich so verhalten würde, wie Sie es von mir erwarten.«

Fina schwieg.

»Bitte«, fuhr Herr Lothrop fort, »denken Sie noch einmal in Ruhe darüber nach.«

»Ich habe darüber nachgedacht«, entgegnete Fina. »Und angenommen, Sie hätten recht, dann weiß ich nicht mehr, ob ich den richtigen Beruf gewählt habe. Denn«, sie schüttelte energisch den Kopf, »so hartherzig, dass mir das Schicksal der Pferde, die ich ausgebildet habe, egal ist, bin ich nicht. Und ich möchte es auch niemals werden.« Mit diesen Worten drehte sie sich um und ließ einen ziemlich ratlosen Chef allein in seinem Büro zurück.

Kathrin ließ die Zügel baumeln. Pegasus schnaubte zufrieden. Auch dieses Mal schwand Kathrins Anspannung mit jedem Schritt, der sie auf Pegasus' Rücken vom Bauernhaus fortführte.

Seit diese Frau Weißbier von der Möglichkeit gesprochen hatte, Pegasus als Therapiepferd einzusetzen, fuhren ihre Gedanken Karussell.

Wenn der Schimmel zurück auf den Schutzhof kam, konnte sie sich weiter um ihn kümmern und mit ihm ausreiten. Er wäre nach wie vor ihr Pferd. Allerdings ein ziemlich unglückliches, denn an den Voraussetzungen, die im Schutzhof herrschten, hatte sich in der Zwischenzeit nichts geändert.

Wenn die Schwester von Frau Weißbier Pegasus dagegen mitnahm, war er fort. Unerreichbar für Kathrin.

Als sie das dachte, verkrampfte sie sich unwillkürlich und Pegasus reagierte darauf, indem er schneller wurde.

»Ist gut«, sagte Kathrin und klopfte ihm beruhigend auf den Hals.

Außerdem wusste sie nicht, welche Bedingungen die Pferde in diesem Hippocenter vorfanden. Was, wenn Pegasus dort wieder fünf Stunden oder mehr am Stück eingesetzt wurde wie bei Bauer Preuß? Wer garantierte ihr, dass die Leute die Pferde nicht einfach verheizten?

Als Kathrin schließlich nach Hause zurückritt und den fremden Wagen auf dem Innenhof stehen sah, wäre sie am liebsten wieder umgekehrt und davongaloppiert. Sie wollte Pegasus nicht hergeben. Sie wollte einfach nicht! Warum konnte niemand verstehen, dass dies ihr Pferd war! Dass sie und Pegasus zusammengehörten! Und dass sie nur mit ihm ihrem Berufswunsch näher kommen konnte!

»Kathrin!« Ihre Mutter winkte dem Mädchen entgegen.

Neben ihr stand eine Frau in legerer Kleidung. Sie trug eine alte, ziemlich abgenutzte Reithose, ein kurzärmeliges T-Shirt und feste Schuhe, denen man ansah, dass in ihnen bereits etliche Kilometer quer durch staubige Reithallen zurückgelegt worden waren.

Kathrin ließ sich von Pegasus' Rücken gleiten, nahm das Pferd an den Zügel und ging auf die beiden Frauen zu.

Frau Müller runzelte die Stirn.

Die Miene ihrer Tochter war verschlossen. Sie blickte die Fremde trotzig an. Aus ihrer Sicht war Frau Weißbier gekommen, um ihr Pegasus wegzunehmen.

»Kathrin, das ist Anna Weißbier. Ist es nicht toll, dass sie so schnell kommen konnte?«

»Hmm«, machte Kathrin.

»Hallo, Kathrin«, sagte Frau Weißbier.

»Hallo«, antwortete Kathrin und musterte die Frau. Sie war etwa Ende dreißig, hatte blaue Augen, Sommersprossen und blonde schulterlange Haare, die leicht gewellt waren. Nur ungern gab Kathrin zu, dass sie nett aussah. Sie war ungeschminkt und wirkte aufrichtig, freundlich und natürlich.

»Ich nehme an, das ist Pegasus?«

Wer sollte es sonst sein?, dachte Kathrin, nickte aber stumm.

»Ein schönes Tier.«

Pegasus betrachtete die fremde Frau neugierig und reckte ein wenig den Hals, um an ihr zu schnuppern.

Kathrin ärgerte sich, dass Pegasus so offensichtlich an Anna Weißbier interessiert war.

»Ich habe mich schon etwas mit deiner Mutter unterhalten, während wir auf eure Rückkehr gewartet haben.« Sie streckte Pegasus beiläufig die Hand hin und als er die Ohren spitzte, streichelte sie ihm sanft über den Hals. »Ich wundere mich, dass ihr mit Leon, den ich auch vorhin kurz kennengelernt habe, nicht schon mal bei uns gewesen seid.«

Kathrin schwieg und blickte stur auf den Boden. Wenn die Frau versuchen wollte, Small Talk zu machen, bitte schön. Bei ihr biss sie auf Granit!

»Du kannst mir sicherlich am meisten über Pegasus erzählen, damit ich entscheiden kann, ob er für die Arbeit bei uns geeignet ist oder nicht. Vieles, von dem, was ich wissen muss, sehe ich selbst. Aber natürlich hilft es mir, wenn du mir beschreibst, was er für ein Typ ist und wie seine bisherige Lebensgeschichte war.«

Kathrin schwieg weiterhin und hielt den Kopf nach wie vor gesenkt. Sie hatte nicht die Absicht, sich ihren eigenen Strick zu drehen und Pegasus in den höchsten Tönen zu loben. Vielleicht sollte sie ihn als unberechenbar darstellen? Aber dann würde sich ihre Mutter einschalten.

Frau Weißbier seufzte. »Vielleicht ist es besser, wenn ich erst mal erzähle, was wir so machen und wie der Alltag für die Pferde aussieht, die bei uns arbeiten.«

Kathrin sah auf.

»Also. Zurzeit haben wir achtzehn Pferde. Sechzehn Pferde und zwei Ponys, um genau zu sein. Wir haben eine große und moderne Reithalle, einen Außenreitplatz, neunzehn Boxen, einen Offenstall und knapp sechs Hektar Koppeln.«

Kathrin wollte sich den Anschein geben, nicht zuzuhören, aber es gelang ihr nicht.

»Wir machen Hippotherapie, also Krankengymnastik auf dem Pferd, zum Beispiel bei Querschnittslähmung, Patienten mit Muskelschwund und so weiter, heilpädagogisches Reiten und Voltigieren bei Verhaltensauffälligkeiten, Lernstörungen oder psychischen Erkrankungen und bieten außerdem Reiten als Sport für Behinderte an. Die meisten unserer Patienten sind Kinder und Jugendliche. Aber natürlich gibt es auch einige Erwachsene.«

Kathrin hatte ihre Abwehrhaltung inzwischen aufgegeben und sah Anna Weißbier direkt an.

»Dazu brauchen wir gesunde, ausgeglichene Pferde«, fuhr die Frau fort. »Deshalb ist es wichtig, dass es unseren Pferden gut geht und sie die besten Haltungsbedingungen vorfinden. Gestörte Pferde wären, wie du dir sicher gut vorstellen kannst, ein enormes Risiko. Ein Pferd, das schlecht behandelt wurde oder wird, ist nicht mehr menschenfreundlich und keineswegs gewillt, einen Reiter auf seinem Rücken zu dulden, der sich dazu noch unerwartet bewegt, wie es zum Beispiel bei Spastikern vorkommt.«

Kathrin hätte fast genickt. Es leuchtete ihr ein, was Frau Weißbier eben gesagt hatte.

»Unsere Pferde sollen auf keinen Fall überbeansprucht werden. Sie arbeiten höchstens zwei Stunden pro Tag mit unseren Patienten in der Halle oder auf dem Außenreitplatz und werden täglich von uns Korrektur geritten«, erklärte Anna Weißbier weiter. »Meistens im Gelände. Sie leben in Sozialverbänden und haben ständig engen Kontakt zu anderen Pferden und Menschen.«

»Und wenn sie alt sind?« Kathrin hatte sich eigentlich vorgenommen keine Fragen zu stellen, um ihr Desinteresse kundzutun. Aber was die Frau berichtete, war spannend und sie war nur auf der Suche nach dem Haken an der Geschichte. Nun glaubte sie, ihn gefunden zu haben.

»Unsere Rentner kommen auf eine eigene Weide mit Offenstall. Dort verbringen sie ihren verdienten Ruhestand. Manche lassen wir hin und wieder arbeiten, aber natürlich nur, solange es geht.«

Kathrin sah Pegasus an, der immer noch geduldig neben ihr stand und den Anschein erweckte, er würde ebenfalls zuhören. Widerwillig musste sie zugeben, dass sich das alles nach optimalen Bedingungen für die Pferde anhörte. Erst recht für ein Pferd wie Pegasus, das arbeitswillig war und eine Aufgabe brauchte, um rundherum glücklich zu sein.

»Wenn du möchtest, kannst du ja mal vorbeikommen und dir alles anschauen.«

Kathrin erwischte sich selbst bei einem zustimmenden Nicken.

»Magst du mir jetzt etwas über Pegasus erzählen?«, fragte Frau Weißbier und sah Kathrin auffordernd an.

Zunächst stockend, doch nach und nach flüssiger schilderte Kathrin Pegasus' Lebensgeschichte.

»Er ist das tollste Pferd, das ich je gesehen habe«, beendete sie schließlich ihren Bericht.

Als wollte sich Pegasus für das Kompliment bedanken, legte der Wallach in diesem Augenblick seinen Kopf auf Kathrins Schulter und schnaubte.

Frau Weißbier und Kathrin schauten sich an – und begannen gleichzeitig zu lachen.

13

Fina hatte das Gefühl, die Ereignisse rasten in Lichtgeschwindigkeit an ihr vorbei. Gerade noch hatte sie ihren Job gekündigt, um Pegasus zu sich holen zu können. Und jetzt bat sie eine ihr bisher nicht bekannte Anna Weißbier um die Erlaubnis, den Schimmel testen zu dürfen, ob er für die Hippotherapie in ihrer Einrichtung geeignet sei. Als rechtmäßige Besitzerin des Pferdes musste sie dem natürlich zustimmen! Fasziniert hörte sie zu, wie Frau Weißbier von ihrer Arbeit mit den Pferden und den Patienten berichtete, und stellte hier und da ein paar Zwischenfragen.

»Müssen die Pferde nicht … nun … sagen wir mal, etwas abgestumpft sein? Pegasus hat ein weiches Maul, er ist daran gewöhnt, auf die leichtesten Hilfen zu reagieren.« Fina zögerte einen Augenblick. »Na, zumindest war das mal so. Inzwischen ist er wohl einen etwas raueren Umgang gewöhnt.«

»Es stimmt auch nicht, dass unsere Pferde *abgestumpft* sein sollen. Im Gegenteil. Die Tiere wirken als natürlicher Regulator für das Verhalten der Kinder.

Sehen Sie, es ist viel wirkungsvoller, wenn ein Pferd zeigt, dass es mit einer Behandlung nicht einverstanden ist, als wenn ständig ein Erwachsener, die Mutter oder der Therapeut, das Kind ermahnt. Wir hatten mal einen Jungen, der sich einen Spaß daraus machte, eine unserer kitzeligen Stuten zu ärgern. Alle Ermahnungen fielen auf fruchtlosen Boden. Als er in der kommenden Stunde auf der Stute voltigierte, machte sie im geeigneten Augenblick einen Ausfallschritt zur Seite und der Junge landete auf seinem Hosenboden. Wissen Sie, was er sagte? – ›Die hat sich das ja wirklich gemerkt!‹«

Fina lachte schallend.

»Unsere Pferde zeigen ihren Reitern schon, was für sie duldbar ist und was nicht. Und das sollen sie auch.«

Nach dem Gespräch füllte Fina ihre Teetasse auf. Seit Herr Lothrop ihr ein paar Tage Urlaub gegeben hatte, damit sie in Ruhe über alles nachdenken konnte, wie er gesagt hatte, war dies mindestens der fünfzehnte Liter Tee, den sie trank. Das sollte ja angeblich beruhigen.

Schade, dass sie keine pädagogische Ausbildung hatte. Vielleicht hätte sie an einer Arbeit wie der von Frau Weißbier auch Gefallen gefunden.

Ihr Chef – oder Exchef? – hatte ihre Kündigung nicht angenommen. Und nun, nachdem es wieder einmal eine neue Chance für Pegasus gab, konnte sie eigentlich auch wieder bei Herrn Lothrop arbeiten.

Aber wollte sie das?

Fina seufzte. Es war alles so verdammt schwer.

Das Klingeln an der Haustür des Mehrfamilienhauses, in dem sie wohnte, riss sie aus ihren Gedanken.

»Pooost! Danke«, rief der Briefträger durch den Hausflur nach oben.

Fina zitterte, dass der Tee über den Becherrand schwappte. Kraftlos ließ sie den Brief in ihrer Hand sinken. Sie hatte es nur bis zum Ende des ersten Absatzes geschafft, ihn zu lesen. Alles schien über ihr zusammenzubrechen. Zuerst ihr Job, an dem sie zweifelte wie nie zuvor, und jetzt auch noch das!

Liebste,
ich habe lange nichts von dir gehört und zunehmend das Gefühl, dass wir uns nicht nur räumlich voneinander entfernt haben, sondern immer mehr auch innerlich.

Ich habe eine Frau kennengelernt.

Dieser Satz traf Fina wie ein Fausthieb. Sie hatte ihn lange erwartet, wie sie jetzt wusste. Es war eigentlich nur eine Frage der Zeit gewesen. Sie wartete auf die Tränen, die aber nicht kommen wollten. Noch nicht kommen wollten.

Sie fühlte sich wie versteinert und versuchte, in sich hineinzuhorchen, was diese Änderung ihrer Lebenspläne mit ihr machte. Je länger die Trennung von Martin anhielt, desto bewusster war ihr geworden, dass sie diesen Mann liebte, dass er der Einzige war, mit dem sie sich ein gemeinsames Leben vorstellen konnte. Aber offenbar hatte sie den richtigen Zeitpunkt verpasst, ihm ihre Gefühle mitzuteilen. Sie wusste, dass Martin auf ein Zeichen von ihr gewartet hatte und dass sein damaliger Entschluss, nach Namibia zu gehen, viel mit ihrer

Zurückhaltung ihm gegenüber zu tun gehabt hatte. Aber als er dann weg gewesen war und sie sich ihrer Gefühle sicher wurde, hatte sie nicht gewusst, was sie tun sollte. Sie konnte ihm ja schlecht schreiben, dass er zu ihr zurückkommen sollte. Oder etwa doch?

Ich habe eine Frau kennengelernt.

Wieder fiel ihr Blick auf diese Zeile und sie zwang sich weiterzulesen. Jetzt wollte sie alles wissen. Vielleicht würde es ihr helfen zu verstehen. Auch wenn es natürlich zu spät war, um etwas zu ändern.

Ich habe eine Frau kennengelernt. Sie ist Studentin und verbringt ein Semester in unserer Forschungsstation. Ihr Name ist Lisa. Ich habe selten in meinem Leben einen Menschen getroffen, mit dem ich so gut reden kann. Ihr Vater stammt hier aus Namibia und ihre Mutter ist Deutsche. Sie ist wirklich sehr klug und darüber hinaus auch schön.

Finas Herz verkrampfte sich. Aber sie musste weiterlesen.

Ich würde mir sehr wünschen, dass ihr zwei euch eines Tages kennenlernt.

Fina spürte Wut in sich aufsteigen. Wurde das jetzt nicht langsam etwas geschmacklos? Wollte Martin sie jetzt auch noch als Trauzeugin zu seiner Hochzeit einladen?

Wir haben viele Abende miteinander verbracht, in denen wir sehr intensive Gespräche geführt haben. Durch sie habe ich endlich einiges von dem verstanden, worüber ich mir seit unserer (räumlichen?) Trennung den Kopf zerbrochen habe. Ich hatte mir so sehr gewünscht, dass du sagst: »Bleib bei mir, geh nicht fort«, als ich dir von meiner Absicht, hierherzugehen, erzählte. Aber du hast es nicht gesagt. Dann habe ich mir eingebildet, wenn ich erst einmal weg sei, würdest du mich irgendwann bitten zurückzukommen. Als mir der Posten des Projektleiters angeboten wurde, dachte ich: Jetzt wird sie sagen, dass sie nicht länger ohne mich sein will. Aber du hast mir zugeredet, das sei doch eine ganz tolle Chance für meine berufliche Entwicklung. Das war der Augenblick, in dem ich mich von der Vorstellung, mein Leben mit dir zu verbringen, innerlich verabschiedete.

Dann kam Lisa. Und als ich ihr nach einiger Zeit von dir erzählte, lachte sie mich aus. Ich sei ein Narr, behauptete sie, und hätte keine Ahnung von weiblicher Psyche.

Was ist, wenn Lisa mit ihrer These richtig liegt! Habe ich dann alles vermasselt? Stimmt es, dass du, wie sie sagt, zu stolz bist, um mich zu bitten, zu dir zurückzukommen? Hast du tatsächlich Angst, ich könnte meinen Entschluss zur Rückkehr eines Tages bereuen und dir zum Vorwurf machen?

Liebste Fina, das Einzige, was mich hier hält, ist mein Schmerz, dass du mir bis heute nicht gesagt hast, ich soll zu dir zurückkommen. Wenn es also so ist, wie Lisa sagt, und dein Rückzug nichts mit fehlenden Gefühlen für mich zu tun hat, sondern lediglich mit deinem Stolz und deiner Angst, mich zu etwas zu überreden, was ich vielleicht gar nicht will und was ich dir eines Tages vorwerfen könnte, dann bitte ich dich, schmeiß deinen Stolz und deine Ängste in hohem Bogen in den nächsten Mülleimer und schreib mir! Ich verspreche dir, ich sitze im Flieger nach Deutschland, noch bevor du bis zehn zählen kannst.

Wenn ich jedoch nichts von dir höre, weiß ich, dass Lisa sich geirrt hat.

Dieser Brief ist etwas wirr, aber wie sollte ich ihn anders schreiben, wo ich doch selbst im Moment äußerst verwirrt bin.

Ich küsse dich,

Martin

P.S.: Du wärst übrigens wirklich von ihr begeistert. Ihr Mann ist Springreiter! Was sagst du dazu?

Jetzt flossen die Tränen. Dennoch hatte Fina nie klarer gesehen. Sie zog einen Bogen Briefpapier aus ihrer Schreibtischschublade und schrieb:

Bitte komm zu mir zurück.

Dann zerriss sie das Blatt. Vielleicht wäre es einfacher anzurufen? Ach nein, dachte sie. Ich könnte doch keinen Ton hervorbringen und würde ins Telefon schluchzen. Oder, noch schlimmer, die Leitung bräche im entscheidenden Moment zusammen, so wie bei ihrem letzten Telefonat, das zudem wer weiß wie lange her war. Sie schniefte und griff nach einem neuen Blatt.

Bitte komm zurück.

Das klang immer noch nicht besser. Zu theatralisch. Nein, das war nicht sie. Vielleicht hätte sie es gesagt, ausgesprochen, wenn sie Martin gegenübergestanden hätte. Aber schwarz auf weiß verewigt auf einem Stück Papier? Damit bekam der Satz so etwas Bedeutungsvolles. Andererseits war es ja auch bedeutungsvoll!

Komm zurück.

Das klang wie ein Befehl. Wenn sie jetzt noch länger darüber nachdachte, würde sie am Ende gar nichts schreiben.

Sag mir, wann dein Flieger landet. Ich hole dich vom Flughafen ab!

Fina

Sie faltete das Blatt schnell zusammen, steckte es in einen Umschlag, klebte ihn zu und adressierte ihn an Dr. Martin Strauch. Zurzeit Namibia.

»Das hier ist Peter Pan und hier steht Naseweiß.«

Kathrin blieb einen Augenblick vor dem Pferd mit der konturstarken Blesse stehen. Alle Tiere, die sie bislang gesehen hatte, machten einen sehr zufriedenen Eindruck.

»Hallo, Lukas«, grüßte Frau Weißbier einen Jungen, der ihnen in der Stallgasse entgegenkam.

Kathrin schätzte ihn auf fünfzehn oder sechzehn.

Lukas grinste schief und sah ihnen einen Augenblick hinterher, bevor er seinen Weg fortsetzte.

»Wir haben einige ehrenamtliche Mitarbeiter, die uns bei der Pferdepflege helfen oder auch schon mal das Pferd während einer Unterrichtseinheit am Langzügel führen. Vielleicht hast du ja auch mal Lust?«

Kathrin nickte. Sie war erfüllt von all den neuen Eindrücken, die auf sie einprasselten: die Pferde, die Anlage, das Podest, von dem aus selbst Rollstuhlfahrer sicher auf den Pferderücken gebracht werden konnten.

»Und das hier ist unsere Reithalle.«

Die Halle war groß, fünfundzwanzig Meter breit und sechzig Meter lang, schätzte Kathrin. An jeder Wand hingen Spiegel und große Fenster ließen viel Licht herein.

Auf einem Schecken mit ausgeprägten Flecken saß ein etwa dreizehnjähriger Junge.

»Das ist Marcel«, erklärte Frau Weißbier. »Er leidet an einer schweren Stoffwechselerkrankung, die dazu führt, dass er nach und nach alles vergisst, was er einmal gelernt hat. Als er zu uns kam, konnte er gerade noch bis drei zählen. Dann traf er Pünktchen.«

»Pünktchen?«, fragte Kathrin.

»Ja, der Schecke.«

Kathrin nickte verstehend.

»Wenn er Pünktchens Flecken zählt, schafft er es bis zwölf.«

Kathrin lächelte. »Wozu Pferde alles gut sind.«

»Das siehst du ja an Leon«, fuhr Frau Weißbier fort. »Viele Kinder mit autistischen Zügen und Wahrnehmungsstörungen sind bei uns. Und es ist immer wieder erstaunlich, in welch kurzer Zeit sie hier Fortschritte machen. Durch die Arbeit mit den Pferden lernen sie, sich mehr zu öffnen.«

Kathrin nickte. Leon hatte sich durch Pegasus tatsächlich verändert. »Das ist alles sehr spannend«, gab sie zu. »Sind Sie Pferdewirtin oder welche Ausbildung braucht man, um so was zu machen?«

Frau Weißbier blickte Kathrin an. »Willst du Pferdewirtin werden?«

Kathrin zuckte mit den Schultern. »Vielleicht. Am liebsten Bereiterin.«

»Die meisten hier haben eine pädagogische Ausbildung gemacht. Eine Kollegin ist Pferdewirtin mit Schwerpunkt Reiten, eine andere ist über die Ergotherapie zu uns gekommen. Und wir alle haben Trainerlizenzen.«

Kathrins Blick glitt in weite Ferne, in eine mögliche Zukunft mit Pferden, die ihr jetzt doch wieder greifbar erschien.

»Wie sieht's aus?« Anna Weißbier legte ihr eine Hand auf den Arm. »Willst du jetzt Pegasus sehen?«

Kathrins Herz klopfte. Es war alles so schnell gegangen, dass sie es immer noch nicht richtig realisiert hatte. Frau Weißbier hatte Pegasus zur Probe, wie sie gesagt hatte, abgeholt und seitdem war er hier. Seit drei Wochen hatte sie ihn nicht mehr gesehen.

»Ja«, antwortete sie und es war mehr ein Flüstern.

Jetzt führte die Frau sie quer durch die Reithalle zu einem Hinterausgang. Die Sonne blendete Kathrin, als Anna Weißbier die Tür öffnete und vor ihr hinaustrat.

»Du kannst ihn jederzeit besuchen, zum Beispiel wenn du Leon zu einer seiner Therapiestunden begleitest.«

Kathrin nickte. Die feinen Kiesel knirschten unter

ihren Schuhen, während sie neben Frau Weißbier herging.

»Vielleicht willst du ihn dann auch mal an den Langzügeln führen?«

Sie hielten an einem Zaun, der eine große Weide umgrenzte, auf der ein halbes Dutzend Pferde in friedlicher Eintracht graste. Der leichte Sommerwind bauschte Kathrins Haare auf und sie musste sie mit einer Hand aus ihrem Gesicht halten, damit sie etwas sehen konnte.

Doch bevor sie ihn sah, hörte sie ihn.

Laut wiehernd kam Pegasus zum Zaun. Er hatte sie entdeckt, bevor sie ihn entdecken konnte. Und als wollte er sagen: *Guck mal, wie toll es hier ist,* stupste er sie an und preschte anschließend übermütig wieder davon.

Kathrin blickte dem Schimmel hinterher, der so schnell über die Wiese galoppierte, dass es fast schien, als würde er fliegen. Die Tränen schossen ihr in die Augen. Sie konnte nichts dagegen machen.

Er ist angekommen, dachte sie.

Pegasus ist angekommen.

Er kann wieder fliegen!

Epilog

Fina stieg die wenigen Stufen zur zweiflügeligen Holztür hoch und drückte auf die Klingel unter dem Namensschild *von Essen*.

Als ihr Vater öffnete, stürmte Cäsar an ihm vorbei ins Haus, als ginge er hier tagtäglich ein und aus.

Der alte Mann streckte Fina freundlich, aber förmlich die Hand zur Begrüßung entgegen.

Fina ignorierte die dargebotene Hand und umarmte ihren Vater stattdessen. Dabei blickte der alte Mann an ihr vorbei die Auffahrt hinunter, als hoffte er dort noch jemanden zu sehen.

»Erwartest du noch jemanden?«, fragte sie wie jedes Mal und war froh, dass ihr Vater ihr Lächeln nicht sehen konnte, während er sie an sich drückte.

Ihr Vater öffnete den Mund, um zu antworten. *Natürlich nicht,* wollte er wie immer beteuern, doch dann verstummte er, als ein junger Mann mit Finas Tasche über der Schulter in diesem Augenblick die Stufen heraufkam.

»Guten Tag, Herr von Essen«, sagte der Besucher.

Sein jungenhaftes Grinsen kam dem alten Mann sofort irgendwie vertraut vor, obwohl er es nur von der Beschreibung seiner Tochter her kannte. »Ich freue mich, dass wir uns endlich kennenlernen.«

Herrn von Essens Hand zitterte, als er sie dem jungen Mann entgegenstreckte. »Ich freue mich auch, Herr Dr. Strauch, ich freue mich auch.«

Danke

dem »Kölner Schutzhof für Pferde e. V.«, dem »Zentrum für Therapeutisches Reiten e. V.«, Köln (und da ganz besonders Anja Reinhardt), Anja Kömmerling, Anja Küpper und Linnéa Neubert, Taufik Shahab, meiner Familie, Regina Hegner und Stefan Wendel vom Thienemann Verlag für ihre »Nachsicht« und allen, die mich während der Entstehung dieses Buchs auf mannigfaltige Weise unterstützt haben.

Astrid Frank

GIGANT

Thienemann

Wo in dieser weiten Welt kann der Mensch
Adel ohne Hochmut,
Freundschaft ohne Eifersucht,
Schönheit ohne Eitelkeit finden?
Hier, wo Anmut mit Muskelkraft einhergeht
und Stärke von Sanftmut bezwungen wird,
wo ohne Untertänigkeit gedient
und ohne Feindschaft gekämpft wird.
Es gibt nichts Mächtigeres,
nichts Beherrschteres,
nichts Schnelleres
und nichts Geduldigeres …

Aus: »Das Pferd«
von Ronald Duncan, 1914–1982, britischer Autor

Prolog

»Die Pferde sollen die Seele baumeln lassen
und sich innerlich fangen.«
Norbert Rabe, Polizeihauptkommissar,
Leiter der Landesreiterstaffel Niedersachsen

Gigant gebärdete sich wie ein Einjähriger, der zum Brandzeichensetzen geschickt werden soll. Er riss immer wieder ruckartig am Halfter, schlug mit dem Kopf und stieg auf die Hinterläufe. Antonia hatte Mühe, ihn festzuhalten, und stolperte sogar einmal hinter ihm her, als Gigant einige schnelle Schritte nach vorn machte.

»Ruhig, mein Junge, bleib *ruhig!*« Antonia sprach mit Engelsstimme auf den Wallach ein. Zugleich strahlte ihre Körperhaltung Sicherheit und Autorität aus.

Gigant wieherte heiser, beruhigte sich aber immerhin ein wenig. Ein anderes Pferd wäre in diesem Augenblick bestimmt durchgegangen. Jedenfalls hatte ich den Braunen noch nie so aufgeregt gesehen. Und ich hatte ihn nun wahrlich bereits in verdammt vielen aufregenden Situationen gesehen! Doch schon als Toni ihn aus dem Transporter holen wollte, war es dem Pferd offenbar nicht schnell genug gegangen. Es trat bereits mit den Hinterläufen gegen den Verschlag, als der Motor des Transporters noch lief. Hatte Gigant am Geruch erkannt, wo er war?

Ich musste daran denken, was Gigant in den letzten Monaten durchgemacht hatte und wie viele Ängste Toni und ich um ihn ausgestanden hatten. Wer wollte es ihm da übel nehmen, dass er nun, im Angesicht der Freiheit, die Beherrschung verlor, die sonst für ihn zur alltäglichen Pflicht gehörte?

Antonia lachte. Sie konnte ihrem Pferd offenbar ebenfalls nicht böse sein. Neben dem Zehnjährigen sah sie noch kleiner und zierlicher aus, als sie es ohnehin war. Das lag natürlich an Gigants beachtlicher Größe, die Toni zwang, die Arme in die Höhe zu recken und sich auf die Zehenspitzen zu stellen, um das Halfter von dem mächtigen Pferdekopf zu ziehen, während Gigant auf der Stelle tänzelte und es nicht mehr erwarten konnte, endlich davonzupreschen. Deshalb hielt er den Kopf besonders hoch und versuchte, sich Antonias Zugriff zu entziehen, was die ganze Sache eindeutig noch schwerer machte.

»So wird das nichts, Gigant«, sagte Antonia kopfschüttelnd. Und als hätte das Pferd sie verstanden und würde sich in diesem Moment eines Besseren besinnen, schnaubte es und senkte gehorsam den Kopf.

Ich beobachtete, wie meine Schwester ihre Stirn an Gigants muskulösen Hals lehnte, für eine Sekunde die Augen schloss und ihm zärtlich durch die Mähne fuhr – dort, wo die Narbe war –, bevor sie das Halfter abstreifte und Gigant mit einem leichten Klaps auf die Flanke zu verstehen gab, dass er nun endlich frei war und davongaloppieren durfte.

Der Wallach brauchte keine zweite Aufforderung. Mit lautem Wiehern stob er davon, seinem Freund

und Kollegen Gigolo hinterher, der bereits am anderen Ende der Weide friedlich graste.

Toni wischte sich heimlich eine Träne aus dem Augenwinkel und auch ich spürte einen dicken Kloß im Hals, während wir Gigant hinterherblickten, der wie ein Fohlen in die Luft sprang und mit den Hinterbeinen ausschlug.

»Er hat's verdient«, sagte Toni neben mir leise.

Ich nickte stumm und verlagerte das Gewicht auf meinen Krücken, deren Griffe sich bereits schmerzhaft in meine Achselhöhlen drückten.

»Wenn zwei Monate nur nicht so eine lange Zeit wären«, sagte meine Schwester und ihre Stimme klang brüchig.

Ich sah sie von der Seite an und musste schlucken. Meine große Schwester sah plötzlich so klein und verloren aus, dass ich sie am liebsten in die Arme genommen und getröstet hätte. Das wäre auch nicht weiter schwierig gewesen, denn ich war mit meinen dreizehn, fast vierzehn Jahren genauso groß wie sie mit dreiundzwanzig: einen Meter achtundsechzig. Aber ich wusste, das würde ihr nicht recht sein. Sie kämpfte bereits gegen die Tränen an und bestimmt würde sie die Beherrschung verlieren, sobald ich sie auch nur berührte. Außerdem wäre es wohl mit dem verdammten Gipsbein mehr ein verzweifeltes Mich-an-sie-Hängen gewesen als eine Trost spendende Umarmung.

Gigant wälzte sich mittlerweile im staubigen Sand und schien Antonia und mich bereits vergessen zu haben. Doch plötzlich rappelte er sich auf und kam langsam und mit hängendem Kopf auf uns zu. Dicht vor Antonia blieb er stehen und schnaubte. Er stupste sie mit seiner weichen Nase an und das war der Moment, in dem Antonia die Tränen über die Wangen liefen. Sie schlang ihre Arme um den Hals des Braunen, der sich die Berührung gerne gefallen ließ. Ihre langen schwarzen Haare vermischten sich mit der stoppelig kurzen, aber ebenfalls schwarzen Mähne des Pferdes und die Haare glänzten miteinander um die Wette.

Ich hatte meine Schwester schon immer um ihr dichtes kohlrabenschwarzes Haar beneidet, das sie von ihrem Vater geerbt hatte. Mein Vater hatte sein dünnes blondes Haar an mich weitergegeben. Aber dafür verdankte ich ihm, dass ich eines nicht mehr so fernen Tages über meine Schwester hinauswachsen würde.

Jetzt hatte Gigant genug und wandte sich wieder ab. Er wieherte wie zum Abschied, obwohl er bereits in die andere Richtung blickte (also meinte er wohl doch eher seinen Freund Gigolo), dann preschte er im gestreckten Galopp davon. Sein erhobener Schweif wehte im Wind.

Ich hätte mir jetzt auch gerne die Tränen aus dem Gesicht gewischt, denn sie kitzelten mich an den Wangen. Aber ich hatte leider keine Hand frei, da ich mich auf den verdammten Krücken abstützen musste, um nicht umzufallen.

Und Antonia neben mir seufzte zum Steinerweichen. Kein Wunder, wenn man bedenkt, dass sie nicht wusste, ob und wie es mit Gigant weitergehen würde.

Aber angefangen hat alles eigentlich viel früher. An einem lausig kalten Märztag vor etwa einem halben Jahr.

1

Ein Pferd ersetzt 10 Beamte.
Faustregel der Polizeibeamten

Gehst du am Samstag mit mir ins Kino?« Ich versuchte es mit einem Augenklimpern und entsprechendem Lächeln. »Es läuft ein super Film mit Ashton Kutcher.«

»Geht nicht, ich habe Dienst.« Antonia nahm sich noch ein drittes Stück Torte.

Ich schaute neidisch zu. Meine Schwester konnte essen, so viel sie wollte, und nahm kein Gramm zu. Sie war einfach der Typ kleine, zarte Italienerin. Ich dagegen brauchte ein Stück Kuchen nur anzuschauen und schon hatte ich ein Pfund mehr auf den Hüften.

»Hattest du nicht erst letztes Wochenende Dienst?«, fragte ich.

Antonia nickte. »Ja, aber im Augenblick brennt der Boden. Die Nazis haben eine Demo angekündigt, die wir mit den Pferden schützen sollen. Da braucht der Chef jeden Mann. Und Martin und Rüdiger sind im Urlaub.«

Ich verbesserte meine Schwester nicht, dass der Chef offenbar auch jede Frau brauchte, sondern sagte nur: »Schade.« Ich hatte nämlich gehofft, meine Schwester würde die Kinokarten bezahlen, denn mein Taschengeld war natürlich längst aufgebraucht. Immerhin war bereits die Hälfte des Monats vergangen.

»Mir tut's auch leid«, sagte Antonia. »Ich würde wirklich lieber mit dir ins Kino gehen, als mir von diesen beknackten Rechten das Wochenende versauen zu lassen.«

»Tja, aber das ist wohl dein Job«, sagte ich und merkte erst, als Antonia mich mit gerunzelter Stirn anblickte, wie zickig sich diese Bemerkung angehört hatte. »Äh … So habe ich es nicht gemeint«, versuchte ich, mich zu entschuldigen.

Antonias Stirn glättete sich wieder und sie lächelte. »Es stimmt ja, es ist mein Job«, sagte sie. »Der Schutz der Demokratie, in der jeder das Recht hat, seine Meinung zu sagen.«

Ich bemerkte den Stolz in Tonis Stimme, der sich immer einschlich, wenn sie von ihrer Arbeit sprach. Und ich konnte sie verstehen. Mehr noch, ich beneidete sie sogar. Ich hätte liebend gerne auf den Rest meiner Schulzeit verzichtet und wäre stattdessen jeden Morgen bei Nacht und Nebel zum Stall der Reiterstaffel gegangen. Doch leider lag noch ein weiter Weg vor mir, bis ich dieses Ziel erreicht haben würde: Abitur, drei Jahre Studium an der Polizeiakademie, ein Jahr Bereitschaftspolizei und anschließend ESD, Einsatz- und Streifendienst. Dann erst würde ich mich bei der Reiterstaffel bewerben können. Und noch war nicht gesagt, dass ich so viel Glück haben würde wie meine Schwester, die sofort eine der begehrten Stellen bekommen hatte und nun bereits seit anderthalb Jahren bei der Reiterstaffel ihren Dienst versah.

»Na ja, mal sehen«, sagte ich und wusste einen Augenblick lang selbst nicht, was ich damit meinte: meine berufliche Zukunft oder das bevorstehende Wochenende. »Vielleicht verzichte ich aufs Kino und komme auch zur Demo«, beendete ich meinen angefangenen Satz, nachdem ich mich für eine Sache entschieden hatte. Ich brauchte meiner großen Schwester ja nicht auf die Nase zu binden, dass ich ohne sie sowieso kein Geld hatte, um Ashton auf der Leinwand anzuschmachten.

Antonias Kuchengabel verharrte in der Luft, dicht vor ihrem bereits geöffneten Mund. Es platschte richtig, als das große Stück Sahnetorte aus der Höhe zurück auf den Teller fiel. »Du willst auf eine Kundgebung der Nazis?«, fragte sie ungläubig.

»Natürlich nicht, um die Nazis zu unterstützen«, erklärte ich, »sondern auf die Gegenseite.« Ich sah, wie Antonia die Luft anhielt.

»Mir wäre es lieber, du würdest nicht dort aufkreuzen«, sagte meine große Schwester. »Wenn die Linken und die Rechten aufeinandertreffen, ist das nicht immer lustig, weißt du?«

Ich verdrehte die Augen. Jetzt kam wieder diese »Das-ist-noch-nichts-für-dich-Litanei«.

»Ich weiß«, erwiderte ich und merkte diesmal, dass es schnippisch klang. Sollte es auch. »Aber ich finde, es geht uns alle an, wenn diese Dumpfbacken ausländerfeindliche Parolen brüllen, meinst du nicht?« Ich konnte ein gewisses triumphierendes Grinsen nicht unterdrücken. Was sollte meine Schwester, ihres Zeichens Halbitalienerin, mir auch darauf antworten?

Antonia unternahm einen zweiten Versuch, ihr letztes Stückchen Torte in den Mund zu befördern, und blickte mich dabei wohlweislich nicht an.

»Wer brüllt ausländerfeindliche Parolen?« Unsere Mutter kam mit ihrem frisch gefüllten Latte-macchiato-Glas in der Hand aus der Küche zurück und setzte sich zu Antonia und mir an den Tisch.

»Ach, niemand«, sagte ich und warf Antonia einen warnenden Blick zu.

Okay, vielleicht hatte Antonia recht und ich hätte wirklich besser etwas anderes unternommen, als auf diese blöde Demo zu gehen. Eigentlich verspürte ich, als ich am Samstagmorgen aufwachte, auch gar keine Lust mehr dazu. Aber ich ärgerte mich immer noch darüber, dass Toni mir gegenüber so besserwisserisch gewesen war, und wollte ihr zeigen, dass ich mir von ihr nichts sagen lassen musste.

Die Kundgebung der Rechtsradikalen sollte um zehn Uhr vormittags beginnen. Natürlich bedeutete das, spätestens um halb zehn bereitzustehen. Für Antonia hatte der Tag allerdings deutlich früher angefangen. Sie musste schließlich Gigant versorgen und abreiten, damit er im anschließenden Trubel ruhig und ausgeglichen blieb.

Ich hörte meine große Schwester in aller Herrgottsfrühe durchs Treppenhaus flitzen. Sie wohnt in der Dachgeschosswohnung unseres Hauses. Natürlich gab sie sich mal wieder nicht die geringste Mühe, ein bisschen leise zu sein, und ließ die Haustür hinter sich ins Schloss knallen.

Peng!

Ich saß senkrecht im Bett. Nur weil Gigant schussfest ist, bin ich es noch lange nicht! Verdammt noch mal!

Aber wenn ich jetzt schon einmal wach war, konnte ich auch genauso gut aufstehen.

Oberkommissar Michael drückte sich schon wieder in allen möglichen dunklen Ecken herum, als ich kurze Zeit später mein Fahrrad gegen die alte Backsteinmauer des Stallgebäudes lehnte und die Boxengasse betrat. Er grunzte missmutig, als er mich sah. Vermutlich sollte das eine Begrüßung sein, aber es kam mir nicht so vor.

Ich rubbelte hingebungsvoll mit einem Ärmel über den Milchfleck auf meinem Sweatshirt und tat so, als hätte ich ihn nicht gesehen. Natürlich hatte ich die Cornflakes beim Frühstück wieder einmal so schnell in mich hineingeschaufelt, dass ich wie ein bekleckertes Baby aussah. Manchmal kommt mir Essen eben wie reine Zeitverschwendung vor. Zumindest, wenn es sich nicht um Kuchen handelt. Aber es muss wohl sein.

Aus mehreren Lautsprechern drang Radiolärm. Den Pferden war die Geräuschkulisse egal, sie waren anderes gewöhnt. Und trotzdem lief das Radio mehr für sie als für die anwesenden Polizeibeamten. Polizeipferde müssen eben einiges aushalten können. Selbst Musik aus dem Musikantenstadl bringt sie nicht aus der Fassung. Ganz im Gegensatz zu mir.

Antonia war bei Gigant, striegelte und kämmte ihn, bevor es zum Aufwärmen ging.

»Hallo Schwesterchen«, begrüßte ich sie.

Antonia drehte sich zu mir um und grinste. »Schon wach?«

Ich verkniff mir eine boshafte Erwiderung und strich stattdessen zur Begrüßung über Gigants Stirn. Der Wallach wandte mir den Kopf zu und versuchte, an meinem Sweatshirt zu knabbern. Vermutlich hielt er es für eine Tüte voller Cornflakes.

»Guten Morgen!« Michael führte seinen Wallach, einen Grauschimmel, an Gigants Box vorbei auf den Abreitplatz. Er grinste meine Schwester dümmlich an – mich würdigte er keines Blickes – und ich meinte, einen roten Schimmer auf den Wangen von Antonias Kollegen zu sehen. Was war nur los mit diesem Mann?

Toni grüßte freundlich zurück, ohne das Striegeln zu unterbrechen.

Ich schnaubte bloß und Gigant schloss sich meiner Aussage vorbehaltlos an, indem er ebenfalls schnaubte. Aber vielleicht war er auch nur ungeduldig und wollte, dass es endlich losging. Und das ging es dann ja auch. Zwei Stunden später stand ich bereits im dichten Gedränge.

»*Kein Fußbreit den Faschisten!*« Der Typ neben mir brüllte seine Meinung so laut heraus, dass er davon ganz rot im Gesicht wurde vor Anstrengung. Eine Farbe, die ihm irgendwie nicht so gut stand.

Jeder Partyveranstalter wäre froh, wenn auf seiner Feier so schnell Stimmung herrschte wie auf dieser Demo. Und mir war jetzt schon klar, was am kommenden Tag in der Zeitung stehen würde – je nachdem, welche Zeitung man las.

Das rechtspolitische Blatt würde schreiben, dass die 300 friedlichen Rechten von einer Minderheit gewaltbereiter linker Autonomer an ihrem Recht zur freien Meinungsäußerung gehindert worden seien und die Polizei diesem Treiben tatenlos zugesehen hätte.

Das linke Blatt würde von einer verschwindend geringen Beteiligung der Neonazis sprechen, denen eine überwältigende Anzahl friedlicher Gegendemonstranten gegenübergestanden hätte, die von der anwesenden Polizei rücksichtslos und viel zu hart angegangen worden wären.

Nach der Lektüre würde man sich fragen, ob es vielleicht zeitgleich drei Demonstrationen gegeben hatte und die, auf der man selbst gewesen war, gar nicht erwähnt worden war.

Ich jedenfalls sah etwa 150 Nazis, die mit finsteren Mienen, aber zugegebenermaßen friedlich, die Straße entlangmarschierten. Die Polizei begleitete den Zug und schirmte ihn ab. Fetzen von Songtexten, die blechern aus den mitgebrachten Gettoblastern drangen, erreichten mein Ohr. In dem Lied ging es irgendwie darum, dass »die Guten« morgen noch da sein werden, die anderen, »Bösen«, aber nicht. Und dass die Guten dann Party machen würden. Jedenfalls verstand ich es so.

Ich sah Antonia auf Gigant, Michael auf seinem Schimmel Kasper, Tonis Chef auf seinem Dienstpferd Herkules – der »heiligen Kuh«, wie er den eindrucksvollen Hannoveraner mit einem Stockmaß von einem Meter fünfundachtzig selbst immer nannte – und Polizeihauptmeister Michaela auf dem Wallach Gigolo.

Auf der anderen Seite des Demonstrationszuges ritten vier weitere Kollegen Antonias.

Ich stand inmitten der Gegendemonstranten auf dem Platz, den die Rechten anstrebten, und sah dem Zug, der auf uns zukam, mehr oder weniger gelassen entgegen. Dichtes Gedränge war ich gewöhnt, schließlich fand so gut wie kein Heimspiel des ortsansässigen Fußballclubs ohne mich statt, seit Onkel Arthur, der Bruder meiner Mutter, mir eine Dauerkarte für meinen Lieblingsverein geschenkt hatte. Und doch war die Atmosphäre hier eine andere.

Neben mir stand der Typ, der so laut schrie, dass sein Kopf zu einem roten Luftballon mutierte. Hinter mir schwenkte jemand ein Pappschild, auf dem stand: »Ich hatte einen Traum: Ein Nazi hing an einem Baum. Ich hatte mehrere solcher Träume – doch leider nicht genügend Bäume.«

Überall wurde geschrien und auf Trillerpfeifen geblasen, dass ich Angst um meine Trommelfelle bekam. Einmal schlug mir der Typ mit dem Pappschild versehentlich auf den Kopf und ich wünschte mir, ich wäre nicht immer so trotzig. Was für ein schöner Samstag hätte das werden können …

»Wir bitten die anwesenden Personen, sich in Richtung Lutherstraße und Maximilianallee vom Platz zu entfernen.« Die Stimme des Einsatzleiters, der durch das Megafon sprach, klang entspannt und freundlich. »Der Platz wird nun geräumt.«

»Nazis verpisst euch, keiner vermisst euch!«, skandierten die Leute um mich herum und es wurde immer lauter.

Der Typ neben mir versuchte sich bei mir einzuhaken und ließ sich im Schneidersitz auf den Boden nieder. Ich löste mich aus seinem Griff und zog mich ein wenig zurück. Bei dem Kerl mit dem Pappschild hatte der Schreihals mehr Erfolg und unterstützt von einem dritten und vierten Demonstranten setzten sich die

Typen auf den kalten Boden, halb geleerte Bierflaschen und Coladosen vor sich.

Die acht Polizeipferde stellten sich nun nebeneinander auf. Antonia und ihre Kollegen trugen jetzt ihre volle Schutzmontur, wie es Vorschrift war: Helme und Schienbeinschoner, der Schlagstock ragte aus der Hemdtasche. Ich wusste, dass Antonia unter ihrer Dienstjacke eine schusssichere Weste trug. Und das beruhigte mich. Nicht dass ich ernsthaft glaubte, ein Demonstrant würde auf meine Halbschwester schießen, trotzdem war es gut zu wissen, dass es zu Tonis Grundsätzen gehörte, keinen Einsatz ohne Schutzweste durchzuführen. Obwohl sie immer wie ein Rohrspatz über das unbequeme Ding schimpfte, das seinem Träger die Luft abschnürte und ständig am Pistolenhalfter hängen blieb.

Es war ein beeindruckendes Bild, wie die acht Pferde eine Kette bildeten und Schritt für Schritt auf uns Demonstranten zukamen, um die Menschenmasse zurückzudrängen. Ich versuchte, mich in Antonia hineinzuversetzen. Was mochte das für ein Gefühl sein, einen Auftrag auszuführen, der eigentlich gegen die eigene Überzeugung war? In Antonias Adern floss ein Teil italienisches Blut und nun musste sie Menschen das Recht erkämpfen, ihre ausländerfeindliche Gesinnung zu verkünden, die sie aufgrund ihrer Abstammung vermutlich liebend gerne aus Deutschland hinausgeworfen hätten!

Gigant, Gigolo, Kasper und Herkules näherten sich ruhig den vier jungen Männern auf dem Boden, die ihre Füße einzogen und mit gequälten Gesichtern zu den mindestens 600 Kilo schweren Kolossen hochblickten.

Gigant hatte die Ohren angelegt und wirkte angespannt. Trotzdem tat er ruhig und brav, was seine Reiterin von ihm verlangte. Mittlerweile war es zwölf Uhr mittags. Seit mehr als drei Stunden war der Wallach nun im Dienst und hatte etliche Kilometer auf dem harten Pflaster der Innenstadt zurückgelegt.

Mir taten von dem Lärm ringsum bereits die Ohren weh. Wie musste es da erst diesen geräuschempfindlichen Tieren gehen?

»Haut ab! Haut ab! Haut ab!«, schrien die Demonstranten den Reitern und ihren Pferden entgegen. Ihre Stimmen klangen hasserfüllt.

Allmählich wurde mir ein wenig mulmig zumute. Die Stimmung war gereizt und ich wäre der Aufforderung der Polizei, mich vom Platz zu entfernen, gerne gefolgt, doch leider war das inzwischen gar nicht mehr so einfach. Die Demonstranten standen so dicht beieinander, dass an ein Durchkommen ohne Buschmesser kaum zu denken war.

Gigant und seine Kollegen standen jetzt unmittelbar vor den vier Typen auf dem Boden. Ich bewunderte die Jungs für ihr Durchhaltevermögen – *ich* wäre schon längst aufgestanden, denn aus Gigants Maul tropfte Spucke auf den roten Luftballon und Gigolos schwere Hufe stampften immer wieder nur wenige Millimeter vor den Füßen des Pappschildträgers auf den Boden.

»Scheiß Bullen!«, schrie der Luftballon. »Verdammter Polizeistaat!«

Ich wusste, dass Antonia und ihre Kollegen sich

davon nicht provozieren ließen. Jetzt ging es um anderes als um Beamtenbeleidigung.

»Vom Pferd aus kann man die Dinge oft entspannter sehen«, hatte Antonia mir mal erklärt. »Es ist etwas anderes, ob jemand dir gegenübersteht, dir in die Augen sieht und dich beschimpft oder ob du auf dem Pferd sitzt und keinen direkten Blickkontakt hast.«

Allmählich ging dem Luftballon und seinen Kumpanen die Luft aus. Sie wichen zurück. Offenbar wurde ihnen nun doch mulmig zumute. Und das konnte ich gut verstehen. Genau auf die muskulöse Brust eines Pferdes zu starren, das ein Stockmaß von einem Meter sechsundsiebzig oder mehr hat – dabei kann es einem schon heiß werden.

Aber kaum hatte sich der Gedanke in meinem Hirn manifestiert, dass jetzt gleich die Polizei ihre Aufgabe erfüllt und die Sitzblockade aufgelöst haben würde, da ging es mit einem Mal erst richtig los.

»Scheiß Bullen!«, ertönte es nun auch hinter mir und ich meinte den Lufthauch zu spüren, als ein Stein nur wenige Zentimeter neben meinem Ohr an mir vorbeirauschte. Er prallte irgendwo hinter den Pferden auf, ohne Schaden anzurichten, aber er hatte Signalwirkung.

»Scheiß Bullenpack!«, ertönte es nun von überall her. Ich hätte mich jetzt wirklich gerne in Luft aufgelöst, aber dafür war es zu spät.

Ich sah die Pferde an. Gigolo riss nervös die Augen auf und Michael hatte alle Hände voll zu tun, um Kasper daran zu hindern, eine Kehrtwende zu vollziehen. Aber noch hatten die Reiter ihre Pferde fest im Griff.

Nun flogen weitere Steine und leere Blechdosen. Der Pappschildträger, der mittlerweile ebenso aufgestanden war wie der Schreihals und die zwei anderen Kerle, wedelte mit seinem Schild dicht vor den Pferdeköpfen herum, als wolle er sie wie Fliegen verscheuchen. Aber Polizeipferde sind nun einmal keine Fliegen.

Plötzlich knallte es richtig laut und ich brauchte eine Weile, um zu begreifen, dass das Geräusch tatsächlich von dem Pflasterstein herrührte, der Gigant mit voller Wucht an der Stirn getroffen hatte.

Ich hörte einen spitzen Schrei und begriff erst danach, dass ich es war, die geschrien hatte.

Gigant riss den Kopf hoch und wich zwei, drei Schritte zurück. Dann hatte Antonia ihn wieder unter Kontrolle und führte ihn auf seine Position zwischen Gigolo und Kasper zurück.

Wie gebannt starrte ich auf Gigants Stirn. Ich spürte, dass mir der Mund offen stand, doch ich konnte nichts dagegen tun. Antonias Blick begegnete meinem. Sie erkannte offenbar die Besorgnis in meinen Augen und runzelte beunruhigt die Stirn.

Auf Gigants Stirn klaffte eine mehrere Zentimeter lange Wunde. Blut floss in einem dicken Strom über seine Nase. Der Blick des Pferdes war starr. Trotzdem stand der Braune regungslos da und versah seinen Dienst, als wäre nichts geschehen. Nur der Ausdruck in seinen Augen verkündete, dass irgendetwas nicht stimmte.

In Gigant brodelte es. Zwar spürte er Antonia auf seinem Rücken und das gab ihm ein Gefühl von Sicherheit, doch irgendetwas war nicht in Ordnung. Ganz und gar nicht in Ordnung. Da war etwas. Etwas an seiner Stirn, das sich heiß und ungesund anfühlte. Etwas, das dort nicht hingehörte. Gigant schlug unwillig mit dem Kopf. Und mit einem Mal verschwand die Welt um ihn herum hinter einem roten Schleier und ließ Gigant allein zurück. Er hörte die aufgebrachten Rufe der Menschen um sich herum. Aber er konnte nichts mehr sehen! Die Stimmen und das Pfeifen erschienen dem Wallach mit einem Mal noch lauter.

Ich bekam eine Gänsehaut, als Gigant in diesem Augenblick lautstark wieherte und von Panik erfüllt auf die Hinterbeine stieg.

2

Wenn ein Pferd keine Reaktion zeigt, lebt es nicht.
Reiter der Polizeistaffel

Für seine astreine Pesade hätte Gigant sicher die Höchstwertung von zehn Punkten erhalten, wenn es in diesem Moment um einen Wettbewerb gegangen wäre. Aber darum ging es nicht. Ich blickte von weit, weit unten auf das Pferd, das über mir in den Himmel ragte, und dachte: »Das war's.« Was genau ich damit meinte, wusste ich wohl selbst nicht. Fürchtete ich, Gigant könnte sich oder andere verletzen? Oder dachte ich, wenn Gigant jetzt die Flucht ergreift, werden ihm Kasper, Gigolo, Herkules und die anderen folgen? Pferde sind Fluchttiere. Und Herdentiere. Wenn eins sagt: *Okay, mir reicht's, ich bin dann mal weg,* dann rufen die anderen normalerweise sofort: *Alles klar, wir kommen mit!*

Gigant vollführte noch eine erstklassige *Pirouette* und zeigte sein Talent für die Hohe Schule, bei der die *Pesade* – das Pferd erhebt sich in einem Winkel von mehr als 45 Grad auf die Hinterhand und zieht die Vorderhand an – und die *Pirouette* – das Pferd dreht sich auf der Hinterhand um seine eigene Achse – schon zu den schwierigen Lektionen zählen.

Vermutlich sah nur ich den Ruck, der durch Gigolo und Kasper ging, die unmittelbar neben Gigant standen, und der verriet, dass sie in diesem Augenblick gegen ihren Instinkt zu fliehen ankämpften.

Doch Antonia bekam Gigant unter Kontrolle und ließ ihn nach hinten ausscheren. Vermutlich war Gigant froh, dass ihm jemand sagte, was er zu tun hatte, und er nur gehorchen musste.

Plötzlich hatte ich die Kraft, mir einen Weg durch die Menschenmenge zu bahnen, die mir vorher so undurchdringlich erschienen war. Und während sich meine Halbschwester einige Meter entfernt aus dem Sattel gleiten ließ, duckte ich mich unter Gigolo hindurch und verschwand auf der Seite der Polizisten aus dem Chaos, das überall herrschte.

Leider werde ich wohl nie erfahren, was der Luftballon und seine Freunde dachten, als eine von ihnen so plötzlich die Seite wechselte und sich bereitwillig dem verhassten Bullenpack anschloss. Aber selten habe ich so viele dumme Gesichter auf einmal gesehen.

Antonia hatte Gigant bereits zurück zum Einsatzwagen geführt, der am Rand des Platzes stand. Sie sah blass aus, fand ich. Meine Schwester hielt Gigant am Zügel fest und sprach beruhigend auf ihn ein. Der Wallach zitterte zwar noch, hatte sich aber so weit beruhigt, dass er still stehen blieb. Die glänzenden Flanken vibrierten, sobald sich seine Muskeln vor Anspannung zusammenzogen.

Klaus, Antonias Chef, nickte mir zu. Er schien sich nicht zu wundern, mich hier zu sehen. Auch er hatte Herkules für einen Augenblick aus dem Gewühl zurückgezogen. Wie immer musterte ich sein Pferd mit respektvollem Blick. Ein Meter fünfundachtzig Stockmaß sind einfach verdammt viel. Selbst für mich, der Pferde eigentlich nicht groß genug sein können.

»Der Tierarzt ist informiert«, sagte Klaus zu Antonia, die stumm nickte. »Er wird gleich da sein.«

Wieder nickte Antonia, ohne den Blick von Gigant abzuwenden. Ich sah, dass ihre Hände zitterten, während sie dem Pferd über den Hals strich.

Klaus seufzte und legte Antonia kurz die Hand auf die Schulter. Dann schwang er sich wieder auf Herkules' Rücken (schon allein das war eine akrobatische Leistung) und kehrte zurück zu den anderen Reitern, die sich immer noch darum bemühten, den Platz zu räumen, ohne die Stimmung weiter zum Kochen zu bringen.

»Zum Glück hat er keinen verletzt«, sagte Antonia, als ich neben sie trat und ebenfalls Gigants Hals kraulte. Der Wallach brummte leise. Aus seinen Nüstern und seinem Maul tropfte Schaum und seine Brust war schweißnass.

Ich behielt meine Meinung, dass die Leute dann selbst daran schuld gewesen wären, für mich. Wusste ich doch, dass es das oberste Gebot für alle Polizeireiter war, niemanden zu verletzen. Schließlich waren sie dazu da, für Sicherheit und Ordnung zu sorgen. Den Skandal, dass ein Polizeipferd die Kontrolle verlor und vielleicht sogar einen Menschen verletzte, konnte sich die Polizei wahrhaftig nicht leisten. Und ein Pferd, das nicht zu jeder Zeit hundertprozentig beherrschbar war, hatte seine längste Zeit bei der Polizei hinter sich. Bei diesem Gedanken zog sich mein Herz plötzlich zusammen. Konnte es sein, dass Gigant nun ausgemustert wurde? Dass er verkauft werden musste, weil er für den Polizeidienst nicht mehr infrage kam? Er wäre nicht der Erste gewesen, dem das passierte.

Aus der Wunde an Gigants Stirn lief immer noch Blut. Wie viel Blut kann ein Pferd eigentlich verlieren, bevor der Verlust lebensbedrohlich wird?, fragte ich mich leise. Und schimpfte laut: »Wann kommt denn endlich der verdammte Tierarzt!«

Zu meiner Überraschung lächelte Antonia. »Du bist ja noch aufgeregter als ich«, stellte sie fest. Nun, wenn ich sie dadurch ein wenig aufheitern konnte – bitte schön.

Als hätte Dr. Vogel meinen Ruf erhört, wurde in diesem Augenblick der Wagen des Veterinärs durch die Absperrung gewunken und einen kurzen Augenblick später stand der Mann leibhaftig neben uns. Er war genauso kurzatmig wie das Pferd, das er zu behandeln hatte. Mit dem einzigen Unterschied, dass die Kurzatmigkeit bei ihm auf seine Leibesfülle zurückzuführen war und bei Gigant auf die Aufregung.

Ich beobachtete, wie Dr. Vogel eine Spritze aufzog und sie Gigant verabreichte. »Zur Stärkung des Kreislaufs«, wie er erklärte. Und ich fragte mich, ob er mir und Antonia nicht die gleiche Spritze verpassen konnte. Dann erst betrachtete er die Wunde näher, reinigte die Wundränder und legte einen Druckverband an, der Gigant zunächst einmal in einen arabischen Scheich verwandelte. »Am besten warten wir nicht mehr allzu lange«, sagte er mit einem Blick auf seine Armbanduhr. »Sobald der Wallach zurück im Stall ist, werde ich die Wunde nähen.«

Antonia nickte stumm. Wenn es nach ihr gegangen wäre, dann hätten wir unverzüglich damit beginnen können, die Pferde in die Transporter zu verladen und sie zurückzukutschieren. Das sah ich ihr an. Aber erst einmal musste diese verdammte Demo zu Ende gehen.

Das Klappern der Hufe hallte von den Wänden der Boxengasse wider, als die Polizeibeamten ihre Pferde einige Zeit später zurück zu den Ställen führten, ihnen Sattel und Zaumzeug abnahmen und sie mit einem Klaps auf die Kruppe verabschiedeten, bevor jedes der Tiere in seinem eigenen Stallabteil verschwand.

Es dauerte nicht lange, bis aus jeder Box nur noch das Kauen der Pferde zu hören war. Alle hatten Hunger und Durst. Und zwar nicht nur die Tiere. Kein Wunder, mittlerweile war es vier Uhr nachmittags. Zehn Stunden hatte der Einsatz gedauert, wenn man die Abreitphase für die Pferde am frühen Morgen und die Verlade- und Transportzeiten hinzurechnete. Überstunden für die zwei- und vierbeinigen Polizeibeamten gehörten zum Alltag wie Sand zum Strand. Oder Wasser zum Meer. Oder was auch immer.

Ich lehnte mich von außen an die Gitterstäbe vor Gigants Box. Toni stand neben ihrem Pferd und streichelte es, während Dr. Vogel den Turban vom Pferdekopf abwickelte. Er schüttelte den Kopf, während er die Wunde noch einmal genau untersuchte.

»Wie ich schon sagte, das müssen wir nähen«, wiederholte er und machte sich an seiner Tasche zu schaffen. »Wir versuchen es erst mal mit lokaler Betäubung«, fuhr er fort. »Ich gebe ihm etwas zur Beruhigung, aber wenn wir es ohne Narkose schaffen, ist das natürlich das Beste.«

Ich schluckte. Die Wunde erschien mir verdammt groß. Ob Gigant die Behandlung ohne Gegenwehr über sich ergehen lassen würde?

Dr. Vogel holte einen relativ normal aussehenden Rasierer hervor und begann damit, die Wundränder zu enthaaren.

Gigant legte die Ohren an. Es war ziemlich offensichtlich, dass ihm die Prozedur keinen Spaß machte. Aber Toni strich ihm über die Mähne und flüsterte ihm irgendwelche Geheimnisse ins Ohr. Vermutlich waren es Versprechungen, wie viele Mohrrüben und anderes er von ihr bekommen würde, wenn er nur brav blieb. Ich konnte nichts hören, aber Gigant schien ihren Worten zu glauben.

Nachdem die Wundränder rasiert und die Wunde gründlich ausgespült worden war, begann Dr. Vogel mit dem »Kunststopfen«, wie er es nannte.

Mir knurrte der Magen, aber ich wollte Toni und Gigant auf keinen Fall alleinlassen.

Immer wieder blieb auch einer der anderen Kollegen neben mir stehen und erkundigte sich nach Gigants Befinden. Natürlich dauerte es nicht lange, bis auch Michael auftauchte und durch die Gitterstäbe zu Gigant und Toni schaute. Nur mich würdigte er selbstverständlich keines Blickes.

»Wie geht es euch?«

Er war der Einzige, der sich auch nach Tonis Befinden erkundigte, wie mir auffiel, aber das änderte nichts daran, dass ich den Kerl trotzdem nicht mochte. Er strafte mich stets mit so viel Missachtung, dass mir gar nichts anderes übrig blieb, als ihn ebenfalls links liegen zu lassen.

Toni seufzte und augenblicklich ließ Gigant die Ohren vor- und zurückschnellen.

Meine Halbschwester beeilte sich, den Wallach zu beruhigen und ihm zu versichern, dass ihr Seufzen nichts mit ihm zu tun hatte, damit Dr. Vogel weiternähen konnte.

»Mit tut der Hintern weh«, antwortete sie schließlich. »Mein Sattel ist echt so was von durchgesessen. Aber es geht schon, solange Gigant schnell wieder fit wird.«

»Hast du denn einen neuen beantragt?«, wollte Michael wissen.

Meine Schwester schnaubte und augenblicklich reagierte Gigant wieder mit Unruhe und musste sich davon überzeugen lassen, dass auch diese Unmutsäußerung seiner Reiterin nichts mit ihm und der Behandlung zu tun hatte.

»Klar«, sagte Toni. »Schon lange. Aber Klaus meint, das kann ich mir vorerst abschminken. Der Geldbeutel für den Etat ist mehr als leer. Ich muss wohl mit dem alten Sattel zurechtkommen, bis er sich vollends in seine Bestandteile aufgelöst hat.«

Das war natürlich übertrieben. Die Ausrüstung der Polizisten musste immer in einem ausreichend guten Zustand sein und wurde regelmäßig auf volle Funktionsfähigkeit überprüft. Aber ich wusste, dass Toni schon länger über ihren Sattel schimpfte, der durchgesessen war und wenigstens eine neue Polsterung gebraucht hätte. Doch dafür gab es im Augenblick kein Geld.

»So«, sagte Dr. Vogel jetzt und wischte sich mit dem Hemdsärmel ein paar Schweißperlen von der Stirn. »Das war's. Ich decke die Wunde nur noch mit einem Aluspray ab und gebe ihm ein Antibiotikum.«

Als hätte Gigant den Mann verstanden, wurde er in diesem Moment unruhig und entzog sich endgültig Antonias Griff.

Toni lachte. »Eigentlich müssten wir dich umbenennen«, sagte sie zu dem Braunen. »Einstein würde gut zu dir passen, so klug wie du bist!«

Gigant schüttelte den Kopf und es sah aus, als wollte er Toni widersprechen. Aber natürlich war es nur das ungewohnte Gefühl an der Stirn, das ihn störte.

3

Wir haben mehr Anfragen, als wir bearbeiten können.
Das zeigt den Bedarf.
Thomas Kriwens, Leiter der Reiterstaffel des Bundes

Hast du das gelesen? Eine solche Blamage hat der Verein seit vorletzter Saison nicht mehr eingesteckt!«

Ich klemmte mir den Hörer zwischen Schulter und Ohr und grunzte zustimmend. Onkel Arthur konnte sich immer so wunderbar aufregen.

»Es tut mir leid, dass ich nicht mir dir zum nächsten Spiel gehen kann, hörst du? Aber sobald ich wieder da bin, sind wir zwei im Stadion, versprochen.«

»Wann kommst du denn wieder?«, fragte ich.

Am anderen Ende der Leitung blieb es still. »Entschuldige, was hast du gesagt?«, fragte mein viel beschäftigter Onkel nach einer Weile, in der ich nur Stimmengewirr gehört hatte.

»Wann du wiederkommst.«

»Nun, jetzt habe ich erst mal den Dreh in Marokko und danach bin ich für eine Dokumentation in Frankreich unterwegs. Aber nächsten Monat sieht es wieder besser aus, dann sind die meisten Sachen im Kasten.«

»Hmm«, machte ich und malte mir aus, wie mein

Onkel, der Kameramann, auf einem Kamel durch die afrikanische Wüste ritt.

»Okay, ich muss Schluss machen«, sagte mein Onkel. »Grüß deine Mutter und deine Schwester von mir, ja? Und natürlich gute Besserung für Goliath.«

»Goliath?« Wer zum Teufel war Goliath?

»Na Goliath, das Pferd!«

»Ach so«, ich lachte, »du meinst Gigant!«

»Dann halt den«, sagte mein Onkel und legte auf.

Ich hatte bald Gelegenheit, Gigant die Genesungswünsche von Onkel Arthur zu überbringen. Der Wallach bekam Sonderurlaub. Zwei Tage brauchte er keinen Dienst zu versehen. Und zwei Tage musste Antonia auf ihn verzichten und mit Diabolo Streife reiten.

Diabolo war – für ein Polizeipferd – relativ klein. Mit einem Stockmaß von einem Meter fünfundsechzig entsprach er gerade eben den Mindestanforderungen, die die Polizei an ihre Dienstpferde stellt. Aber in diesem einen Meter fünfundsechzig steckte so viel Power, dass es locker für zwei bis drei Pferde gereicht hätte. Der Rappe trug seinen Namen zu Recht: In ihm steckte wirklich ein kleiner Teufel. Wenn man seine Box betrat, legte er stets die Ohren an und machte dem Eindringling unmissverständlich deutlich, dass er lieber nicht gestört werden wollte. Wer ihn nicht kannte, der nahm diese Aufforderung, schnellstmöglich zu verschwinden, ernst und schloss die Stalltür wieder. Und zwar von außen.

In Wahrheit aber war Diabolo genauso handzahm wie alle anderen Pferde im Stall. Man brauchte ihn nur aus seinem Revier hinaus auf die Boxengasse zu führen und schon zeigte er seinen weichen Kern und wurde lammfromm.

Na ja, lammfromm ist vielleicht nicht ganz der richtige Ausdruck. Alle vierundzwanzig Pferde im Stall waren grundsätzlich menschenbezogen, lernwillig und freundlich. Sonst wären sie für den Polizeidienst auch nicht infrage gekommen. Aber das hieß noch lange nicht, dass man mit ihnen alles machen konnte. Im Gegenteil.

Meine Freundin Sarah hat mir am Anfang immer die Ohren vollgeschwärmt, wie gerne sie auch mal so ein tolles Polizeipferd reiten würde. Dabei hat sie wohl gedacht, sie bräuchte selbst nichts zu können, weil das Pferd alles alleine macht. Das stimmt natürlich nicht! Polizeipferde müssen nämlich nicht nur lernwillig und freundlich sein. Sie müssen auch selbstbewusst sein. Und zum Selbstbewusstsein gehört oft auch eine Portion Eigensinn. Ich habe selten so viele eigensinnige Pferde auf einem Haufen gesehen wie im Stall der Polizeireiter. Und Diabolo war eins davon. Ihn konnte man nicht auf einen Einsatz mitnehmen, der mehrere Stunden dauerte und während dem die Pferde nur stehen mussten, wenn er nicht vorher mindestens ein paar Runden in der Führanlage hinter sich gebracht hatte. Sonst machte Diabolo nach drei Stunden seinem Namen alle Ehre und wurde teuflisch ungehalten.

Während Gigant also eine ruhige Zeit genoss, hatte Antonia dafür umso mehr zu tun. Zusätzlich zu ihrem normalen Dienst musste sie nun für zwei Pferde sorgen. Denn auch wenn Gigant Urlaub hatte, so musste er dennoch bewegt und versorgt werden. Ich durfte ihr helfen und mit Gigant spazieren gehen. Es war zwar kalt, aber die Sonne schien und wir drehten Runde um Runde entlang der Koppeln.

Klaus und Helmut, die beiden Veteranen, trainierten gerade mit dem neuesten Pferd im Stall. »Maestro hat sich entschlossen, Polizeipferd zu werden«, hatte der Chef vergangene Woche verkündet und Beifall für seine Worte geerntet. »Luigi und Macchiato dagegen werden uns wieder verlassen.«

Nur eins der drei Pferde, die der Züchter der Polizei zur Probe überlassen hatte, hatte den strengen Blicken des Tierarztes und des Ausbilders standgehalten. Maestro, ein dreijähriger Fuchs, schien für den Polizeidienst geeignet. Er hatte einen sauberen, raumgreifenden Gang, einen gesunden Rücken und die nötige Gelassenheit. Er war wissbegierig auf Neues und menschenfreundlich. Sein Halbbruder Luigi dagegen war ebenso wie Macchiato nach gründlicher Musterung wieder zurück in den heimatlichen Stall gebracht worden. Luigi fehlte das nötige Nervenkostüm und Macchiato – so prophezeite der Tierarzt – würde eines Tages bei zu harter Beanspruchung anfangen zu lahmen. Vielleicht wurde aus einem von ihnen sogar einmal ein gefeierter Champion, das war nicht auszuschließen, aber für die Arbeit bei der Polizei waren die beiden bildschönen Holsteiner ungeeignet.

Maestro jedoch bekam gerade das Einmaleins der Polizeiarbeit beigebracht. Unter den aufmerksamen Blicken der beiden Ausbilder erkundete er das Außengelände und machte sich mit seiner Umgebung vertraut.

Aber nicht nur die zwei Männer verfolgten jede seiner Regungen. Gigant war so fasziniert, dass er immer wieder am Zaun stehen blieb und den Neuen bei seinen Übungen beobachtete.

Noch musste Maestro nichts Spektakuläres über sich ergehen lassen. Es ist ein weiter Weg vom Freizeitpferd, das sich schon beim Auffliegen eines Vogels oder beim Flattern einer Plane im Wind erschreckt, bis zum Polizeipferd, das sich selbst dann nicht mehr aus der Ruhe bringen lässt, wenn man ihm eine Decke über den Kopf legt oder einen großen roten Gummiball auf ihn zurollen lässt. Und Maestro stand noch ganz am Anfang dieses Weges.

Just in diesem Augenblick brachte ein leichter Windstoß die eingerissene Plastikabdeckung über einem der Heuballen am Rande des Reitplatzes in Bewegung.

Maestro blieb ruckartig stehen, als hätte jemand seine Beine mit Blitzbeton eingemauert, und hob den Kopf. Die Augen weit aufgerissen und die Ohren steil aufgestellt, blähte er seine Nüstern. Alle Sinne des Tieres waren auf Empfang eingestellt. Von wo drohte die Gefahr? Und wohin sollte er fliehen?

Wie bestellt wehte die Plane ein zweites Mal. Ein lautes knallendes Geräusch entstand, als ein Stück der stabilen Folie gegen die Stallmauer schlug.

Peng!

Als hätte er einen Startschuss gehört, rannte Maestro los. Ziel- und kopflos galoppierte er über den eingezäunten Reitplatz, buckelte zwischendurch, als wolle er ein Raubtier abschütteln, das auf seinem Rücken sitzt.

Klaus und Helmut lachten. Und nicht nur die beiden

Ausbilder hatten ihren Spaß. Ich hätte schwören können, dass Gigant neben mir den Kopf schüttelte und sein Schnauben klang verdammt nach Gelächter.

»Okay, du hast deinen Spaß gehabt«, sagte ich zu dem Pferd neben mir. »Dann wird es jetzt Zeit in den Stall zurückzugehen. Antonia hat gleich Dienstschluss und du willst sie doch nicht verpassen, oder?«

Wieder schnaubte Gigant. Und ich beschloss, dass er mir damit seine Zustimmung zu meinem Plan geben wollte.

Kaum ließ sich Antonia aus dem Sattel gleiten, stand auch schon Michael in der Boxengasse. Ich wunderte mich wieder einmal, wie der Mann es jedes Mal fertigbrachte, immer dann wie aus dem Nichts aufzutauchen, wenn meine Halbschwester in der Nähe war.

»Hast du es schon gehört?«, fragte er, »es ist schon wieder ein Sack Futter verschwunden.«

»Ehrlich?« Toni schüttelte den Kopf. »Das gibt's ja gar nicht.« Sie lockerte den Gurt und zog Sattel und Schabracke von Diabolos Rücken, bevor sie ihn vom Halfter befreite und mit einem Klaps auf die Kruppe in seine Box schickte. Dort machte sich der Rappe unverzüglich über sein Futter her, als hätte er seit Tagen nichts mehr zu fressen gekriegt. Oder als hätte er Michaels Worte verstanden und fürchtete, leer auszugehen, wenn er sich nicht ranhielt.

»Wer macht denn so was?« Toni schnappte sich Sattel und Zubehör und begab sich auf den Weg zur Sattelkammer, gefolgt von Michael und mir. Oder sollte ich besser sagen *verfolgt?*

»Na ja.« Michael kratzte sich am Kopf. »Irgendeiner von uns, der nicht genug Geld hat, würde ich meinen.«

»Für einen Sack Futter?« Toni wandte sich zu ihrem Kollegen um. »Ich bitte dich …«

»Kostet ja schon 'ne ganze Menge, alles zusammen«, fuhr Michael fort. »Unter 250 Euro im Monat kommst du da nicht weg. Da ist es vielleicht schon eine Hilfe, wenn du mal 25 Euro für einen Sack Kraftfutter sparen kannst.«

»Wenn ich es mir nicht leisten kann, ein Pferd privat zu halten, dann lasse ich es halt«, entgegnete Toni und ich hörte meiner Schwester an, dass sie das Thema wütend machte.

»Ja, du«, sagte Michael. Und er betonte das *du* dabei ganz merkwürdig.

Toni antwortete nicht. Das Schweigen breitete sich aus, bis es unangenehm wurde.

»Tja«, machte Michael schließlich und kratzte sich verlegen am Kopf. »Wir sehen uns dann morgen beim monatlichen Gesundheitscheck?«

»Auf jeden Fall!« Jetzt lächelte Antonia wieder. »Dr. Vogel schaut ganz besonders nach Gigant, hat er mir versprochen. Und vielleicht kann ich dann ja übermorgen schon wieder mit meinem Schatz auf Streife gehen.«

Michael wurde puterrot im Gesicht, aber er wandte sich so schnell ab, dass nur ich es sehen konnte.

Einmal im Monat ließ Dr. Vogel alle Pferde der Reiterstaffel im wahrsten Sinn des Wortes antraben. Jeder Polizeireiter führte sein Dienstpferd selbst vor. Das Klappern der Hufe auf dem Platz vor dem Stallgebäude hallte den ganzen Nachmittag über ohne nennenswerte Pausen bis zum Einbruch der Dämmerung von den steinernen Wänden des altehrwürdigen Backsteinbaus wider.

»Ah, unser Fräulein Verdammt-Paula ist auch wieder da«, begrüßte mich der Veterinär und ich zog pflichtschuldig eine Grimasse.

Eigentlich war Dr. Vogel ganz in Ordnung – wenn man von dem Spitznamen, den er mir verpasst hatte, absah. Okay, ich gebe zu, dass mir das Wörtchen *verdammt* verdammt oft über die Lippen kommt. Aber ist das ein Grund, mich deswegen Verdammt-Paula zu nennen? Michael jedoch, der gerade seinen Kasper vorführte, bekam sich vor Lachen fast nicht mehr ein. Er hätte glatt den Namen mit seinem Pferd tauschen können. Aber der Typ war meiner Meinung nach sowieso nur albern.

Ich stellte mich schweigend neben den Tierarzt und den Schmied und verschränkte die Arme vor der Brust. Natürlich nur, weil mir kalt war.

»Nicht sauer sein, Paula«, sagte Klaus, der selbstverständlich ebenfalls an der Begutachtung der Pferde teilnahm, und legte mir kurz den Arm um die Schultern.

Dr. Vogel bedeutete Michael mit einer knappen Handbewegung, Kasper zu wenden, und konzentrierte sich mit leicht zusammengekniffenen Augen auf die Hinterläufe des Schimmels. Dann blickte er zum Schmied hinüber, der ihm zunickte, und Dr. Vogel machte einen Haken auf seiner Liste. Kasper war gesund.

Ich atmete tief durch, als jetzt Toni Gigant auf uns zutraben ließ, und versuchte mich wie der Veterinär, der Hufschmied und der Leiter der Staffel ganz auf die Vorderläufe des Pferdes zu konzentrieren. Gab es auch nur das geringste Anzeichen für Lahmungserscheinungen? Ich jedenfalls konnte verdammt noch mal nichts dergleichen erkennen und ein Blick auf den Tierarzt neben mir zeigte, dass er ebenfalls nichts zu beanstanden hatte.

»Ah«, machte er, als Toni Gigant dicht vor ihm zum Stehen brachte. »Das ist doch unser Verletzter.« Er reichte seinen Block, auf dem er sich Notizen machte, an Klaus weiter und trat auf Gigant zu, strich die Stirnmähne, die ohnehin kurz geschoren war, nach oben und musterte die Verletzung. »Sieht gut aus«, murmelte er. »Keine Entzündung und die Naht heilt wunderbar aus.«

»Heißt das, er ist wieder einsatzfähig?« Toni und Klaus sprachen wie aus einem Mund.

»Ich würde sagen ja«, antwortete der Tierarzt. »Stehen denn in nächster Zeit größere Einsätze an?«

Klaus grinste. »Es stehen immer größere Einsätze an«, sagte er. »Wir haben jede Woche mehr Anfragen als Pferde im Stall. Und das, obwohl mittlerweile fast jede zweite Staffel aufgelöst ist oder aufgelöst werden soll. Aber wenn du darauf hinaus möchtest, dass Gigant noch geschont werden muss, dann ist das kein Problem.«

Der Tierarzt nickte. »Normale Streifengänge kann er machen«, antwortete er. »Bis er das nächste Mal auf Hooligans trifft, sollten vielleicht noch ein paar Tage vergehen.«

Jetzt war es Klaus, der nickte, während Dr. Vogel bereits mit seiner Untersuchung fortfuhr. Er tastete Gigants

Beine nach Schwellungen ab, befühlte die Lymphknoten, hörte die Brust des Pferdes nach Atemgeräuschen ab, betrachtete die Schleimhäute der Augen, hob einen Huf nach dem anderen hoch und musterte ihn ausgiebig, strich auf der Suche nach Druckstellen über Gigants Rücken und klopfte dem Pferd zum Abschluss auf den Hals. Dann wandte er sich zu Klaus um und nahm ihm den Block aus der Hand, den der Staffelleiter für ihn festgehalten hatte. Ich konnte sehen, wie er hinter Gigants Namen einen Haken machte.

Gesund.

4

Mein Drahtesel gehorcht mir wenigstens.
Mountainbiker der Polizei

Überall standen Bierbuden. Und alle zwanzig bis dreißig Meter änderte sich die Musik, die aus den Lautsprechern drang. An manchen Stellen war das Durcheinander aus Blaskapelle, Schlager und Pop oder Rock kaum auszuhalten. Dafür hatte man an diesen Orten wenigstens genug Platz, um vernünftig ein- und auszuatmen. Sonst drängten sich die Menschen an den Biergarnituren dicht an dicht aneinander und schunkelten oder sangen (mehr oder weniger gemeinsam) falsch mit: »It is raining …« wurde da schon mal zu: »Shit is maining …« Was auch immer das heißen sollte. Darüber wollte ich jedenfalls lieber nicht nachdenken.

Im Regen standen Sarah und ich zwar nicht, aber das Aprilwetter zeigte sich trotzdem von seiner sprichwörtlichen Seite. Wenn die Sonne es hinter einer Wolke hervorschaffte, wollte man sich am liebsten die Jacke vom Körper reißen, doch sobald die nächste Wolke am Himmel aufzog, sehnte ich mir Ohrenschützer herbei.

Ohrenschützer wären auch gut gewesen, um die dahergelallten Sprüche des Mannes neben mir nicht so laut hören zu müssen, der trotz der frühen Stunde – es war gerade mal kurz nach elf Uhr vormittags – ein oder vielmehr zwei Bier zu viel getrunken hatte und mir jetzt ein Gespräch aufzwingen wollte. Ich versuchte, ihn zu ignorieren.

Hin und wieder stupste Sarah mich an und deutete mehr oder weniger verstohlen auf irgendeinen Typen, der ihr gefiel oder von dem sie meinte, dass er mir gefallen müsste. Und wie immer lag sie jedes Mal daneben.

Trotzdem war das Straßenfest ein Highlight nach diesem langen grauen Winter und alle waren fröhlich. *Feucht*fröhlich. Bierdunst und Rauchwolken waberten durch die Luft. Nicht nur von dem Kerl neben mir.

Wieder stupste Sarah mich an und ich drehte mich auf der Suche nach dem Jungen, den sie mir wohl diesmal zeigen wollte, um. Doch dann erkannte ich, dass sie auf zwei eindrucksvolle Pferde deutete, die sich mitten durch die Menschenmenge auf uns zubewegten.

Schnell kamen die beiden allerdings nicht voran. Immer wieder wurden sie von Kindern umzingelt, die die Pferde streicheln wollten. Trotzdem erkannte ich bereits aus der Ferne, dass es sich um Toni auf Gigant und Klaus auf Herkules handelte, die ihren Dienst auf dem Stadtteilfest versahen.

»Hi, Toni«, rief ich meiner Schwester zu, als die beiden nahe genug herangekommen waren.

Toni winkte mir fröhlich zu.

Gigant schien weniger Spaß zu haben. Kaum war er stehen geblieben, umringten ihn wieder jede Menge Menschen, hielten ihm ihre nach Nikotin stinkenden Finger unter die Nüstern, strichen ihm mit ihren klebrigen Händen durchs Fell und hauchten ihm ihren alkoholisierten Atem ein.

Nur wer ihn kannte, sah, dass sein Blick stoisch war, bemüht, den Lärm und die vielen Menschen zu ertragen, und dass seine Ohren unwillig hin und her zuckten. Unter der Stirnmähne blinkte die frische Narbe hervor.

Auf der anderen Seite schien ihm aber die Aufmerksamkeit, die er bekam, auch zu gefallen. Manchen Menschen, vor allem Kindern, neigte er seinen Kopf entgegen und schnupperte an ihnen. Und als ein Mädchen ihm ein Stück Apfel hinhielt, nachdem es Toni um Erlaubnis gefragt hatte, nahm er es ihr nahezu zärtlich aus der Hand und kaute anschließend versonnen.

Von der anderen Seite näherten sich zwei weitere Polizisten. Sie schoben ihre Mountainbikes durch die Menge und reagierten auf den Anblick der Polizeipferde wie alle anderen Menschen ringsum auch: Sie blieben stehen und streichelten Gigant und Herkules.

Während ich sie beobachtete, war ich mir nicht sicher, ob einer der beiden, der Gigants Hals tätschelte, nicht viel mehr an der Reiterin auf seinem Rücken interessiert war als an dem Pferd selbst. Zwar streichelte er Gigant, beachtete ihn dabei aber gar nicht, sondern blickte ohne Unterlass Toni an.

»Der braucht ein bisschen mehr Pflege als mein alter Drahtesel hier, was?«, sagte er und deutete mit dem Kopf auf sein Rad, das er mit einer Hand festhielt. »Mit ein bisschen Kettenschmiere ist es da nicht getan.«

Toni lachte, aber es klang gezwungen. Sie schien sich unter den Blicken des Kollegen unwohl zu fühlen. Und auch Gigant hatte offensichtlich keine Lust, weiter als Anbaggermittel herzuhalten. Vielleicht spürte er Tonis Ablehnung oder er konnte den Typen selbst nicht leiden, auf jeden Fall schwenkte er seinen massigen Kopf in Richtung des Polizisten und schnappte mit seinen weichen Lippen einmal nach der Hand des Mannes. Es war nicht mehr als eine Warnung, eine Aufforderung, ihn in Ruhe zu lassen.

»Oh oh«, machte der Polizist und zog seine Finger eilig zurück. »Der hat aber seinen eigenen Kopf. Na ja, da ist mir mein Drahtesel lieber, der gehorcht wenigstens.«

Ich verkniff mir ein Grinsen und hatte den Eindruck, Gigant würde es ähnlich gehen. Auf jeden Fall hatte er erreicht, was er wollte: Der fremde Mann ließ Toni in Ruhe und setzte seinen Rundgang mit dem Kollegen fort.

Erst am Abend erzählte Toni mir von dem kleinen Mädchen, dem sie auf dem Rückweg zum Stall begegnet waren. Das Kind hatte sich trotzig tobend auf dem Boden gewälzt und sein Vater hatte mit hochrotem Kopf vergeblich versucht, seine Tochter zum Weitergehen zu überreden.

»Wenn du jetzt nicht aufhörst, kommt die Polizei und sperrt dich ein!«, schimpfte der Vater in seiner Verzweiflung. »Siehst du«, fuhr er fort und deutete auf Toni und Klaus, die sich auf Gigant und Herkules näherten. »Da ist sie schon.«

Das Mädchen, Toni sagte, sie war ungefähr drei Jahre alt, hörte augenblicklich auf zu schreien und schaute ängstlich zu ihr auf.

Toni räusperte sich. »Du brauchst keine Angst zu haben«, sagte sie zu dem Mädchen, während sie sich aus Gigants Sattel gleiten ließ. »Wir tun dir ganz bestimmt nichts. Im Gegenteil. Willst du mal mein Pferd streicheln?«

Die Kleine nickte mit offenem Mund und stand auf. Vorsichtig streckte sie die Hand nach Gigant aus und streichelte seine Brust. Gigant senkte den Kopf und das Kind ertastete zärtlich die weichen Nüstern.

»Er heißt Gigant«, sagte Toni, »weil er so groß und so stark ist und kleine Mädchen beschützt. Und wie heißt du?«

»Celina«, antwortete das Mädchen.

»Hallo, Celina, ich heiße Antonia. Willst du mal auf Gigant sitzen?«

Während Toni sich mit Celina unterhielt, nahm Klaus den Vater des Mädchens zur Seite und wusch ihm gehörig den Kopf, was er sich eigentlich dabei dachte, dem Mädchen solche Angst einzujagen. »Stellen Sie sich mal vor, Ihre Tochter verirrt sich«, erklärte er. »Was glauben Sie, wird die Kleine tun, wenn sie dann einem Polizisten begegnet? Ihn um Hilfe bitten? Wohl kaum, wenn sie befürchten muss, dass die Polizei sie einsperrt.«

Zum Schluss strahlte Celina wieder und ihr Vater senkte schuldbewusst den Kopf. Er würde seiner Tochter wohl nicht noch einmal mit der Polizei drohen.

5

Ein Polizeipferd muss einen guten Charakter haben.
Hans Florian Theißen, Polizeikommissar

Einige Tage später lag ich auf dem Boden in meinem Zimmer und machte Matheaufgaben.

Wenn ein Bauer 7 Hektar Land bewirtschaftet und jeder Hektar …

Ich zupfte eine Fluse aus meinem hellgrünen Teppich und rollte sie zwischen Zeigefinger und Daumen zu einer kleinen Kugel, bevor ich die Kugel unter den Heizkörper flitschte. Wie ich Textaufgaben hasste!

Wenn mein Schreibtisch nicht so voll gewesen wäre, hätte ich auch dort meine Hausaufgaben machen können. Aber wenn ich erst noch den Schreibtisch leer räumen musste, um Platz für meine Unterlagen zu haben, dann würde draußen bald die Dämmerung einsetzen und ich dürfte nicht mehr zum Stall der Reiterstaffel.

Ich seufzte, drehte mich auf den Rücken und starrte an die Decke.

Wenn ein Polizeipferd 10 Jahre alt ist, seine Reiterin 23, wie alt ist dann die Schwester der Reiterin? Richtig, 13! Ich musste lachen. 10 und 13 ergaben zusammen 23! Das passte sogar: Gigant war 10, ich selbst 13 und

Toni, meine Schwester, 23! Warum konnte meine Lehrerin mir nicht einmal solche Aufgaben stellen?

Ich drehte mich wieder zurück auf den Bauch und versuchte, meine Gedanken weg von Pferden und hin zu Bauern zu lenken: Denn wenn ein Bauer also 7 Hektar Land bewirtschaftet, dann tut er das heutzutage vermutlich mit einem Traktor und nicht mit einem Pferd …

Peng!

Die Haustür fiel mit einem Knall zurück ins Schloss. Ich stöhnte missmutig und lauschte Antonias Schritten im Hausflur, die offenbar mehrere Stufen auf einmal nahm, während sie zu ihrer Wohnung hochrannte. Das heißt, zu lauschen brauchte ich nicht. Vermutlich hätte ich ihre Schritte selbst dann noch gehört, wenn ich mir die Ohren zugehalten hätte! Es klang, als trüge sie Skischuhe an den Füßen!

Ich runzelte die Stirn und warf einen Blick auf die Uhr über meinem Schreibtisch. War es etwa schon so spät? Vor halb sieben war Antonia sonst eigentlich nie zu Hause.

Meine Uhr meinte, es sei halb vier. Vielleicht war sie stehen geblieben?

Ich ließ den Bauern allein auf seinem Acker zurück und betrat den Hausflur, wo ich natürlich augenblicklich meiner Mutter begegnete.

Sie stemmte die Hände in die Hüften. »Was ist mit deinen Hausaufgaben?«

»Die Frage lautet: Was ist mit Antonia?«, entgegnete ich, und bevor meine Mutter noch etwas erwidern konnte, rannte ich die Treppe hoch zur Wohnung meiner Schwester.

Die Tür stand offen, als ich oben ankam, und ich hörte Antonia fluchen.

»Was ist los?«, fragte ich, als ich den schmalen Flur betrat.

Antonia stürzte an mir vorbei ins Badezimmer. Sie trug noch ihre Uniform und hatte sich eine Jeans und einen Pullover unter den Arm geklemmt. »Ich ziehe mich um«, antwortete sie.

»Das sehe ich, aber warum?«

»Gigant ist gebissen worden.« Meine Schwester rupfte heftig an den Knöpfen ihrer Uniformbluse und es war ein Wunder, dass diese nicht wie Konfetti durch die Luft flogen.

»Hast du gerade wirklich gesagt, Gigant sei gebissen worden?«

»Das hast du schon richtig verstanden«, antwortete Toni und hüpfte auf und ab, während sie ihre Jeans in Größe 36 über die schmalen Hüften hochzog.

Ich schwieg, während ich diese Information zu verarbeiten suchte.

Antonia seufzte, als sie merkte, dass sie mich nicht so schnell loswurde. »Wir waren auf Streife im Park, Daniel und ich, als plötzlich ein wild gewordener Schäferhund auf uns zustürmte und sich ohne Vorwarnung in Gigants Brust verbiss.«

Ich riss die Augen auf.

»Er hat mehrmals zugebissen, bis Daniel ihn mit dem Pfefferspray abwehren konnte.«

»Scheiße«, sagte ich und das war eine eindeutige Steigerung zu *verdammt*.

»Das kannst du laut sagen«, pflichtete Antonia mir

bei. »Er hat mehrere Bisswunden, die genäht werden müssen, und außerdem ist er wie von Sinnen.«

»Das kann ich mir vorstellen«, antwortete ich. Und das konnte ich wirklich. Die Wunde an der Stirn, wo ihn der Pflasterstein getroffen hatte, war noch nicht ganz verheilt, und schon ging es genauso weiter!

»Er muss genäht werden und Dr. Vogel will ihn dazu in der Klinik haben, um ihn in Narkose zu legen. Gigant lässt ihn nämlich nicht mehr an sich heran.«

»Irgendwie verständlich«, murmelte ich. Das arme Pferd musste sich ja vorkommen wie im Hamsterlaufrad: Einmal raus aus dem Stall, Stein an die Stirn oder Hund an die Brust, genäht werden und die ganze Chose von vorne ... Lediglich wenige Wochen lagen zwischen den beiden Ereignissen. Vermutlich suchte Gigant nur nach einer Gelegenheit, diesem Teufelskreis zu entkommen!

»Deshalb ziehe ich mich schnell um, damit ich Gigant begleiten kann«, fuhr Antonia fort. »Er ist schon sediert und wird gerade verladen.«

Ich drehte mich wortlos um und rannte die Treppe hinunter.

Meine Mutter war wieder in der Wohnung verschwunden und ich beeilte mich in meine Stiefel zu schlüpfen, während ich Antonia bereits hinter mir die Stufen herunterhasten hörte.

Ich hatte die Hand schon auf die Klinke der Haustür gelegt, als die Stimme meiner Mutter mich innehalten ließ: »Wo willst du hin?« Sie drehte den Kopf zu Antonia um, die in diesem Augenblick auf der untersten Stufe auftauchte, und verbesserte: »Wo wollt *ihr* hin?«

»Gigant ist gebissen worden«, antwortete ich und war schon auf der Straße.

Obwohl ich es nicht sehen konnte, denn ich drehte mich wohlweislich nicht mehr um, wusste ich, dass meine Mutter im Türrahmen stand und uns kopfschüttelnd hinterherblickte.

»Hallo, Paula«, sagte Dr. Vogel, als ich mich ungefragt neben ihn auf den Beifahrersitz seines Wagens fallen ließ und dafür die Tasche, die dort gelegen hatte, schwungvoll hinter mich auf die Rückbank warf, ohne darüber nachzudenken, ob sie vielleicht etwas Zerbrechliches enthielt.

Er hatte nicht »Verdammt-Paula« gesagt – obwohl ich es in diesem Augenblick sogar verstanden hätte – und ich belohnte ihn dafür mit meinem schönsten Lächeln, das ich in diesem Augenblick zustande brachte.

Toni und ich waren etwas atemlos von unserem Sprint über 1500 Meter, die unser Haus von den Stallungen entfernt lag, am Polizeirevier angekommen.

Schon von Weitem hörten wir, dass Gigant trotz des starken Beruhigungsmittels, das der Tierarzt ihm verabreicht hatte, im Transporter randalierte und mit den Hufen gegen die Wände schlug. Er beruhigte sich erst, als er Toni sah, die sich beeilte, zu Klaus in den Transporter zu steigen, der bereits mit laufendem Motor auf sie wartete.

Die Tierklinik lag ebenfalls nicht weit von den Gebäuden der Reiterstaffel entfernt und ein wenig japste ich immer noch nach Luft, als ich dort wieder aus dem Fahrzeug des Tierarztes ausstieg.

Zum ersten Mal sah ich jetzt Gigant, der von Toni aus dem Transporter geführt wurde. An mehreren Stellen seiner Brust klaffte die Haut auseinander. Ich schüttelte den Kopf.

»Was war das denn für ein Hund?«

»Die Halterin sagte, er hätte Angst vor Pferden«, erklärte Toni. »Er ist wohl mal getreten worden.«

»Na toll«, antwortete ich. Obwohl ich eigentlich nichts gegen Hunde habe, im Gegenteil, so hätte ich dieses Exemplar, das meinen geliebten Gigant so zugerichtet hatte, doch ganz gerne auf den Mond geschossen.

Gigant zitterte, als Toni ihn zu Dr. Vogel in den Operationsvorbereitungsraum brachte. Er wusste wohl, dass jetzt etwas Außergewöhnliches auf ihn zukam, und nur Tonis Anwesenheit hinderte ihn daran, völlig durchzudrehen. Immer wieder durchlief ein Zucken seinen Körper und er drängte sich – so dicht es eben ging – an Toni, als hätte er Angst allein zu bleiben.

Zunächst verabreichte Dr. Vogel Gigant ein weiteres Beruhigungsmittel und ein Medikament, das die Muskeln schlaff werden ließ.

Gigant zuckte, als er das Piken der Spritzen spürte. Es dauerte nicht lange, bis ihm schwindelig wurde und er Schwierigkeiten hatte, auf den Beinen zu bleiben. Er begann zu taumeln.

Toni hatte alle Mühe, ihn zu stützen und festzuhalten.

Endlich legte sich Gigant hin. Er atmete schwer. Sein Brustkorb hob und senkte sich.

Bei seinem Anblick fiel mir wieder ein, dass Dr. Vogel mir einmal erzählt hatte, eine Operation mit Vollnarkose sei bei einem Pferd immer eine verhältnismäßig heikle Sache. Vor allem, weil das Narkosemittel nicht so leicht wie beim Menschen zu dosieren sei. Viel mehr Faktoren müssten beim Pferd berücksichtigt werden, da jedes Pferd anders reagiere, und eine Operationsdauer von mehr als vier Stunden sei in jedem Fall als kritisch zu bezeichnen.

Ich schluckte. Ob Toni im Augenblick ähnliche Dinge durch den Kopf gingen? Sie hockte neben ihrem Pferd auf dem Boden und strich ihm sacht über den Kopf. Ich konnte ihr Gesicht nicht sehen, hatte aber das Gefühl, sie würde weinen. Und das konnte ich gut verstehen, denn es war ein furchtbares Gefühl, den großen, starken Wallach so hilflos und schwach zu erleben. Wie ein kleiner Vorgeschmack auf den Tod.

Aber wenn ich gedacht hatte, das Schlimmste sei nun überstanden, dann hatte ich mich wohl geirrt, denn nun ging es erst richtig los. Dr. Vogels Kollegin Vera Schulz setzte Gigant eine Maulsperre ein, damit er während der Operation nicht an seiner eigenen Zunge erstickte und um später den Schlauch zur Intubation einzuführen.

Und dann steuerte das Horrorszenario auf seinen Höhepunkt zu: Gigant rührte sich mittlerweile nicht mehr. Dr. Vogel, Dr. Schulz und zwei Assistentinnen befestigten an allen vier Beinen Seile und mithilfe eines Kranzuges wurde Gigant auf den Operationstisch gehoben. Wie ein Stück Fleisch beim Schlachter baumelte der Wallach eine Weile zwischen Himmel und Erde, bis er endlich auf dem dick gepolsterten Operationstisch zum Liegen kam.

Alles in diesem Operationsraum war gigantisch und nicht zu vergleichen mit einem Operationsraum für Menschen. Und so war auch der Tisch, auf dem Gigant nun lag, verdammt groß – wenn man ihn mit einer dieser schmalen, harten Liegen vergleicht, auf der ich vor vier Jahren meine Mandeln hergeben musste. Das Beste aber war die Polsterung, die nötig ist, damit sich das Pferd nicht durch sein eigenes Gewicht verletzt.

Jetzt führte Dr. Schulz einen riesigen Schlauch in Gigants Schlund ein, durch den das Pferd während der Operation mit Sauerstoff und einem Gasgemisch zur Narkotisierung versorgt werden sollte.

»Nun kann Gigant träumen«, sagte sie und lächelte mich aufmunternd an. Vielleicht war ihr aufgefallen, wie blass ich mittlerweile geworden war.

Wie gebannt starrte ich auf den Ballon am Ende des Schlauches, der sich abwechselnd aufblies und zusammenzog, je nachdem, ob Gigant ein- oder ausatmete.

»Er hat aber die Lider noch offen«, bemerkte ich und konnte meinen Blick nicht von den glasigen Augen des Pferdes abwenden, die ins Nichts zu blicken schienen.

Als sei er tot.

Ich konnte diesen Gedanken einfach nicht abschalten.

Dr. Vogel strich Gigant irgendeine Salbe in die Augen, damit sie nicht austrockneten. Dann nickte er Toni und mir zu, während eine der Assistentinnen ein grünes Tuch über Gigant ausbreitete. »Ihr zwei wartet besser draußen«, sagte er. »Holt euch einen Kaffee … «, er machte eine Pause und blickte mich an, »…

oder eine Cola. Ich sage sofort Bescheid, wenn es vorbei ist.«

Ich zog Toni, die sich einfach nicht vom Anblick Gigants lösen konnte, am Ärmel mit mir und die Assistentin schloss die große Tür hinter uns.

Ich verlor jegliches Gefühl für die Zeit, während Toni und ich vor dem Operationsraum auf den unbequemen orangeroten Plastikstühlen saßen (deren Rückenlehnen wie bei jedem Stuhl in Arztpraxen zu kurz waren und sich an der falschen Stelle in den Rücken bohrten, bis man davon Krämpfe bekam) und warteten. Durch ein kleines Fenster drang nur wenig Licht in den kleinen Vorraum, das im Lauf der Zeit immer schwächer wurde, weil draußen die Dämmerung einsetzte. Ich lehnte den Kopf gegen die kalte Wand.

»Ich habe ihn noch nie so aufgebracht gesehen«, sagte Toni neben mir plötzlich. Sie hatte den Kopf in die Hände gestützt und starrte auf den gefliesten Boden. »Er wollte sich einfach nicht mehr beruhigen.«

Ich strich meiner Schwester über die Schulter. »Dr. Vogel wird ihn bestimmt wieder zusammenflicken«, versuchte ich sie zu trösten.

»Zusammenflicken?« Meine Schwester sah mich mit hochgezogenen Augenbrauen an.

Ich zuckte die Schultern. Wie sollte ich es sonst nennen?

Toni seufzte. »Ja«, sagte sie schließlich. »Darüber mache ich mir auch keine Sorgen.«

»Worüber denn?«

»Wie er es seelisch verkraftet«, sagte Toni leise.

Ich schwieg. Was hätte ich auch sagen können? Ich wusste genau, wovor Toni Angst hatte. Schließlich verspürte ich dieselbe Angst.

Es passierte zwar nicht allzu häufig, aber es kam immer wieder vor, dass eins der Pferde, nachdem es jahrelang brav seinen Dienst bei der Polizei versehen hatte, plötzlich den nervlichen Belastungen des Alltags nicht mehr standhielt. Einige von Antonias Kollegen hielten auch privat Pferde. Und ein paar dieser Pferde waren ausgemusterte Polizeipferde. Manche hatten 20 Jahre oder länger ihren Dienst versehen und schieden aus Altersgründen aus. Andere waren wie Gigant eigentlich noch junge Tiere, die mit einem Mal Nerven zeigten. So hatte Antonias Kollegin Michaela vor einigen Jahren ihr Dienstpferd Apokalypse übernommen, nachdem es mehrere Male im Einsatz unruhig geworden war, weil es mit der Belastung nicht mehr zurechtkam. Mir stockte der Atem, als mir in diesem Augenblick klar wurde, dass Apokalypse genau mit zehn Jahren aus dem Dienst ausgeschieden war.

Zehn – so alt war Gigant jetzt auch.

6

Ein Polizeipferd muss gut gehorchen.
Hans Florian Theißen, Polizeikommissar

Gigant ist jetzt im Aufwachraum.« Dr. Vogel sah plötzlich müde aus. »Wenn Sie wollen«, wandte er sich an Toni, »können Sie zu ihm gehen.«

Und ob wir wollten! Toni sprang sofort auf und ich folgte ihrem Beispiel, bevor Dr. Vogel auf die Idee kommen konnte, dass ich besser draußen warten sollte.

»Wie geht es ihm?«

Ich musterte meine Schwester, die plötzlich rote Flecken im Gesicht hatte.

»Die Operation hat er gut verkraftet«, antwortete Dr. Vogel. »Ich rechne nicht mit Komplikationen, möchte ihn aber trotzdem gerne noch eine Weile zur Beobachtung hierlassen. Aber Sie brauchen sich keine Sorgen zu machen.« Der Tierarzt nahm seine Brille ab und rieb sich die Augen. »Die Bisswunden waren alle nur oberflächlich. Es wurden keine Muskeln verletzt. Physisch wird Gigant in wenigen Tagen wieder topfit sein.«

Und psychisch? Ich stellte mir diese Frage nur im Stillen, denn ich kannte die Antwort bereits und wollte sie keinesfalls aus dem Mund eines anderen hören.

Toni schien es ähnlich zu gehen, denn sie nickte nur stumm. Dann folgten wir Dr. Vogel, der uns zur Aufwachbox führte. Hier war es dunkel und still. So still, dass ich glaubte mein Herz klopfen zu hören.

Dr. Vogel legte einen Zeigefinger auf seine Lippen und bedeutete uns, ruhig zu sein. Wir nickten zum Zeichen, dass wir verstanden hatten. Erst dann warf ich einen Blick auf das Pferd, das in der mit Gummi gepolsterten Box lag. Zunächst erschrak ich, denn Gigant trug einen Kopfschutz wie ein Boxer, der ihn vor Verletzungen schützen sollte, wenn er aufwachte und sich erschreckte. Er wäre nicht das erste Pferd gewesen, das sich in dieser heiklen Phase selbst Schaden zufügte. Schließlich sind Pferde, auch wenn sie im Dienst der Polizei stehen, Fluchttiere und von Natur aus darauf getrimmt, möglichst schnell aufzustehen, wenn Gefahr droht. Man braucht nicht viel Fantasie, um sich auszumalen, wie sich ein Pferd fühlt, das in einer fremden Umgebung aus der Narkose erwacht, und wie es reagieren wird, wenn es sich dann auch noch erschreckt. Also herrschte hier absolute Stille und nur eine Art Nachtlicht ließ uns schemenhafte Umrisse erkennen.

Ich beobachtete Gigant durch einen kleinen Spalt in der Tür. Es dauerte nicht lange, bis sich das Pferd zu regen begann.

Gigant hob den Kopf und gab dabei eine Art Grunzen von sich. Dann ließ er den Kopf erst einmal wieder sinken und ruhte sich von dieser Anstrengung einen Augenblick lang aus, bevor er einen zweiten Anlauf unternahm.

Dieses Mal rollte er sich schon auf den Bauch und

verharrte so einen Moment lang. Er schien Kraft zu sammeln, um sich schließlich mühsam zunächst auf die Vorderläufe und schließlich auf alle vier Beine zu erheben. Er zitterte vor Anstrengung am ganzen Körper und ich hielt mir unwillkürlich die Hände vors Gesicht, aus Angst, er könnte wieder umfallen. Doch Gigant blieb stehen.

Es war faszinierend zuzusehen, wie sich der Wallach von Minute zu Minute erholte. Mit welchen Fähigkeiten die Natur Tiere ausstattet, die darauf angewiesen sind, binnen kürzester Zeit fluchtbereit zu sein.

Doch Gigant wollte gar nicht fliehen. Schnell schien er Tonis Anwesenheit wahrzunehmen, die ihn beruhigte, und letztendlich machte sich wohl auch das Training der Polizeipferde bemerkbar, bei dem die Tiere immer und immer wieder mit neuen und zunächst gefährlich scheinenden Ereignissen konfrontiert werden, die sie schließlich mithilfe ihrer Reiter, denen sie buchstäblich blind vertrauen, als ungefährlich einstufen lernen.

So siegte auch in dieser Situation Gigants angeborene Neugier. Als er nach einer knappen halben Stunde anfing, gelangweilt am Gummi der Wände zu knabbern, durfte er die Aufwachbox verlassen und wurde in eine der Intensivboxen verlegt, in der er die Nacht verbringen sollte. Das war für Toni und mich das Zeichen aufzubrechen.

Dafür, dass wir den Hinweg vom Haus zum Stall in weniger als fünf Minuten geschafft hatten, brauchten wir für den Rückweg verdammt lang.

Unsere Mutter schien im Hausflur auf uns gewartet zu haben. Jedenfalls riss sie die Haustür von innen auf, als Toni den Schlüssel von außen ins Schloss steckte.

»Mein Gott, wo wart ihr so lange?«, rief sie zur Begrüßung.

Eigentlich ist meine Mutter meistens ziemlich entspannt, was uns Kinder angeht. Es war schon eher ungewöhnlich, sie so aufgebracht zu erleben.

Schauen wir mal, dann sehen wir schon, passte für sie als Lebensmotto viel eher. Vielleicht hatte sie sich diese Devise erst im Laufe ihres Lebens zurechtgelegt, als sie merkte, dass eine strukturierte Planung sie auch nicht dahin bringt, wo sie hinwill.

Als sie mit Toni schwanger wurde, war sie gerade neunzehn Jahre alt und auf einer Urlaubsreise in Italien. Aus der Reise wurden dann drei Jahre neapolitanisches Leben.

Tonis Vater war von seiner neuen Rolle als Familienvorstand allerdings nicht so angetan, wie meine Mutter sich das vielleicht gewünscht hatte. Auf jeden Fall verließ meine Mutter mit der zwei Jahre alten Toni ihr Traumland und ihren Traummann wieder und kehrte nach Deutschland zurück.

Sieben Jahre später trat dann mein Vater in ihr Leben. Ein Schwede. Er war nicht nur das genaue Gegenteil von Tonis Vater, mit ihm sollte nun auch alles anders werden. Und für eine gewisse Zeit klappte dieser Plan ja auch. Bis er einen Ruf als Dozent an die Stockholmer Universität bekam und diesem auch folgte. Das war vor drei Jahren. Meine Mutter wollte aber nicht mit nach

Stockholm, nachdem sie sich mittlerweile eine eigene Existenz als Übersetzerin und Dolmetscherin aufgebaut hatte. Und sie wollte mich nicht »entwurzeln«, wie sie es nannte.

Mein Vater tröstete sich erstaunlich schnell mit einer seiner jungen Studentinnen und vor einem Jahr wurde meine Halbschwester Alva geboren. Einmal war ich in Stockholm und habe die neue Familie meines Vaters besucht. Es ist schon merkwürdig: Obwohl Toni ja auch nur meine Halbschwester ist und wir schon allein äußerlich so verschieden sind, bedeutet sie mir unglaublich viel. Ich kann mir nicht vorstellen, dass es mit Alva eines Tages auch so sein wird. Mein Vater beteuert mir zwar immer wieder am Telefon und in seinen Briefen, die kleine Alva sähe genauso aus wie ich mit einem Jahr, aber mich lässt das erstaunlich kalt.

Kalt war mir jetzt auch. Meine Mutter hatte die Arme vor der Brust verschränkt und schaute Toni und mich finster an. »Ich habe ungefähr tausendmal versucht, dich auf dem Handy zu erreichen, aber du hast es ausgeschaltet.« Der Blick, den sie Toni bei diesen Worten zuwarf, war bestenfalls mit vorwurfsvoll zu beschreiben.

Toni runzelte die Stirn, tastete ihre Jackentasche ab und zog ihr Handy hervor. »Oh«, sagte sie und starrte auf das Mobiltelefon. »Ich habe es ausgemacht, als wir Gigant in den OP brachten, und offensichtlich vergessen, es wieder einzuschalten.«

»Wenn ich ein Handy hätte …«, begann ich, aber meine Mutter ließ mich nicht ausreden. Allerdings sah sie nun schon wieder etwas weniger gefährlich aus. Die Erwähnung Gigants und seiner Operation schien sie zu besänftigen.

»Wie geht es ihm?«, fragte sie und ließ uns endlich vorbei in den warmen Flur.

Während Toni meiner Mutter berichtete, was mit Gigant geschehen war und wie es ihm ging, führte ich in meinem Kopf das Gespräch über den Besitz eines Mobiltelefons weiter. Meine Mutter war nämlich der festen Überzeugung, dass die Handystrahlen für ein noch wachsendes Gehirn wie meins schädlich seien. Mein Vater hatte mir zum elften Geburtstag aus Schweden ein Handy geschickt und sich bereit erklärt, alle anfallenden Kosten zu übernehmen. Ich sollte nur einen Handyvertrag abschließen. Doch meine Mutter hatte mir das Handy gleich wieder abgenommen und es meinem Vater zusammen mit einem gepfefferten Brief zurückgeschickt.

»Wenn ich ein Handy haben dürfte, dann hätte ich bestimmt nicht vergessen, es wieder einzuschalten, und du hättest uns erreichen können«, platzte ich hervor und führte meine stillen Gedanken damit zu einem lauten Ende.

Erst als meine Mutter und meine Schwester mich verständnislos ansahen, merkte ich, dass mein Einwurf ein wenig fehl am Platze gewesen war.

»Na ja, Hauptsache, euch ist nichts passiert«, beendete meine Mutter jetzt das Thema. Dann wandte sie sich zu mir um: »In deinem Zimmer wartet jemand auf dich«, sagte sie.

Ich verzog das Gesicht zu einer Grimasse. »Hä? Wer denn?«

»Irgendein Bauer, der mit deiner Hilfe heute noch 7 Hektar Land beackern muss«, antwortete meine Mutter und grinste.

7

Das Pferd hat zu gewinnen.
Norbert Rabe, Polizeihauptkommissar,
Leiter der Landesreiterstaffel Niedersachsen

Das rot-weiße Absperrband, mit dem die Polizei in Krimis immer den Tatort markiert, indem sie es um Baumstämme oder Laternenpfähle oder Ähnliches bindet, flatterte wild im Wind. Dahinter fielen als Erstes die bunten Luftballons ins Auge, die an einen Kindergeburtstag erinnerten. Als hätten bis vor wenigen Minuten noch lachende Kinder gemeinsam an einer Tafel gesessen, Kuchen gegessen und Limonade getrunken, bevor sie durch irgendein entsetzliches Geschehen von der Bildfläche verschwunden waren …

Ein Schuss gellte durch die Stille.

Die Pferde, die soeben in einer ordentlichen Reihe am Absperrband entlanggeführt wurden, zuckten, doch schnell hatten die Reiter sie wieder unter Kontrolle und die Kolonne setzte ihren Weg fort.

»Prima!« Klaus' Stimme hallte über den Außenreitplatz. »Jetzt bitte die Raketen zünden.«

Augenblicklich stieg bunter Qualm auf, der alles in einen nahezu undurchdringlichen Nebel einhüllte und Pferden und Reitern gleichermaßen die Sicht nahm.

Ich hielt mir die Ohren zu, als mehrere Beamte zugleich lautstark in Trillerpfeifen bliesen. Ein wahres Horrorszenario nahm vor meinen Augen Gestalt an: Fahnen wurden geschwenkt, manche streiften die Pferde im Vorbeireiten, legten sich über ihre Augen und Ohren. Beamte grölten lautstark, der bunte Qualm wurde immer dichter und dichter, das Grün vermischte sich mit dem Rot und dem Gelb zu irgendetwas Undefinierbarem.

Ich spürte, wie sich mein Herzschlag beschleunigte. Trotz des Wissens, dass dies alles nur eine Übung war, reagierte mein Körper mit Stresssymptomen. Auch einige der Pferde zuckten unwillig mit den Ohren, doch keines tanzte aus der Reihe. Gehorsam ließen sie sich von ihren Reitern durch den Nebel führen und sprangen über die niedrigen Hindernisse, an denen Luftballons festgebunden waren.

Allmählich legte sich der Qualm wieder und auf Klaus' Gesicht zeigte sich ein zufriedenes Lächeln. »Okay, Leute!«, rief er. »Zum Schluss noch die Feuerprobe und die Papierwand, bitte.«

Michael hatte den Spiritus in der Hand. Nach Klaus' Worten lief er mit der leicht entzündbaren Flüssigkeit und einem Feuerzeug bewaffnet auf zwei niedrige Feuerstellen in der Mitte des Außenreitplatzes zu, die bereits mit Stroh und dünnen Ästen aufgefüllt waren. Er schüttete ein wenig der Flüssigkeit auf das Material und hielt das Feuerzeug an das Stroh, das augenblicklich Feuer fing und wild aufflackerte.

Ein Pferd nach dem anderen setzte nun mit wehendem Schweif über das Feuer hinweg. Das eine oder andere versuchte zwar, mit seinem Reiter über die Notwendigkeit dieser Übung zu diskutieren und schlug vor, heute doch mal einen anderen Weg, zum Beispiel um das Feuer herum, zu wählen, doch schließlich gaben alle bis auf eines dem Drängen ihrer Reiter nach.

»Gut«, ertönte wieder Klaus' Stimme. »Ramazotti fängt mit der Papierwand an«, verkündete er und Ramazotti, der sich zuvor geweigert hatte durchs Feuer zu gehen, zeigte nun, dass die Papierwand ihm keine Schwierigkeiten bereitete. Ohne mit der Wimper zu zucken, schritt er auf das beige Packpapier, das man zwischen zwei Stäben aufgespannt hatte, zu. Das Geräusch, das entstand, während das Papier vom Pferdekopf zerrissen wurde, erschien in der momentan herrschenden Ruhe außergewöhnlich laut.

Obwohl ich es schon so oft gesehen hatte, fand ich den Anblick des Pferdekopfes, der für einen Augenblick alleine durch das Papier ragte, bevor der Körper des Tieres hinterherkam, immer noch verdammt unheimlich. Es sah aus, als hätte jemand Ramazottis Haupt wie eine Jagdtrophäe an die Wand genagelt.

Ramazottis Reiterin, Oberkommissarin Angela Fuchs, lobte ihr Pferd überschwänglich für seine Heldenhaftigkeit. Schließlich gehört auch eine ganze Menge Mut dazu, mit dem Kopf gegen eine Wand zu laufen – und sei sie auch nur aus Papier –, ohne zu wissen, was dahinter verborgen liegt!

Ich wusste, wie wichtig dieses Erfolgserlebnis für Ramazotti war, nachdem er die Feuerprobe heute verweigert hatte. Keins der Pferde durfte mit einem schlechten Erlebnis, zum Beispiel einer Verweigerung, die Übungen beenden. Das war einer der obersten Leitsätze: Das Pferd musste das Gefühl haben, dass es gewonnen hatte, dass es als Sieger den Platz verließ.

»Als nächster Billy, bitte«, gab Klaus seine Anweisung und ein stattlicher Schimmel machte sich auf den Weg zum eilig frisch aufgespannten fröhlichen Packpapierzerreißen, als handele es sich um ein neuartiges Kindergeburtstagsspiel.

Angeblich hieß Billy nicht nur wie das legendäre britische Polizeipferd, das 1923 bei der Eröffnung des weltberühmten Wembley-Stadions Geschichte geschrieben hatte, sondern war auch auf tausend Umwegen mit ihm verwandt. Und tapfer wie sein Vorfahre erwies sich Billy auch bei seiner heutigen Übung.

Ich erinnerte mich an ein uraltes Schwarz-Weiß-Foto, das ich irgendwann einmal in einem alten Bildband gesehen hatte: Ein Reiter mit einem weißen Pferd drängt alleine Tausende und Abertausende Menschen, die sich dicht an dicht auf einem Fußballfeld tummeln, zurück.

Jedes Kind auf der Insel, so stand unter dem Bild zu lesen, wüsste den Namen dieses Polizeipferdes, das beim Eröffnungsspiel des Wembley-Stadions einen Spielbeginn überhaupt erst ermöglicht hatte – auch wenn sich niemand mehr an die Namen der Mannschaften, *Bolton Wanderers* und *West Ham United*, geschweige denn an das Ergebnis dieser Begegnung, die *Bolton Wanderers* hatten 2:0 gewonnen, erinnerte.

300 000 Menschen sollen damals das Stadion gestürmt haben. Platz gab es aber *nur* für 127 000. Wobei das Wörtchen *nur* eigentlich fehl am Platz ist, denn

diese Zuschauermenge war ja nicht nur für die damalige Zeit gigantisch. Tumulte und Schlägereien unter den Zuschauern waren nicht zu verhindern. Sie drangen schließlich sogar in den Innenraum vor und machten einen Anpfiff damit unmöglich: Als die Spieler ihre Umkleiden verließen, konnten sie das Spielfeld nicht einmal betreten, denn es wimmelte dort nur so von Menschen.

George Scorey, der Polizist, der Billy ritt, soll später einmal gesagt haben, er hätte es niemals für möglich gehalten, mit dem Pferd das Spielfeld zu räumen. Alles, was er gesehen habe, sei ein Meer aus Menschenköpfen gewesen. Und doch hatte er seinen Schimmel von einer klitzekleinen Lücke aus im Kreis gehen lassen, bis die Menschen anfingen zurückzuweichen und ihm und dem »White Horse« Platz machten.

Bis heute gilt es als ein Wunder, dass damals kein einziger Zuschauer lebensbedrohlich verletzt wurde. Wie leicht hätte eine Panik unter diesen vielen Menschen zu einer einzigen großen Katastrophe führen können. Und Billy, dem wohl berühmtesten Polizeipferd aller Zeiten, ist es zu verdanken, dass damals alles glimpflich ausging.

»Verdammt, Paula!« Meine Schwester stand plötzlich vor mir und starrte mich wütend an. Sie trug bereits ihre Freizeitklamotten.

Ich blickte mich um. Der Reitplatz war leer. »Was?«

»Ich habe dich jetzt schon dreimal gefragt, ob du mitkommen möchtest, ich besuche Gigant.«

»Klar komme ich mit«, antwortete ich schnell und kratzte mich verlegen am Kopf.

Manchmal passiert es mir, dass ich so in Gedanken versunken bin, dass ich nichts mehr um mich herum mitkriege. »Traumsuse« nennt meine Mutter mich dann. Aber als wir in der Tierklinik ankamen, war ich ganz im Hier und Jetzt.

Gigant schien sich zu langweilen. Kein Wunder! Der Wallach war einen vollen Stall mit 23 Artgenossen, 3 Hunden, einer schwankenden Anzahl Katzen, einer Vogelfamilie und einer nicht näher zu definierenden Menge Mäuse gewohnt, in dem nahezu rund um die Uhr immer irgendetwas passierte. Und hier war er mutterseelenallein. Die Boxen links und rechts von ihm waren verwaist, nicht einmal eine einzige Stallkatze leistete ihm Gesellschaft.

»Er hat sich schon heiser gerufen«, erzählte Dr. Vogel, als wir vor Gigant standen, der Toni mit einem empörten Wiehern begrüßte, das ich mit *Wo zum Teufel warst du so lange und warum um alles in der Welt lässt du mich hier einfach allein?* übersetzen würde.

»Er ist zwar noch nicht wieder einsatzfähig, aber ich halte es für besser, wenn Sie ihn mit nach Hause nehmen«, schlug Dr. Vogel vor. »In seiner gewohnten Umgebung wird er vermutlich schneller genesen als hier.«

Jetzt war es Toni, die nichts mitbekam. Sie strich zart über Gigants kurz geschnittene Mähne und betrachtete dabei abwechselnd die nahezu verheilte Narbe an der Stirn des Wallachs und die noch frischen Wunden an seiner Brust.

»Antonia?« Dr. Vogel berührte meine Schwester sacht an der Schulter, so wie meine Mutter es mit mir auch immer macht, wenn ich träume.

Toni wandte sich ihm zu. »Ja?«

»Sie können Gigant mitnehmen, wenn Sie wollen«, wiederholte der Tierarzt.

Und als hätte der Wallach die Worte des Tierarztes verstanden, drängte er bereits aus der Box auf die davor liegende Stallgasse hinaus und war nur noch mit Mühe zu bändigen.

8

Pferde sind ein sehr wirksames Mittel,
um polizeiliche Maßnahmen durchzusetzen.
Grundsatz der Polizeibeamten

Sarah saß im Schneidersitz auf meinem Bett, das Mathebuch auf dem Schoß, auf dessen aufgeschlagenen Seiten vermutlich schon die ersten Staubkörner lagen – so lange hatte sie es unberührt liegen lassen und nicht einmal daran gewackelt.

Kein Wunder, wer interessiert sich schon ernsthaft dafür, wie lange ein Zug braucht, der mit einer Geschwindigkeit von 110 Kilometern in der Stunde durch einen 16 Kilometer langen Tunnel fährt, bis er am anderen Ende wieder rauskommt? Zumal die Züge heute 300 Sachen machen – und nicht 110! Vermutlich stammte das Mathebuch noch aus der Vorkriegszeit. So wie unsere Lehrerin.

Und doch rückte der Termin der letzten Mathearbeit vor den Ferien, die am Freitag beginnen würden, unaufhaltsam näher. Das konnte ich mir trotz meiner mangelnden Fähigkeiten in diesem Unterrichtsfach an zwei Fingern ausrechnen.

Mittlerweile hatten wir alle wichtigen Themen abgehakt: Seit wann es zwischen Leon und Franziska aus war, seit wann Xenia mit Luka ging und worüber sich Julia und Mareike so gestritten hatten. Nun gab es allmählich keinen triftigen Grund mehr, das Erledigen der Aufgaben weiter hinauszuzögern.

»Toni hatte gestern einen ziemlich aufregenden Einsatz«, sagte ich, während ich ebenfalls die Seite 112 meines Mathebuchs aufschlug.

»Echt?« Sarah schluckte den Köder sofort. »Was ist denn passiert?«

Ich ließ mich nicht lange bitten. Wann der Zug aus dem Tunnel herauskam, konnte ich getrost auch später ausrechnen. Ich schlug mein Mathebuch wieder zu, stopfte mir das Kissen in den Rücken, schlug die Beine übereinander und begann zu erzählen:

»Es fing damit an, dass Toni einen Schlüsselbund entdeckte. Sie hielt ihn in die Höhe und wackelte damit, bis die einzelnen Schlüssel gegeneinander stießen und klimperten.

›Da hatte es heute Morgen wohl jemand besonders eilig‹, sagte sie, bevor sie das Fahrzeug ordnungsgemäß verschloss und Gigants Zügel aus Daniels Hand entgegennahm. Ihr Kollege hatte das Pferd für sie festgehalten, während sie das offen stehende Fahrzeug auf dem großen Messeparkplatz überprüfte.

Nachdem sie mit ihren Pferden eine Weile als Fotomotiv hergehalten und die ankommenden Messegäste am Bahnhof begrüßt hatten, patrouillierten Toni und Gigant jetzt zusammen mit ihren Kollegen Daniel und Rambo, dem mit zweiundzwanzig Jahren dienstältesten Polizeipferd der Staffel, auf dem Parkplatz am

Messegelände, an dem sich die Wagen nahezu kilometerweit aneinanderreihten. Stoßstange an Stoßstange standen hier die Fahrzeuge. Tausende Autos warteten auf die Rückkehr ihrer Besitzer. Manche hatten vergessen abzuschließen, andere gar den Schlüssel im Zündschloss stecken lassen – so wie der Besitzer des weißen Vans, dessen Schlüssel Toni soeben sichergestellt hatte. Aber auch die ordnungsgemäß verriegelten Wagen konnten aus verschiedenen Gründen für den einen oder anderen interessant sein: Navigationsgeräte, vergessene Handtaschen und Fotoapparate waren begehrtes Diebesgut.

Seit die Reiterstaffel regelmäßig auf dem Parkplatz Streifendienste versieht, sind die Autodiebstähle und Einbrüche auf nahezu Null zurückgegangen. Hoch zu Ross haben die Beamten die Parkplatzreihen im Blick – und werden zugleich schon von Weitem gesehen, sodass den Dieben schnell die Lust am Stehlen vergeht. Nur heute schien einer der Meinung zu sein, er könnte einen Versuch wagen.

Toni hatte sich soeben wieder in den Sattel geschwungen und den sichergestellten Autoschlüssel in ihre Tasche gesteckt, als Daniel sich zu ihr rüberbeugte und auf einen schwarzen Punkt deutete, der sich in etwa 30 bis 40 Autoreihen Entfernung langsam von ihnen weg bewegte.

Toni kniff die Augen zusammen, um gegen die noch tief stehende Frühlingssonne besser sehen zu können. Die Dächer der zahlreichen Autos reflektierten die Sonnenstrahlen und blendeten sie zusätzlich. Doch schließlich hatte auch sie die Gestalt erfasst. Sie verstärkte den Druck der Waden an Gigants Flanken und der Wallach drehte sich gehorsam in die ihm gezeigte Richtung.

Jetzt bückte sich die schwarz gekleidete Gestalt vor der Tür eines silbernen Mercedes. Sie warf hektische Blicke nach links und rechts, versäumte jedoch, sich zu vergewissern, dass sich auch hinter ihrem Rücken nichts anbahnte.

Toni stieß Gigant die Fersen in die Flanken und der Wallach preschte auf den Unbekannten zu. Seine harten Widia-Stollen klackerten auf den Pflastersteinen.

Erschreckt fuhr der Mann hoch. Er sah Toni und Gigant auf sich zukommen, drehte sich ruckartig um und rannte davon.

›Stehen bleiben, Polizei!‹, rief Toni, doch der Mann dachte nicht daran, der Aufforderung Folge zu leisten. Im Gegenteil, er beschleunigte noch einmal.

Toni warf einen Blick über die Schulter zurück auf Daniel und Rambo. Daniel hielt sein Funkgerät in der Hand und sprach hinein. Er forderte bereits Verstärkung an.

›Komm, Gigant!‹ Toni feuerte Gigant noch einmal an.

Wie ein gejagtes Kaninchen schlug der Mann Haken. Immer wieder verschwand er für kurze Zeit aus Antonias Blickfeld und tauchte dann plötzlich zwei Autoreihen weiter links oder weiter rechts wieder auf.

Toni musst achtgeben, dass Gigant weder die geparkten Autos mit seinen schweren Hufen demolierte noch sich selbst Schaden zufügte.

Jetzt hatte der Mann die Schranke am Ausgang des Parkplatzes erreicht. Der Schlagbaum war unten. Schnell duckte er sich und huschte unter der weißen Absperrung hindurch.

Für ein Turnierpferd wäre die Höhe der Barriere lächerlich gewesen. Doch Gigant ist schließlich kein Turnierpferd. Zwar müssen Polizeipferde auch das Springen üben, doch geht es dabei eher darum, über niedriges Unterholz hinwegzusetzen. Eine Schranke in einem Meter Höhe bleibt eine Herausforderung – vor allem, wenn dahinter harter Asphalt liegt und keine grüne Wiese den Aufprall mindert.

Toni ließ die Zügel locker und Gigant sprang mit einem weiten Satz über das Hindernis hinweg.

Der Flüchtende hatte wohl damit gerechnet, dass das Pferd von der Schranke aufgehalten werden würde. Auf jeden Fall hatte er seinen Schritt ein wenig verlangsamt. Als Gigant nun zu ihm aufholte, rutschte er bei dem Versuch zu beschleunigen beinahe aus. Doch schnell hatte er die Kontrolle über seinen Körper zurückerlangt und rannte weiter.

Gigant verfolgte ihn.

Ein dumpfer Schlag sorgte dafür, dass Toni fast aus dem Sattel gerutscht wäre. Sie drehte sich um und bemerkte erst jetzt ein Straßenschild wenige Meter hinter sich, dessen Eisenstange aus der Entfernung ein wenig krumm aussah. Sie stieß harsch die Luft aus. Das würde ein ordentlicher Bluterguss werden. Doch Gigant ließ sich nichts anmerken und galoppierte weiter über den harten Steinboden.

Das Klackern seiner Hufe war so laut, dass sich immer wieder Passanten umdrehten und erschreckt zur Seite flohen, als sie das stattliche Pferd auf sich zukommen sahen. Nur der Verfolgte drehte sich nicht mehr um. Er rannte und rannte, als ginge es um sein Leben. Und in gewisser Weise war es wohl auch so. Zumindest sein Leben in Freiheit konnte durch den versuchten Diebstahl bald beendet werden, falls es nicht sein erstes Vergehen in dieser Richtung war. Und das war mehr als unwahrscheinlich.

Aus dem Augenwinkel nahm Antonia den Schäferhund wahr, der in wenigen Metern Entfernung wild kläffend versuchte, der Leine zu entkommen, mit der sein Herrchen ihn festhielt. Der fliehende Mann und das galoppierende Pferd hatten ihn offensichtlich in große Aufregung versetzt.

Außer den noch gut sichtbaren Narben an Gigants Brust erinnerte äußerlich kaum noch etwas an die Begegnung des Wallachs mit dem bissigen Hund vor fast vier Wochen. Doch jetzt hielt Toni die Luft an. Wenn Gigant nun scheute, dann hätte sie Schwierigkeiten, sich im Sattel zu halten. Mit einem unguten Gefühl in der Magengegend erinnerte sie sich an das letzte Zusammentreffen mit einem Hund dieser Rasse, das ihr deutlich gezeigt hatte, dass Gigant sein Erlebnis noch nicht ganz verarbeitet hatte: Beim Streifengang durch den Park vor einer Woche hatte Gigant beim Anblick eines friedlichen Schäferhundes gescheut und sich standhaft geweigert, an dem Vierbeiner vorbeizugehen. Toni hatte aus dem Sattel steigen müssen, um Gigant an dem fremden Tier vorbeizuführen. Hunde anderer Rassen stellten dagegen nach wie vor kein Problem für den Wallach dar. Schließlich streunten drei Mischlinge täglich durch den Stall.

Aber in diesem Augenblick war Gigant so von seiner Aufgabe gefangen genommen, dass er dem tobenden Kläffer keine Aufmerksamkeit schenkte. Er preschte an ihm vorbei und Toni entspannte sich wieder. Vielleicht würde diese Szene ihrem Pferd sogar helfen, sein negatives Erlebnis zu verarbeiten. Toni nahm sich vor, noch einmal mit Gigant an seiner Schäferhundphobie zu arbeiten. Das ist bei ihren Kontakten zur Hundestaffel kein großes Problem. Aber jetzt musste sie ihre Aufmerksamkeit wieder ganz auf den Flüchtenden richten, der nun scharf nach rechts abbog und über eine breite Freitreppe auf einen großen, tiefer liegenden Platz floh.

Nur eine Sekunde biss Antonia die Zähne fest zusammen und stieß einen leisen Fluch aus, als ihr klar wurde, welches Ziel sich der Mann für seine Flucht ausgesucht hatte: In wenigen Metern Entfernung befand sich der Eingang zu einer U-Bahn-Station. Dorthin würde sie ihn mit Gigant nicht verfolgen können. Der Platz war also die letzte Möglichkeit, den Flüchtenden zu stellen.

›Komm, Dicker‹, zischte sie dem Wallach ins Ohr und ließ ihr Pferd auf die Treppenstufen zulaufen.

Nur kurz zögerte das schwere Pferd, dann nahm es die Treppe in Angriff und rutschte die Stufen, mehr als es sie lief, hinunter.

Eine Woge der Zuneigung schwappte durch Tonis Herz. Sie war in diesem Augenblick so stolz auf ihr Pferd wie eine Mutter auf ihr Kind, das virtuos Geige spielt und mit seiner Melodie alle Zuhörer verzückt.

Wie eine verzückende Melodie klang das Heulen der

Sirenen, die im Hintergrund lauter und lauter wurden, nicht gerade. Nur in Tonis Ohren war der Lärm wohlklingend. Waren das schon die von Daniel herbeigerufenen Kollegen?

Meter für Meter näherte Gigant sich dem Mann, der nun geradewegs über den leeren Platz auf die Treppe zurannte, die zur Bahn unter die Erde führte. Noch einmal schrie Toni dem Mann hinterher, er solle stehen bleiben. Doch ohne Erfolg. Mehrere Stufen auf einmal nehmend, hechtete der Mann die Treppe zur U-Bahn-Station hinunter.

Toni sah sich um. Die Sirenen waren jetzt ganz nah. Da bog der erste Streifenwagen um die Ecke und hielt auf den eigentlich autofreien Platz zu. Trotzdem würden die Kollegen zu spät kommen.

Toni stieß ein ›Shit!‹ aus und Gigant die Fersen in die Flanken.

Der Braune zögerte nicht eine Sekunde und setzte vorsichtig seine Hufe auf die ersten Treppenstufen.

Toni blickte sorgenvoll. Würde sie gleich mit dem Kopf an die Decke stoßen? Vorsichtshalber duckte sie sich schon einmal.

Der Flüchtende zuckte zusammen, als er das Klappern der Hufe auf den Stufen hinter sich vernahm, das von den Wänden der Untergrundstation verstärkt zurückgeworfen wurde und dadurch ohrenbetäubend laut war.

Toni konnte die Fassungslosigkeit in seinem Gesicht sehen, als der Mann sich nun zu ihnen umwandte und das Pferd hoch über ihm sah, das sich selbst von der engen Treppe, die unter die Erde führte, nicht von seiner Verfolgung abhalten ließ. Damit hatte er wohl nicht gerechnet.

›Ahhh!‹, schrie der Mann, als er in diesem Augenblick den festen Halt auf der nächsten Stufe verfehlte und den letzten Absatz schwungvoll wie ein Fass herunterrollte.

Stöhnend landete er in der gekachelten Ecke der Unterführung und umklammerte sein schmerzendes Bein. Der Gestank von altem Urin, Zigarettenrauch und allerlei anderem Unappetitlichem muss ihm augenblicklich in die Nase gestiegen sein.

Als er sich aufsetzte, stand dicht vor ihm das gigantische Pferd und schnaubte. Schaum tropfte aus seinem Maul und weiße Wolken dampften aus seinen Nüstern. Es schirmte ihn mit seinem massigen Körper regelrecht ab und sofort war dem Mann klar, dass er an diesem Tier nicht mehr vorbeikommen würde.

›Polizei, bleiben Sie liegen‹, hörte er dann Tonis Stimme. Auch sie klang ein wenig atemlos. ›Der Krankenwagen ist schon unterwegs.‹«

»Also, eins glaube ich dir nicht«, sagte Sarah, nachdem sie es geschafft hatte, den Mund wieder zu schließen, der ihr während meines Berichts über die Heldentaten meiner Halbschwester weit offen gestanden hatte. Ihr Gesichtsausdruck hatte mir so gut gefallen, dass ich meine Schilderungen noch ein wenig weiter ausgeschmückt hatte. Als Toni mir erzählt hatte, wie sie mit Gigant den Autodieb stellte, hatte das Ganze zugegebenermaßen weniger spektakulär geklungen.

»Du willst mir doch nicht ernsthaft weismachen,

dass Gigant beim Zusammenstoß mit dem Laternenpfahl …«

»Straßenschild.«

»… dass Gigant beim Zusammenstoß mit dem Straßenschild den Pfahl verbogen hat?«

Ich zuckte die Achseln. »Und warum nicht? Als mein Opa damals mit seinem alten Fiesta das Stoppschild umgenietet hatte, wog sein Fahrzeug auch nicht viel mehr als Gigant.«

Sarah nickte wie ein Wackeldackel auf der Hutablage eines Rentnerautos, während sie über mein Argument nachdachte.

»Und übermorgen geht es los zum Großeinsatz beim Castortransport. Die Vorbereitungen laufen schon auf vollen Touren«, sagte ich und genoss Sarahs Gesichtsausdruck voller Neid und Bewunderung. Fast so, als würde ich mit dabei sein und auf diese Weise die Welt vor dem Untergang retten.

»Also, ich bin ja eigentlich auch gegen Kernkraft«, sagte Sarah jedoch und diese Aussage deckte sich irgendwie nicht mit ihrem bewundernden Blick.

»Bin ich auch, ist doch klar«, antwortete ich. »Wer denn nicht? Antonia ist ebenfalls gegen Strom aus Atomkraftwerken. Sie hat meine Mutter sogar so lange bequatscht, bis die sich bereit erklärt hat, den Stromanbieter zu wechseln. Wir beziehen jetzt Ökostrom«, sagte ich, nicht ohne einen gewissen Stolz auf diese Tatsache in der Stimme. Die meisten redeten ja nur über Umweltschutz, während sie mit ihrem Auto, das zwölf Liter auf hundert Kilometern verbraucht, mit zweihundert über die Autobahn rasten.

»Und warum schützt sie dann den Transport des Atommülls?«

Ich konnte nicht anders. Ich stöhnte. Warum dachten eigentlich immer alle, jeder Polizist wäre NPD-Mitglied und stinkkonservativ? »Was wäre das denn für ein Job, wo man immer, wenn einem persönlich was nicht passt, sagt: ›Nö, das mach ich nicht‹«, motzte ich. »Toni und Gigant sorgen doch nur dafür, dass niemandem etwas passiert: weder dem Zugführer, dessen Lok schließlich entgleisen könnte, wenn keiner die Demonstranten daran hindert, die Schienen zu lockern, noch den Demonstranten selber, die so blöd sind, sich auf die Gleise zu setzen oder sogar daran festzuketten. Soll die Polizei lieber tatenlos zusehen, wie die Menschen überrollt werden?«

»Nein, natürlich nicht«, sagte Sarah und klang auf einmal ziemlich kleinlaut. »Aber hat sie denn keine Angst? Ich meine, vor der Strahlung und so. Die sind da doch ziemlich nah an den Behältern dran, oder?«

»Da hast du verdammt noch mal recht«, antwortete ich. »Die sind da echt nah dran.«

Wir schwiegen beide einen Moment lang. Und ganz plötzlich, ohne jede Vorwarnung, überfiel mich die Sorge um meine große Schwester. So weit hatte ich vorher noch gar nicht gedacht! Was würde geschehen, wenn Antonia etwas passierte? Wenn sie krank wurde oder während des Einsatzes verunglückte? Ich versuchte, die Beklemmung abzuschütteln, die ich bei dieser Vorstellung empfand. Ich konnte daran ja sowieso nichts ändern. Mir blieb nichts anderes übrig, als auf Tonis Rückkehr zu warten, um mir dann alles haarklein von ihr berichten zu lassen. Aber schon jetzt wusste ich, dass die bevorstehenden Ferien dieses Mal nicht wie im Flug vergehen würden. Sie würden sich ziehen, zäh wie Kaugummi, das zu lange im Mund gewesen ist. Ich seufzte und schlug mein Mathebuch wieder auf Seite 112 auf. »Also«, sagte ich, »dann wollen wir doch mal sehen, ob wir diesen verdammten Zug aus dem Tunnel rauskriegen.«

9

Die Pferde sind hart beansprucht.

Dr. Dirk Köhler, Tierarzt der Polizeireiterstaffel Berlin-Spandau

Das ist aber nah«, stellte Toni nach der ersten Ortsbesichtigung fest. Sie schluckte, als sie an die Strahlung dachte, der sie über Stunden ausgesetzt sein würde, wenn der Zug erst einmal durch das von der Polizei gesicherte Gebiet rollte. Sie erinnerte sich an einen Bericht der Umweltorganisation Greenpeace, die beim letzten Castortransport festgestellt hatte, dass die Strahlenbelastung im Umkreis des Zuges um das 500-Fache gegenüber dem Normalwert erhöht war. Selbst wenn die Strahlung damit immer noch innerhalb der zulässigen Grenzwerte lag – wie die Ministeriensprecherin versicherte –, wer konnte eine Gesundheitsgefährdung ausschließen?

»Du musst das positiv sehen«, scherzte Michael, der mit Kasper neben Toni stand. »Wenn du hier nach zehn Stunden Dienst wegdarfst, dann freust du dich so darüber, dass dir die harte Liege in der Unterkunft, direkt neben dem Typen mit den Schweißquanten, der modrige Geruch der Bettlaken und das zugige Klo egal sind.«

Toni lächelte müde. Sie fühlte sich jetzt schon k.o. Dabei waren sie erst gestern Abend hier angekommen. Und niemand wusste, wie lange sie hierbleiben mussten. Das alles hing davon ab, wann der Castortransport tatsächlich anrollte und wie lange er brauchen würde, bis er ihren Standort erreichte.

»Das letzte Mal waren es 18 Tage«, erzählte Michael und Antonia stöhnte bei der Vorstellung, fast drei Wochen hier auszuharren.

»So!«, rief Klaus und lenkte damit die Aufmerksamkeit aller auf sich. »Hier werden wir also mit dem Schutz und der Begleitung der Demonstrationen zu tun haben, wenn der Zug erst einmal angekommen ist. Bis dahin vergeht aber noch einige Zeit, in der wir regelmäßig das Waldgebiet und die Gleise kontrollieren. Ihr wisst, worauf es ankommt. Also los.«

Toni hob zweifelnd die Augenbrauen. Sie und Gigant waren zum ersten Mal dabei. Woher sollten sie wissen, worauf es ankam?

Seit dem frühen Morgen regnete es ohne Unterbrechung. Trotz der Schutzkleidung war Antonia bereits bis auf die Haut nass. Und auch Gigant ließ die Ohren hängen, damit kein Wasser hineinlief. Der Untergrund war eine einzige Schlammpfütze. Die Pferde rutschten trotz der speziellen Stollen, die sie trugen, bei jedem Schritt beinahe aus.

Toni hielt den Blick gesenkt und suchte mit den Augen das Unterholz ab, während sie Gigant hinter Kasper, Diabolo, der nun wieder von Helmut geritten wurde, und Gigolo hertrotten ließ. Hin und wieder musste sie sich auf dem Pferderücken bücken und den Kopf einziehen, um den tief hängenden Ästen zu entgehen. Aber wenigstens hatten sie dank der Pferde ein Durchkommen – jeder Streifenwagen wäre schon längst im Matsch stecken geblieben oder durch einen quer liegenden Baumstamm an der Weiterfahrt gehindert worden.

»Vorsicht!«

Augenblicklich brachte Toni Gigant zum Stehen. Doch für Michael, der mit Kasper vorausritt, war Helmuts Mahnung zu spät gekommen. Kaspers linker Vorderlauf knickte weg und Toni beobachtete, wie sich ihr Kollege aus dem Sattel gleiten ließ. Er versank bis zu den Knöcheln im Matsch, während er fluchend neben seinem Pferd in die Knie ging. Toni beugte sich auf Gigants Rücken vor, um besser sehen zu können.

»So ein Mist«, schimpfte Michael und lockerte die Gamasche, die Kasper ebenso wie alle anderen Pferde zum Schutz der Beine trug.

Auch Toni fluchte leise, als sie das Blut bemerkte, das in einem dünnen Rinnsal über das Sprunggelenk des Schimmels lief.

»Mensch, Michael«, schimpfte Helmut, der inzwischen neben dem Oberkommissar kniete. »Wie oft beten wir euch vor, worauf ihr bei Einsätzen wie diesem zu achten habt: den Untergrund im Auge behalten und tiefe Pfützen meiden!«

Michael ließ die Standpauke zerknirscht über sich ergehen. Offensichtlich betrachtete er sie als gerechte Strafe.

Michaela sprang vom Rücken ihres Pferdes und Toni tat es ihr gleich. Mit großen Augen betrachtete sie den

Krähenfuß, den ihre Kollegin aus der Pfütze fischte, durch die Kasper soeben gewatet war.

Vier lange eiserne Spitzen waren so miteinander verbunden, dass stets eine von ihnen nach oben zeigte, wenn man die Waffe auf einen ebenen Untergrund legte. Dieses Exemplar, das sie hier gefunden hatten, gehörte mit seinem Durchmesser von zehn bis fünfzehn Zentimetern schon zu den stattlichen Vertretern seiner Art und war eindeutig Marke Eigenbau.

»Die Verletzung ist nur oberflächlich«, hörte Toni Helmut sagen und fühlte sich augenblicklich erleichtert. »Noch mal Glück gehabt.« Er erhob sich wieder. »Okay«, sagte er. »Wir führen die Pferde zurück zur Unterkunft. Für heute ist Feierabend.«

Feierabend, überlegte Toni, als sie um neun Uhr endlich ihre Dienstkleidung ablegte, war offensichtlich ein sehr dehnbarer Begriff.

Nachdem sie die Pferde zurückgebracht hatten, mussten sie sie erst einmal trocken reiben, striegeln, die Hufe auskratzen, füttern und dem Hufschmied vorführen.

Gigant ließ all das brav über sich ergehen, obwohl seine glasigen, hervorquellenden Augen deutlich zeigten, wie müde er war. Toni fühlte sich ähnlich und fragte sich, ob ihre Augen auch so aussahen wie die des Pferdes.

Dann gab es die Abschlussbesprechung, bei der Klaus mit Verweis auf Michaels Missgeschick noch einmal alle darauf aufmerksam machte, wie wichtig es war, tiefe Pfützen unbedingt zu meiden, da Störer hier gerne Krähenfüße auslegten, um Autos an der Weiterfahrt zu hindern oder Pferde zu verwunden und die Polizei damit außer Gefecht zu setzen.

Michael saß während Klaus' Rede neben Toni und verbarg sein Gesicht in Denkerpose hinter seiner Hand, indem er sich intensiv mit den Fingerspitzen über die Stirn fuhr, als sich alle Kolleginnen und Kollegen tuschelnd zu ihm umdrehten.

Toni strich ihm tröstend über den Arm und augenblicklich sah Michael wieder etwas glücklicher aus.

Klaus teilte die zwanzig Pferde, die ihnen zur Verfügung standen, in vier Gruppen ein und wies jeder Einheit mithilfe der aufgehängten Detailkarte der Umgebung ein Waldgebiet zu, in dem sie am nächsten Tag patrouillieren sollte. Dann wünschte er allen eine gute Nacht.

Ob die Nacht gut wurde, konnte Toni noch nicht sagen, als sie ihre Dienstkleidung ordentlich zusammenlegte und in ihrem Spind verstaute. In der letzten Nacht hatte sie jedenfalls kein Auge zugetan. Und dabei hatte sie bei der Zuteilung der Wohncontainer noch Glück gehabt, denn sie lag gemeinsam mit ihrer Freundin Michaela und den beiden Polizeireiterinnen Angela und Sabine in einem Viererzimmer, während sich die männlichen Kollegen einen Schlafsaal zu acht teilten und eine weitere Baracke ebenfalls mit sechs Polizisten beiderlei Geschlechts belegt war. Nur Klaus und Helmut teilten sich ein Zweierzimmer – sofern man die Blechbüchsen, die für sie aufgestellt worden waren, als Zimmer bezeichnen konnte.

Tatsächlich lag Toni noch lange wach und starrte an die dünne Decke, während sie darüber nachdachte, wann sie und Gigant wohl wieder nach Hause kommen würden. Der Vorfall mit Kasper hatte ihr mehr zu schaffen gemacht, als sie zugeben wollte. Zum Glück war der Schimmel nicht ernsthaft verletzt worden, die Wunde nur oberflächlich. Aber welche Gefahren würden hier noch auf sie warten? Auf welche Auseinandersetzungen mit gewaltbereiten Atomkraftgegnern musste sie sich gefasst machen? Bei allem Verständnis für die Sorgen der Anwohner konnte sie ihre Angst vor Ausschreitungen nicht abstellen.

Hoffentlich kommen Gigant und ich gesund wieder nach Hause.

Wie ein Mantra wiederholte Toni diesen Satz, bis ihr schließlich die Augen zufielen und sie in einen unruhigen Schlaf sank.

10

Selbst harte Burschen werden beim Anblick der treuen braunen Pferdeaugen ruhig.

Reiter der Polizeistaffel

Wenigstens regnete es im Augenblick nicht. Toni ließ Gigant rechts neben Ramazotti gehen und ihren Blick auf der Suche nach etwas Auffälligem über das Unterholz schweifen. Seit über einer Stunde besah sie sich nun Erde und Gehölz, Gehölz und Erde. Jede weggeworfene Blechdose war mittlerweile eine Wohltat für die Augen, solange sie nur ein buntes Etikett hatte. Selbst die militärgrüne Plastikfolie, die dort zusammengeknüllt und halb von Erde verdeckt in den Büschen lag, bedeutete schon eine willkommene Abwechslung.

Toni hätte nie geglaubt, dass sie sich einmal so über den Anblick von Müll im Wald freuen würde und die Betrachtung einer Plastikfolie ihre Stimmung heben konnte.

Sie wollte Angela, die neben ihr auf Ramazotti ritt, gerade in ihre philosophische Betrachtung der Welt einweihen, als plötzlich irgendetwas in ihrem Kopf in Gang gesetzt wurde. Noch bevor sie ihren Gedanken zu Ende geführt hatte, sagte sie: »Halt!«

Klaus und Michael, die vorneweg ritten, ließen ihre Pferde Herkules und Kasper anhalten und wandten sich zu ihren Kolleginnen um.

»Was ist?«, erkundigte sich Klaus.

Toni hatte sich bereits aus dem Sattel geschwungen und stand nun vor der Plastikfolie, die ihre Aufmerksamkeit erregt hatte. Sie hob sie an einer Ecke hoch und schüttelte etwas von der Erde ab, die darauf lag. Dann zog sie sie mit einem Ruck hoch.

»Menschenskind!«, entfuhr es Klaus und es dauerte nur einen Augenblick, bis er neben Toni stand. Er kniete nieder und begutachtete den Fund. »Hier lagert ja ein kompletter Metallwarenhandel!« Er hob einige der Werkzeuge hoch, drehte und wendete sie. »Sogar Ketten sind dabei zum Festbinden an die Schienen und hier ... «, er wühlte in den Metallteilen, »... eine Stichsäge! Wofür die wohl gebraucht wird ... « Er stand auf und zog sein Funkgerät hervor. »Einheit eins, hier Einheit eins, wir haben soeben ... «

Es war nur ein leises Rascheln. Erst dachte Toni, ein kleines Tier würde sich durchs Unterholz fortschleichen, vielleicht eine Maus, ein Eichhörnchen oder ein kleiner Waschbär.

Doch dann schaute sie geradewegs in zwei leuchtend blaue Augen und ihr wurde klar, dass das kein Tier war, das sich dort mit einer Sturmhaube über dem Kopf im Unterholz versteckte.

Ihre Blicke begegneten sich und Toni riss erschrocken den Mund auf. Bevor sie jedoch irgendetwas sagen konnte, sprang der Unbekannte auf und gab Fersengeld. Jetzt raschelte es auch an einer anderen Stelle und ein weiterer menschlicher Körper, der dort bislang regungslos abgewartet hatte, folgte dem ersten.

Klaus' Hand, die das Funkgerät hielt, verharrte eine Sekunde lang in der Luft, dann bellte er: »Zugriff!«

In Cowboymanier schwang er sich in seinen Sattel und drückte Herkules die Fersen in die Flanken. Augenblicklich setzte sich das schwere Tier in Bewegung und verfolgte die Flüchtenden quer durch den Wald.

Auch Toni beeilte sich aufzusitzen, rutschte dabei aber fluchend mit dem nassen Stiefel vom Steigbügel ab und folgte schließlich den drei anderen Pferden, die einige Meter vor ihr bereits durch das dichte Unterholz jagten.

Äste peitschten ihr ins Gesicht, Erdbrocken, die von Kaspers Hufen hochgeschleudert wurden, trafen ihren Oberkörper und ihren Kopf, die schusssichere Weste drückte ihr in der vornübergebeugten Haltung die Luft ab. Und doch war sie froh, dass sie sich heute Morgen entschieden hatte, das unbequeme Ding anzulegen. Wer konnte schon sagen, wozu die Störer sich genötigt fühlten, wenn sie sie erst einmal in eine Ecke gedrängt hatten?

Noch aber konnte davon keine Rede sein. Toni sah die Flüchtenden nicht einmal mehr, sie orientierte sich bei ihrer Verfolgung lediglich an dem weißen Pferd, das wie ein Geist vor ihr durch den dunklen Wald jagte.

Gigant setzte mühelos über einen Baumstamm hinweg, der den Weg versperrte. Er schien ihm Gegensatz zu seiner Reiterin Vergnügen an diesem wilden Querfeldeinritt zu haben. Dann hörte Toni Klaus' Stimme.

»Stehen bleiben, Polizei!«, rief er den zwei jungen Männern hinterher.

Ob es junge Männer waren, konnte Toni nicht mit Gewissheit sagen, die Gestalten waren vermummt gewesen und mehr als zwei hübsche blaue Augen hatte sie nicht erkennen können. Aber irgendwie ging sie davon aus, dass es sich bei den Aktivisten um Männer handeln musste.

Der Wald öffnete sich zu einer Lichtung und jetzt konnte Toni auch die zwei Flüchtenden sehen, die nur wenige Meter vor Klaus über die Wiese jagten, bis einer von ihnen stolperte und mit dem Gesicht auf dem Erdboden liegen blieb. Nun stoppte auch sein Freund und hob die Hände hoch, als würde jemand mit einer Waffe auf ihn zielen.

Wie sie es tausendmal geübt hatten, umringten die vier Reiter die beiden vermummten Gestalten mit den Pferden, sodass eine weitere Flucht unmöglich war.

Toni sah wieder in die blauen Augen und erkannte Angst in ihnen. Sie wusste selbst, wie es sich anfühlte, wenn man von vorne, von hinten, von links und von rechts von vier Pferden umringt wurde, das kleinste von ihnen immer noch mit einem Stockmaß von einem Meter sechsundsiebzig. Man sah nichts weiter als die massigen Leiber, atmete den Geruch der warmen Pferdehaut ein und fürchtete, von der geballten Kraft erdrückt zu werden.

Während des Trainings musste einer von ihnen immer die Rolle des Flüchtenden übernehmen, der von den Pferden gestellt wird. Und auch sie hatte schon dieses zweifelhafte Vergnügen gehabt. Ein wenig fühlte sie mit dem jungen Mann, der keuchend und nach Luft ringend vor ihr stand. Er sah nicht so aus, als würde er jeden Augenblick eine Waffe zücken. Doch Toni hatte auch gelernt, sich nicht auf den Augenschein zu verlassen.

In der Tat hatten Angela und Klaus die Hände an ihren Waffen, während Michael auf dem jungen Mann kniete, der am Boden lag, und ihn festhielt.

»Polizei!«, wiederholte Klaus. »Nehmen Sie die Sturmhauben ab und weisen Sie sich aus.«

Mit zitternden Händen zog sich der Blauäugige die Mütze vom Kopf, die sein Gesicht bis jetzt verdeckt hatte, und Michael tat das Gleiche bei seinem Komplizen.

Toni stellte fest, dass sie sich nur zum Teil geirrt hatte: Tatsächlich gehörten die blauen Augen einem hübschen jungen Mann, der vermutlich nicht viel älter war als sie selbst. Doch die Person am Boden entpuppte sich als eine nicht weniger attraktive Blondine – wenn man mal von dem Dreck in ihrem Gesicht absah.

»Okay.« Klaus machte eine Kopfbewegung in Tonis Richtung. Toni ließ sich aus dem Sattel gleiten und übernahm Michaels Position, der der jungen Frau inzwischen auf die Beine geholfen hatte, während sich Michael nun um den jungen Mann kümmerte.

»Können Sie sich ausweisen?«, fragte Toni die Frau, die genauso verstört aussah wie ihr Freund und nur stumm den Kopf schüttelte.

Klaus hatte wieder sein Funkgerät hervorgeholt und meldete, dass sie zwei Verdächtige aufgegriffen hatten, die durch Flucht versucht hätten, sich dem polizeilichen Zugriff zu entziehen, und forderte Verstärkung an.

Es dauerte keine Viertelstunde, bis ihnen die Kollegen mit dem Streifenwagen entgegenkamen, und Toni war froh, als sie die Verantwortung abgeben konnte. Sollten die Kollegen herausfinden, inwieweit die zwei Festgenommenen mit dem Materialfund zu tun hatten und ob es noch weitere Aktivisten gab, die mit dem Pärchen einen Störakt geplant hatten.

Der Tag, an dem der Castortransport schließlich kam, war der erste seit elf Tagen, an dem es nicht regnete. Nicht nur Toni hatte das Gefühl, sie hätte für ihr Leben genug Wasser gesehen. Auch Gigant merkte man deutlich an, dass er nach Hause wollte. Nur äußerst unwillig hatte er sich das Visier zum Schutz von Augen und Nase anlegen lassen, und während er es trug, sah er ziemlich unglücklich aus. Doch gerade nach den Erfahrungen in der letzten Zeit war Toni froh über jede Art von Sicherheitsvorkehrung für ihr Pferd.

Toni hatte ein mulmiges Gefühl, als sie unmittelbar neben den Gleisen stand und auf die Menschenmasse blickte, die sich hier versammelt hatte. Unterschwellig spürte sie die Aggression der Demonstranten gegen die Staatsgewalt, die die Aufgabe hatte, die Gleise für den herannahenden Atommülltransport freizumachen.

Wie das allerdings gehen sollte, war Toni ein Rätsel. Überall saßen Menschen auf den Gleisen. Zu Dutzenden hatten sich in Abständen von wenigen hundert Metern mehrere Grüppchen auf dem Gleisbett niedergelassen. Einige sangen Lieder und spielten Gitarre, andere wiederum häuften Brennmaterial aufeinander, das sie anschließend entzündeten.

Toni beneidete die Kollegen, die die Demonstranten einen nach dem anderen wegtragen mussten, nicht. Sie wurden beschimpft, bespuckt und provoziert, manchmal aber auch in freundschaftliche Gespräche verwickelt. Auf jeden Fall war Toni froh, dass sie hoch oben auf Gigants Rücken sitzen konnte, mit etwas mehr Abstand zum Geschehen auf dem Gleisbett.

Schließlich winkte Klaus ihr zu. Toni wendete Gigant und führte ihn zum Einsatzleiter, Michaela rückte auf die Position vor, die Toni soeben freigegeben hatte.

»Du reitest mit Michael, Angela und Helmut noch einmal die Gleise ab und schaust, ob alles okay ist«, bat er Toni und die junge Frau nickte.

Die drei anderen warteten bereits auf sie. Schweigend führten sie ihre Pferde die Gleise entlang, zwei links, zwei rechts von den Schienen, immer in Fahrtrichtung des Zuges, der bald hier eintreffen würde.

Niemand sprach ein Wort. Jeder war auf seine Aufgabe konzentriert und mied eine Unterhaltung, in der sie unweigerlich auf ihre Ängste zu sprechen gekommen wären.

Die Schienen führten um eine lang gezogene Kurve und Toni erblickte die Gestalten auf den Gleisen als Erste: Zwei Männer lagen dort, mit den Gesichtern auf dem kalten Metall.

Zunächst fragte sich Toni, ob die Männer verletzt waren. In jeder anderen Situation wäre dies die einzig logische Erklärung dafür gewesen, dass hier zwei Personen mitten auf den Gleisen lagen. Doch dies war keine normale Alltagssituation – dies war der Castortransport. Und das änderte so einiges.

Als die Männer das Klappern der Hufe hörten, versuchten sie die Köpfe zu heben und ihnen entgegenzublicken, doch sie waren in ihrer Bewegungsfreiheit so stark eingeschränkt, dass sie dieses Vorhaben schnell wieder aufgeben mussten.

Erst als sie näher herangekommen waren, erkannte Toni den Grund dafür, dass die Männer weiterhin in ihrer unbequemen Haltung liegen blieben. Sie hatten sich mit Ketten an die Gleise gefesselt – oder fesseln lassen, von Helfern, die mittlerweile jedoch verschwunden waren.

»Guten Tag«, grüßte Helmut die Fremden freundlich, nachdem er sich von Diabolos Sattel hatte gleiten lassen. Um seine Mundwinkel zuckte es und Toni hatte das Gefühl, ihr Kollege kämpfe gegen ein Lachen an. Natürlich war an der Situation eigentlich nichts Komisches, doch auch sie musste zugeben, dass sie innerlich den Kopf schüttelte.

»Guten Tag«, erwiderten die Männer freundlich.

»Hier fährt gleich ein Zug entlang«, fuhr Helmut fort. »Würden Sie bitte die Gleise frei machen?«

Die Männer grinsten. »Selbst wenn wir wollten …«, der Ältere deutete mit dem Kopf auf seinen Mitstreiter, »… uns sind leider die Hände gebunden.«

Jetzt musste Toni tatsächlich lachen. Wenigstens den Humor hatten die beiden in Anbetracht ihrer Situation nicht verloren.

Mittlerweile knieten auch Toni, Angela und Michael neben den Männern und betrachteten staunend die

Konstruktion, mit der sie sich an den Gleisen festgebunden hatten.

»Hm …«, machte Helmut und schüttelte den Kopf. »Wie haben Sie das denn hingekriegt?« Er zog leicht an der metallenen Kette, die unter dem Gleisbett hervorragte.

»Tja …« Der Jüngere der beiden wirkte fast ein wenig stolz. »Sie werden Schwierigkeiten haben, uns loszukriegen«, antwortete er selbstsicher.

Helmut zog ein wenig fester an dem kurzen Stück Kette, das er erreichen konnte.

»Vorsicht!«, sagte der Ältere und klang plötzlich tatsächlich ängstlich. »Das Metallrohr, mit dem wir uns festgekettet haben, ist mit einer explosiven Flüssigkeit gefüllt.«

Toni riss entsetzt die Augen auf und Gigant machte einen Schritt zurück, als hätte er die Worte des Mannes ebenfalls verstanden.

Helmut schüttelte den Kopf, sein Lachen war mittlerweile verschwunden. Er stand auf und zog sein Funkgerät hervor. »Das ist eine Aufgabe für die Polizeitechniker«, sagte er.

Zurück auf ihrer ursprünglichen Position merkte Toni schnell, dass sich die Stimmung verschlechtert hatte. Die Gitarren waren verstummt, die friedlichen Demonstranten hatten die Gleise frei gemacht, zurückgeblieben waren diejenigen, die auch vor einer handfesten Auseinandersetzung mit der Polizei nicht zurückschreckten.

Die ersten Steine flogen gegen die Hundertschaft der Polizei, Knallkörper explodierten.

Gigant scheute, als ein Chinakracher dicht vor ihm mit ohrenbetäubendem Lärm in die Luft ging, und wich ein paar Schritte zurück.

Toni hätte ihrem Pferd gerne die Möglichkeit gegeben, sich auf einer anderen Position als dieser zu bewähren. Zu sehr erinnerte diese Situation sie und den Wallach an ihre nicht allzu lang zurückliegende Erfahrung auf der Demonstration der Nazis. Egal, ob die Gewalt von Rechts oder von Links kam – Gigant und sie standen offenbar immer in der Schusslinie.

Allmählich wurde ihr heiß. Und das, obwohl die Behälter mit dem Atommüll noch nicht einmal in Sichtweite waren. 400 Grad sollte die Innentemperatur der Behälter betragen, hatte sie einmal gehört.

Ein wenig sehnsüchtig blickte sie zu ihren Kollegen, die ein Stück entfernt von den Gleisen dafür sorgten, dass keine weiteren Demonstranten es auf die Schienen schafften. Dort schien die Atmosphäre weit weniger explosiv zu sein.

Als hätte Klaus ihre Gedanken gelesen, ritt er nun auf sie zu. Mit einer Kopfbewegung deutete er auf die Kollegen. »Ich glaube, du und Gigant, ihr seid da unten besser aufgehoben?«

Toni nickte stumm. Dankbar wendete sie den Wallach und ritt die kurze Böschung hinunter.

Angela, Michaela, Sabine und eine Handvoll männlicher Kollegen hatten nebeneinander Aufstellung genommen. Ihnen gegenüber stand ein Trupp junger Leute, die ihre Parolen riefen, jedoch im Gegensatz zu den Demonstranten, die immer noch die Gleise besetzt hielten, keinerlei Aggression gegen die Polizisten zeigten.

Im Gegenteil. Kaum stand Gigant neben Gigolo, kam eine Frau auf ihn zu und streckte vorsichtig die Hand nach ihm aus.

»Darf ich ihn streicheln?«, fragte sie Toni und lächelte.

»Ja«, antwortete Toni. Ein bisschen unsicher fühlte sie sich dabei zwar und sie beobachtete die junge Frau zunächst misstrauisch. Schließlich wusste man nie, ob die Fremde nicht im nächsten Augenblick versuchen würde, das Pferd zu verletzen. Doch war die Nähe zu den Demonstranten andererseits ein gutes Mittel, um die Situation zu entspannen.

»Er sieht aus wie mein Pferd«, sagte die junge Frau und strich Gigant zärtlich über den Hals.

Der Wallach hatte im Gegensatz zu Toni offenbar schon jegliches Misstrauen abgestreift und genoss die Berührung. Er streckte der Fremden die Nase entgegen und schnupperte interessiert an ihren Haaren.

»Das ist wirklich witzig«, fuhr die Demonstrantin fort. »Mein Pferd hat ebenfalls eine weiße Fessel vorne links. Wie er hier. Er ist nur ein bisschen zierlicher.«

Jetzt tauchte hinter der Fremden ein junger Mann auf, der ebenfalls die Hand nach Gigant ausstreckte.

»Sieht er nicht aus wie Argus?« Die Frau drehte sich zu ihrem Begleiter um.

Der Mann, Toni schätzte ihn auf Anfang zwanzig, nickte. »Ja. Er sieht aus wie Argus, wenn der als Fohlen in den Topf mit Miraculix' Zaubertrank gefallen wäre.«

Als hätten die beiden einen unhörbaren Startschuss gegeben, trauten sich nun auch die anderen Demonstranten näher heran. Einer nach dem anderen streckte die Hand aus und streichelte eins der Pferde.

Toni bemerkte zufrieden, wie die Gesichter der Atomkraftgegner im Kontakt mit den Tieren zusehends freundlicher wurden.

»Beim Anblick der treuen, braunen Augen werden selbst die härtesten Burschen friedlich«, hatte Klaus einmal gesagt. Und dieser Moment zeigte, wie recht er damit hatte.

Für Toni hätte dieser Einsatz gerne mit diesem Erlebnis zu Ende gehen können. Doch leider fuchtelte Klaus plötzlich ganz aufgeregt mit den Armen und Helmut galoppierte mit Diabolo auf Gigant zu. Schon von Weitem rief er Toni entgegen: »Schnell, Toni, komm!«

Toni nickte der Frau, die Gigant immer noch streichelte, mit einem entschuldigenden Lächeln zu und wendete ihr Pferd.

»Wir kriegen keinen Funkkontakt zum Lokführer«, erklärte Helmut aufgebracht. »Und die Techniker versuchen immer noch, die zwei Typen, die wir gefunden haben, von den Gleisen zu befreien!«

Toni sah den Ausbilder verständnislos an.

»Der Zug wird bald hier sein, wir müssen ihn gegebenenfalls mit Lichtsignalen zum Anhalten bringen, falls die Techniker diese Idioten nicht in der nächsten Viertelstunde befreit haben … «

Jetzt wurde Toni klar, warum Helmut so aufgebracht war: Wenn sie den Zugführer nicht rechtzeitig über die Situation informierten, bestand die Gefahr, dass er die zwei Demonstranten auf den Gleisen zu spät sah und den Zug nicht rechtzeitig zum Halten brachte. Und was dann geschah, wollte sich Toni lieber gar nicht erst ausmalen.

Toni fühlte sich an Kriegsbilder aus den Fernsehnachrichten erinnert. Im Galopp führte sie Gigant in der allmählich eintretenden Dämmerung an noch glühenden Feuerresten vorbei und ließ ihn Müllbergen ausweichen, die den Rand des Schienenbetts säumten.

Niemals hätte sie geglaubt, dass die Männer, die sie gefunden hatten, immer noch an die Gleise gekettet waren. Schließlich waren mehr als zwei Stunden vergangen, seit die angeforderten Techniker mit ihrer Aufgabe begonnen hatten.

Trotz des Wissens, dass der Zug die Strecke in Schrittgeschwindigkeit passierte, verursachte die Vorstellung, der Lokführer könnte Schwierigkeiten haben, das mehr als einhundert Tonnen schwere Gefährt rechtzeitig zum Stehen zu bringen, Toni Übelkeit. Natürlich hatte nicht sie die Männer festgebunden und doch fühlte sie sich in gewisser Weise dafür verantwortlich, dass ihnen nichts geschah.

Das Bild, das sich Toni bot, als sie gemeinsam mit den Kollegen die Stelle hinter der Kurve erreichte und sich aus Gigants Sattel gleiten ließ, hatte etwas Befremdendes. Den beiden Männern, die unter goldglänzender Wärmefolie lagen, war das Lachen und Scherzen mittlerweile vergangen. Auch sie spürten den Druck, der auf den Technikern lastete, denen trotz der abendlichen Kühle Schweißperlen von den Nasenspitzen tropften.

»Die Ketten sind unter den Schienen ins Gleisbett einbetoniert«, erklärte einer der Techniker und nutzte die Pause, um sich den Schweiß von der Stirn zu wischen. »Wir versuchen, den Beton aufzustemmen, dürfen dabei aber die Schienen nicht zerstören und müssen außerdem wegen der explosiven Flüssigkeit in den Metallrohren aufpassen, mit denen sich diese Deppen haben anbinden lassen.«

In Anbetracht der Situation konnte Toni verstehen, dass der Mann Schwierigkeiten hatte, eine wohlwollende Bezeichnung für die zwei Aktivisten zu finden.

»Und wie lange werden Sie dafür voraussichtlich noch brauchen?«

Der Mann zuckte nur mit den Schultern.

Toni hörte hinter sich bereits das Pfeifkonzert der herannahenden Demonstranten, die neben dem Zug Aufstellung genommen hatten, lauter und lauter werden.

In diesem Moment schaffte es auch der Kameramann irgendeines Fernsehsenders, die vorhandene Absperrung zu durchbrechen. Stolpernd rannte er vorwärts, die Kamera auf die beiden Männer am Boden gerichtet, bis der beherzte Zugriff eines Uniformierten ihn aufhielt und zurück hinter die Barrikade schickte.

Mit einem Mal wurde das Pfeifen schlagartig lauter. Toni hörte johlende Schreie und Trommelschläge. Gigant ließ seine Ohren vor- und zurückschnellen.

»Was ist da bei euch los?« Helmut hatte das Funkgerät in der Hand.

Toni beugte sich zu dem jüngeren der beiden Männer hinunter. Erst jetzt bemerkte sie, *wie* jung er war. War es die Angst, die sie in seinen Augen sehen konnte, oder die Blässe seines bartlosen Gesichts, die ihr mit einem Mal klarmachte, dass es sich bei dem Atomkraftgegner eher um ein Kind als um einen Mann handelte? Wie alt mochte er sein? Sechzehn?

»Wie geht es dir?«, erkundigte sie sich mitfühlend und hatte den Eindruck, dass allein ihre Frage dem Jungen Mut machte.

»Es ist ziemlich kalt, aber es geht schon.«

Toni spürte eine Hand auf ihrer Schulter und erhob sich wieder, nachdem sie dem Knaben noch einmal aufmunternd zugelächelt hatte.

»Es wird ernst«, sagte Helmut. »Wir müssen den Zug mit Lichtsignalen auf uns aufmerksam machen und zum Anhalten zwingen.«

Toni nickte stumm, schwang sich auf Gigants Rücken und nahm die Kelle und die Taschenlampe entgegen, die Helmut ihr reichte. Sie konnte bereits den Lichtkegel sehen, den die Scheinwerfer des Zuges warfen. Mit klopfendem Herzen schaltete sie Taschenlampe und Polizeikelle ein und begann beides über ihrem Kopf zu schwenken, während sie Gigant langsam dem Zug entgegenlaufen ließ.

Gigant spürte die Anspannung seiner Reiterin. Unsicher setzte er einen Huf vor den anderen. Die Widia-Stollen, mit denen seine Hufe beschlagen waren, eigneten sich gut für weichen Waldboden. Dort gaben sie dem Pferd zusätzlichen Halt. Auf den harten, glatten Schienen jedoch rutschte Gigant bei jedem Schritt beinahe aus. Und Diabolo schien mit den gleichen Problemen zu kämpfen.

Toni blickte soeben zu Helmut hinüber, als der Rappe das Gleichgewicht verlor und mit einem erschrockenen Wiehern auf die Gleise stürzte. Helmut fluchte laut und versuchte seinem Pferd beim Aufrichten zu helfen, doch Diabolo fand einfach keinen sicheren Halt und seine Vorderläufe rutschten immer wieder weg.

Der Lärm der Zugmaschine wurde lauter und lauter. Die großen kreisrunden Scheinwerfer durchschnitten die Dunkelheit. Wie die leuchtenden Augen eines gefährlichen Tieres kamen sie näher und näher.

Tonis Herz raste. Wie besessen schwenkte sie die rot leuchtende Kelle über ihrem Kopf hin und her. Jetzt lagen nicht nur die beiden Männer auf den Schienen, auch Diabolo blockierte die freie Fahrt mit seinem massigen Körper und schwebte in Lebensgefahr.

»Halt! Halt!« Toni schrie aus Leibeskräften. Sie dachte nicht mehr darüber nach, dass der Lokführer sie unmöglich hören konnte. »Stopp! Anhalten!«

Jetzt waren die Scheinwerfer nur noch wenige Meter entfernt. Gigant schlug unruhig mit dem Kopf. Er wollte weg. Und Toni konnte es ihm nicht verdenken.

Wenn der Zug nicht auf den nächsten Metern hielt, dann musste sie Gigant auf die Seite führen, wenn sie nicht selbst von dem tonnenschweren metallenen Wurm überrollt werden wollte.

Ein letztes Mal schrie Toni und wedelte wie verrückt mit der Kelle durch die Luft. Ihr Atem entwich in weißen Wolken ihrem Mund.

Erst als sie das Johlen der Demonstranten hörte, die sich freuten, dass der Zug anhielt, bemerkte sie, dass die runden leuchtenden Augen nicht mehr größer wurden. Der Zug hatte gestoppt. 700 Kilo hatten den Sieg über 120 Tonnen errungen.

Tränen rannen über Tonis Wangen, während sie auf Gigants Rücken in sich zusammensackte. Sie hatten es geschafft. Gigant und sie hatten den Zug ganz allein zum Anhalten gezwungen.

11

Man muss verhindern, dass das Pferd mit einem negativen Erlebnis aus dem Training herausgeht.

Harald Siedler, Ausbilder der Reiterstaffel des Bundes

Du kannst sehr lebendig und anschaulich beschreiben, Paula, aber leider hast du das Thema der Arbeit komplett verfehlt. Deswegen reicht es trotz des schönen Textes nur für ein ausreichend.

Ich grinste, nachdem ich die Beurteilung meiner Lehrerin unter meiner Arbeit gelesen hatte. Genau genommen konnte ich über die Vier wahrscheinlich noch froh sein. Schließlich sollten wir in der Deutscharbeit unser schönstes Ferienerlebnis schildern. Da mir aber kein schönes Ferienerlebnis eingefallen war, hatte ich über Antonias Einsatz beim Castortransport geschrieben, den sie mir in allen Einzelheiten erzählt hatte. Der hatte immerhin auch während der Ferien stattgefunden.

»So wie du das schreibst, hört es sich noch dramatischer an, als es tatsächlich war«, sagte Toni und gab mir die Blätter zurück. »Ach, übrigens … Läuft der Film mit Ashton Kutcher noch?«

Ich schüttelte den Kopf. »Nee«, sagte ich. »Aber dafür jetzt einer mit Johnny Depp.«

»Auch nicht schlecht«, meinte Toni.

Ich grunzte zustimmend.

»Morgen beginnt mein freies Wochenende«, fuhr Toni fort. »Hast du Lust?«

Ich zögerte keine Sekunde: »Klar habe ich Lust«, antwortete ich und grinste. »Verdammt viel Lust sogar.«

»Wir sollten Gigant umbenennen in Scarface.« Michael grinste, offenbar in Erwartung zustimmender Lacher, die allerdings ausblieben. Stattdessen fabrizierten Toni und ich nur mühsam ein gequältes Lächeln. Jedenfalls kam es mir so vor, als wäre Tonis Lächeln gequält.

Michael räusperte sich. »Hast du nicht bald Geburtstag, Toni?«, lenkte er das Gespräch auf ein anderes Thema, während wir die Pferde zum Training in die Halle führten.

Ich verdrehte die Augen. Michael konnte mich ja nicht sehen, da ich auf Gigants rechter Seite ging und so von dem Pferd verdeckt wurde.

»Na ja, eine Weile dauert es schon noch«, hörte ich Tonis Antwort, die auf Gigants linker Seite ging.

»Was wünschst du dir denn?«, wollte Michael wissen.

Ich hörte Toni lachen. »Am meisten wünsche ich mir einen neuen Sattel! Nach fast zwei Wochen Dauereinsatz beim Castortransport tut mir immer noch der Hintern weh! Aber das wird wohl weiterhin ein frommer Wunsch bleiben, fürchte ich. Natürlich, wenn Gigant Druckstellen bekäme, weil der Sattel falsch sitzt, dann sähe die Sache ganz anders aus. Aber über den Hintern einer Polizistin macht sich keiner Gedanken. Der kann ruhig Druckstellen kriegen.«

Das Klackern der Hufe auf dem Pflaster erstarb, sobald die Pferde die große Reithalle betraten, in der das heutige Training stattfinden sollte. Stattdessen hallte nun jedes Wort der Polizeireiter und jedes Schnauben der Pferde von den hohen Wänden wider.

Helmut hatte in einer Hälfte der Halle bereits einige Vorbereitungen getroffen: Ein Gettoblaster stand in der Ecke, fertig zum Einsatz, ein großer roter Ball lag ebenso bereit wie etliche andere alltägliche Gebrauchsgegenstände. Und Maestro, der neueste Zuwachs der Polizeireiterstaffel, wartete bereits.

»Ach, Michael«, begrüßte der Ausbilder den Polizeireiter. »Ich glaube, es reicht, wenn Toni mit Gigant hierbleibt, um unserem Remonten zur Seite zu stehen.«

Michael stoppte so ruckartig, dass er Kasper dabei unsanft am Halfter nach hinten riss. Und wieder fiel mir ein, warum ich diesen Mann nicht leiden konnte.

Auch Helmut entging Michaels heftige Reaktion nicht. »Schließ dich doch einfach schon mal der Truppe der Dienstpferde an, die draußen trainiert.«

»Aber ich dachte … «

»Das war wohl ein Missverständnis«, fiel Helmut Michael ins Wort. »Gigant braucht nach den letzten Ereignissen mal wieder eine kleine Auffrischung der Grundkenntnisse und … «, er suchte offensichtlich nach dem richtigen Wort, »… ein bisschen Entspannung und Selbstbestätigung. Deshalb ist er heute der geeignete Sparringspartner für unseren Auszubildenden Maestro.«

Michael nickte stumm und wendete den Schimmel, um sich dem Training der erfahrenen Polizeipferde anzuschließen, das auf dem Außengelände stattfand.

»So«, fuhr Helmut fort, als Toni und Gigant neben Maestro, der von Claudia eingeritten wurde, Aufstellung genommen hatten. »Schön, dass du auch da bist, Paula, du kannst mir sicherlich helfen.«

Ich grinste und war froh, dass der Ausbilder nicht mich, sondern Michael weggeschickt hatte.

»Ihr wisst alle, worum es geht. Maestro soll sich an den Dienst bei der Polizei gewöhnen und mit den Dingen konfrontiert werden, denen er in seinem Polizeialltag begegnen wird. Ein erfahrenes Pferd an seiner Seite hilft ihm, die vermeintliche Gefahr richtig einzuschätzen. Wenn Gigant gelassen reagiert, wird Maestro das auch tun.« Helmut seufzte. »Und Gigant wird es guttun, sich mal wieder selbst zu beweisen, nachdem es für ihn in der letzten Zeit nicht immer rund gelaufen ist.«

Ich sah Toni auf Gigants Rücken zustimmend nicken, während sie ihrem Pferd den Hals tätschelte.

»Wir beginnen wie immer damit, das Pferd zu lösen, indem wir es einfach ein paar Runden in Schritt und Trab gehen lassen.«

Während Toni Gigant vorweggehen ließ, hing ich meinen Gedanken nach. Jedes Training der Reiterstaffel ließ sich in verschiedene Phasen unterteilen. Zunächst begann man immer damit, das Pferd an die Umgebung, den Untergrund und die normalen Umgebungsgeräusche zu gewöhnen. Diesen Abschnitt des Trainings nennt man die Lösungsphase. Erst wenn das Pferd entspannt und warm geritten ist, beginnt die sogenannte Arbeitsphase, in der es sich an all die Dinge gewöhnen soll, die ihm im Dienst begegnen können.

Ich sah hinter meiner rechten Schulter einen alten Kinderwagen, in dem eine Puppe lag, die, wie ich bereits wusste, wie ein echtes Baby weinen konnte, ein Fahrrad, einen Regenschirm, Decken, Folien und jede Menge leerer Plastikflaschen und wusste bereits, welche Übungen heute auf Maestro und Gigant zukommen würden.

»Prima«, rief Helmut in diesem Moment, der die Pferde nicht eine Sekunde lang aus den Augen gelassen hatte, um ihre Stimmung mitzubekommen. Er reichte mir wortlos den bunten Regenschirm und ich wusste, was ich zu tun hatte, ohne dass Helmut mir weitere Anweisungen geben musste.

Während der Pferdetrainer die in der Halle verteilten Fackeln anzündete, stellte ich mich in die Mitte der Fläche und öffnete und schloss den Regenschirm langsam, aber ohne Pause.

Toni führte Gigant dicht an mir vorbei und ich drehte den bunten Schirm in meiner Hand ein wenig, wodurch sich der Braune nicht im Mindesten aus der Ruhe bringen ließ.

Maestro folgte seinem erfahrenen Artgenossen, riskierte aber durchaus einen misstrauischen Blick zur Seite auf das unheimliche Ding in meiner Hand.

Inzwischen brannten alle Fackeln. Toni führte ihr Pferd dicht an den Flammen vorbei und wieder folgte Maestro ihm.

Helmut winkte mich zu sich heran.

»Du schiebst das Fahrrad«, sagte er, als ich neben ihm stand. Er selbst griff nach dem Kinderwagen und wir liefen nebeneinanderher durch die große Halle, als würden wir einen Sonntagsspaziergang im Park machen.

Gigant machte den Eindruck, als würde er bald anfangen zu gähnen. Für ihn waren all diese Dinge nicht mehr aufregend. Er hatte schon so viele Fahrräder und Kinderwagen gesehen, dass man sie nicht mehr zählen konnte.

Maestro dagegen blieb stehen, als Helmut mit dem Kinderwagen auf der einen Seite und ich mit dem Fahrrad auf der anderen Seite auf ihn zukamen. Er hob den Kopf und spitzte neugierig die Ohren. Als der Trainer neben ihm stand, streckte er seinen gigantischen Kopf in den Wagen hinein und beschnupperte ihn ausführlich.

Helmut ließ ihn gewähren. Lieber sollte das Pferd hier die Möglichkeit haben zu erfahren, dass von diesem merkwürdigen Gefährt keine Gefahr für ihn ausging, als dass er auf der Straße seinen Dickschädel in einen Kinderwagen steckte, in dem ein echtes Baby lag.

Helmut hob die Puppe hoch und klopfte ihr auf den Rücken, bis sie anfing zu schreien.

Maestro hüpfte regelrecht zur Seite, doch schnell siegte seine Neugierde und er beschnupperte ebenfalls den zwar recht lauten, aber leblosen Plastikkörper. Das Fahrrad schien ihn dagegen nicht im Geringsten zu interessieren.

Claudia lobte ihr Pferd, als es anschließend gehorsam seinen Weg fortsetzte.

Jetzt setzte Helmut den Gettoblaster in Gang. Laut und blechern klang die Musik aus den Lautsprechern.

Maestro zuckte ebenso wie Gigant unwillig mit den Ohren, ließ sich aber nicht aus der Ruhe bringen. Jedenfalls nicht, bis Helmut mit einer Europafahne vor seinem Gesicht wedelte. Das schien ihm weniger zu gefallen und Claudia musste ihre gesamte Autorität aufbringen, um Maestro ruhig zu halten.

Gigant kannte die Prozedur und blieb stoisch stehen, als Helmut mit der Fahne über seine Flanken fuhr und sie ihm anschließend für einen kurzen Moment über die Augen legte, sodass der Wallach nichts mehr sehen konnte.

Ich beobachtete ihn genau, denn ich hätte mich nicht gewundert, wenn Gigant nach seinem Erlebnis bei der Demonstration, als ihm das Blut in die Augen gelaufen war, bis er nichts mehr sehen konnte, keine große Lust mehr aufs Blindsein verspürte. Doch das Pferd blieb ruhig stehen und wackelte nur ein bisschen mit dem Kopf, als wollte er die Fahne möglichst schnell wieder loswerden.

Maestro bekam die Fahne noch nicht über die Augen gelegt. Bei ihm strich der Ausbilder lediglich sacht über Flanken und Kruppe und gab dem Pferd auch bei diesem Gegenstand die Gelegenheit, ihn einer ausführlichen Begutachtung zu unterziehen.

»Gut«, sagte Helmut, nachdem er die Musik ausgeschaltet hatte. »Das klappt ja alles schon prima. Dann probieren wir jetzt den Feuerwerkskörper aus.« Er holte einen mittleren Chinakracher hervor und wartete, bis die zwei Pferde nebeneinander Aufstellung genommen hatten, bevor er ihn zündete. Der Knall zerriss die Luft und hallte von den hohen Wänden wider.

Gigant zuckte und machte einen Ausfallschritt zur Seite, doch schnell hatte Toni ihn wieder unter Kontrolle und er stand artig und mit entspanntem Ohrenspiel vor dem Pferdetrainer.

Mit Maestro hatte Claudia deutlich mehr Arbeit, bis der hübsche fuchsfarbene Wallach sich wieder beruhigt hatte. Das Pferd stieg auf die Hinterhand, tänzelte und gab sich alle Mühe der vermeintlichen Gefahr zu entkommen. Doch schließlich stand auch er wieder auf seiner alten Position und wurde von seiner Reiterin gelobt.

Helmut ließ die Pferde durch die Halle traben, bis er mit meiner Hilfe einen kleinen Hindernisparcours aufgebaut hatte: Mit zwei Barrikaden trennten wir eine schmale Gasse ab, durch die die Pferde über am Boden liegende leere Plastikflaschen laufen sollten. Gigant machte den Anfang und wieder zeigte sich, dass er bereits ein erfahrenes Polizeipferd war. Selbst das Knirschen und Knacken der wegrutschenden Flaschen unter seinen Hufen brachte ihn nicht aus der Fassung.

Maestro zögerte, als er hinter Gigant die präparierte Wegstrecke passieren sollte. Er hob den linken Vorderhuf und zauderte, ihn wieder abzusetzen. Doch der Zuspruch seiner Reiterin ließ ihn schließlich ebenfalls mit staksigen Schritten über die Flaschen hinwegschreiten.

Helmut legte zusätzlich noch eine knisternde Folie aus und ließ die Pferde auch darüber laufen.

Er nickte zufrieden, als Maestro auch nach einem Handwechsel deutlich weniger zögerlich als zu Beginn der Übung über den ungewohnten Untergrund lief.

»Zum Schluss noch eine Vertrauensübung nur für Gigant«, kündigte der Ausbilder an und breitete ein Stück schwarzer Folie auf dem Boden aus.

Ich hielt die Luft an. Und Gigant schien es ähnlich zu gehen. Er wackelte wild mit den Ohren und musste sichtlich überlegen, wie er mit diesem vermeintlichen Loch in der Erde umzugehen gedachte.

»Komm, Dicker«, hörte ich Toni, die ihrem Pferd Mut zusprach und es mit deutlichen Hilfen aufforderte, voranzuschreiten.

Gigant hob einen Vorderlauf und verharrte damit in der Luft über der Folie. Sein Instinkt sagte ihm, dass dies vor seinen Läufen ein tiefes Loch war. Ein Nichts, in dem er versinken würde. Seine Reiterin dagegen verlangte von ihm, durch dieses Loch zu gehen. Er wollte ihr zwar gerne gefallen, aber war der verlangte Preis dafür nicht zu hoch?

Ich glaubte schon, Gigant würde die Übung verweigern, doch dann setzte er seinen Huf vorsichtig, fast tastend auf den Boden und schritt über die Folie hinweg.

Toni lobte ihn überschwänglich und auch auf Helmuts Gesicht zeigte sich ein zufriedenes Lächeln. Gigant hatte die Prüfung bestanden und bewiesen, dass sein Vertrauen zu seiner Reiterin immer noch größer war als seine Angst vor Gefahr.

Erleichtert atmete ich aus.

12

Wer mal 5 oder 10 Pferde im Trab auf sich zukommen sah,
der weiß, das macht mächtig Eindruck.
Danielle Funk, Hauptkommissarin

Als das Licht wieder anging, wischte ich mir eilig die Popcornkrümel vom Pullover, bevor ich aufstand.

»Ach, das ist schön, dass wir zwei dieses Wochenende noch einmal Zeit fürs Kino hatten«, sagte meine Schwester, während sie sich erhob. »Nächstes Wochenende steht ja schon das Open-Air-Konzert auf dem Programm. Dann ist es wieder nichts mit Freizeit.«

Ich nickte. Auf das Konzert freute ich mich schon seit Wochen!

Am Ausgang des Kinosaals gerieten wir ein wenig ins Gedränge. Ich warf die leere Popcorntüte in den bereitstehenden Mülleimer und folgte meiner Schwester blinzelnd nach draußen.

»Hübscher Kerl, dieser Johnny Depp«, sagte Toni, während wir uns durch die Massen schoben, die vor dem Kinosaal bereits auf die nächste Vorführung warteten.

»Ja«, antwortete ich ohne allzu große Begeisterung. »Mir gefällt Ashton Kutcher allerdings besser.«

»Ich finde, Michael sieht ein bisschen aus wie der junge Depp, findest du nicht?«

Ich blieb so ruckartig stehen, dass mir ein Pärchen, das eng umschlungen hinter uns aus dem Kinosaal gekommen war, in die Hacken lief.

»Michael soll aussehen wie Johnny Depp?« So ätzend war Johnny Depp nun wirklich nicht! »Ist das dein Ernst? Ich finde eher, Michael sieht aus wie Micky Maus mit Grippe!«

Toni lachte, doch ihre Augen lachten irgendwie nicht mit. Ich musterte meine Schwester misstrauisch. War mir da bis jetzt vielleicht etwas völlig entgangen?

Anschließend geriet unser Gespräch ein wenig ins Stocken. Toni betrachtete auf dem Rückweg geflissentlich den Boden unter ihren Füßen, während ich krampfhaft überlegte, was ich Unverfängliches sagen könnte. Natürlich hätte ich sie auch einfach fragen können, ob sich da zwischen ihr und Michael etwas anbahnte, aber ich hatte wohl Angst vor einer Antwort, die mir nicht gefallen würde. »Was ist eigentlich aus dem Hund geworden, der Gigant gebissen hat?« Kurz vor unserer Haustür war mir etwas eingefallen, um das Gespräch wieder in Gang zu bringen.

Auch Toni schien froh zu sein, wieder etwas sagen zu können. Wie aus der Pistole geschossen antwortete sie: »Gegen die Halterin wurde natürlich Anzeige erstattet. Da der Hund aber bislang nicht polizeilich in Erscheinung getreten ist, kann es gut sein, dass sie ihn behalten darf. Vermutlich bekommt sie Leinenzwang und Maulkorbpflicht verordnet.«

Der Hund, der hinter seinem Herrchen aus dem Auto sprang, während ich eine Woche später vor der Kasse des Konzertplatzes auf meine Freundin Sarah wartete, brauchte sicherlich keinen Maulkorb. Eine Leine wäre allerdings vermutlich nicht schlecht gewesen, denn das sandfarbene Knäuel mit den viel zu großen Pfoten, über die es permanent stolperte, verlor keine Sekunde, während es auf jeden im Umkreis von drei Metern zuhüpfte wie ein außer Kontrolle geratener Pingpongball.

Ich kniete mich hin, als die Kugel auf mich zukam. Augenblicklich warf sich das Hundekind vor mir auf den Rücken, streckte seine vier gigantischen Pfoten in die Höhe und wedelte so heftig mit dem Schwanz, dass der Po gleich mit hin und her wackelte.

»Na?«, sagte ich. »Was soll aus dir mal werden, wenn du groß bist?« Ich streichelte den warmen weichen Bauch des entzückenden Wesens.

»Ein großer starker Labrador.«

Ich erschrak, als ich die tiefe Stimme hörte. An das Herrchen dieses Hundekindes hatte ich gar nicht gedacht. Jetzt stand er vor mir und lächelte auf mich und seinen Zwerg, aus dem eines Tages ein Hund werden sollte, hinunter. Und ich schwöre: Ashton Kutcher war ein Nichts gegen ihn! Groß, dunkelblonde Haare, die ihm lässig ins Gesicht hingen, blaue Augen, aus denen er mich ansah, dass mir die Knie weich wurden. Beim Lächeln entblößte er blendend weiße Zähne, gegen die selbst die Beißerchen seines Hundes gelb aussahen, und ein spitzbübisches Grübchen in der Wange.

»Oh«, war alles, was ich herausbrachte.

Der Typ holte jetzt tatsächlich eine Leine hervor und band das Hündchen fest, das sofort ein neues Spiel ausprobierte: Leine zerbeißen.

»Danke, dass du dafür gesorgt hast, dass Gollum nicht weiter abhaut.«

»Gollum?«

»Ja, Gollum. Aus dem Film *Herr der Ringe*. Kennst du den nicht?«

Selbstverständlich kannte ich *Herr der Ringe* und erinnerte mich sehr gut an dieses grässliche Geschöpf mit dem Namen Gollum, das nicht die geringste Ähnlichkeit mit diesem herzallerliebsten Hündchen hatte.

»Du hast dieses niedliche Hündchen Gollum getauft?« Ich konnte es nicht fassen: Wie konnte jemand so herzlos sein, ein armes, wehrloses Wesen Gollum zu nennen?

Der Typ zuckte die Schultern. »Warum nicht? Wie würdest du ihn denn nennen? Bello? Oder vielleicht Rex?«

»Nein, natürlich nicht, aber …« Na ja, vielleicht war der Typ doch nicht ganz so cool, wie ich anfangs gedacht hatte.

»Wie heißt du denn?«

»Paula«, antwortete ich brav.

»Hi, Paula, ich bin Django.«

Ich zog schweigend die Augenbrauen hoch. »Du Ärmster«, platzte es schließlich doch aus mir hervor. Aus der anfänglichen Sympathie war in Bruchteilen von Sekunden Abneigung geworden.

»Na ja, man sieht sich …«, sagte Django auch prompt, hob lässig grüßend eine Hand, drehte sich um und verschwand mit seinem Hündchen im Schlepptau in der Menschenmenge.

»Django …« Ich schüttelte den Kopf.

Das Klappern von Hufen ließ mich aufhorchen. Ich drehte mich um. Vor mir tauchte aus dem Meer an Menschenköpfen Toni mit Gigant auf. Und wie sollte es anders sein: Hinter ihr ritt Michael (alias Johnny Depp), den ich seit unserem Kinobesuch im Stillen nur noch Micky nannte, auf Kasper. Das Meer teilte sich wie unter Moses' Füßen und meine Schwester ließ Gigant dicht vor mir anhalten.

Der Wallach stupste mir zur Begrüßung mit der Nase gegen die Schulter und fing augenblicklich an, an meinen Haaren zu knabbern. Ich schob ihn ein wenig von mir und streichelte ihm gleichzeitig über den Hals.

»Na, Schwesterchen, alles in Ordnung?«, fragte Toni. Sie musste die Stimme heben, denn in diesem Augenblick begann auf der Open-Air-Bühne der erste Live-Gig.

Ich zuckte die Achseln. Gerne hätte ich ihr von Gollum und Django erzählt, aber jetzt waren die Musik und das Toben der Zuhörerschar mit einem Mal so laut, dass ein Gespräch nicht mehr möglich war.

Toni winkte mir fröhlich zu und setzte ihren Rundgang um das Gelände mit Micky im Schlepptau fort.

Ich sah ihr und dem Depp Michael nachdenklich hinterher, während ich weiter auf meine Freundin Sarah wartete. Vor einer Viertelstunde hatte sie hier sein wollen und sie brachte die Eintrittskarten für das Open-Air-Konzert mit. Meine Mutter hatte mir nur deshalb erlaubt, hierhin zu gehen, weil Toni Dienst und ihr versprochen hatte, ein Auge auf mich zu werfen.

»Na endlich!«

Sarah schüttelte den Kopf und wollte soeben zu einer Erklärung für ihre Verspätung ansetzen, als ich sie unterbrach: »Ist jetzt egal, komm, die erste Band spielt schon!«

Wir drängelten uns an der Kasse vorbei, zeigten unsere Tickets vor und schon waren wir mittendrin.

Bereits vor dem eigentlichen Konzertplatz hatte dichtes Gedränge geherrscht: Überall standen Zelte herum, Bierkisten, Müllberge, tobende Hunde, spärlich bekleidete Mädchen tanzten überall … Aber das war nichts im Vergleich zu dem, was uns dicht vor der Bühne erwartete: Kreischende Girlies hüpften auf und ab, warfen die Hände in die Luft und sangen laut und falsch mit. Ich fragte mich wieder einmal, ob es außer mir noch andere 13-Jährige gab, denen das Gehabe ihrer Alters- und Artgenossinnen manchmal so fremdartig und peinlich erschien, oder ob ich vielleicht in Wahrheit ein Alien von einem anderen Stern war … Ständig trat mir jemand auf den Fuß oder rempelte mich an, ein Typ streifte mich sogar mit seiner brennenden Zigarettenspitze am Oberarm und das Schlimmste war, er merkte es nicht einmal.

Plötzlich entdeckte ich Django, der ein Stück weiter rechts von uns stand. Der Typ sah einfach verdammt gut aus, wie ich widerwillig feststellen musste. Er genoss lässig wippend die Musik und schien von dem Zinnober um ihn herum ähnlich genervt zu sein wie ich.

Ich stupste Sarah an und versuchte, sie auf Django, von dem ich ihr natürlich inzwischen erzählt hatte (wobei ich meine Begeisterung für Gollum deutlicher hervorhob als meine anfängliche Euphorie für sein Herrchen, die mir inzwischen ein bisschen peinlich war), aufmerksam zu machen, während ich gleichzeitig überlegte, was Django wohl mit Gollum angestellt hatte, denn er konnte den armen kleinen Hund ja wohl kaum in diesem Lärm und Trubel bei sich haben.

Oder etwa doch?

Aber nein, das Mitbringen von Tieren war ja sicher verboten und am Eingang musste man sogar die Taschen öffnen und zeigen, was darin verborgen war.

Aber wo war Gollum dann?

Weder mit meinen Überlegungen noch mit meinem Bemühen, Sarah begreiflich zu machen, was ich von ihr wollte, kam ich nennenswert voran. Immer wieder tauchte Django trotz seiner Größe in dem Meer aus Köpfen unter und verschwand für einige Sekunden aus dem Blickfeld. Als die Menge wieder einmal zum nächsten Sprung ansetzte und für einen kurzen Augenblick mit beiden Beinen fest auf dem Boden stand, stupste ich Sarah erneut an. »Jetzt!«, schrie ich ihr über den Lärm hinweg zu und wies ihr die Richtung. Hoffentlich sah Django nicht genau in dem Moment zu uns hinüber und erblickte mich, wie ich mit ausgestrecktem Zeigefinger auf ihn deutete. Nichts wäre mir peinlicher gewesen. Doch dort, wo Django bislang gestanden hatte, schien sich plötzlich ein Loch auszubreiten, das immer größer wurde wie die Ozonschicht über Australien. Ich suchte ein Stück weiter links, ein Stück weiter rechts, vorne, hinten … Nichts.

Wenn Django sich nun einen Plastikbecher mit schalem Bier holen wollte oder aus sonst einem Grund seine Position verändert hatte, dann hätte ich ihn doch trotzdem noch sehen müssen! Aber ich sah ihn nicht. Nur dieses Loch! Der Westernheld war wie vom Erdboden verschluckt und der Erdboden schien immer noch offen zu stehen (vielleicht versuchte er vergeblich, seine Beute wieder auszuspucken), denn die Leute drum herum wichen vor irgendetwas zurück, das ich von meiner Position aus nicht sehen konnte.

»Komm«, sagte ich kurz entschlossen zu Sarah, packte sie am Handgelenk und zog sie durch die Menge hinter mir her, wie der Held Django im gleichnamigem Film seinen Sarg hinter sich herzieht.

Der Held war zwar nicht *im* Erdboden verschwunden, aber er lag mit schmerzverzerrtem Gesicht *auf* ihm, sein Fuß am Ende seines in die Luft gestreckten Beines stand in einem äußerst unnatürlich aussehenden Winkel ab und Hund Gollum saß winselnd auf seiner Brust.

Wieder einmal stellte ich fest, dass es weitaus schwierigere Aufgaben gibt, als inmitten einer fasziniert zuschauenden Menschenmenge hilflos zu krepieren. Die Leute starrten auf den am Boden liegenden Django, ohne auch nur einen Finger zu krümmen, um ihm zu helfen. Das Konzert schien in diesem Augenblick so weit weg wie der Nordpol, obwohl die Musik unaufhörlich weiter wummerte.

»Hey«, sagte ich und beugte mich zu Django hinunter. »Hast du vergessen, das Verbandszeug in deinem Sarg aufzufüllen, oder was?«

Gollum sprang mir vor Begeisterung fast ins Gesicht und versuchte, mir in die Nase zu beißen, während er ein paar Freudetröpfchen auf der Brust des Helden vergoss, der sich mit geschlossenen Augen ein gequältes Lächeln abrang.

Wie hatte Django es bloß geschafft, das Tier mit hineinzuschmuggeln? Hatte er die Frau am Eingang mit einem Blick aus seinen blauen Augen hypnotisiert? Es fiel mir nicht schwer, das zu glauben, doch blieb mir nicht viel Zeit, um mir weiter Gedanken darüber zu machen.

»Sieht aus, als könntest du ein bisschen Hilfe gebrauchen?«, stellte ich fest.

Django nickte stumm.

»Pass auf«, sagte ich, griff mir Gollum (um seinetwillen tat mir sein Herrchen ein bisschen weniger leid) und beugte mich noch tiefer zu Django hinunter. »Jetzt kannst du ein *echtes* Heldenstück erleben.«

Ich bat Sarah um ihr Handy, das sie mir wie ein Roboter reichte, während sie ihren Blick nicht von Django losreißen konnte, und tippte schnell Tonis Handynummer ein.

Leider hatte ich Django zu viel versprochen, denn er blickte in die falsche Richtung, sozusagen immer noch zur Bühne (natürlich blickte er eigentlich in den Himmel, aber na ja ...), und konnte deswegen nicht sehen, was die anderen sehen konnten und so schnell nicht mehr vergessen würden. Es war ein atemberaubender Anblick: Die Menschenmenge teilte sich wie von Zauberhand und im verhaltenen Trab preschten vier prachtvolle Pferde heran, zwei vorneweg, zwei hinterher. Mein Herz schwoll vor Stolz an; so schnell wäre selbst ein Rettungshubschrauber nicht vor Ort gewesen. Ich fühlte mich großartig – bis meine Schwester direkt vor mir von Gigants Rücken herabsprang, auf mich zustürmte und besorgt fragte: »Alles in Ordnung?«

»Mit mir schon«, antwortete ich und deutete auf Django, um den sich bereits die zwei von den Pferden eskortierten Sanitäter kümmerten, die den Verletzten auf eine Bahre verfrachteten, mit der er zum nächsten bereitstehenden Rettungswagen gebracht werden würde.

Toni strich mir mit mütterlicher Geste über die Schulter. Fehlte nur noch, dass sie mich vor allen ermahnte, keinen Unsinn zu machen.

Ich schüttelte sie ein wenig unwirsch ab, duckte mich unter Gigants Kopf hindurch, der sich ebenfalls so vor mir aufgebaut hatte, als wollte er mich vor irgendwelchen Gefahren abschirmen (was hatten die denn nur alle?), und beugte mich noch einmal zu Django hinunter.

»Hey«, sagte ich. »Mach dir keine Sorgen um … Gollum.« Ich spuckte den Namen förmlich aus. »Ich kümmere mich um ihn. Kannst dich drauf verlassen.«

»Danke«, hauchte der gefallene Held.

Ich wollte mich gerade wieder aufrichten, als Django mich noch einmal zu sich heranwinkte.

»Ja? Ist noch was?«

»Ich heiße Simon.«

Er sprach den Namen englisch aus, aber das war immer noch allemal besser als Django!

»Wird schon wieder, Simon«, sagte ich und strich ihm kurz über die Schulter, die sich verdammt gut anfühlte.

13

Wir brauchen das Verlasspferd.

Thomas Kriwens, Leiter der Reiterstaffel des Bundes

Gollum fegte ausgelassen die Stallgasse hinauf und hinunter und pinkelte hier und dort vor eins der Stallabteile. Die Pferde in ihren Boxen beobachteten den kleinen Hund und ich hätte schwören können, dass das eine oder andere von ihnen angesichts dieses Übermuts hin und wieder den Kopf schüttelte.

Den Kopf geschüttelt hatte meine Mutter auch, als ich am Tag zuvor mit dem Welpen auf dem Arm vor unserer Tür gestanden hatte.

»Es ist doch nur für ein paar Tage, bitte, Mama«, hatte ich gebettelt und schließlich hatte meine Mutter zähneknirschend nachgegeben.

Dass Gollum tatsächlich nur für eine Nacht mein Hund gewesen war, wurde mir schlagartig klar, als ich jetzt die attraktive fremde Frau um die Ecke lugen sah. Sie sah genauso aus wie ihr Sohn und ich wusste sofort, wen ich vor mir hatte. Gollum ging es offenbar nicht anders. Kaum hatte er die Frau entdeckt, fiepte er wie ein Meerschweinchen und wackelte schwanzwedelnd auf die Fremde zu.

Ich ließ die Kardätsche sinken, mit der ich gerade Gigant striegelte, und beobachtete die Frau, die sich bückte und den jungen Hund auf den Arm nahm. Gollum leckte ihr sofort das ganze Gesicht ab. Ich wischte mir die Hände an der Reithose ab und ging auf die fremde Frau zu.

»Hallo«, sagte ich. Allzu begeistert klang ich wohl nicht, denn ich hätte Gollum gerne noch ein Weilchen behalten.

Simons Mutter antwortete mit einem Lächeln, das keinen Zweifel daran ließ, dass sie auch die blendende Gesundheit ihrer Zähne an ihren Sohn vererbt hatte. »Bist du Paula?«

Ich nickte stumm.

»Ich freue mich, dich zu sehen«, sagte Simons Mutter und streckte mir eine frisch manikürte Hand entgegen. »Denn ich möchte dir für all das danken, was du für Simon getan hast. Er hat mir erzählt, wie du dich verhalten hast, nachdem er sich das Fußgelenk gebrochen hatte, als er so unglücklich in dieses Schlagloch getreten ist.«

Ich zog die Augenbrauen hoch, denn auch sie sprach den Namen englisch aus.

»Ach, das ist doch selbstverständlich«, nuschelte ich.

»Das würde vermutlich nicht jeder so sehen.«

Ich zuckte die Achseln und dachte an all die Leute, die am gestrigen Tag tatenlos zugesehen hatten, wie Simon alias Django hilflos auf dem Boden lag.

»Auf jeden Fall danke.« Sie drückte Gollum an sich. »Ich nehme Gollum jetzt mit nach Hause, ja?«

Ich nickte stumm.

»Auf Wiedersehen, Paula.« Wieder die frisch manikürte Hand mit den French Nails.

»Auf Wiedersehen und grüßen Sie Simon von mir, ja?«, rief ich der Erscheinung hinterher.

Gigants Schnauben und sein unwilliges Hufescharren erinnerten mich daran, dass der Wallach noch angebunden in der Boxengasse stand und darauf wartete, dass ich mich weiter mit ihm beschäftigte.

»Ja, ja, ich komm ja schon«, sagte ich und kehrte zurück zu Striegel und Kardätsche.

Gigant rieb seine Nüstern an mir und schloss genießerisch die Augen, als ich die Kardätsche sanft über seinen Widerrist führte und nach jedem Strich am Striegel abstreifte.

Ich genoss diese monotone Arbeit mindestens ebenso sehr wie er und hing meinen Gedanken nach, in denen ein kleiner Hund und ein großer Mann nicht unwesentliche Rollen spielten: Sollte ich Simon im Krankenhaus besuchen? Wie lange würde er wohl noch da sein? Oder hatte seine Mutter bereits die Verlegung ihres Sohnes in ein anderes Krankenhaus organisiert? Ich wusste ja noch nicht einmal, wo Simon herkam! Toni hatte ihm zwar während des Weges zum Krankenwagen erzählt, wer ich war und wo er mich finden konnte, um seinen Hund abzuholen, aber sie hatte über ihn nichts in Erfahrung gebracht. War er, wie etliche Hundert anderer auch, nur wegen des Konzerts hierhergekommen? Oder wohnte er vielleicht gar nicht unweit von hier? Und vor allem: *Wollte* ich ihn überhaupt wiedersehen?

Das heisere Wiehern ließ mich zusammenzucken. Gigant legte die Ohren an und wich zurück.

Ich blickte auf die Putzutensilien in meinen Händen, als handele es sich um Mordwerkzeuge und ich wüsste nicht, wie sie in meine Hände gekommen waren! Dann blickte ich auf Gigant, der immer noch leicht zitterte.

»Oh, Gigant, Dicker«, entschuldigte ich mich bei dem Wallach. Ich legte Striegel und Kardätsche schnell zur Seite und strich dem Braunen sacht über den Hals. In meine Gedanken versunken hatte ich nicht aufgepasst und die Brust des Pferdes mit zu viel Druck bearbeitet. Natürlich waren die Bisswunden längst verheilt, ich hatte ihm nicht wehgetan, doch Gigant ließ sich seit dem Zwischenfall mit dem Hund an dieser Stelle einfach nicht mehr gerne berühren.

Sanft fuhr ich mit meinen Fingern über die Narben, tastete die leichten Erhebungen ab und erspürte die unterschiedliche Beschaffenheit der Pferdehaut an den verletzten Stellen. Gigant *musste* sich überall anfassen lassen. Polizeipferde stehen im dichten Gedränge, werden nicht nur von Kindern berührt und gestreichelt … Ein Pferd, das dabei zurückweicht, ist für die meisten Einsätze untauglich. Und ein Pferd, das nicht einsetzbar ist, hat im Polizeidienst keine Zukunft.

»Wir brauchen keinen Springchampion, kein erstklassiges Dressurpferd oder das legendäre Rennpferd. Was wir brauchen, ist das Verlasspferd«, sagte Klaus immer. Und vom Verlasspferd war Gigant im Augenblick so weit entfernt wie die Erde vom Mond.

»Ach, Gigant«, seufzte ich und legte meinen Kopf an seinen Hals. »Wirst du jemals wieder ganz der Alte?«

»Hallo, ihr zwei, schmust ihr?«

Toni stand plötzlich hinter mir in der Boxengasse, Sattel und Zaumzeug über dem Arm. Zwar war Sonntag und sie hatte dienstfrei, aber wir hatten beschlossen, trotzdem zusammen in den Stall zu gehen und Gigant eine Extraportion Liebe und Pflege zu geben.

»Ich war gerade bei Klaus«, fuhr meine Schwester fort, während sie die Satteldecke über Gigants Rücken legte und sorgfältig glatt strich. »Er hat mir den Einsatzplan für das Fußballspiel am kommenden Wochenende gezeigt.« Sie zögerte einen Moment. »Gigant soll mit dabei sein.«

Ich konnte an Tonis Stimme hören, dass sie sich Sorgen machte.

»Onkel Arthur ist wieder im Lande«, sagte ich unvermittelt.

»Schön«, antwortete Toni und zog bereits den Sattelgurt unter Gigants Bauch fest.

»Er holt mich am Samstag zum Spiel ab«, fuhr ich fort.

»Schön«, sagte Toni wieder.

»Wir werden also auch im Stadion sein.«

Toni schwieg.

»Schön?«, fragte ich.

Toni lächelte. »Es wird ein hartes Spiel erwartet. Die Fans vom gegnerischen Verein gelten als äußerst gewaltbereit.«

»Ein hartes Spiel wird es sowieso«, antwortete ich. »Immerhin geht es darum, den Abstieg aus der 2. Bundesliga zu verhindern.«

»Dann weißt du ja, was auf dich zukommt«, sagte Toni.

Ich nickte. »Und ich weiß auch, was auf Gigant und dich zukommt.«

Toni seufzte und strich Gigant über die Narbe an der Stirn.

14

Die Hemmschwelle, einen Menschen anzugehen,
ist wesentlich geringer, als ein Pferd anzugehen,
dessen Reaktion keiner genau berechnen kann.

Martin Koopmann, Polizeioberkommissar

Onkel Arthur war wie immer braun gebrannt und sah aus, als käme er frisch aus dem Urlaub.

»Wo in der Weltgeschichte hast du dich denn wieder herumgetrieben?«, fragte meine Mutter, nachdem sie ihren jüngeren Bruder zur Begrüßung umarmt hatte.

»Wir haben in Südfrankreich eine Dokumentation gedreht und anschließend musste ich noch nach L.A. zu einer Präsentation.«

»Also unter der kalifornischen Sonne, ich verstehe.«

Ich hüpfte bereits unruhig von einem Bein aufs andere.

»Was ist los, Paula, musst du noch mal aufs Klo, bevor wir gehen?« Mein Onkel grinste.

Ich zog die Augenbrauen hoch. »Nein, aber wenn wir nicht bald aufbrechen, kommen wir zu spät.«

»Es sind noch fast zwei Stunden bis zum Anpfiff«, stellte mein Onkel mit einem Blick auf seine Armbanduhr fest.

»Aber die Straßen sind voll«, behauptete ich. In Wahrheit wollte ich einfach los.

Tonis und Gigants Einsatz hatte schon vor geraumer Zeit begonnen: Die Polizei geleitete die Fans vom Bahnhof zum Stadion und achtete darauf, dass sie sich nicht bereits vor dem eigentlichen Spiel gegenseitig die Köpfe einschlugen.

»Okay, okay.« Meine Mutter hob abwehrend die Hände. »Ich will euch nicht aufhalten. Vielleicht haben wir ja später noch Zeit für ein paar Sätze.« Sie zog meinen Fanschal fest und küsste mich auf die Wange. »Pass auf dich auf, mein Schatz.«

»Immer«, antwortete ich, lockerte den Schal demonstrativ wieder und wischte mir mit dem Handrücken über die Wange.

Wir fuhren mit der Straßenbahn, die so voll war, dass man sich nirgendwo festhalten konnte und trotzdem nicht befürchten musste umzufallen, wenn der Fahrer eine Vollbremsung machte.

Als wir an der Haltestelle »Stadion« ausstiegen, taten wir das in Gesellschaft von schätzungsweise einer Million weiterer Fahrgäste, die laute Parolen brüllend auf das Stadion zumarschierten.

Ich sah Toni und Gigant schon von Weitem. Und natürlich bemerkte ich auch Michael mit Kasper, Helmut auf Diabolo und Michaela mit Gigolo. Klaus auf Herkules, der heiligen Kuh, wie er sein Pferd selbst nannte, wurde links und rechts von je zwei Pferden flankiert, und sein Wallach überragte die anderen noch einmal um ein beachtliches Stück. Die vier Pferde standen auf dem großen Platz vor dem Stadion und versuchten, alleine durch ihre Präsenz Ausschreitungen unter den

Fans zu verhindern. Es war ein eindrucksvolles Bild: Die stattlichen Pferde, deren Fell in der Abendsonne seidig schimmerte, wirkten so kraftvoll und majestätisch, dass es mir einen Schauer des Entzückens über den Rücken jagte. Ich konnte mir einfach kein schöneres Bild vorstellen.

»Schau mal, da ist Toni«, machte ich meinen Onkel aufmerksam und deutete auf die Polizeireiter. Vielleicht schwappte ja etwas von meiner Begeisterung auch auf ihn über?

Offenbar nicht.

»Ach ja«, machte mein Onkel leichthin. »Toni mit ihrem sagenumwobenen Goliath.«

»Er heißt nicht Goliath«, widersprach ich etwas heftiger, als nötig gewesen wäre. »Er heißt Gigant!«

Eigentlich mochte ich meinen Onkel sehr gerne, nicht nur, weil wir die Leidenschaft für Fußball teilten, sondern auch, weil er einfach cool war. Wer konnte schon einen Onkel vorweisen, der mal eben zu einer Präsentation nach L.A. flog und dort mit irgendwelchen Promis auf die Premiere ihres neuen Filmes anstieß? Meine Freundin Sarah wurde jedes Mal rot, wenn sie ihn sah, und schwärmte mir danach tagelang vor, wie verdammt gut Onkel Arthur doch aussähe. Bei ihm könne sie die einundzwanzig Jahre Altersunterschied glatt vergessen.

Aber manchmal ging mir seine Ich-Bezogenheit eben auch gehörig auf die Nerven. Ich kannte niemanden, der wie er seinem Gesprächspartner das Gefühl vermitteln konnte, er wäre die Aufmerksamkeit in Person, würde ganz genau hinhören, alles spannend finden und das Gesagte ganz bestimmt nie wieder vergessen – was er natürlich sofort tat, sobald er sich auch nur umgedreht hatte.

»Ach ja, Gigant«, sagte Onkel Arthur jetzt und gab sich noch nicht einmal Mühe so zu tun, als würde er es sich dieses Mal merken, denn er flirtete mit einer sehr, sehr blonden Frau, die dicht neben uns in einem Pulk junger Männer unterwegs war.

Die Männer grölten und lachten, rempelten einander an und schwenkten ihre Bierflaschen.

Plötzlich stürzte einer, der von einem seiner Freunde geschubst worden war, nach vorne und fiel dabei einem dicht vor ihm gehenden Typ ins Kreuz, der das alles andere als witzig fand.

»Hey, pass doch auf, du Kanake!«, schimpfte er prompt los und drehte sich drohend zu dem anderen um.

»Was willst du denn, du Halbaffe, geh nach Hause in den Urwald, wo du hingehörst!«, konterte der andere und seine Freunde lachten.

Doch das Lachen blieb ihnen im Halse stecken, als sich jetzt die Freunde des Halbaffen ebenfalls ruckartig umdrehten und, ohne mit der Wimper zu zucken, ein, zwei schnelle Schritte auf die anderen zumachten. Einer von ihnen bückte sich und zerschlug seine volle Bierflasche auf dem harten Asphalt, bis sich die Flüssigkeit auf dem Boden ergoss und er nur noch eine gefährlich scharfe Scherbe in der Hand hielt, mit der er wild durch die Luft wedelte. Es war klar, dass sie nur auf eine Gelegenheit zur Keilerei gewartet hatten und jetzt ihre Chance gekommen sahen.

Ich schaute zwischen den Männern hin und her, die sich kampfbereit gegenüberstanden, und warf dann einen flehenden Blick zu Toni hinüber. Doch die fünf Polizeireiter hatten in Anbetracht des überall herrschenden Tumults auf dem Stadionvorplatz noch nicht gemerkt, dass sich vielleicht fünfzig oder sechzig Meter von ihnen entfernt eine gefährliche Situation anbahnte.

Onkel Arthur zerrte mich am Oberarm gerade noch rechtzeitig zur Seite, bevor die zwei Gruppen aufeinander losgingen.

Ich stand wie gebannt da und starrte auf das Dutzend wild gewordener Männer, die aufeinander einschlugen und -traten, unfähig mich zu rühren oder irgendetwas zu tun. Was hätte ich auch tun können?

Der Typ mit dem abgebrochenen Flaschenhals scheute nicht davor zurück, seine Waffe einzusetzen und stach damit immer wieder in Richtung seiner Kontrahenten. Es war nur eine Frage der Zeit, wann er damit jemanden erwischen und ernsthaft verletzen würde.

Die junge Frau, mit der Onkel Arthur eben noch geflirtet hatte, hielt sich jetzt die Hände vors Gesicht und schrie aus Leibeskräften.

Ich weiß nicht, ob ich zuerst das Klappern der Hufe hörte oder ob es einfach nur ein Gefühl war, auf jeden Fall riss ich mich von dem Anblick der Schlägerei los und wandte mich erneut zu Toni und ihren Kollegen um, die mittlerweile gemerkt hatten, dass hier etwas nicht stimmte.

Die fünf Pferde preschten in einer Reihe auf uns zu und ich riss vor Staunen den Mund auf. Die Menschen stoben zur Seite, um den Reitern Platz zu machen. Sie drängten sich an den Rand, bildeten eine Gasse und jeder, wirklich jeder, blickte den Pferden gebannt hinterher. Es war eine Demonstration von Macht, Stärke, Einigkeit und Schnelligkeit, die einfach jeden in ihren Bann zog. Das Fußballspiel war vergessen, es schien auf dem großen Platz niemanden mehr zu geben, der dem Stadiongebäude nicht den Rücken zukehrte.

Obwohl ich es im Training schon oft gesehen hatte, erfüllte mich das Zusammenspiel der Reiter, die genau zu wissen schienen, was sie tun sollten, jedes Mal wieder mit einem Gefühl von Stolz und Zuversicht, dass sie die Situation schnell unter Kontrolle bekommen würden.

Die Beamten nutzten den Überraschungseffekt zu ihren Gunsten aus und preschten mitten in die sich Prügelnden hinein. Es wirkte wie ein wildes Durcheinander und doch war mir klar, dass jeder der fünf Polizisten genau wusste, was er zu tun hatte, und ohne darüber nachzudenken handelte.

Zunächst schien das überraschende Auftauchen der Polizei auszureichen, um den Kämpfenden Einhalt zu gebieten, doch schon stürzte sich ein besonders muskelbepackter Kerl wieder auf seinen Gegner und versuchte, ihn zu Boden zu reißen. Ich wusste, was jetzt geschehen würde: Während Diabolo, Gigolo und Kasper die übrigen Randalierer in Schach hielten, die sich auch tatsächlich nicht mehr zu rühren wagten, drängten Herkules und Gigant den unverbesserlichen Draufgänger zur Seite ab.

Der Typ schrie und versuchte, sich mit festen Stößen

gegen die Pferdekörper zu befreien. Er griff sogar nach Herkules' Halfter, doch das hätte er besser nicht tun sollen, denn da verstand Klaus keinen Spaß: Er wendete das Pferd, das seinen Namen zu recht trug, auf der Hinterhand und die gewaltige Brust des einen Meter fünfundachtzig großen Pferdes brachte den Aufmüpfigen gekonnt zu Fall.

Doch der hatte offenbar immer noch nicht genug, sondern rappelte sich wieder auf und stand mit zornesroter Miene vor dem Pferd, als wollte er es auffordern, ihn bloß noch einmal zu berühren.

Auch solche Situationen trainierten die Pferde: Im Notfall scheuten sie nicht davor zurück, einen Menschen anzugehen und ihn mit ihrem Körper und ihrer Muskelkraft zurückzudrängen.

Die meisten Menschen denken, Polizeipferde würden niemals und unter keinen Umständen eine Person attackieren. Doch das ist genauso ein Märchen wie die Geschichte vom Elefanten, der nicht auf eine Maus tritt.

Mir fiel eine Anekdote ein, die Klaus mir einmal erzählt hatte. Der Leiter der Reiterstaffel befand sich auf einer Demonstration und stand vor der Aufgabe, eine Sitzblockade zu lösen. Der Typ, der nur wenige Zentimeter vor Herkules' Hufen saß, sah mit einem siegessicheren Grinsen zu ihm auf und meinte, er wisse genau, dass das Pferd keinen Schritt weiter machen würde, da Pferde niemals auf einen Menschen träten. Das habe er mal in einem Buch gelesen.

Klaus hatte gelacht und gesagt, da gäbe es nur ein Problem: Sein Pferd hätte dieses Buch nämlich nicht gelesen und wisse deswegen auch nichts davon, dass es niemals auf einen Menschen treten würde.

»So schnell habe ich noch keinen Menschen aufspringen sehen«, meinte Klaus augenzwinkernd zu mir.

Dass man nicht alles, was in Büchern steht, glauben darf, lernte auch der Typ jetzt, der wieder und wieder von Herkules und Gigant geschubst wurde, sobald er versuchte, sich ihrem Zugriff zu entziehen.

Ich dachte an mein Erlebnis mit Gigant, als ich ihn das letzte Mal gestriegelt hatte, und konnte vor Angst, der Kerl würde den Wallach an der Brust treffen und das Pferd daraufhin außer Kontrolle geraten, kaum hinsehen. Was würde geschehen, wenn Gigant scheute? Konnte Toni ihn dann noch beherrschen? Ringsum war alles voller Menschen, ein durchgehendes Pferd in dieser Enge stellte eine echte Gefahr dar!

Doch Gigant benahm sich, als wäre er ein Teil von Tonis Körper. Sie brauchte ihm nur kleine Hilfestellungen zu geben und er reagierte offensichtlich ohne darüber nachzudenken, wie er es bereits tausendmal im Training gemacht hatte.

Im Gegensatz zu mir schauten die elf anderen Schläger ganz genau hin, was mit ihrem Kompagnon geschah und man konnte ihre Gedanken förmlich sehen: Wenn der Größte und Stärkste von ihnen keine Chance gegen die zwei Pferde hatte, dann hatten sie erst recht keine und würden es auch besser gar nicht erst versuchen. Brav wie Messdiener ließen sie sich also von Diabolo, Gigolo und Kasper an jeder Form der Gewaltanwendung hindern.

Schließlich ging auch dem letzten der Prügelknaben die Luft aus und er blieb regungslos und keuchend zwischen den beiden Pferdekörpern eingeklemmt stehen, wo ihn die mittlerweile eingetroffenen Fußkräfte der Polizei widerstandslos festnehmen konnten.

»Mein Gott, das war ja wie im Krimi«, stellte Onkel Arthur fest, als wir uns schließlich wie alle anderen auch auf den eigentlichen Anlass unseres Hierseins besannen und weiter Richtung Stadioneingang pilgerten.

Ich drehte mich noch einmal zu Toni und Gigant um, doch meine Schwester war immer noch damit beschäftigt, die gewalttätigen Fußballfans zu sichern, bis die Kollegen sie abführen konnten, und sah nicht zu mir hin.

»Ich bin nur glücklich, dass Gigant und Toni nichts passiert ist«, sagte ich.

Mein Onkel nickte. »Dann wollen wir mal hoffen, dass uns das Glück heute auch auf dem Spielfeld treu bleibt. Eine Niederlage würde nämlich den sicheren Abstieg bedeuten.«

Jetzt war ich es, die nickte.

15

Wir haben unsere Versicherung unterm Hintern: das Pferd.

Martin Koopmann, Polizeioberkommissar

Das Glück hatte sich anscheinend tatsächlich bei dem Zwischenfall vor dem Stadion aufgebraucht. Bereits in der siebten Spielminute stand es eins zu null für die Gegner. Und trotz einiger guter Chancen für unsere Mannschaft landete kein einziger Ball im Netz. Entweder verpasste er das Tor um wenige Zentimeter oder er knallte gegen die Latte. Das Zusammenspiel wurde immer chaotischer und die Stimmung um uns herum zunehmend düsterer.

Im Gegensatz dazu tanzten die Fans der Gegner auf einer Welle der Euphorie und spornten ihre Spieler immer weiter an. Jeder Ballwechsel wurde frenetisch bejubelt, die Spieler erlangten immer mehr Selbstsicherheit und ihnen glückte einfach alles.

Ich erwischte mich dabei, wie ich sehnsüchtig zu dem anderen Fanblock hinübersah und mir wünschte, ich würde unter diesen ausgelassen feiernden Zuschauern sitzen, denn um mich herum versanken alle in Trübsal.

Da das Spiel aus meiner Sicht nicht so viele Spannungsmomente hergab, ließ ich meine Blicke durchs Stadion schweifen. Ich konnte nur wenige freie Plätze auf den Tribünen entdecken, die eindeutig in rote und in gelb-grüne Felder unterteilt waren. Ich selbst war ein Pixel in einem der gelb-grünen Felder. Und so fühlte ich mich auch: wie ein unbedeutendes Pixel. Egal, ob es da war oder nicht.

Ein kollektiver Aufschrei sorgte dafür, dass ich wieder aufs Spielfeld blickte, doch war nichts weiter passiert, als dass der Ball mal wieder von der Querlatte des gegnerischen Tores abgeprallt war.

Ich blickte auf die Ordnungshüter, die mit dem Rücken zum Spielgeschehen gewandt das Fußballfeld absicherten und unentwegt die Fans im Auge behielten, damit keiner auf dumme Gedanken kam. Wie konnten sie bloß der Versuchung widerstehen, das Spiel zu verfolgen? Andererseits achtete ja auch ich mittlerweile mehr auf alles andere als auf den Spielverlauf.

Auch einige Polizeireiter hatten inzwischen am Spielfeldrand Aufstellung genommen und kontrollierten ebenso wie ihre Kollegen zu Fuß die Zuschauerränge.

Um mich herum ertönte plötzlich ein schrilles Pfeifen. Ich schaute zurück aufs Spielfeld und sah den Spieler mit der Rückennummer Zehn am Boden liegen. Offensichtlich war er böse gefoult worden – zumindest sahen es die Zuschauer so –, aber der Schiri ließ das Spiel weiterlaufen.

Es war bereits kurz vor der Halbzeitpause. Nicht nur ich schien mittlerweile Probleme mit der Aufmerksamkeit zu haben. Auch Onkel Arthur neben mir war bereits stärker an dem weiblichen Fan in der Reihe vor uns interessiert als am Ausgang des Spiels.

Mehr, weil ich nichts anderes zu tun hatte als aus echtem Interesse heraus, verfolgte ich den vielleicht letzten Angriff in dieser Halbzeit. Der Mittelfeldspieler passte den Ball über eine atemberaubende Distanz nach vorne zu einem der Stürmer. Der fing den Ball mit der Brust ab, legte ihn sich zurecht und – versenkte den Ball in der oberen linken Ecke des gegnerischen Tors.

Zack.

Um mich herum erwachte alles aus einem hundertjährigen Dornröschenschlaf. Onkel Arthur sprang hoch und riss die Arme in die Luft, bevor er sich zu mir umwandte und mich stürmisch umarmte.

In dieser Begeisterung gingen die Proteste der gegnerischen Spieler und ihrer Fans erst einmal gnadenlos unter, die sich beschwerten, es hätte sich um Abseits gehandelt und das Tor wäre dementsprechend ungültig. Aber was gültig und was ungültig ist, bestimmt beim Fußball nun einmal der Schiedsrichter und der hatte offenbar kein Abseits gesehen.

Von hier oben hatte ich eine gute Übersicht. Die Vogelperspektive vermittelte mir das Gefühl, alles im Blick und gleichzeitig den nötigen Abstand zu allem zu haben. Aber wie mochte es sein, wenn man diese gigantische tobende Zuschauermenge von unten betrachtete? Wie fühlte sich wohl Toni beim Anblick der Zigtausend aufgebrachten Fans, die sie unter Kontrolle halten sollte? Sie sah die Zuschauer von unten. Ihr mussten sie wie eine undurchdringliche Wand erscheinen.

Und dann brach plötzlich die Hölle los.

Erschöpft führten die Polizeireiter ihre Pferde nach dem Spiel in die Transporter. Einen so harten Einsatz hatten sie lange nicht mehr gehabt.

Toni stand neben Gigant und sah aus, als kämpfe sie mit den Tränen, als ich mit Onkel Arthur im Gefolge auf dem Rückweg zur Straßenbahn an ihr vorbeikam.

»Tja, mit dem Ergebnis ist der Abstieg wohl nicht mehr zu vermeiden, was?« Michael, der sich natürlich wie immer in Tonis Umgebung aufhielt, klopfte mir auf die Schulter. Sollte das etwa ein Versuch sein, mich über das Endergebnis von eins zu zwei zu trösten?

Ich lächelte gequält. »Wie geht es Gigant?«, wandte ich mich, ohne Michael weiter zu beachten, an meine Halbschwester. Ich hatte seinen Aussetzer während des Tumultes von der Tribüne aus beobachtet und brannte darauf, von Toni die Einzelheiten zu erfahren. Überhaupt war ich nur Onkel Arthur zuliebe die zweite Halbzeit sitzen geblieben, anstatt mich durch die tobende Menschenmenge nach draußen zu kämpfen, nachdem ich gesehen hatte, wie Toni mit Gigant das Stadion verließ.

Toni nickte. »Es geht ihm gut. Wir haben vor dem Stadion weiter Dienst gemacht, da hat er sich schnell wieder beruhigt.«

Ich strich dem Wallach über den Hals, der jetzt wieder aussah, als könnte er kein Wässerchen trüben und augenblicklich die Chance nutzte, seinen Riesenschädel an mir zu reiben.

»Und was sagt Klaus?«, wollte ich wissen.

»Klaus sagt, dass wir jetzt alle Tiere zurück in den Stall bringen«, ertönte eine Stimme hinter mir. Als ich mich umwandte, stand der Leiter der Reiterstaffel dicht hinter mir und grinste. »Und Klaus sagt, dass er alles Weitere mit Toni in Ruhe bespricht. Und zwar am Montagmorgen in seinem Büro.« Den letzten Satz hatte er an Toni gewandt gesprochen.

Ich konnte sehen, wie Toni schluckte. Sie nickte ihrem Chef zu und wandte dann schnell den Kopf ab, damit niemand sehen konnte, dass ihr die ersten Tränen über die Wangen rannen.

Ich hätte eine Menge dafür gegeben, mit Toni und den anderen zusammen zurückzufahren, aber Onkel Arthur machte keinen Hehl daraus, dass er das nicht zulassen würde. Er hatte mich abgeholt, er würde mich auch wieder nach Hause bringen. Ich war dreizehn Jahre alt und er an diesem Samstagabend um zweiundzwanzig Uhr dreißig für mich verantwortlich. Also würde ich mich verdammt noch mal gedulden müssen, bis ich von Toni Näheres erfuhr, und hatte Zeit für meine eigenen Spekulationen.

Als Toni am Montagabend vom Dienst nach Hause kam, blickte ich ihr forschend ins Gesicht. Doch es war einfach unmöglich, darin etwas zu erkennen.

»Du hast mir immer noch nicht erzählt, was im Stadion mit Gigant eigentlich los gewesen ist«, sagte ich.

Toni seufzte schwer bei der Erinnerung.

»Ich glaube«, begann sie zögerlich, »es war zu einem großen Teil meine Schuld, dass er so ausgerastet ist.«

»Quatsch«, sagte ich in dem Versuch, meine Schwester zu trösten. »Ich kann mir vorstellen, wie furchterregend die Situation für euch gewesen sein muss.«

Toni sah mich ernst an. »Ich glaube, das kann sich niemand vorstellen, der das nicht erlebt hat«, sagte sie.

Ich spürte, wie sich mein Herz zusammenzog.

»Der Anblick dieser vielen tausend Menschen«, Toni schluckte, »und hinter mir das Absperrgitter. Ich habe es gespürt, ohne es zu sehen. Und ich wusste, was auch immer von vorne auf mich zukommt, nach hinten kann ich nicht ausweichen. Das war ein furchtbares Gefühl. Verstehst du?«

Ich nickte stumm.

»Der Lärm ringsum schien unmittelbar aus der Hölle zu kommen. Es war ein einziges Pfeifen, Trommeln und Schreien. Das Scheinwerferlicht war grell und blendete. Ich konnte kaum etwas dahinter erkennen und wusste doch, dass von dort die Gefahr kam. Tausende und Abertausende aufgebrachter Fans, die über die Entscheidung des Schiedsrichters alles andere als glücklich waren. Ich konnte ihre Aufregung spüren. Wie eine gefährliche Schlange, die sich aufstellt, bereit, innerhalb von Sekundenbruchteilen nach vorne zu schnellen und zuzubeißen, um ihr tödliches Gift zu verspritzen.« Jetzt standen Tränen in Tonis Augen. »Ich bin einfach in Panik geraten. Und Gigant hat das gespürt. Er wackelte aufgeregt mit den Ohren und schlug wild mit dem Kopf. Ich denke, auch ihn blendete das grelle Licht und er konnte nicht sehen, was um ihn herum geschah. Er spürte nur die Aggression der

Zuschauer – und meine Angst auf seinem Rücken. Er hat einige unsichere Schritte rückwärts gemacht und ist dabei wohl mit der Kruppe gegen das kalte, harte Metallgitter gestoßen. Er muss ebenso wie ich gemerkt haben, dass sein Fluchtweg nach hinten abgeschnitten war. Und dann zischte auch noch genau in diesem Augenblick etwas dicht an seinem Kopf vorbei. Eine Leuchtrakete mit einer rot qualmenden Flamme entzündete sich unmittelbar vor seinen Vorderläufen. Der beißende Qualm stieg ihm in die Nüstern und brannte in seinen Augen. Da hat er wieder versucht, sich nach hinten in Sicherheit zu bringen, doch dort war ja das Absperrgitter, das sich hart und kalt in seine Haut bohrte. Er hat gewiehert, den Kopf hochgerissen und ist auf die Hinterhand gestiegen. Beinahe wäre ich runtergefallen. Ich glaube, er wollte einfach nur weg, weg von diesem Lärm, dem blendenden Licht, dem beißenden Rauch … Und ich … ich wollte das auch.«

Jetzt konnte Toni nicht mehr weitersprechen. Ich legte ihr einen Arm um die Schultern. Meine Schwester atmete einmal tief ein und wieder aus, dann fuhr sie fort: »Als der Schiedsrichter die erste Halbzeit abpfiff, war das wie ein Startzeichen. Die Fans versuchten, die Absperrgitter zu überwinden, um aufs Spielfeld zu gelangen. Überall machte sich Panik breit. Die Sicherheitskräfte versuchten, die Menschen zurückzudrängen. Auch wir hatten jetzt alle Hände voll zu tun. Wir brachten die Pferde nach vorne, den aufgebrachten Fans entgegen. Aber nicht alle haben sich davon einschüchtern lassen. Und Gigant tänzelte nur auf der Stelle. Ich habe versucht, ihn nach vorne zu bringen, aber ehrlich gesagt, wollte ich es wohl selbst nicht. Ich hatte … ich hatte Angst. Und Gigant hat meine Unsicherheit natürlich gespürt. Er schlug mit dem Kopf und versuchte auszubrechen. Zum Glück hat Klaus gemerkt, dass ich Gigant nicht mehr richtig unter Kontrolle hatte und mir zugebrüllt, dass ich ihn rausbringen soll. ›Bring ihn aus diesem Hexenkessel raus, bevor er durchgeht!‹, hat er geschrien. Und ich dachte: Das war's. Jetzt mustert er Gigant aus. Und ich kann auch direkt gehen. Ich bin für diesen Job ebenso wenig geeignet wie mein Pferd … «

»Aber das ist doch Unsinn«, unterbrach ich meine Schwester. »Du bist eine tolle Polizistin … «

Toni lächelte schwach. »Ich wendete Gigant und sobald er merkte, dass er wegdurfte, war er kaum mehr zu halten. Ich musste hart an der Kandare reißen, damit Gigant nicht über alles hinwegpreschte, was ihm im Weg stand.«

Jetzt rannen Tränen über Tonis Wangen. »Und ich konnte nur noch eins denken: dass Klaus Gigant aus dem Dienst nehmen wird. Dass er die längste Zeit Polizeipferd gewesen ist. Und dass ich daran schuld bin, weil ich es vermasselt habe.«

»Und?«, fragte ich und konnte meine Ungeduld kaum noch zügeln.

»Was und?«

»Was sagt Klaus? Will er Gigant tatsächlich aus dem Dienst nehmen?«

Tonis Gesichtszüge entspannten sich und ich schöpfte ein wenig Hoffnung. Doch dann wurde meine Schwester augenblicklich wieder ernst. »Klaus sagt, dass er es schon öfter erlebt hat, dass ein Polizeipferd nach etlichen Jahren, in denen es brav seinen Dienst getan hat, plötzlich Nerven zeigt und ausgemustert werden muss. Er sagt, das kann Tier und Mensch passieren.«

Ich spürte einen dicken Kloß im Hals.

»Aber er sagt auch, dass Gigant in der letzten Zeit einfach eine Pechsträhne hatte. Erst der Unfall bei der Demo, als er den Stein an den Kopf kriegte, dann der Angriff des Hundes und schließlich so ein schwerer Einsatz beim Fußballspiel, wo ausgerechnet ihm die Leuchtrakete um die Ohren fliegt ... «

Ich nickte zustimmend. Es war ja klar, dass Gigant nicht aus heiterem Himmel Nervosität zeigte. Er hatte tatsächlich eine Menge einstecken müssen.

»Deshalb glaubt Klaus, Gigant braucht eine Art Auszeit, um all das zu verkraften und zu verarbeiten. Und ... « Toni stockte.

»Und?«, forderte ich sie auf weiterzusprechen. Da war noch etwas, das hatte ich schon die ganze Zeit gespürt.

»Und ich auch«, stieß Toni hervor, als könnte sie dieses Geständnis nur schwer über die Lippen bringen. »Ich habe Klaus gesagt, dass ich während des Einsatzes beim Fußballspiel ebenfalls Panik hatte.« In Tonis Augen schimmerten Tränen. »Und ... und dass ich glaube, Gigant hat gespürt, wie unsicher ich mich gefühlt habe. Ich ... « Toni seufzte. Es fiel ihr sichtlich schwer zuzugeben, dass sie glaubte, für Gigants Durchgehen am Wochenende die Verantwortung zu tragen. »So etwas habe ich noch nie erlebt«, fuhr Toni fort und ich hatte das Gefühl, sie spräche mehr zu sich selbst als zu mir. »Vor mir diese aufgebrachten Fans, hinter mir das Absperrgitter … Ich fühlte mich völlig überfordert und … irgendwie ausgeliefert.«

Ich widerstand dem Impuls, Tonis Hand zu nehmen. Meine Schwester saß mir gegenüber und knetete nervös ihre Finger, als säße sie bei einem Verhör.

»Klaus meint, Gigant und ich bräuchten beide eine kleine Pause.«

Ich riss den Mund auf. »Heißt das, du bist … « Suspendiert wollte ich sagen, wusste dann aber nicht, ob dies das richtige Wort war.

Jetzt lächelte Toni plötzlich. »Nein«, sagte sie, als hätte sie meine Gedanken erraten. »Das heißt, dass ich mit Gigant drei Wochen Dienst an der Küste schieben darf. Wir werden mit Michael und Kasper Streife im Ostseebad reiten. Und danach sehen wir weiter, sagt Klaus. Aber ist das nicht herrlich?«

Meine Schwester strahlte, als hätte sie einen Sechser im Lotto gehabt, aber mir fiel es schwer, eine ähnliche Begeisterung zu zeigen. Okay, Gigant bekam noch eine Chance, das war natürlich toll. Aber drei Wochen ohne Toni? Und dann auch noch ausgerechnet mit diesem Riesendepp Michael? Wieso freute sich meine Schwester so darauf? War es wirklich nur die Aussicht auf erholsame Streifgänge am Strand? Oder welche Rolle spielte die Tatsache, dass ausgerechnet Michael sie begleitete, bei ihrer Freude?

»Ich finde, Michael sieht ein bisschen aus wie der junge Depp, findest du nicht?«

Warum fiel mir ausgerechnet jetzt dieser Satz wieder ein? Mir war, als hörte ich Tonis Stimme, die nach dem Kino zu mir sprach. Und in mir drin rumorte etwas, das es mir schwer machte, Tonis Enthusiasmus zu teilen.

16

Die Polizisten sind alle sehr auf ihre Tiere bedacht.

Dr. Dirk Köhler, Tierarzt der Reiterstaffel Berlin-Spandau

Ich wusste gar nicht, dass drei Wochen so verdammt lang sein können. Ab und zu besuchte ich die Reiterstaffel und schaute mir an, welche Fortschritte Maestro in der Zwischenzeit gemacht hatte. Er spielte mittlerweile gerne mit einem großen roten Gummiball, dem man ihm zuwarf und den er mit einem geschickten Nasenstüber zurückbeförderte. Im Wind flackernde Absperrbänder waren inzwischen ebenso wenig ein Problem wie plötzliche laute Geräusche. Der junge Fuchs würde ein guter Wachmann werden. Das war offensichtlich.

Aber ohne Toni und Gigant war es dort einfach nicht dasselbe.

Ich bekam Post. Einen Brief von Simon, der mittlerweile wieder in seinem 400 Kilometer entfernten Heimatstädtchen war, in dem er sich noch einmal für meine Hilfe bedankte. Er hatte mir ein Foto von sich und Gollum beigelegt, das ich über meinem Schreibtisch aufhängte.

Und ich bekam eine Postkarte von Toni, auf der ein Pferd ohne Reiter einen langen einsamen Strand entlanggaloppierte. Es sei alles wie in einem Traum, schrieb Toni. Gigant und ihr ginge es prächtig, sie dächte schon mit Herzschmerz an ihre Rückkehr.

Na, vielen Dank auch, dachte ich, ich vermisse dich genauso.

Meine Mutter wollte nichts von meinem Vorschlag hören, ein Wochenende an die Ostsee zu fahren. »Bist du verrückt?«, sagte sie wenig charmant. »Ich fahre doch nicht dreihundert Kilometer hin und dreihundert zurück für zwei Nächte!«

Und nachdem ich mit Toni telefoniert hatte, war auch mir die Lust an einem Wochenendtrip vergangen.

»Es ist so anders hier als bei uns«, begeisterte sich Toni während des Gesprächs. »Das kannst du dir gar nicht vorstellen. Die Sonne scheint, die Leute sind alle sehr gut gelaunt und in Urlaubsstimmung, man kann sich gar nicht vorstellen, dass es hier echte Kriminalität gibt. Das Schlimmste, was wir bis jetzt erlebt haben, war ein Taschendiebstahl. Zwei Jugendliche auf Mopeds haben einer alten Dame die Tasche auf der Straße entrissen und sich mit ihrer Beute davongemacht. Es hat keine zehn Minuten gedauert, bis wir sie hatten.«

»Und was machst du dann den ganzen Tag? Am Strand entlanggaloppieren?«

Toni lachte in den Hörer. »So ähnlich«, sagte sie. »Wir patrouillieren an der Uferpromenade und geben den Leuten Auskünfte, wo die nächste Eisdiele zu finden ist.«

»Hört sich spannend an«, sagte ich wenig begeistert. Irgendwie passte mir Tonis gute Laune nicht. Konnte sie ihre kleine Schwester nicht wenigstens ein kleines bisschen vermissen?

Toni am anderen Ende lachte wieder. »Nicht, lass das«, zischte sie leise irgendjemandem zu, »ich telefoniere mit meiner Schwester.«

»Ist das Michael im Hintergrund?«, fragte ich und merkte selbst, dass sich meine Stimme gereizt anhörte.

»Ja«, sagte meine Schwester.

»Habt ihr denn noch Dienst?«, wollte ich wissen. Immerhin war es mittlerweile neun Uhr abends, da war der Strand doch wohl leer, oder?

»Nein, nein«, antwortete Toni. »Aber wir wollen gleich noch eine Kleinigkeit essen gehen.« Und sie lachte wieder wie eine pubertierende 15-Jährige.

Mir verschlug es die Sprache. Toni ging mit Depp Michael essen? Wie romantisch!

»Wie romantisch!«, rutschte es mir heraus.

Toni hörte auf zu lachen. »Ich muss jetzt Schluss machen«, sagte sie knapp. »Ich melde mich wieder, okay?«

»Okay. Dann noch guten Appetit«, sagte ich und drückte aufs rote Knöpfchen.

In dieser Nacht träumte ich von Toni, die mit wehenden Haaren auf Gigants Rücken am Strand entlanggaloppierte. Hinter ihr galoppierte ein Schimmel, der eindeutig Kasper war, aber auf seinem Rücken Johnny Depp trug. Meine Schwester drehte sich im Traum immer wieder um und lachte ihrem Verfolger zu. Wie in Zeitlupe wiederholte sich diese Szene wieder und wieder, bis mich mein Wecker von diesem Albtraum befreite. Den ganzen Tag über hatte ich schlechte Laune.

Verdammter Traum, dachte ich und versuchte mich selbst zu beruhigen, indem ich mir gut zuredete, dass man noch lange kein Pärchen sein musste, nur weil man mal zusammen essen ging.

Musste man nicht. War man wohl aber.

Ich merkte sofort, dass etwas mit Toni anders war, als sie ihren Koffer im Hausflur abstellte und mich umarmte. Irgendwie musterten wir uns gegenseitig misstrauisch.

»Na, wie war's?«, begrüßte ich meine große Schwester. Doch bevor sie antworten konnte, klingelte ihr Handy.

Antonia zog es umständlich und mit einer entschuldigenden Geste zu mir aus ihrer Tasche und warf einen Blick aufs Display. Ich hätte schwören können, dass sie rot wurde, als sie den Namen des Anrufers sah.

»Entschuldige«, sagte Toni zu mir und drückte auf den Knopf, um das Gespräch anzunehmen. »Hallo«, flüsterte sie in den Hörer und wandte sich von mir ab. Keine Sekunde später kicherte sie wieder mädchenhaft und ich verdrehte genervt die Augen. »Ja«, flüsterte Toni. »Ich dich auch. Tschüss.« Sie wandte sich wieder zu mir um, hob die Arme und drehte die Handflächen in einer um Verzeihung bittenden Geste Richtung Decke.

»Michael?«, fragte ich und wusste die Antwort schon.

Jetzt wurde meine Schwester wirklich rot, während sie nickte.

Ich atmete schwer.

»Ich weiß, dass du ihn nicht magst«, sagte meine Schwester und ihre Stimme bekam plötzlich eine ungewohnte Schärfe. »Aber ich mag ihn. Und vielleicht gibst du ihm mir zuliebe einfach mal eine Chance.« Und damit hob sie ihren Koffer wieder an, stapfte die Stufen zu ihrer Wohnung hoch und ließ mich einfach im Treppenhaus stehen.

Irgendwie hatten wir eine stille Vereinbarung getroffen, das Thema Michael Depp zu meiden. Zum Glück waren Techtelmechtel unter den Kollegen der Reiterstaffel ohnehin nicht gerne gesehen und Toni und Michael benahmen sich im Stall fast wie immer. Fast.

Ich lehnte mich gegen den Zaun, der den Außenreitplatz umgrenzte, während vor mir das wöchentliche Training der Dienstpferde stattfand. Gigant sprang über die mit bunten Luftballons geschmückten Hindernisse und schien sogar Spaß an der Arbeit zu haben.

Nicht nur Toni war seit ihrer Rückkehr von der Ostsee wie ausgewechselt, auch Gigant schien auf einem guten Weg zurück zum diensttauglichen Polizeipferd zu sein. Nur die Narben auf seiner Brust und die von der Mähne verdeckte Narbe auf der Stirn zeugten noch von seinen tief greifenden Erlebnissen. Und er war weiterhin ein wenig schreckhafter als sonst.

Ich schloss die Augen und ließ mir die Sonne ins Gesicht scheinen. Mit einem Mal wurde es dunkel und kühl, als hätte sich eine Wolke vor die Sonne geschoben oder als stünde jemand zwischen mir und der Wärme spendenden Lichtquelle. Ich öffnete die Augen und sah Toni, die Gigant unmittelbar vor mir zum Stehen gebracht hatte.

Meine Schwester grinste. »Ich bringe Gigant in die

Box und hole meine Sachen«, sagte sie zu mir. »Wenn du wartest, können wir anschließend zusammen nach Hause gehen.«

Ich war zwar mit dem Fahrrad da, aber das konnte ich ja genauso gut schieben. Also nickte ich und versuchte meine Freude zu verbergen. In der letzten Zeit war Antonia häufig mit Michael weggegangen und hatte mich alleine nach Hause gehen lassen. »Bist du denn heute nicht mit Michael verabredet?«, fragte ich. »Es ist doch Freitag!«

Toni schüttelte den Kopf, während sie Gigant bereits die Fersen in die Flanken stieß, damit er sich wieder in Bewegung setzte. »Michael hat irgendwas vor!«, rief sie mir über die Schulter hinweg zu. »Er kann heute Abend nicht.«

Ach, so war das! Ich schluckte meinen Ärger, dass ich nur deshalb in den Genuss kam, Zeit mit meiner Schwester zu verbringen, weil Herr von und zu Michael Depp keine Zeit hatte, hinunter und ermahnte mich selbst, nicht immer so verdammt kleinlich zu sein. Hauptsache war doch, dass Toni mal wieder etwas mit mir unternehmen wollte. Vielleicht konnten wir heute Abend sogar zusammen ins Kino gehen?

Kino? Sollte ich Toni einen Kinogutschein zum Geburtstag schenken? Aber das hatte ich schon letztes Jahr getan.

Der plötzliche Gedanke an Tonis Geburtstag verursachte mir leichtes Bauchweh. Nur noch drei Tage und mir war immer noch keine gute Idee gekommen, was ich ihr schenken sollte!

Ein Buch? Aber welches?

Einen neuen Schal? Im Sommer?

Ohrringe? Meine Schwester trug keinen Schmuck.

Also doch der Kinogutschein?

Ich ließ meinen Blick über die Stallungen gleiten. Das alte Gebäude wirkte im Schein der Abendsonne einladend und freundlich.

Eine Gestalt trat aus dem Schatten der Boxengasse hervor und schaute sich suchend um, als wollte sie sich vergewissern, dass niemand sie beobachtete.

Ich runzelte unwillkürlich missmutig die Stirn, als ich in der Gestalt Michael erkannte, der einen unförmigen Jutesack über dem Arm trug. Der Sack hing links und rechts von seinem Arm herunter und spontan dachte ich an einen Futtersack, dessen körniger Inhalt nach links und nach rechts fällt, wenn man ihn sich über den Arm legt.

Futtersack!

Meine Alarmglocken schrillten.

Noch immer wusste niemand, wer der Futterdieb war. Niemand – außer mir? Hatte ich gerade entdeckt, wer der Dieb war? Mein Herz schlug mit einem Mal schneller. Wenn Michael das Futter heimlich entwendete und ich es beweisen konnte, dann würde Toni endlich einsehen, dass Michael nicht der war, für den sie ihn hielt!

Aber wofür sollte Michael Futter klauen? Für wen? Er hatte doch gar kein eigenes Pferd. Oder doch? Wusste ich das vielleicht nur nicht? Wusste es niemand? Oder verkaufte er den Sack weiter und verdiente sich auf diese Weise etwas dazu?

Michael legte den Sack über den Lenker seines Fahrrads und stieg auf. Noch einmal blickte er sich um und sah in jede Richtung, dann stieß er sich ab und trat schwungvoll in die Pedale.

Ich zögerte keine Sekunde. Wenn ich feststellen wollte, wohin Michael mit dem geklauten Sack unterwegs war, dann musste ich mich sputen. Es würde ohnehin nicht leicht sein, den Polizeioberkommissar auf seinem Rennrad zu verfolgen.

Ich sprintete zu meinem eigenen Fahrrad hinüber, Modell Hollandrad anno 1827, das an der Mauer des Stalls lehnte, und schwang mich drauf. Zum Glück war es nicht abgeschlossen und ich konnte sofort losfahren.

Michael war bereits hinter der ersten Ecke verschwunden und mir ging schon langsam die Luft aus.

Mein klappriges altes Fahrrad ächzte und quietschte. Immer wieder sprang beinahe die Kette vom Zahnrad und machte die Verfolgung noch spannender.

Michael hatte einen gewaltigen Vorsprung, doch der Feldweg, den wir entlangfuhren, bot mir eine perfekte Übersicht. Ich konnte den Dieb über einen halben Kilometer Entfernung gut erkennen. Links und rechts auf den Feldern ragte bereits das Getreide auf. Aber noch war es nicht mehr als kniehoch.

Mein Hinterreifen wirbelte jede Menge Staub auf und immer wieder knallte ich mit dem Vorderreifen in ein Schlagloch. Vielleicht konnte ich doch mal ein neues Rad gebrauchen?

Am Horizont tauchten nun die ersten Bäume auf. Offensichtlich hielt Michael genau auf den Wald zu. Immer noch hatte ich keine Ahnung, wohin mich diese Jagd bringen würde. Ich wusste lediglich, dass dies nicht der Weg zu Michaels Zuhause war, der ebenfalls nicht weit vom Reitstall entfernt eine kleine eigene Wohnung besaß. Das zumindest hatte Toni mir erzählt.

Michael hatte den Waldrand erreicht und verschwand hinter der ersten Baumreihe. Ich keuchte und trat noch fester in die Pedale. Mit einem Mal war der Abstand so groß, dass ich Michael aus den Augen verlor. Sobald ich den Wald erreicht hatte und die Sonne hinter den Baumkronen verschwand, wurde es dunkel und kühl. Fast schon kalt. Aber ich war von der anstrengenden Verfolgung so verschwitzt, dass ich die Abkühlung genoss.

Der Weg verlief in mehreren Biegungen. Bald schon erreichte ich eine kleine Kreuzung. Ich hielt an und blickte nach rechts und nach links. War Michael hier abgebogen? Ich konnte ihn nirgends entdecken, meinte aber eine Radspur zu sehen, die geradeaus führte. Also fuhr ich weiter.

Ich weiß nicht, wie lange ich dem Weg folgte, aber auf einmal endete er mitten im Nichts. Vor mir und neben mir war nichts weiter als dorniges Gestrüpp. Ich hielt, schwer nach Luft ringend, an und stieg vom Rad, das ich achtlos am Wegesrand liegen ließ. Es würde schon niemand stehlen.

Durch die Baumstämme hindurch konnte ich in einigen Metern Entfernung etwas Graues erkennen. Ein eingefallenes Gemäuer.

Ich weiß nicht mehr genau, was ich dachte, als ich den alten Bunker entdeckte. Es war jedenfalls nicht so, dass ich glaubte, ich hätte Michaels Versteck gefunden. Es war einfach nur die blanke Neugierde, die mich näher trieb und den Gedanken an Michael und die Verfolgung in den Hintergrund treten ließ. Was war das für ein Gebäude? Wieso wusste ich nichts von seiner Existenz, obwohl ich mich, als ich noch kleiner gewesen war, ständig in diesem Wald aufgehalten hatte?

Erst jetzt wurde mir bewusst, wie still alles um mich herum war. Außer meinen eigenen Schritten und meinem Atmen konnte ich kein einziges Geräusch wahrnehmen.

Das Gebäude, das sich vor mir mitten im Wald erhob, wirkte unheimlich und bedrohlich. An einigen Stellen waren lose Steine aus dem Mauerwerk herausgebrochen und dennoch erschien es imposant und erstaunlich stabil. Durch eine niedrige schmale Öffnung, in der einmal eine Türe gewesen sein musste, gelangte ich in einen kleinen kahlen Vorraum, der jeglichen wärmenden Sonnenstrahl aussperrte. Die Wände waren mit den üblichen Kritzeleien vollgeschmiert: Herzen, Initialen mit Datum, Hakenkreuze, das unvermeidliche *Ich war hier; Thomy, ich liebe dich immer noch; Cindy ist eine Schlampe* und so weiter.

Ich weiß, ich hätte eigentlich umkehren sollen. Aber so etwas wie dieses Gebäude hatte ich nie zuvor gesehen. Ohne nachzudenken, ging ich weiter.

An der linken Wand führte eine zweite ebenso schmale und niedrige Öffnung ins Innere. Ich musste den Kopf einziehen und mich bücken, um hindurchzuschlüpfen. Dahinter lag ein schmaler Gang, in den noch weniger Licht fiel als in den kleinen Raum, den ich soeben verlassen hatte. Jeder Schritt hallte von den kahlen Wänden wider. Es war dunkel, feucht und kalt. Hier zierten echte alte Hakenkreuze die Wände, RAUCHEN VERBOTEN und RUHE! konnte ich in altertümlichen Lettern an der Wand vor mir entziffern, bevor der Gang nach rechts abbog. Die Vorstellung, dass hier vor mehr als 60 Jahren Menschen, die um ihr Leben fürchteten, Schutz vor Bomben gesucht hatten, verursachte mir eine Gänsehaut. Wie viele Mütter waren hier mit ihren kleinen Kindern auf dem Arm entlanggehastet, getrieben von uniformierten, bewaffneten NS-Soldaten? Wie viele von ihnen waren im Krieg gestorben? Dieser Ort hier erzählte Schauergeschichten, die leider nur allzu wahr waren.

Ich dachte nicht mehr an Michael und den Futtersack, an Toni, die auf mich wartete. Das Leben, das ich eigentlich führte, schien hier unendlich weit entfernt. Es war wie eine Reise in die Vergangenheit, die mich gefangen hielt.

Langsam folgte ich dem Gang, lief weiter und weiter in dem Gewirr aus Fluren, die sich immer wieder teilten, in kleine Räume führten, in denen alte löchrige Decken und stinkender Müll herumlagen. Vermutlich von Obdachlosen, die hier ein paar Tage und Nächte gehaust hatten. Ich entdeckte sogar eine altertümliche Glühbirne, die an einer der Decken baumelte. Sie schien unversehrt, als müsste man lediglich den Schalter an der Wand drücken, um sie einzuschalten.

Ganz plötzlich bekam ich Angst. Ich drehte mich ruckartig um und wollte weg. Weg von diesem unheimlichen Ort mit seiner schrecklichen Vergangenheit. Schnellen Schrittes lief ich den Weg zurück, den ich gekommen war, folgte dem Verlauf der Gänge, die mich mal nach links und mal nach rechts führten.

Mit einem Mal blieb ich stehen und sah mich um, versuchte trotz der Dunkelheit irgendetwas zu erkennen, was ich auf dem Hinweg schon bemerkt hatte. Doch alles, was ich sah, kam mir neu und fremd vor. War ich wirklich hier entlanggegangen? An der rechten Wand blätterte alte rostrote Farbe ab, doch ich konnte mich nicht daran erinnern, diese Markierung auf dem Hinweg gesehen zu haben!

Die Erkenntnis, dass ich mich verirrt hatte, traf mich wie ein Schlag. Auf einmal begann ich zu frieren und merkte erst jetzt, wie kalt es tatsächlich war. Ich trug lediglich ein kurzärmeliges T-Shirt und kreuzte unwillkürlich die Arme vor der Brust.

Am liebsten hätte ich laut um Hilfe gerufen, doch was sollte das nützen? Ich begann zu rennen, blind vor Verzweiflung – und bemerkte zu spät den etwa zwei Meter tiefen Schacht unmittelbar vor mir.

»Ah! Verdammt!«

Der Schmerz kam sofort und überwältigend. Ich umklammerte mein Bein und begann zu weinen. Was hatte ich jetzt nur angestellt! Wo war Toni? Wer konnte mir helfen, hier wieder rauszukommen?

17

Wer die Höhe hat, hat die Sicht.
Polizeigrundsatz

Hey, Michaela«, rief Toni ihrer Kollegin zu, die bereits Freizeitkleidung trug und auf dem Heimweg war, »hast du Paula gesehen?«

Michaela schüttelte den Kopf. »Sie hat doch bis eben beim Training zugeschaut ... «

»Ja«, antwortete Toni, »sie wollte hier auf mich warten, damit wir gemeinsam nach Hause gehen können, aber jetzt ist sie weg und ich kann auch ihr Fahrrad nirgends finden.«

Jetzt zuckte Michaela die Achseln. »Keine Ahnung«, meinte sie. »Vielleicht ist sie schon vorgegangen?«

Toni runzelte die Stirn. »Ja«, sagte sie, aber es klang nicht sehr überzeugt. »Vielleicht.«

»Ich wünsche dir ein schönes Wochenende!«, rief Michaela gut gelaunt, winkte Toni noch einmal zu und drehte sich um.

»Danke, dir auch«, antwortete Toni. Erneut wandte sie sich nach allen Seiten um, dann seufzte sie und machte sich auf den Weg nach Hause.

Je länger sie darüber nachdachte, wo ich stecken könnte, desto sicherer wurde sie, dass ihre kleine Schwester schon vorgegangen sein musste. Sie dachte, ich wollte ihr vielleicht eins auswischen, ihr zeigen, dass es mir egal war, was mit ihr geschah. Zugegeben, ich hatte immer noch Probleme damit, dass es nun einen weiteren Menschen in Tonis Leben gab, der ihr etwas bedeutete.

Und Toni war klar, dass ihre kleine Schwester eifersüchtig auf Michael war. Zu dem Zeitpunkt war es ihr klarer als mir selbst, die ich mir einredete, dass ich Michael einfach nicht leiden könnte.

Als Toni endlich den Schlüssel im Schloss der Haustür umdrehte, hatte sie die absolute Gewissheit, dass ich bereits am Küchentisch sitzen und mit Mutter Abendbrot essen würde. Sie dachte, ich würde vermutlich so tun, als hätte ich die Verabredung, gemeinsam nach Hause zu gehen, vergessen. Frei nach dem Motto: So unwichtig bist du für mich.

»Hallo!« Toni streckte den Kopf durch die Küchentür. Sie hatte sich fest vorgenommen, kein Theater zu machen, weil ich mich nicht an die Verabredung gehalten hatte. Aber als sie Mutter mit dem Kopf über mehreren Blättern Schreibpapier gebeugt alleine am Küchentisch sitzen sah, stieg das mulmige Gefühl wieder in ihr hoch. »Ist Paula schon da?«

Mutter hob den Kopf. »Nein«, sagte sie, »ich dachte, sie wäre mit dir gekommen?«

Toni schüttelte den Kopf. »Wollte sie eigentlich, aber dann war sie plötzlich verschwunden. Ich dachte, sie wäre schon vorgegangen.«

Beide blickten zugleich auf die Uhr an der Küchenwand, deren Zeiger sich in diesem Moment auf die Acht zu bewegten.

»Na ja«, sagte Toni, »sie wird sicher gleich kommen.«

Während ich in dem Schacht saß, war mir sofort klar, dass das Bein gebrochen war. Aber sogar mit einem gesunden Bein hätte ich mich aus diesem Loch, in dem ich festsaß, nicht selbst befreien können. Ich verwünschte mich für meine verdammte Neugierde und fluchte auf Michael, der mich in diese Situation gebracht hatte. Fieberhaft suchte ich nach einem Ausweg, doch mir fiel nichts ein. Da gab es einfach nichts. Ich konnte nichts anderes tun als warten und hoffen, dass man mich fand, bevor ich erfroren, verhungert oder verdurstet war. An meinem gebrochenen Bein würde ich jedenfalls nicht sterben. *Oder?*

Konnte man an einem Beinbruch sterben? Durch Schock vielleicht?

Ich verdrängte diesen Gedanken.

In dem Loch war es noch finsterer als im Rest des Bunkers. Ich konnte nicht einmal meine Hände sehen, wenn ich sie mir vor die Augen hielt. Ob es draußen ebenfalls schon dunkel war? Ob man schon angefangen hatte, nach mir zu suchen? Aber wie sollte man mich hier jemals finden? Wenn ich ein mobiles Telefon gehabt hätte, so hätte ich mir Hilfe holen können, aber ich hatte nun einmal keins. Dann fiel mir ein, dass ein Handy hier in diesem Erdloch vermutlich auch nicht funktioniert hätte.

Ich saß mit angewinkelten Knien auf dem kalten Boden und umklammerte mein Bein, in dem ein Kampf zwischen Mini-Trollen auf Leben und Tod zu toben schien. Meine Zähne schlugen aufeinander und ich zitterte am ganzen Körper. Lange würde ich diese Kälte nicht aushalten. Das wurde mir allmählich klar.

Die Zeiger der Küchenuhr standen beide auf neun. Toni und Mutter saßen einander am Tisch gegenüber. Stumm.

»Es wird bald dunkel«, brach Toni das Schweigen.

Mutter nickte. Sie war blass und knetete nervös ihre Finger.

»Wir sollten was tun«, fuhr Toni fort.

Wieder nickte Mutter.

Toni stand auf. »Ich rufe Klaus an, vielleicht weiß er Rat.« Sie tippte bereits die Nummer ihres Chefs ins Telefon ein, während sie die Küche verließ.

Mutter blieb regungslos am Küchentisch sitzen. Hin und wieder hörte sie ein »Ja« oder »Nein« durch die geschlossene Tür. Mehr nicht.

»Ich muss sofort los«, sagte Toni, als sie die Tür wieder öffnete, und beugte sich zu Mutter hinunter, um sie auf die Wange zu küssen. »Mach dir keine Sorgen, wir werden Paula schon finden.«

Mutter starrte geradeaus, als hätte sie Toni nicht gehört.

Toni seufzte und verließ eilig das Haus.

Es muss ein beeindruckendes Bild gewesen sein. Schade, dass ich es nicht mit eigenen Augen gesehen habe.

Fast die gesamte Reiterstaffel, 19 Pferde, hatte in einer langen Reihe nebeneinander Aufstellung genommen und bildeten auf diese Weise eine mehr als 40 Meter breite Front. Mit Taschenlampen ausgestattet, warteten die Polizeireiter auf das Kommando, mit der Suche zu beginnen.

Auch einige Kollegen aus der Hundestaffel waren mit dabei. Die Hunde winselten und bellten, zogen an ihren Leinen und konnten es kaum erwarten, mit der Arbeit anzufangen.

Keiner, den Klaus und Toni angerufen hatten, hatte die Bitte, sich an der Suche nach mir zu beteiligen, abgelehnt. Lediglich fünf Kollegen waren nicht erreichbar gewesen.

Toni überlegte immer noch, ob die Tatsache, dass sie ihren Sattel nicht hatte finden können, etwas mit meinem Verschwinden zu tun haben konnte. Aber was sollte ich mit einem Sattel ohne Pferd anfangen?

Gigant schnupperte misstrauisch an dem fremden Sattel, den Toni ihm auflegte, aber er schien ihm wenigstens zu passen. Toni kontrollierte sorgfältig den richtigen Sitz, schließlich wollte sie nicht, dass Gigant Druckstellen bekam.

Die Hunde hatten mittlerweile eine Fährte aufgenommen, die in Richtung Norden führte, und der Suchtrupp setzte sich in Bewegung.

Aufmerksam durchsuchten die Reiter die Umgebung, leuchteten mit ihren Taschenlampen Erhebungen und Vertiefungen im Gelände ab. Doch nirgends entdeckten sie auch nur die geringste Spur von mir, dem vermissten Mädchen.

Meter für Meter erkundete die Polizeireiterkette das Gelände. In der Dunkelheit wirkte der Waldrand, auf den sich die Pferde und Hunde langsam zubewegten, schwarz und bedrohlich.

Wenn die Hunde tatsächlich die richtige Fährte aufgenommen hatten, überlegte Toni, und ich wirklich hier entlanggekommen war – was um alles in der Welt hatte ich hier gesucht?

Michael, der mit seinem Schimmel Kasper wie stets in den letzten Wochen an Tonis Seite ritt, wurde mit jedem Schritt unruhiger. Er kannte den Weg, den die Hunde einschlugen und dem die Pferde folgten. Er war ihn erst vor sehr kurzer Zeit entlanggefahren. Mit seinem Fahrrad und einem Geheimnis beladen. Konnte es Zufall sein, dass ich nun ebenfalls zuletzt hier gewesen sein sollte?

Michael hatte sich an der hektischen Suche nach Tonis Sattel beteiligt, um keine Aufmerksamkeit auf sich zu lenken.

Schließlich hatte er den Vorschlag gemacht, Toni solle sich Rüdigers Sattel borgen, der telefonisch nicht erreichbar gewesen war und dessen Pferd ungefähr Gigants Statur hatte. »Wir sollten jetzt keine Zeit mit der Suche nach dem Sattel verplempern«, hatte er argumentiert. »Dazu ist später auch noch Gelegenheit.« Und er war erleichtert gewesen, als Toni seinem Vorschlag zustimmte. Doch nun begann er zu grübeln, inwieweit mein Verschwinden mit seinem Geheimnis zu tun haben könnte. Sollte er es vielleicht lüften? Aber noch scheute er davor zurück, seine Überraschung frühzeitig zu verderben, da er sich nicht vorstellen konnte, dass die beiden Dinge wirklich etwas miteinander zu tun hatten.

Mittlerweile hatten die Reiter den Waldrand erreicht. Zwischen den Bäumen schien es noch dunkler zu sein als zwischen den Feldern.

Die Hunde und Pferde bahnten sich einen Weg zwischen den Baumstämmen hindurch. Niemand sprach ein Wort. Lediglich das Hecheln der aufgeregt suchenden Hunde, das Knacken von Ästen, die auf dem Boden lagen und unter den Hufen der Pferde zerbrachen, erfüllte die Luft.

Toni kämpfte gegen die in ihr aufsteigende Panik an. Sie versuchte den Gedanken daran, dass ich einem Verbrechen zum Opfer gefallen sein könnte, beiseitezuschieben. Aber hartnäckig kehrte diese Vorstellung immer wieder zurück.

Ich dachte, es läge an der Kälte oder an meiner Erschöpfung, dass ich immer wieder in einen kurzen, traumlosen Schlaf versank und jedes Mal nach wenigen Minuten wieder hochschreckte. Zumindest meinte ich, dass es Minuten gewesen sein müssten – ich konnte ja nicht auf die Uhr schauen.

Wie lange hockte ich jetzt schon in diesem Loch? Eine Stunde? Zwei? Die ganze Nacht?

Die Schmerzen in meinem Bein wurden immer schlimmer. Ich konnte sie kaum mehr ertragen. Ich hatte das Gefühl, mein Unterschenkel wäre ungefähr auf den doppelten Umfang angeschwollen und die Haut müsste bald platzen. Hin und wieder ertappte ich mich selbst bei dem Gedanken, dass ich das alles nicht länger aushalten wollte und konnte. Es sollte ein Ende haben.

Egal welches.

Als die Hunde anschlugen, durchbrach der plötzliche Lärm die Stille mit einer Intensität, die Toni auf Gigant zusammenzucken ließ. Augenblicklich reagierte auch der Wallach mit Unruhe.

»Die Hunde haben was gefunden!«

Hoffnung und Entsetzen stritten in Tonis Herz und Kopf um die Vorherrschaft. Eine Weile blieb sie wie gelähmt auf Gigants Rücken sitzen. Was würde sie erwarten? Welcher Anblick würde sich ihr bieten?

Wie in Zeitlupe hievte sie sich aus Gigants Sattel und reichte Michael, der bereits neben Kasper stand, die Zügel.

»Es ist ein Fahrrad.« Klaus kam Toni entgegen und leuchtete mit der Taschenlampe den Boden vor ihr ab.

Wieder spürte Toni den Wettstreit der Gefühle: Erleichterung, dass es kein toter Körper war, Enttäuschung, dass es nicht ihre kleine Schwester selbst war, lebendig und gesund, Hoffnung und Angst, was es bedeuten könnte, wenn sich herausstellen sollte, dass es tatsächlich mein Fahrrad war, das die Hunde entdeckt hatten.

Das Fahrrad, das wie achtlos weggeworfen am Wegesrand lag, sah im Schein der Taschenlampen, die es anstrahlten, wie ein Überbleibsel von einem schrecklichen Verbrechen aus.

Toni schluckte, bevor sie leise sagte: »Es ist Paulas Rad.« Augenblicklich überschlugen sich die Gedanken in ihrem Kopf: Was hatte das zu bedeuten? Wieso lag mein Rad hier mitten im Wald? Wer hatte es hierhergebracht? Ich selbst oder … Den Gedanken wollte sie nicht bis zu seinem Ende verfolgen.

»Okay«, sagte Klaus und strich Toni mitfühlend über den Arm. Er wusste offenbar, welche Gedanken sie quälten. Dann wandte er sich an die Kollegen von der Hundestaffel: »Es ist das Fahrrad der vermissten Person«, verkündete er. »Wir suchen die nähere Umgebung ab!«

Die Polizeireiter waren inzwischen alle abgestiegen und hielten ihre Pferde an den Zügeln fest. Während ein Teil der Kollegen die Pferde beaufsichtigte, begab sich der andere Teil auf die Suche nach mir.

Die Hunde zerrten an der Leine und zogen ihre Führer quer durch das Gestrüpp auf ein Gebäude zu, aus dessen Mauerwerk sich bereits einige Steine gelöst hatten und das dennoch erstaunlich beständig aussah.

»Hier ist ein alter Luftschutzbunker!«

»Die Hunde haben eine Fährte!«

Tonis Herz schlug wieder schneller. War ich in diesem Bunker und hatte mich darin verirrt? Und wenn ja, konnten die Hunde mich finden?

Ich hörte Stimmen und das Trappeln von Füßen. Jetzt ist es so weit, dachte ich, jetzt kommen die Geister der Vergangenheit und holen mich.

Ich hörte das aufgeregte Bellen von Hunden.

Sie haben Hunde dabei, dachte ich. Die Hunde werden mich zerfleischen.

Dann traf mich der Lichtkegel einer Taschenlampe.

Gleichzeitig wurde der Lärm der Hunde, die anschlugen, ohrenbetäubend laut.

»Da ist sie!«

»Wir haben sie!

»Sie lebt!«

Danach hörte ich nichts mehr.

18

Das Pferd ist kein Motorrad,
das man aus der Garage holt.

Wilfried Neumann, Polizeihauptkommissar,
Leiter der Polizeireiterstaffel Rheinland

Ich lag im Krankenhausbett und betrachtete mein eingegipstes Bein.

»Du hattest ganz schön Glück. Sehr viel länger hättest du nicht mehr durchgehalten, sagt die Ärztin.« In Tonis Gesicht sah man immer noch die Angst, die sie um mich ausgestanden hatte, nachdem wir uns soeben alles gegenseitig erzählt hatten.

»Du hattest einen Schock. Als wir dich fanden, warst du bereits bewusstlos.«

Ich musterte Michael und stellte fest, dass ich mich noch nie zuvor so gefreut hatte, ihn zu sehen. Auch wenn es nur daran lag, dass ich froh war, überhaupt noch jemanden sehen zu können.

»Wenn ich mir vorstelle, wir hätten die Suche nach dir nicht sofort gestartet ...« Toni schüttelte sich, als wäre ihr kalt.

»Ich schäme mich ein bisschen«, gestand ich und blickte auf die blütenweiße Krankenhausbettdecke. »Ich hab echt gedacht, Michael wäre der Futtersackdieb und ich hätte ihn entdeckt.«

Michael und Toni lachten und blickten einander an. Ich schaute schnell weg, denn das verliebte Leuchten in ihren Augen war mir dann doch zu viel.

»Dabei ist der Sattel, den Michael mir von einem Bekannten hat aufpolstern lassen, wie neu! Ich schwebe jetzt förmlich auf Gigants Rücken.« Toni beugte sich vor und küsste Michael. Ich verzog das Gesicht. »Das war wirklich das schönste Geburtstagsgeschenk, das du mir machen konntest.«

Michael lachte. »Ja, aber fast hätte es zu einem Riesenunglück geführt. Über den Dienstweg hätte das Anfordern der Reiter- und der Hundestaffel viel mehr Zeit beansprucht. Zeit, die du nicht gehabt hättest«, sagte er mit ernstem Blick auf mich.

»Ich weiß«, gab ich zu.

»Wenn wir nur eine Stunde länger gebraucht hätten, um dich zu finden, dann hätte es schon zu spät sein können.«

»Ich weiß«, sagte ich wieder. Diesmal ein wenig genervt. »Aber wer ist denn nun der Dieb?«

Toni und Michael zuckten zeitgleich die Achseln wie ein eingefleischtes altes Ehepaar.

In diesem Augenblick ging die Tür des Krankenzimmers auf und im Türrahmen stand Onkel Arthur mit einer riesigen Torte in der Hand, die aussah wie ein halber Fußball.

»Hey!«, rief er, als er Toni und Michael an meiner Bettkante entdeckte. »Da fehlt ja nur noch Goliath, was?«

Ich verdrehte die Augen und blickte angestrengt zur Decke.

Epilog

Das Tier kommt im Kopf klarer wieder.
Claas Dreier, Polizeihauptmeister

Ich schaffte es schließlich doch noch, dem Strom meiner Tränen Einhalt zu gebieten, indem ich mich daran erinnerte, dass nicht nur Gigant nun zwei Monate Urlaub hatte, sondern auch Toni zwei Wochen lang verreisen würde. Mit Michael. Auf die Malediven. *Wie romantisch!*

Nur ich durfte den Rest meiner Sommerferien alleine zu Hause verbringen. Selbst meine Freundin Sarah war mit ihren Eltern und ihrem kleinen Bruder in Dänemark. »Ein Haus direkt am Strand«, hatte sie mir vorgeschwärmt. Toll!

Und wer fragte danach, was ich machen wollte? Meine Mutter hatte nur einmal schräg auf mein Gipsbein geschielt, als ich ihr vorgeschlagen hatte, wir könnten doch auch ein wenig wegfahren.

»Ans Meer? Schwimmen?«, hatte sie gefragt. »Oder lieber in die Berge zum Wandern?«

Onkel Arthur gondelte mal wieder in der Weltgeschichte herum und ich durfte Däumchen drehen. Prima.

Ich seufzte und blickte wie Toni neben mir schweigend auf Gigant, der mit Gigolo um die Wette zu laufen schien: vom einen Ende der Koppel bis zum anderen, Kehrtwende und wieder zurück. Mit wehendem Schweif und wippender Mähne. Man sah ihm förmlich an, wie er die lang vermisste Freiheit genoss.

»Noch ist die Mähne kurz.« Klaus stand plötzlich neben mir. Er hatte es sich natürlich nicht nehmen lassen, die Pferde, die er dieses Jahr in Urlaub schickte, auf die Sommerweide zu begleiten. »Aber wartet nur, wenn wir sie in 10 Wochen wieder abholen«, fuhr er fort. »Dann ist die Mähne lang, das Fell vom Schmutz verkrustet und vielleicht haben die zwei sogar einen Sonnenbrand.« Er lachte. »Manch einer hat sein Pferd nicht wiedererkannt, als er es endlich von hier abholen durfte. Mal sehen, ob es euch auch so geht.« Dann wurde er plötzlich ernst. »Und hoffentlich hat sich Gigant dann auch innerlich verändert«, fuhr er fort. »Vielleicht findet er noch einmal zu seiner alten Form zurück. Die letzten Wochen haben uns ja Grund zum Optimismus gegeben, nicht wahr? Es wäre jedenfalls schade, ein so gutes Polizeipferd zu verlieren.«

Toni und ich schwiegen. Was sollten wir auch dazu sagen? Natürlich musste Gigant ein Mitglied der Reiterstaffel bleiben. Immerhin war er so etwas wie mein Lebensretter!

Nachwort

Das Leben eines Polizeipferdes ist spannend und manchmal auch nicht ganz ungefährlich. Mögliche Einsätze werden in der Geschichte weitgehend realistisch geschildert. Trotzdem ist Gigant wie alle anderen Protagonisten und Ereignisse ein Produkt der Fantasie der Autorin. Es ist mehr als unwahrscheinlich, dass einem einzelnen Pferd so viel Unglück widerfährt wie Gigant.

Tierschützer schimpfen oft über den Einsatz von Pferden bei der Polizeiarbeit. Sie argumentieren, dass das Tier dabei Gefahren ausgesetzt und zu hart beansprucht würde und dass es seine angeborenen Verhaltensweisen wie z. B. den Fluchtinstinkt nicht ausleben könnte.

Auf der anderen Seite gibt es im Reitsport wohl kaum Pferde, die so gut gepflegt und betreut werden wie die Polizeipferde der Reiterstaffeln. Ein Freizeitpferd, das nur im Stall steht und nicht einmal jeden Tag ausgeritten wird, wie es leider nur allzu häufig vorkommt, hat es sicherlich nicht besser.

Die berittene Polizei in Deutschland blickt auf eine lange Geschichte zurück: Bereits im 13. Jahrhundert gab es »reitende Knechte«, die für Sicherheit auf den Straßen sorgen sollten. Im 18. Jahrhundert setzte man dann erstmals hauptberuflich arbeitende »Polizisten«

zur Verbrechensbekämpfung ein. Die Zusammenarbeit zwischen Mensch und Tier blickt also auf eine lange Tradition zurück.

Zurzeit gibt es in Deutschland noch 11 Reiterstaffeln, die bundesweit eingesetzt werden.

Danke

möchte ich sagen *Polizeihauptkommissar Wilfried Neumann,* Leiter der Landesreiterstaffel Rheinland, und *Polizeihauptkommissar Norbert Rabe,* Leiter der Polizeireiterstaffel Niedersachsen, für die faszinierenden Einblicke, die sie mir gewährt, und die Anregungen und die Zeit, die sie sich für mich und meine zum Teil merkwürdigen Fragen genommen haben. Außerdem danke ich allen zitierten Personen für ihre Erlaubnis, die Zitate zu verwenden.

Sollten den Fachleuten in diesem Buch noch Ungereimtheiten auffallen, so sind diese beabsichtigt und dienen dem Verlauf der Geschichte.

Literatur und Quellen

Polizei und Pferd. Zwischen Gut und Böse – die Geschichte der berittenen Polizei.
Herausgegeben von Sybill Ebers für das Westfälische Pferdemuseum Münster.
Landwirtschaftsverlag GmbH, Münster 2006

Mein Pferd fasst keiner an.
NDR Media GmbH, Hamburg 2003

Hannoveraner – Die Reiterpolizei.
PROVOBIS FILM im Auftrag des NDR, 2007

Polizeireiterstaffel.
Aus der Reihe: Im Galopp – rund ums Pferd. tier.tv

The National Horseracing Museum –
www.horseracinghistory.co.uk

Frank, Astrid:
Gefährten des Windes – 2 Romane in einem Band
ISBN 978 3 522 20218 3

Einbandgestaltung: bürosüd° GmbH, München
Innentypografie: Kadja Gericke
Reproduktion: Medienfabrik GmbH, Stuttgart
Druck und Bindung: CPI Books GmbH, Leck

FSC
www.fsc.org
MIX
Papier aus verantwortungsvollen Quellen
FSC® C083411

Kayas Pferdeabenteuer

Gaby Hauptmann
Frei wie der Wind
Kayas Pferdesommer

Band 1 · Broschur · 176 Seiten
ISBN 978-3-522-50411-9 eBook

Kaya kann ihr Glück kaum fassen: Im Nobelort Kitzbühel tritt sie ihren ersten Ferienjob an. Und zwar im Hotel „Stanglwirt", das für seine Gäste aus dem Jetset bekannt ist – und für das hofeigene Lipizzanergestüt. Für Kaya geht ein Traum in Erfüllung, als sie mit den edlen Pferden ausreiten darf. Doch als ein Gewitter losbricht, macht sie im Wald eine schreckliche Entdeckung ...

Gaby Hauptmann
Frei wie der Wind
Kayas Pferdeabentuer in Afrika

Band 2 · Broschur · 160 Seiten
ISBN 978-3-522-50412-6 eBook

Kayas Freund Chris will in die Wildnis Afrikas reisen! Und Kaya will mit, denn dort wird er als Volunteer in einem südafrikanischen Reservat arbeiten: sich um verwaiste Tiere kümmern, aber auch beim Unterricht für Kinder aushelfen! Das ist genau ihr Ding, vor allem, weil im benachbarten Camp Pferdesafaris angeboten werden. Doch wie bringt sie das ihren Eltern bei? Kaya setzt sich durch … und es beginnt ein magischer Pferdesommer in Afrika.